LE DERNIER APÔTRE

LE DERNIER APÔTRE

James Becker

Traduit de l'anglais par Gabriel Repettati

FIRST
Editions

Titre original : *The First Apostle*

Première publication : Bantam books / Random house Group

ISBN : 978-2-7540-0975-1

Dépot légal : 3e trimestre 2008
Imprimé en France
Édition : Véronique Marta
Mise en page : Stéphane Angot
Conception couverture : Leptosome

Éditions First
60, rue Mazarine
75006 Paris – France
Tél. : 01 45 49 60 00
Fax : 01 45 49 60 01
e-mail : firstinfo@efirst.com

Pour Sally,
comme toujours

Remerciements

Avant toute chose, j'aimerais remercier Luigi Bonomi, le meilleur agent littéraire de Londres et un homme que je suis fier de compter parmi mes amis, pour m'avoir suggéré l'idée de ce livre, et pour sa persévérance à accompagner son élaboration au cours de multiples déclinaisons jusqu'à ce qu'il finisse par répondre à ses critères.

Chez Transworld, j'aimerais remercier Selina Walker et Danielle Weekes, deux des femmes les plus charmantes et talentueuses avec qui j'ai eu le privilège de travailler – et également de formidables éditrices – ainsi que Francesca Liversidge pour l'enthousiasme évident qu'elle portait à cet ouvrage. Publier un livre, bien évidemment, est un authentique travail d'équipe et je suis reconnaissant à tous les membres de Transworld pour leur dévouement et leur professionnalisme.

James Becker
Principauté d'Andorre, 2008

PROLOGUE

Printemps, 67 après Jésus-Christ
Jotapata, Judée

Au milieu du groupe que formaient les spectateurs silencieux, le Juif dénudé se débattait violemment, mais en vain. Un Romain solidement charpenté posa le genou lourdement sur chacun de ses bras pour les clouer à la poutre en bois – le *patibulum* – tandis qu'un autre lui maintenait fermement les jambes.

Le général Vespasien contemplait la scène tout comme il contemplait toutes les crucifixions. Selon ses informations, ce Juif n'avait commis aucun délit à l'encontre de l'Empire romain, mais il avait depuis fort longtemps perdu patience envers les défenseurs de Jotapata et avait pour habitude d'exécuter tous ceux que son armée parvenait à capturer.

Le soldat qui tenait le bras gauche du Juif relâcha légèrement sa prise, juste assez pour permettre à un autre homme de bander le poignet de la victime avec un tissu épais. Les Romains étaient experts en la matière pour ce mode d'exécution – ils avaient une grande pratique – et savaient que le tissu aiderait à étancher le flot de sang jaillissant des blessures. La crucifixion était censée durer longtemps, être très douloureuse et ils ne souhaitaient en aucun cas voir le condamné se vider de son sang en quelques heures seulement.

En temps normal, les victimes de la crucifixion étaient d'abord flagellées, mais les hommes de Vespasien n'avaient ni le temps ni l'envie de s'adonner à une telle pratique. Quoi qu'il en fût, ils savaient que les Juifs restaient en vie plus longtemps sur la croix s'ils n'étaient pas flagellés, et cela permettait d'appuyer le message intransigeant du général à l'attention de la ville assiégée, se tenant seulement à quelques lancers de flèche.

Après avoir appliqué les bandages autour du poignet, ils plaquèrent le bras du Juif avec force sur le *patibulum*, la poutre en bois rugueux tachée du sang des crucifiés précédents. Un centurion s'approcha, tenant un marteau et des clous. Ces derniers faisaient environ vingt centimètres de long, ils étaient épais, avec de larges têtes plates, spécialement conçues pour ce type de torture. À l'instar des croix, ils avaient été réutilisés à de nombreuses reprises.

— Tenez-le fermement, vociféra-t-il, avant de se pencher pour accomplir sa tâche.

Le Juif se figea dès qu'il sentit la pointe du clou toucher son poignet, puis il hurla lorsque le centurion asséna le premier coup de marteau. Les coups étaient assurés et réguliers, et le clou lui traversa le bras avant de s'enfoncer profondément dans le bois. Ajoutant à l'agonie de la blessure, le clou atteint le nerf médian, provoquant une douleur incessante et intense le long de tout le bras de la victime.

Du sang jaillit de la blessure, éclaboussant le sol autour du *patibulum*. Le clou dépassait d'environ dix centimètres du tissu désormais ensanglanté, bandé autour du poignet du Juif, mais deux nouveaux coups de marteau finirent d'accomplir la sale besogne. Lorsque la tête plate du clou vint se coller contre le tissu et comprimer le membre contre le bois, le flot de sang diminua nettement.

Le Juif agonisant poussait des hurlements à chaque coup de marteau, puis il perdit le contrôle de sa vessie. Un ruisseau d'urine s'écoula sur le sol poussiéreux. Deux soldats qui observaient la scène eurent un sourire mais la plupart n'y prêtèrent pas attention. Tout comme Vespasien, ils étaient fatigués – les Romains n'avaient cessé de combattre les habitants de Judée depuis près de cent ans – et, au cours des douze derniers mois, ils avaient assisté à bien trop d'exécutions et de souffrance pour voir dans une nouvelle crucifixion autre chose qu'une diversion temporaire.

Le combat avait été rude et les batailles étaient loin d'être en faveur d'un seul côté. À peine dix mois plus tôt, l'entière garnison romaine de Jérusalem avait vécu la reddition face aux Juifs et les soldats avaient été lynchés sur-le-champ. Dès lors, une guerre à grande échelle était devenue inévitable, et les combats avaient été de plus en plus cruels. À présent, les Romains s'étaient déployés en grand nombre à travers toute la Judée. Vespasien commandait la cinquième légion – *Fretensis* – et la dixième – *Macedonica* – tandis que son fils Titus était récemment arrivé avec la quinzième légion – *Apollinaris*. L'armée incluait également des troupes auxiliaires et des unités de cavalerie.

Le soldat relâcha le bras de la victime et fit quelques pas en arrière tandis que le centurion contournait la croix pour venir s'agenouiller près du bras droit du crucifié. Il n'y avait aucune issue pour le Juif en dépit de ses hurlements aigus et malgré des mouvements de plus en plus violents pour se débattre. Une fois le poignet droit fermement bandé, le centurion enfonça avec assurance le second clou puis s'écarta.

La section verticale des croix en T – les *stipes* – était une constante dans le camp romain. Chacune des légions – les trois camps se trouvaient côte à côte sur une petite hauteur surplombant la ville – en avait érigé une cinquantaine, bien visibles depuis Jotapata. La plupart d'entre elles étaient déjà utilisées et des vivants autant que des morts y pendaient encore.

Obéissant aux ordres du centurion, quatre soldats romains relevèrent le *patibulum* et portèrent la lourde poutre de bois, traînant le condamné juif, dont les cris se faisaient de plus en plus stridents, sur le sol rocailleux jusqu'au sommet. De larges marches avaient été placées de chaque côté des *stipes* et, ralentissant à peine leur foulée, les quatre soldats grimpèrent la pente et hissèrent le *patibulum* au sommet du monticule, le glissant dans le trou creusé à cet effet.

À peine les pieds du Juif avaient-ils quitté le sol que ses bras cloués supportèrent tout le poids de son corps et les articulations de ses épaules se déchirèrent. Ses pieds recherchèrent un appui – quelque chose, n'importe quoi – pour le soulager de la terrible agonie qui meurtrissait ses bras. En quelques secondes seulement, son talon gauche prit appui sur un bloc de bois fixé aux *stipes* à environ un mètre cinquante du haut de la croix. Il posa ses deux pieds et tenta de pousser vers le haut, afin d'atténuer la douleur dans ses bras. C'était, de toute évidence, pour cette raison précise que les Romains l'avaient placé à cet endroit. Alors qu'il tendait les jambes, le Juif sentit des mains lui saisir les pieds pour les ajuster en les plaçant sur le côté, les mollets côte à côte. Quelques secondes plus tard, d'un coup sec, un autre clou transperçait les deux talons, clouant ainsi les jambes à la croix.

Vespasien observa le mourant se débattre en vain. Il faisait penser à un insecte pris au piège et ses hurlements devenaient déjà plus faibles. Vespasien détourna le regard et se protégea les yeux du soleil couchant. Le Juif allait mourir dans deux, voire trois jours au mieux. La crucifixion terminée, les Romains commencèrent à se disperser pour retourner à leurs tâches au camp.

Chacun des campements militaires romains était conçu de manière identique : une grille carrée de « voies » dégagées portant toutes le même nom dans chacun des camps, et qui les partageaient en sections distinctes, le tout encerclé par un fossé et une palissade, renfermant des tentes séparées pour les hommes et les officiers. Le campement de la légion *Fretensis* se tenait au centre des trois camps, et la tente personnelle de Vespasien se dressait, comme toutes les tentes de généraux, à l'entrée de la *Via Principalis* – la voie principale, située directement face aux quartiers généraux du campement.

Les croix avaient été dressées en un alignement provocateur qui s'étendait à perte de vue le long de chaque façade des trois camps, comme pour rappeler aux défenseurs de Jotapata le triste sort qui les attendait s'ils venaient à être pris.

Vespasien répondit aux saluts des sentinelles tandis qu'il retournait derrière la palissade. C'était un soldat issu de soldat. Il officiait souvent au front, célébrant les triomphes de son armée et pleurant les morts aux côtés de ses hommes. Il était parti de rien – son père avait été un simple officier des douanes doublé d'un prêteur sur gages à court terme – mais il avait monté en grade et fini par commander les légions en Grande-Bretagne et en Allemagne. Il avait été ignominieusement mis à l'écart par Néron pour s'être endormi au cours de l'un des interminables concerts de l'empereur. C'était à la gravité de la situation en Judée qu'il devait d'avoir repris du service pour reprendre la situation en main et étouffer la révolte. Il semblait plus préoccupé qu'il se plaisait à le dire au sujet de la campagne. Son premier succès – une victoire facile à Gadara – avait presque été le fait du hasard car, malgré la meilleure volonté de ses soldats, la petite troupe de défenseurs de Jotapata n'avait montré aucun signe de reddition bien que désespérément en sous-nombre. Et la ville était loin d'être un point crucial en termes de stratégie. Une fois la victoire acquise, il savait qu'il allait devoir se remettre en route pour libérer les ports de la Méditerranée comme autant d'objectifs plus difficiles.

Cela risquait d'être un combat long et cruel, et, à cinquante ans, Vespasien était déjà un vieil homme. Il aurait préféré se retrouver n'importe où au sein de l'Empire, mais Néron retenait Domitien, son plus jeune fils, en otage, et ne lui avait laissé d'autre choix que de prendre le commandement de la campagne.

Juste avant de retrouver sa tente, il aperçut un centurion qui approchait. La tunique rouge de l'homme, ses cnémides ou protège-tibias, la *lorica hamata* – une armure en cotte de mailles – et le casque argenté avec sa crête transversale le rendaient facilement identifiable par rapport aux soldats ordinaires, arborant quant à eux leurs tuniques blanches et une *lorica segmenta* – un plastron. Il dirigeait un petit groupe de légionnaires et escortait un autre prisonnier, dont les bras étaient attachés dans le dos.

Le centurion s'immobilisa à une distance respectueuse de trois mètres et adressa un salut à Vespasien.

— Je vous livre le Juif de Cilicie, monsieur, comme vous l'avez ordonné.

Vespasien acquiesça et fit un geste pour indiquer sa tente.

— Amenez-le-moi.

Il fit un pas sur le côté tandis que les soldats conduisaient le captif à l'intérieur et le poussaient sans ménagement sur un tabouret en bois. La lumière vacillante des lampes à huile dévoila un homme âgé, grand et émacié, avec un front haut et dégarni et une barbe en désordre.

La tente était spacieuse – presque aussi volumineuse que celle normalement occupée par huit légionnaires – avec des quartiers séparés pour dormir. Vespasien ôta la broche qui retenait sa *lacerna*, la cape pourpre l'identifiant comme général, jeta le vêtement sur le côté et s'assit avec lassitude.

— Pourquoi suis-je ici ? demanda le prisonnier.

— Tu es ici, répondit Vespasien – ordonnant à l'escorte de disposer d'un vague mouvement du poignet –, parce que je l'ai ordonné. Les instructions de Rome étaient parfaitement claires. Pourquoi ne les as-tu pas respectées ?

L'homme secoua la tête.

— J'ai fait exactement ce que l'empereur a ordonné.

— Et moi, je te dis que non, siffla Vespasien, sinon je ne me retrouverais pas perdu ici dans ce misérable pays, pour étouffer une rébellion de plus.

— Je n'en suis pas responsable. J'ai suivi les ordres autant que j'ai pu. Tout ceci – le prisonnier fit un geste de la tête pour désigner Jotapata – n'est pas de mon fait.

— Ce n'est pas l'avis de l'empereur et ce n'est pas le mien non plus. Selon lui, tu aurais dû mieux faire ... beaucoup mieux. Il a donné des ordres clairs et ces ordres incluent ton exécution.

Pour la première fois, la peur se lut sur le visage du vieil homme.

— Mon exécution ? Mais j'ai fait tout ce qu'il m'a demandé. Personne n'aurait pu faire plus. J'ai parcouru ce monde et établi des communautés partout où j'ai pu. Les imbéciles me croient – et ils me croient encore. Partout autour de vous, le mythe prend racine.

Vespasien secoua la tête.

— Ce n'est pas suffisant. Cette rébellion sape le pouvoir de Rome et l'empereur te tient pour responsable. Et pour cela, tu mourras.

— Sur la croix ? Comme le pêcheur ? demanda le prisonnier, les gémissements des mourants, cloués sur les croix au-delà du campement lui revenant en mémoire.

— Non. En tant que citoyen romain, on t'épargnera au moins cela. Tu seras ramené à Rome sous bonne escorte – par des hommes que je ne peux en aucun cas me permettre de perdre – et, une fois là-bas, tu périras par l'épée.

— Quand ?

— Tu partiras à l'aube. Mais avant ton exécution, l'empereur t'ordonne une dernière chose.

Vespasien s'approcha de la table et s'empara de deux diptyques – des tablettes de bois avec les surfaces intérieures recouvertes de cire et reliées l'une à l'autre grâce à un fil sur le côté, faisant office de charnière rudimentaire. Les deux tablettes étaient perforées à plusieurs endroits aux bords extérieurs – ces trous étaient appelés *foramina* – afin de pouvoir passer le fil ou *linum* à triple épaisseur qui était ensuite scellé du sceau à l'effigie de Néron. Il devenait ainsi impossible d'ouvrir les tablettes sans rompre le sceau… C'était l'usage courant avec les documents légaux pour les préserver des contrefaçons. Sur chacun des diptyques, une note succincte était écrite à l'encre sur le devant pour indiquer le contenu du texte. Les diptyques avaient été confiés en mains propres par Néron à Vespasien avant que le général ne quitte Rome. Le vieil homme les avait déjà vus à plusieurs reprises.

Vespasien indiqua un petit rouleau sur la table et dit au prisonnier ce que Néron attendait qu'il écrive.

— Et si je refuse ? demanda le prisonnier.

— Dans ce cas, j'ai reçu pour instruction de ne pas t'envoyer à Rome, rétorqua Vespasien, avec un sourire qui ne trouva aucune expression dans ses yeux. Je suis convaincu que nous trouverons une *stipes* vacante que tu pourrais occuper pendant quelques jours.

67-69 après Jésus-Christ
Rome, Italie

Les jardins de Néron s'étendaient au pied de ce qui est désormais connu sous le nom des collines du Vatican, à savoir l'un des lieux préférés de l'empereur pour infliger une vengeance sauvage aux groupes de personnes en qui il voyait les principaux ennemis de Rome – les premiers chrétiens. Il les accusait d'avoir provoqué le grand incendie qui avait presque détruit la ville en 64 après Jésus-Christ et, depuis, il avait fait tout son possible pour débarrasser Rome et l'Empire de ce qu'il nommait la « vermine » juive.

Ses méthodes étaient extrêmes. Les plus « chanceux » étaient crucifiés ou mis en pièces par les chiens ou les animaux sauvages au Circus Maximus. Ceux qu'il souhaitait vraiment voir souffrir étaient recouverts de cire, empalés sur des pieux disséminés partout autour de son palais et plus tard embrasés. C'était l'idée que Néron se faisait d'une plaisanterie. Les chrétiens prétendaient être la « lumière du monde », alors il les utilisait pour éclairer son chemin.

Mais la loi romaine interdisait la crucifixion ou la torture de citoyens romains et l'empereur était au moins tenu d'obéir à ce règlement. Et c'est ainsi que, par un matin ensoleillé de la fin juin, Néron et son entourage observèrent un soldat muni d'un sabre se frayer un chemin devant une rangée de femmes et d'hommes attachés et agenouillés, décapitant chacun d'entre eux d'un seul coup de lame. Le vieil homme était l'avant-dernier dans la rangée et, obéissant aux propres ordres de Néron, le bourreau abattit l'épée par trois fois avant que sa tête ne se détache du corps.

La fureur de Néron après l'échec de son agent allait au-delà de la mort atroce de l'homme, et sa dépouille fut sommairement jetée dans une charrette et conduite à des kilomètres loin de Rome, pour être déposée dans une petite caverne dont l'entrée fut ensuite condamnée à l'aide de rochers. La caverne renfermait déjà les restes d'un autre homme, une autre épine au pied pour l'empereur et qui avait succombé à une crucifixion d'un genre bien particulier trois années auparavant, au tout début de la persécution néronienne.

Les deux diptyques et le petit manuscrit avaient fini entre les mains de l'empereur dès l'arrivée à Rome du centurion et de son prisonnier juif mais, durant plusieurs mois, l'empereur n'avait su quoi en faire. Rome luttait pour contenir la révolte des Juifs et Néron craignait de rendre leur contenu public, au risque d'envenimer la situation.

Mais les documents – le manuscrit qui renfermait principalement une confession faite par le Juif et quelque chose de bien plus compromettant qu'une simple trahison, ainsi que le contenu des diptyques apportant une preuve irréfutable – étaient d'une valeur inestimable. Ils étaient même explosifs et il prit le plus grand soin pour les mettre en lieu sûr. Il possédait une copie conforme du rouleau : sur l'original, il inscrivit de sa main une explication de son contenu et de son objet, authentifié par le sceau impérial. Les deux diptyques furent ensuite cachés auprès des cadavres, dans la caverne secrète, et le manuscrit original fut dissimulé à l'intérieur d'un coffre-fort, dans une salle fermée à double tour de l'un de ses palais. Mais il préféra conserver la copie enfouie dans un pot en terre cuite, juste au cas où il aurait à révéler son contenu dans l'urgence.

Il fut rattrapé par les événements. En 68 après Jésus-Christ, le chaos et la guerre civile frappèrent Rome. Néron fut déclaré traître par le Sénat et quitta la ville avant de se suicider. Galba lui succéda, mais fut rapidement assassiné par Otho. Vitellius fit son apparition et le défia pour enfin le battre au terme d'une bataille : Otho, tout comme Néron avant lui, périt sous le coup de l'épée.

Mais les partisans d'Otho n'avaient pas dit leur dernier mot. Ils s'empressèrent de chercher un nouveau candidat et choisirent Vespasien. Lorsqu'il fut enfin informé de ce qui se passait à Rome, le vieux général confia la guerre en Judée aux mains on ne peut plus expertes de son fils, le vaillant Titus, et partit pour l'Italie, écrasant au passage l'armée de Vitellius, qui fut tué lorsque les troupes de Vespasien apportèrent l'ordre dans la ville. Le 21 décembre, en 69 après Jésus-Christ, Vespasien fut formellement reconnu par le Sénat comme le nouvel empereur et la paix fut finalement restaurée.

Et, dans la confusion et le chaos de la courte mais amère guerre civile romaine, un coffre en bois fermé à double tour et un modeste pot en terre cuite contenant un petit rouleau de papyrus disparurent comme par enchantement.

Chapitre 1

I

Pendant quelques instants, Jackie Hampton n'eut aucune idée de ce qui avait bien pu la tirer d'un lourd sommeil. L'écran digital de son radioréveil indiquait 03 : 18 et la chambre à coucher était plongée dans une obscurité totale. Mais quelque chose venait bel et bien de la surprendre dans son sommeil – un bruit, quelque part dans la vieille bâtisse.

Les bruits étaient assez fréquents – la Villa Rosa se dressait sur le flanc de la colline entre Ponticelli et la ville plus imposante de Scandriglia depuis plus de six cents ans – et, bien souvent, le vieux bois craquait et gémissait. Le claquement se répercutait parfois comme un coup de fusil, en raison des changements de température. Mais ce bruit-là était différent, un bruit totalement inconnu.

Elle tendit automatiquement le bras de l'autre côté du lit mais, à tâtons, elle ne put trouver que le duvet. Mark était toujours à Londres et ne reprendrait pas l'avion pour l'Italie avant vendredi soir ou samedi matin. Elle aurait dû être à ses côtés, mais un changement de dernière minute dans le planning des maçons l'avait contrainte à rester à la maison.

C'est alors qu'elle l'entendit de nouveau – un son semblable à un tintement métallique. L'un des volets des fenêtres du rez-de-chaussée avait dû s'ouvrir et battre sous le vent. Jackie eut conscience qu'elle ne pourrait retrouver le sommeil sans en avoir le cœur net. Elle alluma la lumière et se glissa hors du lit, puis elle enfila ses pantoufles et saisit la robe de chambre posée sur la chaise, devant la table de la coiffeuse.

Elle alluma la lumière du bas et descendit d'un bon pas le large escalier en chêne menant à l'entrée principale. Au pied des marches, elle entendit de nouveau le bruit – légèrement différent du précédent, mais rappelant toujours le son du métal que l'on frappe contre la pierre – et il provenait de toute évidence de la vaste salle de séjour qui occupait plus de la moitié du rez-de-chaussée, sur le côté est de la demeure.

Sans même réfléchir, Jackie poussa la porte. Elle fit un pas à l'intérieur de la salle et alluma la grande lampe. À l'instant où les deux chandeliers s'illuminaient, la source du martellement de métal se fit évidente. Elle porta les mains à son visage et la peur lui coupa le souffle, puis elle fit volte-face et se mit à courir.

Une silhouette vêtue de noir se tenait debout sur l'une des chaises du salon et décollait, à l'aide d'un marteau et d'un burin, toute une section de plâtre au-dessus de l'imposante cheminée à l'ancienne, son œuvre éclairée par le faisceau d'une lampe torche que tenait un autre homme. À l'instant même où Jackie rebroussait chemin, les deux intrus se retournèrent et la fixèrent d'un air ébahi. L'homme tenant la torche marmonna un juron étouffé et se lança à sa poursuite.

— Oh, mon Dieu ! oh, mon Dieu ! oh, mon Dieu !

Jackie entama un sprint dans le grand hall, filant droit vers la cage d'escalier et pour se mettre en sûreté dans la chambre à coucher. Le bois de la porte faisait environ deux centimètres et demi d'épaisseur. Il y avait un poste téléphonique près du lit. Son téléphone portable était dans son sac à main sur la coiffeuse. Il lui suffisait d'attendre dans la chambre pour trouver le salut et pour appeler à l'aide.

Mais elle n'avait pas la tenue appropriée pour courir, contrairement à l'homme lancé à ses trousses. La pantoufle glissa de son pied droit lorsqu'elle atteignit la troisième marche, et elle put entendre les baskets de l'homme résonner bruyamment sur le sol pavé du hall d'entrée, à seulement quelques mètres derrière elle. Ses pieds recherchèrent un appui sur les marches de bois poli, mais elle trébucha, manqua une marche et tomba sur les genoux.

En moins d'une seconde, l'homme était sur elle, la saisissant par le bras et par l'épaule.

Jackie hurla et se débattit de tous côtés, lançant des coups de pied à l'aide de la jambe droite. Son pied nu frappa l'homme à l'aine. Il gémit de douleur et, dans un geste de réflexe, la frappa avec sa lampe torche. Le solide tube en aluminium vint s'écraser sur le côté de la tête de Jackie tandis qu'elle essayait de se remettre debout. Toute étourdie, elle vacilla sur le côté et tenta d'attraper la rampe, mais ses doigts tâtonnants la manquèrent. Elle s'écroula lourdement. Sa tête vint heurter la rampe et sa nuque fut instantanément brisée. Son corps dégringola mollement au bas de l'escalier et s'immobilisa sur le sol du hall. Elle avait les bras et les jambes écartés, et du sang s'écoulait de sa blessure à la tempe.

Son poursuivant dévala l'escalier et se pencha sur elle. Le second intrus fit son apparition sur le seuil de la porte de la salle de séjour et baissa la tête en direction du corps silencieux et immobile de Jackie. Il s'agenouilla à côté d'elle et tenta de palper son pouls.

Au bout de quelques secondes, il releva la tête et dévisagea l'autre homme avec colère.

— Tu n'étais pas censée la tuer, siffla-t-il.

Alberti baissa les yeux sur sa victime et haussa les épaules.

— Elle n'était pas censée être ici. On nous a dit que la maison serait vide. C'était un accident, ajouta-t-il, mais elle est morte et maintenant nous ne pouvons rien changer.

Sans même se retourner, les deux hommes se dirigèrent à nouveau vers la salle de séjour. Rogan ramassa le marteau et le burin, et continua à enlever ce qui restait de vieux plâtre, au-dessus d'un énorme linteau de pierre qui traversait toute la largeur du foyer.

Le travail prit très peu de temps et, en moins de vingt minutes, toute la zone était dégagée. Les deux hommes, debout devant la cheminée, fixèrent les lettres gravées sur l'une des pierres.

— C'est ça ? demanda Alberti.

— Rogan hocha la tête, l'air incertain.

— Oui, on dirait bien. Prépare le plâtre.

Tandis qu'Alberti quittait la pièce avec un seau pour aller chercher un peu d'eau, Rogan sortit de sa poche un appareil photo digital à haute définition et prit six photos de la pierre. Il se servit de l'écran pour vérifier que l'inscription était bien visible. Puis, par précaution, il réécrivit les mots dans un petit carnet.

Alberti réapparut avec l'eau. Parmi les détritus laissés par les maçons, il ramassa une taloche et une truelle, puis choisit un sac de plâtre dans la pile entassée contre le mur. Quelques minutes plus tard, une fois le plâtre prêt, il apporta la taloche vers le foyer.

Le linteau reposait sur une tôle en acier. C'était de toute évidence une réparation récente pour camoufler la fissure qui traversait la pierre en diagonale, à soixante centimètres environ du bord gauche. L'acier dépassait le linteau d'environ un centimètre et offrait une base solide pour le plâtre.

Alberti était homme expérimenté et, à peine une demi-heure plus tard, il avait réalisé une finition lisse de professionnel qui se raccordait parfaitement au plâtre plus récent du côté droit de la cheminée. L'autre extrémité était toujours couverte de vieux plâtre – les maçons n'avaient pas encore achevé leur travail – mais ils ne pouvaient rien faire de plus.

Cinquante minutes après la mort de Jackie et environ quatre-vingt-dix minutes après avoir forcé la porte arrière de la demeure, les deux Italiens quittèrent la propriété, se dirigeant vers l'allée toute proche où ils avaient laissé leur voiture.

II

Chris Bronson gara sa Mini Cooper gris métallisé dans un emplacement situé au deuxième étage du vaste parking de Crescent Road, qui se trouvait juste en face du siège de la police de Tunbridge Wells. Pendant quelques secondes, il resta assis à la place du conducteur, perdu dans ses pensées. Ce matin, songea-t-il, s'annonçait difficile. Très difficile.

Ce n'était pas la première fois qu'il rencontrait des difficultés avec Harrison mais, en ce triste jour, il avait comme l'impression que cela pouvait très bien être la dernière. L'inspecteur détective Thomas Harisson – « Tom » pour ses amis et le « gros salopard » pour presque tous les autres – était le supérieur direct de Bronson et ils ne s'étaient jamais bien entendus depuis le premier jour.

Harrison se considérait comme un policier de l'ancienne école, qui avait gravi tous les échelons, comme il se plaisait sans cesse à le rappeler à ceux qui le lui demandaient comme à tous ceux qui ne lui demandaient rien, et il en voulait à Bronson pour bon nombre de raisons. L'ID se montrait particulièrement acerbe avec tous les « bien comme il faut » : autrement dit, les officiers qui rejoignaient la police après l'université et bénéficiaient par conséquent de certains privilèges. Pour lui, Bronson faisait partie de cette catégorie, bien que ce dernier n'ait eu aucun diplôme et qu'il se soit engagé dans l'armée pour un service à durée déterminée, juste après l'école. En d'autres termes, Harrison croyait que Bronson – qu'il qualifiait le plus souvent de « Pulsion de Mort » – ne faisait que « jouer » à être policier : il avait beau être un officier extrêmement compétent, cela ne changeait rien à la donne.

Au cours des six mois durant lesquels Bronson avait été en poste à Tunbridge Wells, il s'était fait réprimander au moins une fois par semaine par Harrison, pour une raison ou une autre, mais comme il avait vraiment l'intention de faire carrière dans la police, il faisait de son mieux pour ne pas tenir compte de la haine évidente de Harrison à son égard. Mais à présent, il avait eu son compte.

On avait ordonné à Bronson de se rendre le plus tôt possible au poste, ce matin-là, et il en connaissait parfaitement la raison. Deux jours plus tôt, il s'était retrouvé impliqué avec d'autres officiers – en uniforme et en civil – dans l'arrestation d'un gang de jeunes hommes soupçonnés de dealer des stupéfiants. Le secteur habituel de ce gang était l'est de Londres, mais ils avaient récemment étendu leurs opérations à la région du Kent. Les arrestations ne s'étaient pas déroulées aussi bien que prévu et, au cours de l'échauffourée, deux jeunes hommes avaient été légèrement blessés. Bronson soupçonnait Harrison de vouloir l'accuser d'avoir abusé de la force au cours de l'arrestation, voire de s'en être pris volontairement à un suspect.

Il sortit de sa voiture, la ferma à clé et descendit l'escalier – les ascenseurs du parking n'étant en service qu'après huit heures – en direction de la rue.

Dix minutes plus tard, il frappait à la porte du bureau de l'ID Harrison.

III

Maria Palomo vivait dans la région des Monti Sabini depuis toujours, et pourtant, à soixante-treize ans, elle faisait encore des semaines de cinquante-quatre heures. Elle était femme de ménage, bien que ce ne fût pas le métier qu'elle appréciait le plus et pour lequel elle était particulièrement douée. Mais elle était honnête – ses clients pouvaient laisser une liasse de billets sur un bureau et être sûrs de les retrouver lorsque Maria avait terminé – et fiable au sens où elle arrivait plus ou moins à l'heure qu'elle avait annoncée. Et même si tous les coins et recoins de la maison n'avaient pas vu de balai depuis longtemps et que le four n'était nettoyé qu'une fois par an, les vitres, au moins, brillaient et les tapis étaient propres.

En gros, Maria, c'était mieux que rien et, dans son gros sac à main, elle détenait les clés de quelque trente propriétés de la région de Ponticelli-Scandriglia. Elle faisait le ménage dans certaines maisons. Dans d'autres, elle se contentait de vérifier que les portes étaient bien verrouillées quand les propriétaires étaient absents et, dans quelques autres encore, elle arrosait les plantes, triait le courrier et s'assurait que les lumières et les robinets étaient en état de marche et qu'il n'y avait pas d'inondation.

La Villa Rosa faisait partie des maisons où Maria faisait le ménage, même si elle ignorait combien de temps cela allait durer. Elle appréciait la jeune Anglaise, qui profitait de ses visites pour parfaire son italien, mais sa patronne lui avait récemment fait quelques remontrances. Durant ses deux dernières visites, en particulier, elle lui avait indiqué certaines zones de la maison où le ménage aurait pu être mieux fait. Maria lui avait répondu, comme elle le faisait toujours, par un sourire et un haussement d'épaules. Ce n'était pas facile, expliquait-elle, de tenir la maison propre quand des maçons vont et viennent, avec leurs outils et leur équipement. Sans bien évidemment oublier la poussière.

Cela n'avait pas vraiment plu à la *Signora* Hampton, qu'il l'avait sommée de travailler un peu plus dur, mais Maria avait dépassé le stade où l'on prête attention à ce que les gens demandent de faire. Elle se rendait à la maison chaque semaine, en faisait le moins possible et attendait de voir ce qui arriverait. Si l'Anglaise devait la renvoyer, elle trouverait quelqu'un d'autre. Ce n'était pas vraiment un problème.

Un peu après neuf heures, ce matin-là, Maria gravit tant bien que mal la route menant à la Villa Rosa sur la vieille Vespa qu'elle utilisait pour parcourir la région depuis les quinze dernières années. Le scooter ne lui appartenait pas, et elle l'avait emprunté il y a si longtemps qu'elle ne se souvenait même plus à qui il appartenait. Cette confusion s'étendait même aux papiers de la Vespa – le deux-roues n'était pas immatriculé et n'avait pas passé de contrôle technique depuis bien des années, mais cela ne préoccupait pas Maria, qui n'avait jamais voulu passer son permis. Elle faisait simplement attention de ne pas croiser la *polizia municipale* ou les *carabinieri* lorsqu'elle le conduisait.

Elle immobilisa le scooter devant la maison et le cala sur sa béquille. Son casque – à ce niveau, elle respectait la loi – fut rangé sous le siège, et elle se dirigea à grandes enjambées vers la porte de devant. Maria savait que Jackie se trouvait à la maison, elle laissa donc les clés dans son sac et sonna à la porte.

Deux minutes plus tard, elle sonna de nouveau. Mais toujours aucune réponse. Cela la rendit perplexe, alors elle se dirigea vers le double garage situé sur l'une des ailes de la maison et scruta à travers la porte entrouverte. La voiture des Hampton – une berline Alfa Romeo – s'y trouvait, exactement comme elle s'y attendait. La demeure était bien trop éloignée de Ponticelli pour que sa patronne prenne la peine de s'y rendre à pied, et elle savait que Jackie n'avait rien d'une randonneuse. Alors, où diable se trouvait-elle ?

Elle est peut-être dans le jardin, songea-t-elle. Elle contourna la maison jusqu'à la pelouse située à l'arrière, entourée d'arbustes et d'une demi-douzaine de petits parterres de fleurs, qui poussaient au pied de l'ancienne bâtisse. Mais le jardin était désert.

Maria haussa les épaules et retourna à la porte principale de la maison, tout en fouillant dans son sac, à la recherche de son jeu de clés. Elle finit par mettre la main sur la clé de l'entrée, la glissa dans la serrure et sonna de nouveau à la porte.

— *Signora* Hampton ? appela-t-elle, tandis que la porte s'ouvrait en grand. *Signora*...

Les mots furent étouffés dans sa gorge lorsqu'elle aperçut la silhouette immobile, étendue sur le sol de pierre. Une marre de sang dessinait un cercle autour de la tête de la victime, tel un halo rouge foncé.

Maria Palomo avait enterré deux maris et cinq autres membres de la famille, mais il y avait une grande différence entre le fait d'observer une dépouille recouverte d'un linceul dans une chapelle mortuaire et ce qu'elle était en train de voir. Elle poussa un cri, se retourna et se rua hors de la maison, puis courut sur les gravillons jusqu'au portail.

Elle s'immobilisa et se retourna face au bâtiment. La porte était grande ouverte et, malgré l'éclat du soleil matinal, elle pouvait toujours distinguer la forme gisant sur le sol. Pendant quelques secondes, elle demeura immobile, réfléchissant à ce qu'elle devait faire.

Il fallait, de toute évidence, prévenir la police, mais elle savait également qu'une fois que la *polizia* se retrouverait impliquée, sa vie risquait d'être analysée au microscope. Maria se dirigea vers la Vespa, enfila son casque, fit démarrer le moteur et dirigea le scooter jusqu'au bas de l'allée. Lorsqu'elle atteignit la route, elle tourna à droite. À un demi-kilomètre de distance se trouvait une maison appartenant à l'un de ses innombrables cousins, un endroit où elle pouvait en toute sécurité laisser la Vespa et retourner jusqu'à la demeure des Hampton.

Vingt minutes plus tard, Maria s'extirpa du siège passager de la vieille Lancia de son neveu et se dirigea droit vers la porte d'entrée toujours ouverte. Elle et l'homme marchèrent dans le couloir et observèrent le corps. Son neveu s'agenouilla et palpa les poignets de Jackie, puis il fit le signe de la croix et recula de quelques pas. Maria savait déjà à quoi s'attendre et ne réagit pas.

— Maintenant, je peux appeler la *polizia*, annonça-t-elle.

Elle saisit le téléphone qui se trouvait sur la table du hall et composa le 112, le numéro des urgences en Italie.

Chapitre 2

I

— Cette fois-ci, vous avez vraiment foiré, « Pulsion de Mort », tonna Harrison.

« Bien, songea Bronson. Nous y sommes. » Il se tenait face au bureau en désordre de l'ID, un fauteuil pivotant à ses côtés dans lequel Harrison ne l'avait de toute évidence pas invité à s'asseoir. Bronson regarda par-dessus son épaule, l'air perplexe, puis retourna la tête.

— On peut savoir à qui vous vous adressez, là ? demanda-t-il calmement.

— À vous. À vous, espèce de petit merdeux, siffla Harrison.

La situation était tout bonnement risible : Bronson faisait près de dix centimètres de plus que son supérieur, mais il pesait beaucoup moins.

— Mon nom est Christopher Bronson, et je suis sergent détective. Vous pouvez m'appeler Chris. Vous pouvez m'appeler le SD Bronson ou m'appeler simplement Bronson. Mais, vous, espèce de gros salopard hideux, je ne vous permets pas de m'appeler « Pulsion de Mort ».

— Comment venez-vous de m'appeler ?

— Vous avez très bien entendu, reprit Bronson, avant de s'asseoir dans la chaise pivotante.

— Et moi je vous ordonne de rester debout lorsque vous êtes dans mon bureau.

— Je crois que je vais rester assis, merci. Pourquoi vouliez-vous me voir ?

— Debout ! s'écria Harrison,

À l'extérieur du bureau vitré, les quelques officiers qui étaient arrivés de bonne heure commençaient à s'intéresser au petit entretien.

— Les choses ont assez duré, Harrison, fit Bronson, étendant confortablement les jambes devant lui. Depuis que j'ai pris ce poste, vous vous êtes plaint d'à peu près tout ce que j'ai pu entreprendre et je m'y suis fait parce que j'aime travailler dans les forces de police, même si cela consiste à travailler auprès de trous-du-cul tels que vous. Mais aujourd'hui, j'ai changé d'avis.

De petites perles de salive s'étaient rassemblées à la commissure des lèvres de Harrison.

— Salopard d'insubordonné. Ça vous vaudra votre carte de police.

— Oh, je vous fais confiance : vous allez certainement le faire. Je présume que vous avez échafaudé un plan pour m'accuser d'avoir agressé un prisonnier ou d'avoir abusé de la force pendant une arrestation.

Harrison acquiesça.

— Et j'ai des témoins, grommelait-il.

Bronson lui sourit.

— Oh, je ne me fais pas de soucis. J'espère simplement que vous les payez assez grassement. Vous rendez-vous compte que c'est à peu près la seule phrase que vous prononcez depuis mon arrivée, sans y ajouter un seul juron, espèce d'idiot vulgaire doublé d'inculte ?

Pendant quelques secondes, Harrison ne dit mot. Il se contenta de fixer Bronson, les yeux fulminant de rage.

— J'ai pris plaisir à cette petite conversation, remarqua Bronson, avant de se lever. Je vais me prendre un ou deux jours de congé. Ça vous laissera du temps pour savoir si vous souhaitez poursuivre cette parodie ou si vous décidez de vous comporter en vrai officier de police.

— Vous pouvez vous considérer comme suspendu, Bronson.

— C'est mieux... vous venez de m'appeler par mon vrai nom.

— Vous êtes fichtrement suspendu. Donnez-moi votre carte et fichez le camp d'ici.

Harrison tendit la main.

Bronson secoua la tête.

— Je crois que je vais la garder encore quelque temps, merci. Et pendant que vous décidez de ce que vous allez faire, vous pouvez peut-être jeter un coup d'œil à ça. (Bronson plongea la main dans la poche de sa veste et en sortit un petit objet noir et plat.) Pour vous éviter une question inutile, ceci est un petit enregistreur. Je vous enverrai une copie de votre conversation, telle quelle. Si vous voulez qu'une enquête soit ouverte, je permettrai aux enquêteurs de l'écouter. Et ça (Bronson sortit une enveloppe roussâtre d'une autre poche et la jeta sur le bureau), c'est une demande formelle de transfert. Faites-moi savoir ce que vous comptez faire. Vous avez mes coordonnées, je crois.

Bronson éteignit l'enregistreur et quitta le bureau.

II

Le téléphone dans l'appartement de Rome sonna juste après les onze heures et demie ce matin-là, mais Gregori Mandino était sous la douche, et le répondeur s'enclencha après six appels.

Un quart d'heure plus tard, rasé de près et portant ses vêtements habituels – chemise blanche, cravate noire et costume gris clair –, Mandino se prépara un large *caffè latte* dans la cuisine et l'emporta dans son cabinet. Il s'assit à la table de son bureau, appuya sur la touche « play » de la machine et se pencha en avant pour être sûr d'avoir bien entendu le message. L'appelant avait utilisé un code incompréhensible pour des oreilles indiscrètes, mais le message était suffisamment clair pour Mandino. Il fronça les sourcils, composa un numéro sur son Nokia, eut une brève conversation avec l'homme à l'autre bout du fil, puis s'assit de nouveau dans son fauteuil de cuir pour réfléchir aux nouvelles qu'il venait de recevoir. C'était bien loin d'être ce qu'il avait souhaité entendre.

L'appel provenait de son adjoint à Rome, un homme à qui il accordait toute sa confiance. La tâche qu'il avait confiée à Antonio Carlotti avait été suffisamment simple. Envoyer deux hommes dans la maison, récupérer l'information et ressortir de la maison. Mais la femme avait été tuée – peu lui importait qu'il s'agisse d'une mort accidentelle – et l'information que les hommes avaient obtenue n'apportait rien de plus à ce qu'il ne savait déjà.

Pendant quelques minutes, Mandino resta assis à son bureau, avec une irritabilité grandissante. Il aurait souhaité ne jamais se retrouver associé à un tel fiasco. Mais il n'avait pas eu le choix, et les instructions qu'on lui avait fournies bien des années auparavant avaient été à la fois claires et précises. Il ne pouvait pas, réfléchit-il, ne pas tenir compte de ce qu'ils avaient découvert sur Internet, et la phrase en latin constituait l'énigme la plus positive qu'ils avaient jamais mise au jour. Il n'avait d'autre choix que d'accomplir le travail.

Et en fait, il n'avait guère le choix. Même si cela le contrariait au plus haut point, au vu de ce qui venait de se passer, il y avait au moins une personne qu'il allait devoir tenir informée.

Mandino se dirigea jusqu'à son coffre mural, composa la combinaison et ouvrit la porte métallique. À l'intérieur étaient disposés deux pistolets semi-automatiques, tous deux chargés, et plusieurs liasses de billets maintenus par des rubans en caoutchouc, principalement des dollars américains et des euros en petites coupures. Tout au fond du coffre se trouvait un fin volume relié en vieux cuir dont les coins étaient tout écornés. L'on ne distinguait rien sur la couverture ni sur le dos pour indiquer ce qu'il renfermait. Mandino le sortit et le déposa sur son bureau, détacha la petite agrafe de métal qui fermait les couvertures, et l'ouvrit.

Il tourna délicatement les pages manuscrites, en examinant l'encre à moitié effacée tout en réfléchissant, comme chaque fois qu'il consultait le volume, aux instructions qu'il renfermait. Presque à la fin de l'ouvrage, une page contenait une liste de numéros de téléphone – il s'agissait d'un ajout récent – en grande partie écrite à l'aide d'un stylo-bille.

Mandino laissa courir son doigt sur la liste jusqu'à ce qu'il trouve le numéro qu'il cherchait. Puis il jeta un œil à l'horloge digitale sur son bureau et saisit de nouveau son téléphone portable.

III

Dans son bureau de la City, Mark Hampton avait éteint son ordinateur et s'apprêtait à partir déjeuner – il avait rendez-vous avec trois de ses collègues, au pub du coin, comme tous les mercredis – lorsqu'il entendit quelqu'un frapper à la porte. Il enfila sa veste en hâte, traversa la pièce et ouvrit la porte.

Deux hommes qu'il ne reconnut pas se tenaient à l'extérieur. Ils ne travaillaient pas pour la société, Mark en était convaincu. Il s'enorgueillissait de connaître, du moins de vue, tous les employés. Il y avait de rigoureuses mesures de sécurité au sein du bâtiment : les quatre entreprises qui avaient leurs bureaux ici traitaient de gestion de capitaux et de management, et leurs bureaux renfermaient des données et des programmes de première importance. Ce qui signifiait que les deux hommes avaient été correctement contrôlés par les membres de la sécurité.

— M. Hampton ? (La voix ne correspondait pas vraiment au costume.) Je suis le sergent détective Timms et mon collègue, à ma droite, est le détective Constable Harris. Je crains que nous n'ayons de très mauvaises nouvelles à vous annoncer, monsieur.

L'esprit de Mark tourbillonna, opéra des déductions instantanées qui ne reposaient sur rien de concret pour les abandonner aussitôt. Qui ? Où ? Que s'est-il passé ?

— Je crois savoir que votre épouse se trouve dans votre propriété en Italie, monsieur ?

Mark hocha la tête, incapable de prononcer le moindre mot.

— Je crains qu'il n'y ait eu un accident. J'ai le regret de vous apprendre que votre épouse est décédée.

Le temps sembla se figer. Mark pouvait voir la bouche de l'officier de police s'ouvrir et se refermer, il entendait les mots, mais son cerveau ne parvenait pas à comprendre leur sens. Il fit demi-tour et se dirigea jusqu'à son bureau, de façon quasi mécanique et automatique. Il s'assit sur sa chaise pivotante et regarda par la fenêtre, en voyant sans les voir les formes familières des grands bâtiments qui l'entouraient.

Timms continuait à lui parler.

— La police italienne souhaiterait que vous vous rendiez sur place le plus tôt possible, monsieur. Y a-t-il quelqu'un que vous aimeriez que l'on contacte ? Quelqu'un qui pourrait vous accompagner ? Pour s'occuper de la...

— Comment ? l'interrompit Mark. Comment est-ce arrivé ?

Timms se tourna vers Harris et haussa légèrement les épaules.

— Elle a été découverte par votre femme de ménage, ce matin. De toute évidence, elle a fait une mauvaise chute dans l'escalier, la nuit dernière. Je crains qu'elle ne se soit brisé la nuque.

Mark ne répondit pas. Il continua simplement de regarder par la fenêtre. Cela ne pouvait pas être en train de se produire. Ça devait être une erreur. Ils avaient le mauvais nom. Il ne pouvait en être autrement.

Mais Timms était toujours là, à débiter les mêmes inepties. Mark se dit que les policiers devaient avoir des instructions pour parler de la sorte à tous les parents vivant un deuil. Pourquoi ne se taisait-il pas et ne fichait-il pas le camp d'ici ?

— J'espère que vous comprenez, monsieur ?

— De quoi ? Pardon. Pouvez-vous répéter ?

— Vous devez vous rendre en Italie, monsieur. Vous devez identifier le corps et vous occuper des funérailles. La police italienne ira vous chercher à l'aéroport le plus proche – celui de Rome, je présume – et vous conduira à la propriété. Ils vous trouveront un interprète et toute l'aide dont vous aurez besoin. Est-ce suffisamment clair ?

— Oui, répondit Mark. Je suis désolé. C'est juste que... (Un épouvantable sanglot ébranla tout son corps, et il plongea la tête entre ses mains.) Je suis désolé. C'est le choc et...

Timms posa délicatement sa main sur l'épaule de Mark.

— C'est tout à fait compréhensible, monsieur. Maintenant, y a-t-il quoi que ce soit que vous aimeriez nous demander ? J'ai ici le détail de toutes les forces de police autour de Scandriglia. Y a-t-il quelqu'un que vous aimeriez que nous informions ? Vous avez besoin de quelqu'un à vos côtés en de telles circonstances.

Mark fit non de la tête.

— Non. Non, merci, fit-il, la voix tremblotante de tant d'émotion. J'ai un ami que je peux appeler. Je vous remercie.

Timms lui serra la main et lui tendit une feuille de papier.

— Encore désolé, monsieur. J'ai également inscrit mes coordonnées. S'il y a quoi que ce soit dont vous avez besoin, faites-le-moi savoir. Nous nous reverrons sûrement.

Lorsque les voix se dissipèrent, Mark se laissa finalement aller, et laissa monter les larmes. Des larmes pour lui-même, pour Jackie, des larmes pour toutes ces choses qu'ils auraient pu et dû faire ensemble. Quelques secondes avaient suffi, en deux ou trois mots d'un étranger bien attentionné, pour bouleverser sa vie à tout jamais.

Les mains tremblantes, il feuilleta son Filofax et vérifia un numéro de téléphone portable. Timms, ou peu importe son nom, avait eu raison sur un point : il avait assurément besoin d'un ami, et Mark savait parfaitement qui appeler.

Chapitre 3

I

— Mark ? Qu'est-ce qui se passe ? Qu'y a-t-il ?

Chris Bronson gara sa Mini Cooper sur le côté de la route et rapprocha son téléphone portable de son oreille. La voix à l'autre bout du fil était celle d'un homme totalement anéanti.

— C'est Jackie. Elle est morte. Elle...

En entendant les mots, Bronson eut l'impression de recevoir un direct à l'estomac. Il y avait peu de constantes dans son monde, mais Jackie Hampton était – ou avait été – l'une d'entre elles. Pendant plusieurs secondes, il resta assis là, à regarder à travers le pare-brise, tout en écoutant, sans l'entendre, l'explication larmoyante de Mark. Il tenta finalement de reprendre ses esprits.

— Oh, Seigneur ! Mark. Où cela... ? Non, peu importe. Où es-tu ? Où est-elle ? J'arrive tout de suite.

— En Italie. Elle est en Italie et je dois m'y rendre. Je dois l'identifier, tout ça. Écoute, Chris, je ne parle pas la langue, contrairement à toi, et je ne pense pas pouvoir tout supporter seul. Je sais bien que je te demande beaucoup, mais crois-tu que tu pourrais prendre quelques jours de congé et m'accompagner ?

Pendant un instant, Bronson hésita, une immense tristesse se mêlant à ses sentiments, longtemps refoulés, pour Jackie. Il ne savait vraiment pas s'il pouvait supporter tout ce que Mark lui demandait. Mais il savait aussi que son ami ne serait pas capable de tout endurer seul.

— Je ne suis pas sûr d'avoir un boulot en ce moment, donc m'octroyer un peu de temps libre n'est pas un problème. Tu as réservé un vol ?

— Non, répondit Mark. Je n'ai encore rien fait. Tu es la première personne que j'appelle.

— OK. Laisse-moi m'en occuper, poursuivit Bronson, sa voix ferme camouflant la réalité de ses émotions. (Il consulta sa montre, calcula le temps nécessaire pour ce qu'il avait à faire.) Je viendrai te chercher à ton appart dans deux heures. Auras-tu assez de temps pour tout préparer ?

— Oui, je pense. Merci, Chris. J'apprécie vraiment, tu sais.

— T'en fais pas pour ça. On se voit dans deux heures.

Bronson fit glisser le téléphone portable dans sa poche, mais fut incapable du moindre mouvement pendant plusieurs secondes. Puis il mit son clignotant et faufila sa voiture dans le flot de circulation, tout en réfléchissant à ce qu'il devait faire. Il tentait de rester concentré sur les banalités pour éviter de ressasser l'horrible réalité de la mort si soudaine de Jackie.

Il se trouvait à seulement quelques mètres de sa maison. Faire ses bagages ne lui prendrait pas plus d'une demi-heure, mais il allait lui falloir trouver son passeport, récupérer toutes les cartes qui avaient le maximum de crédit, quelles qu'elles soient, et se rendre à la banque pour retirer quelques espèces. Il allait également devoir prévenir le poste de Crescent Road qu'il prenait un congé sans solde compatissant et s'assurer qu'ils aient bien son numéro de portable – il devait encore respecter le règlement malgré son différend avec Harrison.

Et puis, il allait devoir affronter à la circulation londonienne pour se rendre à la chambre de fortune de Mark, Ilford. « Deux heures, se dit-il, ce ne sera pas du luxe. » Il n'allait pas essayer de faire des réservations, car il ne pouvait garantir l'heure à laquelle ils arriveraient à Stansted, mais il pensa que les compagnies EasyJet ou Ryanair auraient vraisemblablement un vol pour Rome dans l'après-midi.

II

La ligne directe du cardinal Joseph Vertutti, dans son somptueux bureau du Vatican, sonna à trois reprises avant qu'il regagne enfin le bureau et décroche le combiné.

— Ici, Joseph Vertutti.

La voix à l'autre bout du fil ne lui était pas familière, mais le ton exprimait l'autorité sans l'ombre d'un doute.

— J'ai besoin de vous voir.

— Qui êtes-vous ?

— Cela importe peu. Le problème concerne le manuscrit.

Pendant un instant, Vertutti ne sut pas à quoi cet appel non identifié faisait allusion. Puis il comprit enfin et empoigna le bord de son bureau comme par réflexe pour se soutenir.

— Le quoi ? demanda-t-il.

— Nous n'avons que très peu de temps, alors je vous en prie, ne jouez pas au plus malin avec moi. Je veux bien évidemment parler du manuscrit Vitalien, l'ouvrage que vous conservez secret au pénitencier apostolique.

— Le manuscrit vitalien ? Vous êtes sûr ?

En prononçant les mots, Vertutti se rendit compte de la stupidité de sa question : l'existence de ce manuscrit n'était connue que de très peu de personnes au Vatican et, à sa connaissance, d'absolument personne hors des portes du Saint-Siège. Mais le fait que son interlocuteur utilise la ligne directe externe indiquait que son appel provenait de l'*extérieur* des murailles du Vatican, et les mots suivants de l'homme confirmèrent les soupçons de Vertutti.

— J'en suis on ne peut plus certain. Il vous faudra me préparer un passe spécial au Vatican...

— Non, l'interrompit Vertutti. Pas ici. Je vous rencontrerai à l'extérieur. (Il se sentait mal à l'aise à l'idée de faire entrer son mystérieux interlocuteur au Saint-Siège.) Il ouvrit l'un des tiroirs de son bureau et en sortit une carte de Rome. Ses doigts tracèrent rapidement une trajectoire vers le sud, à partir du Vatican.

— À la Piazza di Santa Maria alle Fornaci, à quelques rues au sud de la Basilica di San Pietro. Il y a un café sur le côté est, à l'autre extrémité de l'église.

— Je connais ce café. Vers quelle heure ?

Vertutti consulta automatiquement son carnet de rendez-vous, bien qu'il savait qu'il n'allait pas rencontrer cet homme le matin même : il désirait du temps pour songer à cet entretien.

— Cet après-midi à seize heures trente ? proposa-t-il. Comment vous reconnaîtrai-je ?

La voix à l'autre bout du fil glousse légèrement.

— Ne vous en faites pas, cardinal. Je vous trouverai.

III

Chris Bronson gara sa Mini au parking de l'aéroport de Stansted, ferma la voiture à clé et guida Mark vers le terminal. Chacun disposait d'un bagage à main et Bronson avait également une mallette pour son ordinateur portable.

Bronson avait atteint l'appartement d'Ilford moins d'une heure après avoir quitté Tunbridge Wells, et Mark l'attendait à l'extérieur lorsqu'il était allé le récupérer. Le voyage jusqu'à Stansted – avec un passage rapide par le M11 – leur avait pris moins d'une heure.

— J'apprécie vraiment ce que tu fais pour moi, Chris, fit Mark pour à peu près la cinquième fois depuis qu'il était monté dans la voiture.

— Les amis, c'est fait pour ça, non ? répondit Bronson. Ne t'en fais pas.

— Maintenant, ne le prends pas mal, mais je sais qu'être flic ne paie pas beaucoup, et tu m'apportes ton aide, alors sache que je prends tout en charge.

— Ce n'est pas nécessaire, s'offusqua Bronson, objectant sans grande conviction, car en vérité le coût de ce voyage le préoccupait – son découvert atteignait la limite accordée et ses cartes de crédit ne pouvaient être trop sollicitées. De plus, il ignorait toujours si Harrison allait vraiment le renvoyer, et quel effet, si c'était le cas, cela aurait sur son salaire. Mais la dernière prime de Mark avait six chiffres : l'argent, pour lui, n'était pas un problème.

— Ne discute pas, déclara Mark. C'est moi qui décide.

Une fois dans l'aéroport, ils réalisèrent qu'ils avaient manqué le vol d'Air Berlin pour Fiumicino, mais ils étaient arrivés à point pour le dix-sept heures trente de Ryanair, qui atterrirait à l'aéroport Ciampino, vers les vingt et une heures, heure locale. Hampton paya la note avec une carte de crédit Gold et reçut en retour deux cartes d'embarquement. Ils se dirigèrent ensuite vers le contrôle de sécurité.

Il y avait quelques sièges vides au café jouxtant la porte des départs, alors ils achetèrent des boissons et s'assirent pour attendre leur vol.

Mark avait très peu parlé lors de leur voyage pour l'aéroport – il était toujours en état de choc, comme en témoignaient ses yeux cernés de rouge – mais Bronson voulait à tout prix savoir ce qui était arrivé à Jackie.

— Que t'a dit la police ? demanda-t-il.

— Pas grand-chose, avoua Mark. La police métropolitaine a reçu un message de la police italienne. Ils ont été appelés chez nous ce matin. Apparemment, notre femme de ménage s'est rendue à notre propriété comme d'habitude. Elle n'a eu aucune réponse, alors elle a utilisé sa clé pour entrer. (Il ferma les yeux pendant un court instant, sortit un mouchoir et les essuya.) Désolé. Elle a dit à la police avoir découvert Jackie morte, sur le sol du hall d'entrée. Selon la police italienne, elle aurait trébuché dans l'escalier – ils ont trouvé l'une de ses pantoufles sur les marches – et s'est cognée sur le côté de la tête contre la rampe.

— Et ça... l'interrompit Bronson.

Mark hocha la tête, l'air profondément désespéré.

— Et ça lui a brisé la nuque. (Sa voix se mit à trembloter sur le dernier mot, et il but une gorgée d'eau.) Quoi qu'il en soit, poursuivit-il, Maria Palomo – la femme de ménage – a dit à la police que je travaillais à Londres. Ils ont retrouvé ma trace en passant par l'ambassade britannique à Rome, et ils ont contacté la police sur place.

C'était tout ce qu'il savait, mais le peu d'informations dont il disposait ne l'empêchait pas de spéculer. En effet, pendant l'heure suivante, il ne cessa de ressasser les scénarios. Bronson n'intervint pas – c'était probablement une bonne thérapie, se dit-il – et, pour être égoïste, cela offrait à Bronson l'opportunité de rester assis là, en participant peu à la conversation, tandis que son esprit se remémorait les années où il avait connu Jackie lorsqu'elle se nommait encore Jackie Evans.

Bronson et Mark s'étaient d'abord rencontrés à l'école, et avaient bâti une solide amitié qui avait duré, malgré les carrières différentes que tous deux avaient entamées. Ils connaissaient tous les deux Jackie depuis la même époque, et Bronson était tombé désespérément, éperdument amoureux d'elle. Mais Jackie n'avait d'yeux que pour Mark. Bronson avait refoulé ses sentiments et, lorsque Jackie avait épousé Mark, il avait été le témoin et Angela Lewis – la fille qui allait devenir Mme Bronson moins d'un an plus tard – était l'une des demoiselles d'honneur.

— Désolé, Chris, murmura Mark, lorsqu'ils prirent finalement place à l'arrière du Boeing 737. Je n'ai fait que parler de moi et de Jackie. Tu dois en avoir assez.

— Si tu ne l'avais pas fait, j'aurais été bien préoccupé. Parler te fait du bien. Ça t'aide à mieux accepter ce qui est arrivé, et cela ne m'ennuie pas de rester assis à t'écouter.

— Je le sais, et j'apprécie vraiment, tu sais. Mais changeons de sujet. Comment va Angela ?

Bronson sourit légèrement.

— Ce n'est peut-être pas le meilleur sujet de discussion. Nous venons de finaliser le divorce.

— Pardon, je l'ignorais. Où vit-elle à présent ?

— Elle s'est acheté un petit appartement à Londres et j'ai gardé la petite maison à Tunbridge.

— Vous continuez à vous parler ?

— Oui, maintenant que les avocats sont hors jeu. Nous nous parlons, mais nous ne sommes pas particulièrement en bons termes. Nous n'étions pas compatibles, et je suis heureux d'en avoir pris conscience avant d'avoir des enfants, ce qui aurait tout compliqué.

C'était là, reconnaissait silencieusement Bronson, la raison que lui et Angela donnaient à quiconque le demandait, bien qu'il ne fût pas sûr qu'Angela en soit vraiment convaincue. Mais ce n'était pas la véritable raison de l'échec de leur mariage. Avec le recul, il savait qu'il n'aurait jamais dû l'épouser – ou épouser qui que ce soit – car il était toujours amoureux de Jackie. Il s'était agi essentiellement d'un mariage de substitution. Fondamentalement, il sortait d'une déception amoureuse.

— Elle travaille toujours au British Museum ?

Bronson hocha la tête.

— Oui, elle est toujours conservatrice en céramiques. Je présume que c'est l'une des raisons de notre rupture. Elle y travaille de longues heures et elle doit faire des voyages sur le terrain chaque année. Ajoute à cela mes horaires défiant le code social en tant que flic, et tu comprendras que nous avons commencé à communiquer par le biais de petits mots – nous n'étions jamais à la maison ensemble.

Le mensonge venait avec facilité sur la langue de Bronson. Au terme d'environ dix-huit mois de mariage, il avait commencé à trouver plus facile d'accepter les heures supplémentaires – et il y en avait de nombreuses à faire – plutôt que de rentrer à la maison pour y vivre une relation instable et ponctuée de disputes.

— Elle adore son boulot, et je pensais adorer le mien, mais ça, c'est une autre histoire. Aucun d'entre nous n'est disposé à abandonner sa carrière et, à la fin, ça a échoué. C'est probablement la meilleure solution.

— Tu as eu des problèmes au travail ? demanda Mark.

— Un seul, en réalité. Mon prétendu supérieur est un idiot inculte qui me déteste depuis le premier jour où je suis arrivé au poste. Ce matin, je lui ai enfin dit d'aller se faire voir, et j'ignore si j'aurai encore un job à mon retour.

— Pourquoi tu continues à faire ça, Chris ? Il doit y avoir d'autres boulots bien plus intéressants.

— Je le sais bien, répondit Bronson, mais j'aime être flic. Il y a juste des types comme l'ID Harrison qui font tout pour me faire vivre un véritable calvaire. J'ai demandé un transfert, et je vais faire le maximum pour l'obtenir, crois-moi.

Chapitre 4

Joseph Vertutti enfila ses vêtements civils avant de quitter le Saint-Siège. Il descendit d'un bon pas la Via Stazione di Pietro, vêtu de sa veste légère bleue et d'un pantalon. Il ressemblait à n'importe quel homme d'affaires italien, avec un peu d'embonpoint.

Vertutti était le cardinal en chef, le préfet, du dicastère de la Congrégation pour la doctrine de la Foi, la plus ancienne des neuf congrégations de la curie romaine descendant directement de l'Inquisition romaine. Son mode d'opération actuel n'avait pas beaucoup changé depuis les temps où le fait d'être brûlé vif était la punition classique pour les hérétiques, seulement maintenant Vertutti s'assurait que ses méthodes soient un peu plus sophistiquées.

Il poursuivit sa route vers le sud, dépassa l'église, avant de traverser la rue côté est. Puis il tourna en direction du nord, revenant vers la piazza, les couleurs rouge clair et vert du café contrastant avec les parasols Martini qui protégeaient les tables extérieures du soleil d'après-midi. Plusieurs de ces tables étaient occupées, mais il y en avait trois ou quatre de libres au fond. Il tira une chaise et s'assit à l'une des tables.

Lorsque le serveur finit par s'approcher, Vertutti commanda un *caffè latte*, se pencha en arrière pour regarder autour de lui et consulta sa montre : seize heures vingt. Son timing était presque parfait.

Dix minutes plus tard le serveur à l'air morose servit une grande tasse de café devant lui, en en renversant un peu dans la soucoupe. Tandis que le serveur s'éloignait, un homme solidement bâti portant un costume gris et des lunettes de soleil tira la chaise située à l'autre extrémité de la table et s'assit.

Au même moment, deux jeunes hommes vêtus d'un costume sombre et de lunettes de soleil s'asseyaient de part et d'autre de l'une des tables les plus proches. Ils avaient une allure exprimant la bonne forme, et un sentiment de menace presque palpable émanait d'eux. Ils jetèrent un regard indifférent à Verlutti et commencèrent à scruter la rue et les piétons passant devant le café. Vertutti avait eu beau surveiller la rue, il ignorait d'où les trois hommes avaient bien pu venir.

À peine son compagnon fut-il assis que le serveur refit son apparition, prit la commande et disparut en emportant le grand verre de Vertutti. Moins de deux minutes plus tard, il était de retour, avec deux *lattes* sur un plateau, le tout accompagné d'un panier de croissants et de viennoiseries.

— Ils me connaissent ici, fit l'homme, parlant pour la première fois.

— Qui êtes-vous exactement ? demanda Vertutti. Vous êtes membre officiel de l'Église ?

— Mon nom est Gregori Mandino, déclara l'homme, et je suis ravi de vous apprendre que je n'ai aucun lien direct avec l'Église catholique.

— Dans ce cas, comment êtes-vous au courant pour le manuscrit ?

— Je le sais parce qu'on me paie pour le savoir. Plus important, ajouta Mandino en regardant autour de lui pour s'assurer que personne n'écoutait, j'ai été payé pour veiller à ce qu'aucun des signes contenus dans le document ne soit découvert.

— Payé par qui ?

— Par vous. Ou, plus précisément, par le Vatican. Mon organisation puise ses racines en Sicile mais a des relations d'affaires à Rome et dans toute l'Italie. Nous travaillons avec la mère Église depuis près de cent cinquante ans.

— J'ignore tout de cela, bredouilla Vertutti. De quelle organisation parlez-vous ?

— Si vous y réfléchissez bien, vous devinerez qui je représente.

Vertutti se contenta de fixer Mandino pendant de longues secondes, mais ce ne fut que lorsqu'il jeta un coup d'œil du côté des tables adjacentes, aux deux jeunes hommes aux aguets qui n'avaient pas touché à leurs boissons et qui continuaient de scruter la foule, qu'il comprit enfin. Il secoua la tête, l'incrédulité se lisant sur ses traits rubiconds.

— Je refuse de croire que nous ayons jamais été en relation avec la *Cosa nostra*.

Mandino acquiesça patiemment.

— Vous l'avez été, fit-il, depuis le milieu du XIXe siècle pour être tout à fait exact. Si vous ne me croyez pas, retournez au Vatican et vérifiez mais, d'ici là, laissez-moi vous raconter une histoire qui a été effacée de l'histoire officielle du Vatican. L'un des papes au règne le plus long était Giovanni Maria Mastai-Ferretti, le pape Pie IX, qui…

— Je sais de qui il s'agit, fit Vertutti avec impatience.

— Je suis heureux de l'apprendre. Dans ce cas, vous devriez savoir qu'en 1870 il s'est retrouvé virtuellement assiégé par l'État italien fraîchement unifié. Dix années plus tôt, l'État avait inclus à la fois la Sicile et les États pontificaux, et Pie IX encouragea les catholiques à refuser la coopération, ce que nous faisions depuis des années. Notre collaboration officieuse débuta alors, et nous n'avons cessé de travailler main dans la main depuis cette date.

— C'est complètement insensé, s'offusqua Vertutti, sa voix rendue plus grave sous l'effet de la colère.

Il s'appuya contre le dossier de sa chaise et croisa les bras, le visage écarlate. Cet homme – pratiquement un criminel attitré qui ne s'en cache pas – suggérait que, depuis un siècle et demi, le Vatican, la plus vieille, la plus sainte et la plus importante section de la mère de toutes les Églises, se trouvait profondément impliquée aux côtés de la plus célèbre organisation criminelle de la planète. Dans n'importe quel autre contexte, cela aurait prêté à rire.

Et pour couronner le tout, lui qui était l'un des cardinaux les plus haut placés de la curie romaine se retrouvait à présent assis à la table d'un café donnant sur la rue, au beau milieu de Rome, à boire un verre avec un *mafioso* de premier ordre. Et il aurait parié que ce Mandino occupait un rang élevé dans la hiérarchie : la déférence du serveur, habituellement peu aimable et revêche, les gardes du corps et l'air d'autorité et de pouvoir de l'homme en disaient long. Et cet homme – ce gangster – connaissait un document dont l'existence, du moins Vertutti le pensait-il, constituait l'un des secrets les mieux gardés de l'Église catholique.

Mais Mandino n'avait pas terminé.

— Jouons cartes sur table, Éminence, fit-il, le dernier mot presque prononcé avec mépris. J'ai été baptisé, comme presque tous les enfants italiens, mais je n'ai pas remis le pied dans une église depuis une quarantaine d'années, parce que je sais que le christianisme est une aberration. Comme toutes les religions, elle est entièrement fondée sur de la fiction.

Le cardinal Vertutti blêmit.

— Tout cela n'est que pur blasphème. Les origines de l'Église catholique remontent à deux millénaires et sont fondées sur la vie, les actes et les paroles de Jésus-Christ notre seigneur. Le Vatican se charge d'offrir la Bonne Parole à plusieurs millions de fidèles dans presque chaque pays du globe. Comment osez-vous affirmer que vous détenez la vérité et que le reste du monde se trompe ?

— J'ose l'affirmer car j'ai entrepris des recherches, au lieu de ne me fier qu'à la fumée et aux effets de miroir de l'Église catholique. Ce n'est pas parce que des foules innombrables de gens croient en quelque chose que cette chose est vraie ou confirmée. Dans le passé, des millions d'individus croyaient que la Terre était plate et que le Soleil et les étoiles tournaient autour d'elle. Ils se trompaient autant que les chrétiens aujourd'hui.

— Votre arrogance me laisse sans voix. Le christianisme repose sur l'autorité incontestable des paroles de Jésus en personne, fils de Dieu. Entendez-vous nier la vérité de la Parole Divine et de la sainte Bible ?

Mandino sourit légèrement et acquiesça.

— Vous abordez le cœur du sujet, cardinal. Il n'existe pas de Parole Divine – seulement la parole de l'homme. Tous les textes religieux jamais écrits sont l'œuvre de l'homme et sont généralement rédigés dans son intérêt personnel ou pour correspondre à des circonstances individuelles. Citez-moi une seule chose – je dis bien une seule chose – qui prouve l'existence de Dieu. (Vertutti ouvrit la bouche pour parler, mais Mandino fut plus rapide et poursuivit.) Je sais. Il faut avoir la foi. Eh bien, je ne l'ai pas, car j'ai étudié la religion chrétienne et je sais qu'il s'agit d'une drogue conçue pour tenir les individus tranquilles et permettre aux hommes qui règnent sur l'Église et le Vatican de vivre dans le luxe sans avoir à fournir un travail utile à la communauté. Vous ne pouvez prouver l'existence de Dieu, mais je peux presque vous prouver que Jésus n'a *pas* existé. Le seul endroit où l'on trouve une référence à Jésus-Christ se trouve dans le Nouveau Testament, et ça – et vous le savez aussi bien que moi, que vous l'admettiez ou non – est une collection d'écrits lourdement modifiés au fil des années, et aucun de ces écrits ne pourrait être considéré, même vaguement, comme contemporain. Avant d'accepter les évangiles « autorisés », l'Église a interdit plusieurs douzaines d'autres écrits qui vont clairement à l'encontre du mythe de

Jésus. Si le Christ était un tel leader charismatique et inspirant, et qu'il accomplissait des miracles et toutes ces choses comme le prétend l'Église, alors pourquoi n'existe-t-il pas *une seule mention* de Jésus, et ce dans aucun écrit grec, romain ou juif contemporain ? Si cet homme était aussi important, qu'il attirait autant de fidèles et donnait autant de fil à retordre à l'armée romaine d'occupation, alors pourquoi personne n'a jamais écrit quoi que ce soit à son sujet ? Le *fait* est qu'il n'existe que dans le Nouveau Testament, la « source » que l'Église a montée de toutes pièces et modifiée au cours des siècles, et il n'existe pas le début d'une preuve de source *indépendante* attestant qu'il ait jamais existé.

Comme tout homme d'Église, Vertutti était habitué à celles et ceux qui doutent de la Parole de Dieu – dans un monde de plus en plus athée, c'était inévitable – mais ce Mandino semblait nourrir une haine quasi pathologique envers l'Église et à l'encontre de tout ce qu'elle représente. Et cela appelait inexorablement une interrogation.

— Si vous haïssez et méprisez tant l'Église catholique, Mandino, alors pourquoi vous trouvez-vous impliqué dans cette affaire ? Pourquoi devriez-vous vous soucier de l'avenir de la religion catholique ?

— Je vous l'ai déjà dit, cardinal. Nous avons accepté cette tâche il y a bien des années, et mon organisation prend ses responsabilités très au sérieux. Peu importe mon opinion personnelle, je ferai de mon mieux pour finir le travail.

— Vous avez de la chance de vivre dans ce siècle, avec des opinions aussi hérétiques.

— Je sais. Au Moyen Âge, ils m'auraient certainement jeté sur un bûcher et brûlé vif pour que je pense comme eux.

Vertutti but une gorgée de sa tasse. Malgré sa répugnance immédiate et totale pour cet homme, il savait qu'il allait devoir travailler avec lui pour régler la crise actuelle. Il posa sa tasse sur la table et dévisagea Mandino.

— Nous devons accepter d'avoir des vues divergentes au sujet de l'Église et du Vatican, fit-il. Je suis bien plus préoccupé par le problème en cours. Vous êtes apparemment au courant pour le manuscrit. Qui vous en a parlé ?

Mandino acquiesça et se pencha en avant.

— Mon organisation s'est engagée dans cette quête visant à retrouver le document source depuis le début du siècle dernier, débuta-t-il. La tâche a toujours été sous la seule responsabilité du chef – le *capofamiglia* – de la famille de Rome. Lorsque cette tâche me fut confiée, on m'a donné un livre à lire, un ouvrage qui, selon moi, n'avait que très peu de sens. Alors j'ai cherché une clarification auprès du dicastère, celui-ci étant à la source de la demande originale, et votre prédécesseur a eu l'amabilité de me fournir quelques informations supplémentaires au sujet des faits susceptibles de m'aider à prendre la mesure de la nature cruciale de la tâche.

— Il n'aurait jamais dû faire une telle chose. (La voix de Vertutti se fit plus basse et pleine de colère.) Cette information n'est connue que des membres supérieurs du Vatican les plus fiables et les plus dignes de confiance. Pourquoi vous l'a-t-il dit ?

— Inutile d'en faire tout un plat, répondit Mandino, d'un ton de nouveau conciliant. Il m'a simplement expliqué que l'Église recherchait un document perdu depuis plusieurs siècles, un texte ancien qu'il fallait à tout prix éviter de voir tomber entre les mains de quiconque à l'extérieur du Vatican.

— C'était tout ? demanda Vertutti.

— Oui, plus ou moins.

Vertutti se sentit soudain soulagé. Si c'était bien la seule information que son prédécesseur avait divulguée, il n'y avait par conséquent que peu de dommages. Le manuscrit Vitalien était probablement le plus obscur parmi les innombrables secrets gardés dans le pénitencier apostolique et il semblait que ce secret bien particulier était pour le moment préservé.

Mais le cœur du problème était celui-ci : faisait-il suffisamment confiance à ce Mandino pour le croire ?

— Nous avons accepté le fait que vous étiez au courant pour le manuscrit. Mais j'ignore toujours pourquoi vous m'avez appelé. Disposez-vous d'une quelconque information ? Est-il arrivé quelque chose ?

Mandino sembla ne faire aucun cas de la question.

— Chaque chose en son temps, Éminence. Vous ignorez de toute évidence qu'un petit groupe de mes hommes n'a cessé de surveiller de très près les publications utilisant tout mot ou phrase notoire contenus dans le manuscrit. Cela est en accord avec les instructions écrites données par votre dicastère il y a plus d'un siècle. Nous disposons de systèmes de surveillance dans tous les endroits évidents mais, depuis l'arrivée d'Internet, nous nous sommes également concentrés sur des sites de traduction de langues mortes, à la fois sur les programmes *on-line* et ceux qui proposent des services plus professionnels. Avec l'accord de votre prédécesseur, nous avons installé un petit bureau, ici à Rome, chargé, en apparence, d'identifier, de récupérer et d'étudier des textes anciens. Sous couvert de recherche avancée, nous avons demandé à tous les traducteurs de latin, de grec, de copte et d'araméen que nous étions capables d'identifier de nous tenir informés chaque fois qu'ils recevaient des passages contenant les mots cibles et presque tous ont accepté. Nous nous sommes également penchés sur les programmes *on-line*, et la plupart d'entre eux ont été plus faciles à identifier – étonnant, l'aide que vous pouvez obtenir si les gens pensent que vous travaillez pour le pape. Nous avons simplement fourni la même liste de mots pour chaque service de langue et, chaque fois, les responsables de site ont accepté de nous informer dès qu'une demande de traduction correspondait aux paramètres. La plupart des sites disposent de systèmes automatiques qui nous envoient des e-mails contenant les mots, et toute autre information dont ils disposent sur la personne à l'origine de la recherche. Cela peut aller jusqu'à inclure leur nom et leur e-mail, mais nous obtenons toujours leur adresse IP.

— Ce qui signifie ? demanda Vertutti.

— C'est une série de chiffres qui permet une localisation sur Internet. Nous pouvons nous en servir pour trouver l'adresse de la personne ou, du moins, l'adresse de l'ordinateur utilisé. De toute évidence, si une recherche est effectuée à partir d'un café internet, il sera impossible d'identifier la personne qui l'a lancée.

— Tout cela est-il pertinent ?

— Oui, attendez un peu. Nous avons jeté un large filet et nous avons spécifié une quantité énorme de mots pour nous assurer que rien ne passe entre les mailles. Nous disposons également de programmes qui scannent les e-mails reçus et identifie les correspondances les plus probables. Ils sont connus sous le nom de « vérificateurs syntaxiques ». Jusqu'à la semaine dernière, aucune expression n'a dépassé 42 %. Et il y a deux jours, nous avons reçu ça. (Il plongea la main dans sa poche et en sortit un petit bout de papier. Il le déplia et le tendit à Vertutti.) Les vérificateurs syntaxiques l'ont évalué entre 73 % et 76 % pour cent, soit presque le double du résultat le plus élevé obtenu jusque-là.

Vertutti observa la page déployée sous ses yeux. Dessus, en lettres capitales, se trouvaient trois mots en latin :

« *HIC VANIDICI LATITANT* »

Chapitre 5

I

— Et d'où provient cela, exactement ? demanda Joseph Vertutti, fixant toujours le bout de papier dans sa main.

Une traduction des mots en italien était inscrite sous le texte en latin.

— D'un service de traduction en ligne sur un serveur situé en Amérique – à Arlington, Virginie, pour être tout à fait précis. Mais la recherche a été effectuée ici, en Italie, à quelques kilomètres seulement de Rome.

— Pourquoi auraient-ils choisi un site américain ?

Gregori Mandino haussa les épaules.

— Sur Internet, les emplacements géographiques importent peu. Les gens utilisent les sites qu'ils ont le plus de facilité à utiliser ou les plus rapides et les plus riches.

— Et la traduction ? C'est ce qu'a donné le programme ?

— Non, même si c'est très proche. Le site américain suggérait « dans ce lieu ou cet emplacement les menteurs sont cachés », qui est, au mieux, une traduction extrêmement maladroite. L'interprétation de mon spécialiste est bien plus élégante : « ici gisent les menteurs ».

— Le latin est suffisamment clair, murmura Vertutti. « *Hic* » est de toute évidence « ici », et je pouvais m'attendre à lire « *vatis mendacis* » – « faux prophètes » – plutôt que « *vanidici* », mais pourquoi « *latitant* » ? Le mot « *occubant* » aurait été beaucoup plus littéral.

Mandino sourit légèrement et sortit deux photographies.

— Nous avons prévu cette question, Éminence, et vous auriez eu raison si l'on avait découvert l'inscription sur une tombe. « *Occubant* » – « enterré » ou « gisant dans une tombe » – aurait été beaucoup plus probable. Mais cette inscription ne se trouve pas sur une pierre tombale. Elle est gravée sur une petite pierre oblongue qui faisait partie du mur au-dessus d'une cheminée d'une ferme réaménagée vieille de six cents ans dans la région des Monti Sabini.

— Quoi ? (Pour la première fois, Vertutti parut choqué.) Montrez-moi ces photos, ordonna-t-il. (Mandino les lui passa et Vertutti les étudia pendant quelques secondes. L'une était un gros plan de l'inscription, et des autres nombreuses pierres au-dessus d'une large cheminée.) Alors pourquoi êtes-vous si certain que cela a quelque chose à voir avec le manuscrit ?

— Je ne l'étais pas au début, et c'est pourquoi j'ai décidé de mener une enquête plus approfondie. Et c'est là que les choses ont mal tourné, j'en ai bien peur.

— Je vous écoute.

— La personne qui a fait cette enquête a laissé son adresse e-mail – c'est l'une des conditions pour utiliser ce site particulier – et c'est ainsi plus facile de la localiser. Nous avons pu identifier la maison depuis laquelle la traduction a été demandée. Elle se situe tout près de la route entre Ponticelli et Scandriglia, et a été achetée l'année dernière par un couple anglais du nom de Hampton.

— Et alors, qu'avez-vous fait ? demanda Vertutti, en craignant le pire.

— J'ai ordonné à mon adjoint d'envoyer deux hommes sur place. Nous pensions alors que les propriétaires seraient partis en Grande-Bretagne, mais ce que nous ignorions c'est que Mme Hampton se trouvait toujours à la propriété. Pour une raison inconnue, elle n'avait pas accompagné son mari. Les hommes sont entrés par effraction, ont commencé à chercher la source de la phrase latine, et l'ont rapidement repérée, gravée à même la pierre au-dessus de la cheminée. Elle avait été recouverte de plâtre qu'une équipe de maçons était en train de refaire et seule une partie de la pierre avait été exposée. Cette section contenait l'inscription. Ils avaient pour ordre de découvrir la phrase latine et toute autre chose qui pourrait être pertinente ; de toute évidence, leur première tâche consistait à vérifier la pierre entière à la recherche d'autres inscriptions. Les hommes se sont mis à décoller le plâtre mais Mme Hampton les a entendus, et est descendue pour en savoir plus. L'un des hommes l'a prise en chasse et, lors d'une échauffourée dans l'escalier, elle s'est cognée contre la rampe et s'est brisé la nuque. C'était un accident.

C'était encore pire que ce à quoi Vertutti pensait. Une femme innocente, morte.

— Un simple accident ? répéta-t-il. Vous pensez réellement que je vais croire ça ? Je connais les méthodes de travail de votre organisation. Vous êtes certain qu'elle n'a pas été poussée ? Ou même battue à mort ?

Mandino sourit froidement.

— Je ne peux que vous répéter ce que l'on m'a dit. Nous ne saurons jamais ce qui est vraiment arrivé dans cette maison, mais la femme aurait probablement dû mourir d'une manière ou d'une autre. Je comprends que les consignes de la Sanction ne laissent aucune place au doute.

Au milieu du VIIe siècle, le pape Vitalien a rédigé le manuscrit de sa main, ne souhaitant pas confier ses recommandations à un scribe, même le plus dévoué. Au cours des siècles, le contenu du manuscrit n'a été connu que par quelques-uns des plus éminents apparatchiks du Vatican dignes de confiance, y compris le pape régnant. Aucun d'entre eux n'a émis de réserves concernant les mesures suggérées par Vitalien et plus connues sous le nom de Sanction de Vitalien, au cas où la relique interdite, quelle qu'elle soit, viendrait à refaire surface, mais cela n'avait rien de surprenant.

— Vous n'aurez pas la prétention de me faire un cours sur la Sanction. Comment connaissez-vous ne serait-ce que son existence ? demanda Vertutti, les yeux emplis de contrariété.

Mandino haussa les épaules.

— Une fois encore, je le tiens de votre prédécesseur. Il m'a dit que quiconque trouvait ce document ou avait connaissance de son contenu devait être considéré comme dangereux pour l'Église et qu'il le paierait de sa vie. Pour le bien de l'Église, bien évidemment.

— Le cardinal a exagéré. (Vertutti se pencha en avant pour accentuer son argument.) Ce document doit être récupéré. Il doit à tout prix être tenu secret et ne doit en aucun cas tomber dans le domaine public. Tout cela est la stricte vérité. Les consignes de la Sanction sont tenues secrètes, mais je peux vous affirmer que l'assassinat n'est *pas* l'une des options suggérées.

— Vraiment, votre Éminence ? L'Église a ouvertement couvert des assassinats dans le passé. En réalité, on fermait même les yeux au sein du Vatican, et vous le savez aussi bien que moi.

— Foutaises. Donnez-moi un seul exemple.

— C'est facile. Le pape Pie XI a presque certainement été assassiné en 1939 pour l'empêcher de prononcer un discours crucial condamnant le fascisme à une époque où la papauté avait décidé de l'accepter. Cela ne surprit personne de voir que son successeur, Pie XII, soutint ouvertement le troisième Reich.

— Cela est une allégation frivole qui n'a jamais été prouvée.

Mandino riposta sur le même ton de colère.

— Bien sûr que cela n'a jamais été prouvé. La raison en est que le Vatican avait rejeté toute enquête sur des événements qui s'étaient produits à l'intérieur du Saint-Siège. Mais le fait que le Vatican refuse de reconnaître quelque chose ne veut pas dire que cela ne s'est pas produit ou n'a pas existé.

— Certaines personnes feraient tout pour entacher le saint nom de l'Église, riposta Vertutti, convaincu qu'il avait marqué un point. Et votre hypocrisie me stupéfait. *Vous* essayez de *me* faire la leçon sur la moralité et sur le meurtre.

— Ce n'est pas hypocrite du tout, Éminence. (De nouveau, Mandino prononça le mot avec mépris.) La *Cosa nostra*, elle au moins, ne se cache pas derrière les mirages et les pièges de la religion. Tout comme les nôtres, les mains de l'Église catholique ont été couvertes de sang à travers les siècles, et c'est toujours le cas aujourd'hui.

Pendant quelques instants, les deux hommes demeurèrent silencieux, se dévisageant mutuellement à l'autre bout de la table, puis Vertutti baissa le regard.

— Cela ne nous mène nulle part et, selon toute vraisemblance, nous allons devoir travailler ensemble. (Il but une nouvelle gorgée de son café pour accentuer le changement d'humeur.) Alors, est-ce que la quête de ces hommes a porté ses fruits ? Qu'ont-ils trouvé d'autre ?

— Pas grand-chose, répondit calmement Mandino, comme s'ils n'avaient pas, quelques secondes plus tôt, échangé des mots durs. Le même texte en latin découvert par les Hampton. Mes deux hommes ont enlevé tout le plâtre de la pierre et l'ont prise en photo. Ils en ont également fait une copie écrite, mais ils n'ont découvert aucun autre mot.

Vertutti secoua la tête. Ce n'était pas juste une mort, mais une mort inutile qui plus est.

— Alors, vous voulez dire que la femme est morte pour rien ?

Mandino lui offrit un petit sourire contraint.

— Pas entièrement. Nous avons découvert quelque chose que les Hampton avaient probablement jugé sans importance. Regardez attentivement ces photographies et vous le verrez.

Vertutti prit les photos des mains de Mandino – il s'agissait d'un gros plan de l'inscription – et l'observa pendant plusieurs secondes.

— Je ne vois rien, lui apprit-il.

— Ce n'est pas un autre mot, juste huit lettres : un groupe de deux et un autre de trois, rapprochés les uns des autres, et un dernier groupe de trois lettres. On les trouve au bas de l'inscription, et en beaucoup plus petit, un peu comme une signature. (Mandino fit une pause, savourant le moment.) Les deux premiers groupes de lettres s'épèlent « PO » et « LDA », et je pense que nous pouvons tous deux deviner ce qu'ils signifient. Les trois dernières lettres sont « MAM », et nous pensons qu'elles correspondent à « Marcus Asinius Marcellus ». Et ça, je pense que c'est la preuve dont nous avons besoin.

II

Ils savaient que la maison serait déserte, mais Rogan et Alberti attendirent vingt-deux heures trente avant d'approcher le bâtiment : la police avait peut-être laissé un officier sur place. Rogan contourna la maison jusqu'à l'arrière, à la recherche de lumières extérieures trahissant une présence ou de voitures stationnées à l'extérieur, mais ne vit rien. Satisfaits, Alberti et lui retournèrent à la porte arrière.

Les deux hommes savaient parfaitement que Mandino et son adjoint Carlotti étaient extrêmement mécontents à cause de la mort de la femme et, même si les ordres que Carlotti leur avait donnés n'avaient pas beaucoup de sens, ils étaient déterminés à les suivre à la lettre.

Alberti sortit une pince-monseigneur pliante de sa poche, inséra la pointe entre la porte et le jambage, et souleva doucement. Avec un léger craquement de bois fendu, les vis retenant le verrou s'écartèrent facilement dans le bois, exactement comme elles l'avaient fait le soir précédant, et la porte finit par s'ouvrir.

Laissant à Alberti le soin de remettre le verrou en place – ils allaient repartir par la porte de devant, comme ils l'avaient déjà fait –, Rogan traversa la maison jusqu'à l'escalier, éclairant son chemin à l'aide d'une lampe torche, et monta au premier étage. Il ignorait où trouver ce qu'il cherchait, alors il essaya chacune des pièces, mais en vain. Cela devait se trouver quelque part au rez-de-chaussée.

Il avait raison. Quatre portes s'ouvraient sur le hall d'entrée, la quatrième dévoila un petit bureau. Sur le bureau, la lampe torche révéla un ordinateur à écran plat, un clavier et une souris, avec la tour posée à côté sur le sol. Il y avait également un téléphone et un combiné imprimante-scanner, ainsi qu'un tas de papiers, de stylos, de Post-it et toutes ces choses habituelles que l'on trouve dans n'importe quel bureau.

— Excellent, murmura Rogan.

Il marcha jusqu'à la fenêtre, regarda par la vitre pour vérifier que les volets extérieurs étaient bien fermés, puis il tira les rideaux. Ce n'est qu'après cela qu'il alluma la lampe principale.

Il s'assit sur la chaise de cuir pivotante et alluma l'ordinateur ainsi que l'écran. En attendant que le système se charge, il vérifia rapidement les papiers disséminés sur la table du bureau, à la recherche de notes pouvant faire référence à l'inscription. Il découvrit un petit bout de papier sur lequel avaient été rédigés les trois mots en latin, avec une traduction anglaise en dessous. Il plia le document et le glissa dans sa poche, puis il poursuivit ses recherches, mais ne découvrit rien d'autre.

Lorsque le logo Windows apparut sur l'écran, Rogan se servit de la souris pour lancer Internet Explorer. Il sélectionna les « options Internet » et consulta l'historique des sites récemment visités. Il jeta également un œil à la liste des « favoris », à la recherche de tout ce qui pouvait ressembler aux sites que Carlotti avaient spécifiés, mais ne trouva rien. Puis il scanna les e-mails envoyés et reçus dans Outlook Express mais, une fois de plus, ses recherches furent vaines. Rogan vérifia ses ordres écrits une dernière fois, haussa les épaules et désactiva l'ordinateur.

Il jeta un dernier coup d'œil à la pièce, éteignit la lumière et quitta le bureau. Alberti l'attendait dans le couloir.

— Nous allons vérifier le séjour une nouvelle fois, fit Rogan, en ouvrant la voie. Le plâtre frais au-dessus du foyer était toujours humide au toucher, mais le raccord avec le mur adjacent était bon.

Les deux hommes inspectèrent minutieusement la pièce, à la recherche d'images ou de plans susceptibles de représenter l'inscription désormais invisible, mais ne découvrirent rien.

— Je crois qu'on a fait le tour, déclara Rogan. On a fait tout ce que voulait le *capo*. Fichons le camp d'ici.

Vingt-cinq minutes plus tard, et à presque trente kilomètres de la demeure, Rogan réalisa brusquement qu'il avait oublié d'ouvrir les rideaux dans le bureau. Il relâcha son pied de la pédale d'accélérateur tout en se demandant si, oui ou non, il devait retourner là-bas, mais décida finalement que cela n'avait pas d'importance. Après tout, que pouvait-on en déduire en observant deux rideaux fermés ?

Chapitre 6

Il était presque minuit lorsque le taxi tourna sur l'allée en gravillon, les phares de la voiture illuminant les vieilles pierres de la Villa Rosa et surprenant même un renard qui se frayait un chemin en solitaire à travers le jardin. Mark semblait littéralement anéanti, fixant la maison avec une sorte de fascination horrifiée tandis que la voiture s'immobilisait. Ils retirèrent leurs sacs du coffre et observèrent le taxi qui s'en allait.

— Attends-moi ici, Mark. J'y vais en premier.

Hampton acquiesça, mais ne répondit pas. Il sortit un trousseau de clés de la poche de sa veste et le lui passa. Bronson laissa son sac sur le sentier, marcha jusqu'à la porte frontale de la propriété et déverrouilla la serrure. La porte s'ouvrit et il mit un pied à l'intérieur, veillant bien à allumer toutes les lampes.

Inévitablement, le premier endroit qu'il alla vérifier était le sol de pierre au bas du large escalier en chêne. Ce n'était pas aussi horrible que ce qu'il avait pu craindre : la marque de la blessure où la tête de Jackie avait saigné était toujours visible et formait une sorte de tâche circulaire décolorée, mais quelqu'un – probablement la femme de ménage, Maria Palomo – avait nettoyé tout le sang. Il y avait un petit tapis oblong près de la table du couloir, et Bronson le traîna sur le sol jusqu'à cc qu'il recouvre complètement la marque sur les dalles.

Des vagues de tristesse le submergèrent. Il s'imagina Jackie, son corps recroquevillé sur le sol, incapable d'appeler à l'aide et sachant probablement qu'elle allait mourir. Quelle manière solitaire et épouvantable de mourir ! Il sentit les larmes lui monter, et il les chassa avec colère. Il fallait qu'il soit fort. Pour lui-même, pour Jackie, et surtout pour Mark.

Les marches et le hall avaient de toute évidence été nettoyés, et tout avait été fait pour masquer le fait qu'un incident tragique était survenu dans cette partie de la maison. On distinguait même un vase rempli de fleurs fraîches sur la table. Bronson se jura d'offrir une petite prime à la femme de ménage.

Il arpenta rapidement le reste de la maison, de haut en bas, vérifiant que la police italienne ainsi que l'équipe médico-légale n'avaient pas laissé des débris ou de l'équipement, puis il se rendit à l'extérieur.

— OK, Mark ?

Mark hocha la tête, exprimant tout sauf « Ok » et suivit Bronson jusqu'à la porte de devant.

— Va à la cuisine, suggéra Bronson. On va se prendre un verre et aller nous coucher. Je m'occuperai des sacs.

Mark ne répondit pas et se contenta de fixer la cage d'escalier et le sol du hall pendant quelques secondes, puis se rendit au petit passage qui menait à l'arrière de la propriété. Bronson sortit, récupéra les sacs et retourna à l'intérieur.

Il laissa les sacs dans le couloir et marcha jusqu'à la cuisine. Mark était assis à l'une des chaises droites, à scruter le mur, les yeux dans le vide. Bronson ouvrit quelques tiroirs, et trouva du thé et du café, puis une boîte de chocolat en poudre ainsi qu'un bocal à moitié plein de Horlicks, du lait en poudre. Ce n'était pas ce qu'il recherchait mais, dans le tiroir du bas, il trouva un choix de bouteilles d'alcool et sortit deux d'entre elles.

— Whisky ou brandy ? demanda Bronson. À moins que tu veuilles quelque chose d'autre.

Mark le dévisagea, un peu comme s'il était surpris de le voir ici.

— Pardon ?

Bronson répéta la question, en tendant ostensiblement les deux bouteilles.

— Oh, du brandy, s'il te plaît. Je ne supporte pas le whisky.

Bronson vint s'asseoir en face de son ami et fit glisser un verre à moitié plein sur la table.

— Bois ça, puis monte te coucher. Ça a été une longue journée et tu dois être épuisé.

Mark but une gorgée de brandy.

— Toi aussi, tu dois être crevé.

— Je le suis, fit Bronson avec un léger sourire, mais je me fais davantage de souci pour toi. Tu veux quelle chambre ?

— Tout sauf notre chambre à coucher, Chris, déclara Mark d'une voix tremblante. Je ne pourrais pas le supporter.

Bronson avait déjà vérifié la chambre principale. Quelqu'un l'avait préparée – probablement la femme de ménage – car le lit était fait et les vêtements de Jackie étaient soigneusement pliés sur une chaise.

— Aucun problème. Je déposerai ton sac dans l'une des chambres d'amis. (Bronson posa son verre et quitta la cuisine, mais il fut de retour quelques minutes plus tard, tenant à la main de petites tablettes marron.) Tiens, fit-il, prends-en une. Elles t'aideront à dormir.

— Qu'est-ce que c'est ?

— De la mélatonine. Je les ai trouvées dans la salle de bains. Elles sont efficaces pour réguler les effets du décalage horaire. Elles ont un effet relaxant et t'aident à t'endormir. Et elles ne te rendent pas accro, contrairement aux somnifères habituels.

Mark acquiesça et avala les tablettes avec le reste de son brandy.

Bronson rinça leurs verres et les déposa dans l'évier.

— Monte te coucher. Je vais juste jeter un dernier coup d'œil à la maison, pour m'assurer que les portes et les fenêtres sont bien fermées, puis je te suivrai.

Mark hocha la tête et quitta la pièce. Dans le hall, Bronson ferma la porte principale, puis il arpenta tout le rez-de-chaussée, pièce après pièce, vérifiant que toutes les fenêtres étaient bien fermées et que les volets extérieurs étaient bien verrouillés.

Il termina sa petite ronde dans la cuisine et, en s'assurant que la clé avait bien été tournée dans la porte du fond, examina le sol. Il y avait quelque chose, de petites particules marron. Il s'agenouilla pour examiner d'un peu plus près, ramassa deux des fragments les plus gros et les roula entre le pouce et l'index. Il s'agissait de toute évidence de petites particules de bois, et Bronson inspecta le plafond au-dessus de sa tête, tout en se demandant s'il n'y avait pas un problème de vers ou de termites. Mais les poutres et les lattes du plancher étaient noircies par l'âge et semblaient tout à fait solides. Les fragments n'étaient pas non plus des résidus d'insectes. Les insectes réduisent le bois à l'état de poussière et ce qu'il tenait entre ses doigts ressemblait davantage à de petits éclats de bois.

Bronson déverrouilla la porte pour aller vérifier à l'extérieur et aperçut immédiatement sur le cadre de la porte, au niveau même de la serrure, une petite section de bois écrasé d'environ cinq centimètres carrés. Il sut immédiatement ce qui en avait été la cause – il avait enquêté sur bon nombre de cambriolages, en tant qu'officier de police, pour reconnaître les marques causées par une pince-monseigneur ou une barre à mine. Quelqu'un avait tout bonnement forcé la porte, et l'avait fait assez récemment. Les fragments de bois avaient probablement été arrachés et la serrure avait été forcée.

Il examina attentivement la serrure. Même à mains nues, il pouvait la bouger légèrement – toutes les vis étaient là, mais elles maintenaient à peine la serrure sur la porte. Quelqu'un avait pénétré par effraction dans la maison – il en aurait mis sa main au feu – puis avait replacé la serrure et de toute évidence quitté la maison par la porte de devant, qui s'était autoverrouillée à cause de la serrure automatique, et il en déduisit que c'était l'œuvre des cambrioleurs – si la femme de ménage avait trouvé la serrure arrachée, elle aurait sûrement laissé un message ou informé la police et, si la police l'avait examinée, ils auraient fait bien davantage que remettre simplement les vis dans les trous.

Bronson se demandait pour quelle raison le ou les cambrioleurs auraient perdu du temps à remettre la serrure en position. D'expérience, il savait que la plupart des gens qui pénètrent à l'intérieur de maisons choisissent l'accès le plus facile, prennent tout ce qu'ils trouvent et repartent ensuite par le chemin le plus court. Aussitôt entrés, aussitôt sortis. Mais dans la propriété des Hampton, ils avaient dû perdre plusieurs minutes à repositionner le verrou. La seule raison plausible, c'était que les cambrioleurs avaient voulu que personne ne sache qu'ils avaient pénétré à l'intérieur de la maison, et cela n'avait absolument aucun sens. Mais pour quelle raison ? Le propriétaire aurait aussitôt su qu'il avait été cambriolé. À moins, bien évidemment, que les cambrioleurs n'aient rien volé, mais si tel était cas, alors pourquoi pénétrer par effraction à l'intérieur de la maison ?

Bronson secoua la tête. Le vol l'avait exténué et il avait du mal à se concentrer. Il parviendrait à élucider le mystère après avoir dormi un peu.

Il se rendit à la cuisine et choisit l'une des chaises droites qui entouraient la table en bois. Il la saisit et le cala juste derrière la poignée de la porte, en assénant de petits coups sur les pieds pour la caler en position. Il plaça une autre chaise devant. Au cas où quelqu'un tentait de pénétrer par effraction, le bruit qu'il provoquerait les réveillerait.

Puis il monta se coucher. La porte forcée constituait une énigme qui allait devoir attendre le lendemain matin.

Chapitre 7

I

Bronson se réveilla de bonne heure. Il avait eu un sommeil agité et ses rêves avaient été peuplés d'une multitude d'images vivaces de Jackie, le jour de son mariage, souriante et radieuse. Des images contrastant avec celle du corps recroquevillé gisant sur les dalles froides et peu accueillantes du hall.

Juste après les coups de huit heures il descendit les marches à pas feutrés et se rendit à la cuisine. Tandis qu'il attendait que la bouilloire ait fini de bouillir, il retira la chaise qu'il avait utilisée pour bloquer la porte la nuit précédente et examina de nouveau les dégâts. À la lumière du jour, les marques étaient encore plus visibles.

Il arpenta la pièce, ouvrant les tiroirs à la recherche d'un tournevis. Sous l'évier, il tomba sur une boîte bleue en métal où Mark conservait un bon attirail d'outils, une véritable obligation dans n'importe quelle vieille maison. Mais il ne trouva aucune vis dont il avait besoin pour fixer la serrure correctement.

Bronson se prépara une tasse de café et mangea un bol de céréales, puis il saisit un jeu de clés et se rendit au garage. Il trouva un sac en plastique à demi rempli de vis à bois sur l'une des étagères du fond. Dix minutes plus tard, il avait de nouveau fixé la serrure en utilisant des vis d'un centimètre de plus en longueur que les vis originales mais, comme les vis avaient été arrachées du bois quand la porte avait été forcée, les trous s'étaient agrandis et le bois s'était affaibli. Il était convaincu que, même avec de plus grosses vis, une simple pression extérieure sur la porte risquait d'arracher à nouveau la serrure. Il pourrait trouver deux boulons pour fixer la porte, mais il fallait qu'il voie ça avec Mark avant d'entreprendre quoi que ce soit. Il inspecta ensuite la demeure à la recherche d'autres signes d'effraction, mais ne trouva rien d'autre.

La propriété était située à flanc de colline. Elle avait des murs de pierre couleur miel et de petites fenêtres, sous un toit de tuiles rouges, au centre d'un jardin d'environ deux mille mètres carrés, avec des herbes hautes, un mélange agréable de pelouses, d'arbustes et d'arbres. Non loin de la bâtisse serpentait une allée jusqu'au haut de la colline, en direction d'autres propriétés isolées. La ville la plus proche – Ponticelli – se trouvait à environ cinq kilomètres.

Bronson avait visité la maison deux fois auparavant, juste après que les Hampton l'aient achetée mais qu'ils ne l'habitaient pas encore, et la seconde fois environ un mois plus tard, avant que ne débutent les travaux de rénovation. Il se souvenait parfaitement de la propriété et il avait toujours apprécié ce qu'elle dégageait. C'était une vaste ferme pleine de coins et de recoins, légèrement délabrée, qui affichait son âge certain avec un mélange de charme, de solidité et d'excentricité. Les poutres noircies ainsi que les lattes de bois contrastaient avec les épais murs de pierre : certains étaient plâtrés, mais la plupart ne l'étaient pas. Jackie aimait à répéter, de sa voix mêlant plaisir et irritation, qu'il n'y avait pas un mur droit ni un angle droit dans la demeure.

Bronson sourit tristement en se remémorant ces scènes. Jackie était tombée amoureuse de la vieille maison dès le premier instant. Elle adorait le mode de vie à l'italienne, le café, la cuisine et le bon vin, et le temps. Même lorsqu'il pleuvait, elle ne cessait de répéter que la pluie mouillait moins que le crachin britannique. Mark avait beau s'offusquer de l'absurdité d'une telle affirmation, cela ne la touchait pas.

Et à présent, Bronson réalisa qu'il n'entendrait plus jamais le son de sa voix enjouée, son enthousiasme contagieux pour tout ce qui était italien, du chianti bon marché qu'ils achetaient dans une petite boutique poussiéreuse au village local jusqu'à la beauté hallucinante des lacs.

Il sentit les larmes lui monter et chassa aussitôt ces pensées de son esprit. Il se força à rester concentré sur l'examen minutieux de la demeure, en quête de quelque chose qui confirmerait qu'il y avait bel et bien eu cambriolage.

Bien évidemment, avec les outils et l'équipement des maçons, des sacs de plâtre et des pots de peinture entassés dans presque toutes les pièces, la propriété n'avait plus du tout la même allure que celle de ses souvenirs. La plupart des meubles avaient été empilés et recouverts de draps pour permettre aux maçons de travailler, mais Bronson parvint à identifier les choses qui avaient le plus de valeur – la télévision, la chaîne stéréo et l'ordinateur, ainsi qu'une douzaine de tableaux convenables – et même, dans la chambre principale, près de mille euros, en billets, glissés sous une bouteille de parfum sur la coiffeuse de Jackie.

Tandis qu'il marchait autour de la maison, il se demanda si Mark allait vouloir la garder, avec son lot de souvenirs tragiques ou la vendre et déguerpir au plus vite.

Quelques minutes plus tard, Bronson s'assit à la table de la cuisine et observa l'horloge murale. Si Mark ne se levait pas, il allait devoir aller le réveiller : ils avaient des choses – peu plaisantes pour chacun d'entre eux – à faire aujourd'hui. Mais alors que ces pensées lui traversaient l'esprit, il entendit les pas de son ami dans l'escalier.

Mark avait une mine abominable. Il n'était pas rasé ni lavé et semblait hagard. Il portait une vieille paire de jeans et un T-shirt qui avait connu des jours meilleurs. Bronson lui remplit une tasse de café bien noir et la posa sur la table, face à lui.

— B'jour, fit-il, pendant que Mark s'asseyait. Que dirais-tu d'un bon p'tit déj ?

Son ami fit non de la tête.

— Non merci. Je me contenterai du café. Je me sens aussi vif qu'une éponge. Combien de temps avons-nous ?

Bronson consulta sa montre.

— La morgue est à environ quinze minutes d'ici en voiture, et on doit y être à neuf heures. Tu ferais mieux de boire ça, puis nous y irons tous les deux. Veux-tu que j'appelle un taxi ?

Mark secoua la tête et prit une nouvelle gorgée de café.

— On prendra l'Alfa, fit-il. Les clés sont sur la table dans le hall, dans le petit bol rouge.

Ils quittèrent la maison une demi-heure plus tard. La température commençait déjà à grimper et il n'y avait pas un seul nuage dans le ciel. Une journée magnifique. La pluie aurait mieux exprimé leur humeur s'il avait plu.

II

Le cardinal Joseph Vertutti fixait le texte ancien placé sous ses yeux. Il se trouvait dans les archives du pénitencier apostolique, le plus secret et le plus sûr des nombreux entrepôts du Vatican. La plupart des textes répertoriés en ces lieux étaient soit des documents pontificaux, soit du matériel qui devaient à jamais être tenus secrets, car ils étaient protégés par le sceau de la confession, la promesse d'une confidentialité absolue pour les prêtres de l'Église catholique romaine pour toute information donnée pendant la confession. Puisque l'accès aux archives était strictement contrôlé et que le contenu des documents restait secret, c'était le lieu idéal pour cacher tout ce que le Vatican considérait comme dangereux. C'était bien évidemment la raison pour laquelle le manuscrit Vitalien avait été conservé ici.

Il était assis à l'une des tables dans la pièce interne, dont la porte avait été fermée de l'intérieur. Il enfila une paire de gants fins en coton – la relique vieille de quinze cents ans était extrêmement fragile et la moindre trace de moisissure, causée par ses empreintes, risquait de faire des dégâts irréparables sur les pages. Les mains tremblantes, il tendit le bras et ouvrit le manuscrit avec précaution.

L'Église du Christ du VIIe siècle, dirigée par le pape Vitalien, avait existé en des temps chaotiques. L'arrivée de Mahomet et l'émergence de l'islam qui avaient suivi avait constitué un véritable désastre pour le christianisme et, pendant quelques années, les évêques chrétiens avaient quasiment disparu du Moyen-Orient et d'Afrique, et Jérusalem comme l'Égypte avaient adopté la religion musulmane. Le monde chrétien avait été décimé en seulement quelques décennies, en dépit des efforts épuisants de Vitalien et de ses prédécesseurs pour convertir les habitants des îles Britanniques et de l'Europe occidentale.

Bon gré mal gré, Vitalien avait eu le temps d'étudier les contenus de ses archives. Il avait rassemblé ses découvertes dans le manuscrit qui portait son nom et celui que Vertutti étudiait une nouvelle fois à cet instant.

Il avait consulté le document pour la première fois, dix ans auparavant, et sa lecture l'avait alors tout bonnement terrifié. Il se demandait pourquoi il le consultait à nouveau. Il n'y avait pas une seule information dans le manuscrit qu'il n'ait pas déjà étudiée et mémorisée.

La conversation qu'il avait eue avec Mandino l'avait traumatisé plus qu'il ne voulait le reconnaître et, dès qu'il était retourné à ses bureaux du Vatican, Vertutti avait passé plus d'une heure à méditer, puis à prier pour que son Dieu le guide. Cela le préoccupait au plus haut point de voir que l'avenir du Vatican avait été, presque par chance, placé entre les mains d'un homme qui n'était pas seulement un criminel professionnel, mais – bien pis – un athée accompli, un homme qui semblait presque enragé dans sa haine de l'Église catholique.

Mais aux yeux de Vertutti, il n'y avait aucune autre alternative. Ce Mandino avait les cartes en main. Grâce au prédécesseur de Vertutti au dicastère et malgré la plus explicite des interdictions concernant la propagation d'une telle information, le gangster était intimement au courant de la quête lancée par le pape Vitalien plus d'un millénaire et demi auparavant. De plus, il disposait également des ressources techniques nécessaires pour accomplir la tâche, et des hommes sous ses ordres prêts à tout. Le regard de Vertutti s'abaissa à nouveau sur le manuscrit. Il avait tourné les pages de sa relique antique sans vraiment les voir. Maintenant, tandis qu'il fixait les phrases en latin, il prit conscience que la page d'ouverture décrivait la découverte du texte qui avait tant terrifié le pape Vitalien et qui avait produit les mêmes effets sur ses successeurs au cours des siècles. Une nouvelle fois, Vertutti lut les mots – des mots qui lui étaient aussi familiers que les prières qu'il offrait chaque jour – et haussa les épaules.

Puis il referma le manuscrit avec précaution. Il allait replacer le document dans son coffre climatiquement contrôlé puis retourner à son bureau et à la sainte Bible. Il avait besoin de prier de nouveau, et peut-être que la sainte Bible allait le guider et lui révéler la meilleure manière d'essayer d'éviter le désastre qui semblait imminent.

III

Dire que l'identification du corps de Jackie avait été traumatisante serait un euphémisme. Au moment où le technicien de la morgue soulevait le drap pour dévoiler le visage de sa femme, Mark s'était effondré et Bronson avait dû lui attraper le bras pour le soutenir. L'officier de police qui les avait attendus à l'extérieur de la morgue ouvrit son carnet et demanda de façon formelle, dans un anglais passable, si le corps était bien celui de Jacqueline Mary Hampton, mais Mark ne parvint qu'à acquiescer, avant de faire demi-tour et de quitter la salle en titubant. Bronson l'aida à s'asseoir dans la salle d'attente, puis retourna dans la pièce d'identification pour parler avec l'officier.

Bronson tenait le coup, tout juste. Si Mark ne s'était pas trouvé à ses côtés, comptant sur lui pour un soutien, il n'aurait probablement pas été capable de supporter le moment présent. Il s'était retrouvé à la morgue plus d'une douzaine de fois en tant qu'officier de police, attendant que les membres de la famille désespérés trouvent confirmation à leurs cauchemars et identifient le corps gisant sur la table, mais c'était la toute première fois qu'il se retrouvait de l'autre côté.

Jackie arborait un air incroyablement paisible, comme si elle n'était qu'à moitié endormie et qu'elle allait ouvrir les yeux à tout moment et se relever, plus belle que jamais. On avait passé beaucoup de temps à la maquiller. Ses cheveux étaient coiffés en arrière et semblaient fraîchement lavés : son teint était parfait. Bronson se força à examiner le corps d'un peu plus près, tenta un détachement professionnel et vit le lourd maquillage sur son front et sur ses joues qui masquait de toute évidence de larges ecchymoses. Et elle était pâle, bien plus pâle qu'elle ne l'avait été lorsqu'elle était vivante.

Il serra la main de l'officier de police, observa une dernière fois le corps de la femme qui avait été son premier et dévorant amour, et quitta la pièce en titubant.

Une fois la paperasse terminée, Bronson et Mark sortirent de la morgue et regagnèrent l'Alfa Roméo en stationnement.

— Je suis désolé, Chris, s'excusa Mark, le visage ruisselant de larmes, et les yeux rouges et gonflés. Ça m'a vraiment choqué de voir son corps étendu sur cette table d'autopsie.

Bronson se contenta de secouer la tête. Il préféra ne rien dire, de peur d'éclater lui aussi en sanglots.

Sur le chemin du retour, ils firent une halte à la pharmacie. Bronson immobilisa la voiture sur le côté de la route, entra dans la boutique et en ressortit quelques minutes plus tard, tenant à la main un petit sac en papier.

— Ça devrait t'aider dit-il en tendant le sac à Mark. Ce sont des tranquillisants. Ils t'aideront à te décontracter.

À la maison, Bronson servit un verre d'eau à son ami et insista pour qu'il prenne deux tablettes.

— Je ne serai pas capable de dormir, Chris. Je ne fais que ressasser ces choses dans ma tête.

— Va au moins t'allonger là-haut. Tu as besoin de te reposer, même si tu restes éveillé tout l'après-midi.

À contrecœur, Mark prit le verre et se dirigea vers l'escalier.

Cela faisait bien longtemps que Bronson pris son petit déjeuner, et il réalisa qu'il avait faim. Il regarda dans le garde-manger et dans le gros frigo américain et trouva du jambon, du pain et de la moutarde. Il se prépara deux sandwichs et une tasse de café pour rincer le tout. Lorsqu'il eut fini de manger, il déposa les plats dans le lave-vaisselle et se rendit à l'étage. Il s'arrêta devant la chambre de Mark et colla son oreille contre la porte. Il pouvait entendre son ami ronfler paisiblement. Les calmants avaient fait leur effet. Il eut un sourire hâtif et rebroussa chemin.

Bronson avait examiné la maison de fond en comble ce matin, mais il voulait de nouveau vérifier la propriété. Il était toujours préoccupé par le « cambriolage » et était certain que quelque chose lui échappait, un indice qui lui révélerait qu'il y avait bien eu effraction dans la maison.

Il débuta sa quête de façon méthodique, dans la cuisine où la porte avait été forcée, puis il examina le reste des pièces de la maison. Il jeta même un coup d'œil au garage et aux deux appentis où Mark conservait la tondeuse et les autres ustensiles de jardin. Rien ne semblait manquer, et il ne découvrit aucun autre signe d'effraction dans la demeure. Cela n'avait aucun sens.

Bronson se tenait dans le couloir, regardant en haut de l'escalier d'où Jackie avait chuté, lorsqu'il entendit le bruit des pneus sur le gravillon. Il jeta un œil par la fenêtre et aperçut une voiture de police stationnée juste devant la maison.

— Vous êtes le *signor* Hampton ? demanda l'officier dans un anglais hésitant, tout en s'avançant et en lui tendant la main.

— Non, répondit Bronson, dans un italien parfait. Je m'appelle Chris Bronson et je suis un ami proche de Mark Hampton. Vous n'êtes pas sans savoir que la mort de sa femme l'a laissé en état de choc. Il dort à l'étage et je ne veux vraiment pas le déranger à moins d'y être vraiment obligé.

L'officier, apparemment ravi de la maîtrise de l'italien qu'avait Bronson, déclara alors dans sa langue natale :

— On m'a envoyé ici pour donner au *signor* Hampton les résultats de l'autopsie que nous avons menée sur le cadavre de sa femme.

— Ce n'est pas un problème, répondit Bronson. Entrez donc, je vous prie. Je pourrai lui expliquer à son réveil.

— Excellent.

Le policier suivit Bronson jusqu'à la cuisine, s'assit à la table et ouvrit la fine mallette qu'il tenait à la main. Il en sortit un classeur roussâtre contenant plusieurs pages de papier tapées à la machine, quelques photographies et des schémas.

— Ce fut un accident tragique, débuta-t-il, en tendant deux des photos à Bronson. La première photo montre la cage d'escalier de la maison, prise de l'intérieur du hall. Si vous regardez là – il sortit un stylo de l'une des poches de son uniforme et le pointa sur le document – et ici, vous pouvez voir deux pantoufles sur les escaliers, une près du bas et l'autre pas loin du haut. Et celle-ci montre le corps de la victime étendu sur le sol, au pied de l'escalier.

Bronson rassembla ses forces pour observer les images, mais la photo était loin d'être aussi mauvaise qu'il avait pu le redouter. De nouveau, la photographie avait été prise de l'intérieur du couloir principalement pour révéler la position de la dépouille par rapport à l'escalier. Le visage de Jackie n'était pas visible et Bronson prit conscience qu'il était capable d'analyser la photo sans la moindre émotion.

— Si l'on recompose la série d'événements, poursuivit l'officier, il semble évident qu'elle a couru en haut de l'escalier, mais a trébuché en haut des marches et ses pantoufles ont glissé lorsqu'elle a chuté dans la cage d'escalier. Nous avons découvert une petite tâche de sang sur la rampe, ainsi que trois cheveux, et le médecin pathologiste a affirmé qu'il s'agissait bien de ceux de la *signora* Hampton. La cause de la mort est une nuque brisée, causée par un violent impact sur le côté droit de sa tête avec un objet contendant. Selon toute vraisemblance, elle a perdu pied dans l'escalier. Et elle a ensuite heurté la rambarde.

Bronson acquiesça. La conclusion semblait suffisamment logique et fondée sur une preuve infaillible des experts médico-légaux, mais il avait toujours quelques questions sans réponse.

— Y avait-il d'autres blessures sur le corps ? demanda-t-il.

L'officier hocha la tête.

— Le pathologiste a découvert plusieurs hématomes sur son torse et ses membres qui semblaient causés par une violente chute dans l'escalier.

Il feuilleta en hâte ses papiers et choisit une page contenant des schémas de la vue antérieure et postérieure du corps humain. Les dessins étaient annotés avec un nombre de lignes pointant les zones du corps et au bout desquelles étaient rédigées quelques notes. Bronson saisit le document et l'étudia d'un peu plus près.

— Puis-je en avoir une copie ? demanda-t-il. Ça m'aidera à dire à M. Hampton ce qui est vraiment arrivé à sa femme.

— Bien sûr. Cette copie du rapport est destinée au *signor* Hampton.

Dix minutes plus tard, Bronson referma la porte sur l'officier de police et retourna à la cuisine. Il étala les pages et les photographies sur la table sous ses yeux et lut le rapport dans son intégralité.

Au milieu de la deuxième page, il tomba sur une mention qui le laissa perplexe. Il observa avec attention les schémas des blessures pour les comparer à ce qu'il avait lu, mais cela ne faisait que confirmer ce qu'indiquait le rapport. Il sortit dans le hall et monta en haut de l'escalier, et examina très attentivement la rampe et les marches elles-mêmes. Il fronça les sourcils et retourna à la cuisine pour consulter de nouveau le rapport du pathologiste.

Une demi-heure plus tard, il entendit que l'on bougeait à l'étage et, peu de temps après, Mark fit son apparition dans la cuisine : il avait bien meilleure mine après deux bonnes heures de sommeil. Bronson lui servit une tasse de café et lui prépara un sandwich.

— Tu n'as probablement pas faim, Mark, mais il faut que tu manges. Et ensuite, il faut qu'on parle, conclut Bronson.

— Parler de quoi ?

— Finis ça, et je te le dirai.

Il s'assit calmement en attendant que Mark ait fini sa tasse et ait pris place sur sa chaise.

— Tu peux y aller, je t'écoute, Chris.

Bronson fit une pause pendant un ou deux secondes, pesant ses mots avec soin.

— Ça risque d'être difficile à avaler, Mark, mais je pense que nous devons faire face à la possibilité que Jackie ne soit pas morte à la suite d'une simple chute.

Mark sembla soudain stupéfait.

— Je croyais que la police avait dit qu'elle avait heurté la rampe.

— Ça s'est probablement produit mais il y a autre chose. Jette un coup d'œil à ça. (Bronson se leva et conduisit Hampton jusqu'à la porte de la cuisine. Il l'ouvrit et indiqua la zone de bois écrasé sur le cadre près du verrou.) Cette marque a été causée par une pince-monseigneur ou quelque chose du genre, fit-il. Lorsque j'ai vérifié la serrure à l'intérieur de la porte, j'ai découvert que toutes mes vis avaient été arrachées. Mais le verrou avait été replacé sur la porte, ainsi que les vis. Quelqu'un a pénétré à l'intérieur de la maison, et fait tout son possible pour que l'on ne sache pas qu'il y avait eu effraction.

— Tu veux dire un cambrioleur ?

Bronson fit non de la tête.

— Non, à moins que ce ne soit un cas de cambriolage d'un genre très spécial. J'ai enquêté sur plus d'une douzaine de cas en Angleterre, et je n'ai jamais rencontré de cas où les criminels essayaient de cacher les faits de leur effraction. La plupart des voleurs choisissent la méthode la plus expéditive, prennent tout ce qu'ils peuvent et s'enfuient le plus vite possible. Ils sont intéressés par la vitesse et ne se soucient pas de laisser des traces. J'ai examiné le reste de la maison et rien ne manque... C'est difficile à dire, avec les travaux en cours, mais ta télé et ton ordinateur sont toujours là, et il y a même quelques bijoux et de l'argent sur la table de la coiffeuse, dans la chambre à coucher. Aucun voleur n'ignorerait de telles choses.

— Donc, qu'es-tu en train de me dire – que quelqu'un a pénétré dans la maison mais n'a rien pris ? Ça n'a aucun sens.

— Exactement. Et l'autre chose que j'ai découverte a quelque chose à voir avec Jackie. J'en suis vraiment désolé, mais nous devons considérer la possibilité qu'elle n'est pas simplement tombée. Elle a peut-être été poussée.

Mark étudia le visage de son ami pendant un court instant.

— Poussée ? répéta-t-il. Tu veux dire que quelqu'un... ? (Bronson acquiesça.) Mais la police a dit qu'il s'agissait d'un accident.

— Je le sais, Mark, mais pendant que tu étais endormi, un officier a apporté le rapport d'autopsie et je l'ai étudié avec la plus grande attention. Il y a quelque chose qui n'a absolument pas de sens. (Bronson sélectionna l'un des documents et le montra à Mark.) Le corps de Jackie était recouvert de nombreux hématomes, probablement causés par sa chute dans l'escalier, et je suis certain que ce qui l'a tuée, c'est l'impact contre la rampe. Mais cette blessure ici me préoccupe. Sur le côté gauche de sa tête, le pathologiste a découvert une simple fracture et une compression du crâne : c'est de l'autre côté de la blessure la plus grave. Selon lui, cette blessure a été causée par un objet sphérique d'environ trois ou quatre centimètres de diamètre. Cela a dû être une blessure douloureuse, mais certainement pas fatale, et a été infligée à peu près au moment où la mort est survenue.

Mark hocha la tête.

— Elle s'est sûrement cogné la tête dans l'escalier au moment de la chute.

— C'est précisément ce que pense la police locale, mais cette blessure m'inquiète vraiment. J'ai examiné les escaliers avec attention ainsi que le hall, et je ne trouve rien qui ait cette taille où même la forme. Rien qu'elle aurait pu heurter dans sa chute.

Pendant quelques instants, Mark ne répondit pas.

— Donc qu'insinues-tu ? finit-il par demander.

— Tu le sais parfaitement, Mark, fit Bronson. Que quelqu'un a effectivement pénétré dans la maison, et que la blessure de Jackie, selon moi, n'a pas été causée par sa chute. Il n'y a qu'une seule conclusion possible. Je pense qu'elle a dérangé les cambrioleurs et qu'elle a été frappée à la tête avec une matraque ou quelque chose comme ça. Et c'est seulement ensuite qu'elle est tombée dans l'escalier.

— Assassinée ? Tu penses que Jackie a été assassinée ?

Bronson le regarda fixement.

— Oui, c'est exactement ce que je pense.

Chapitre 8

I

— Que pensez-vous des codes secrets, cardinal ? demanda Mandino.

Les deux hommes étaient assis sur un trottoir bondé de monde, à la terrasse d'un café de la Piazza del Popolo, juste à l'est du Ponte Regina Margherita. Jamais, au grand jamais Vertutti ne laisserait cet homme pénétrer à l'intérieur des enceintes du Vatican : il était déjà suffisamment grave d'avoir affaire avec lui. Cette fois-ci, Mandino était venu accompagné de trois hommes. Deux étaient gardes du corps, mais le troisième était un homme mince, portant des lunettes, avec un petit air d'universitaire.

— Quasiment rien, avoua Vertutti.

— Moi non plus, et c'est pour ça que j'ai demandé à mon collègue – vous pouvez l'appeler Pierro – de se joindre à nous. (Mandino fit un geste en direction du troisième homme assis à la table.) Il est impliqué dans ce projet en tant que consultant depuis déjà trois ans. Il sait pertinemment ce que nous recherchons, et vous pouvez compter sur sa discrétion.

— Y a-t-il donc quelqu'un d'autre au courant pour le manuscrit ? demanda Vertutti en colère. Vous en parlez à toutes les personnes que vous rencontrez, Mandino ? Peut-être devriez-vous publier l'information dans les journaux, qu'en pensez-vous ?

« Pierro » sembla soudain peu à son aise, après l'éclat de colère de Vertutti, mais Mandino demeura imperturbable.

— J'en ai seulement parlé aux personnes qui avaient besoin de savoir, expliqua-t-il. Pour que Pierro puisse analyser les fragments de langues mortes que nous traduisons, il a besoin de savoir ce que nous recherchons et pour quelle raison. Il peut lire le grec, le latin, l'araméen et le copte, et c'est également un expert dans les techniques de codage du Ier et du IIe siècle. J'ai eu de la chance de le trouver.

Le regard en biais que lança Pierro à Mandino suggéra immédiatement à Vertutti que cette « chance » avait été quelque peu forcée, et il se demanda si Mandino n'avait pas eu recours aux menaces et autres moyens de pression pour convaincre l'universitaire de travailler à ses côtés.

— Vous êtes apparemment au courant pour la phrase latine que nous avons découverte, cardinal, fit Pierro. (Vertutti acquiesça.) Parfait. Nous savons que les premiers codes secrets étaient très simples et basiques. Jusqu'au Ve siècle au moins, l'illettrisme était extrêmement répandu au sein de la population, et pas seulement en Europe mais à travers toute la région méditerranéenne. La faculté de lire et d'écrire, dans n'importe quel langage, était presque uniquement réservée aux communautés religieuses et aux scribes en activité. Et il faut également se rappeler que bon nombre de moines étaient essentiellement des copistes, reproduisant des manuscrits et des livres pour leurs communautés. Ils n'avaient pas besoin de comprendre ce qu'ils dupliquaient : leur don consistait à reproduire des copies exactes de leurs documents sources. Les scribes ou « amanuensis », d'autre part, *devaient* comprendre le sens de ce qu'ils écrivaient, car ils produisaient des documents légaux, écrits sous la dictée et ainsi de suite. En raison de cet imposant illettrisme, ils avaient rarement besoin d'encrypter des informations, tout simplement parce que très peu de personnes auraient été capables de lire ce qui avait été écrit. Mais au Ier siècle, les Romains ont commencé à utiliser un code en texte pur, pour les messages les plus importants, et particulièrement ceux faisant référence au domaine militaire. Le code était, selon les critères actuels, étonnamment enfantin : le texte caché était formé par les lettres initiales des mots dans le message. Encore plus sophistiqué, quelquefois le message caché était écrit à l'envers. Le problème avec ce type de codage était que le message en texte pur était presque toujours affecté, juste pour s'adapter au texte secret. Il devenait ainsi évident qu'un message secret se trouvait *caché*, ce qui allait à l'encontre du but recherché. Un autre code secret était connu sous le nom d'Atbash, un simple code de substitution originellement utilisé en hébreu. La première lettre de l'alphabet était remplacée par la dernière, et ainsi de suite.

— Si je comprends bien, vous suggérez que le *« HIC VANIDICI LATITANT »* contient un code secret ? demanda Vertutti.

Pierro fit non de la tête.

— Non, absolument pas. En fait, je suis presque convaincu qu'il ne contenait pas de code secret. Nous pouvons éliminer un code secret Atbash, presque immédiatement, parce que tout ce qui est encodé en Atbash se transforme invariablement en charabia, et la phrase latine est bien trop courte pour qu'un simple code en texte pur puisse fonctionner. Par précaution, j'ai lancé plusieurs analyses des mots latins, mais sans aucun résultat. Je suis sûr qu'il n'y a pas de message caché.

— Alors pourquoi suis-je ici ? demanda Vertutti. S'il n'y a rien de plus à apprendre au sujet de cette inscription, je ne fais que perdre mon temps. Et vous, Mandino, vous auriez pu me dire tout ça par téléphone. Vous avez pourtant mon numéro, n'est-ce pas ?

Mandino fit signe à Pierro de continuer.

— Je n'ai pas dit qu'il n'y avait rien d'autre à apprendre de cette phrase, insista l'universitaire. Tout ce que je dis, c'est qu'il n'y avait pas de message caché dans les mots – ce n'est pas du tout la même chose.

— Alors qu'avez-vous découvert ? siffla Vertutti.

— Patience, cardinal, fit Mandino. Cette pierre a attendu pendant près de deux mille ans que quelqu'un en déchiffre l'inscription. Je suis sûr que vous pouvez attendre quelques minutes de plus pour écouter ce que Pierro a à vous dire.

L'universitaire grand et efflanqué dévisagea d'un air dubitatif chacun des deux hommes, puis il s'adressa de nouveau à Vertutti.

— Mon analyse de la phrase latine a seulement confirmé le sens littéral des mots. « *HIC VANIDICI LATITANT* » signifie « ici gisent les menteurs », et l'explication la plus plausible de l'inscription est que la pierre se trouvait originellement à deux endroits. Le premier emplacement possible est évident : elle était placée dans ou près d'une tombe ou d'une chambre funéraire qui contenait au moins deux corps. S'il y avait seulement un seul cadavre, le latin serait : « *HIC VANIDICUS LATITAT* ».

— Je *lis* et comprends le latin, *signor*, murmura Vertutti. C'est la langue officielle du Vatican.

Pierro s'empourpra légèrement.

— J'essaie simplement de vous montrer la logique que j'ai suivie, cardinal. Je vous en prie, écoutez jusqu'au bout ce que j'ai à vous dire.

Vertutti balaya la main en signe d'irritation, se pencha en avant et attendit que Pierro poursuive.

— Je rejette cette explication pour deux raisons simples. D'abord, si cette pierre s'est trouvée près ou à l'intérieur d'une tombe, il y a de grandes chances pour que celui qui l'a découverte ait également découvert les corps. Et nous sommes presque certains que cela n'est pas arrivé, car l'on aurait probablement parlé de cette découverte. Même au Moyen Âge, la portée de l'enterrement aurait été tout à fait évidente.

— Et la seconde raison ?

— Cela a quelque chose à voir avec la pierre elle-même. Elle n'a ni la taille ni la forme d'une pierre tombale.

— Donc, quel est l'autre emplacement possible ? Où était-ce ? demanda Vertutti.

Pierro sourit légèrement avant de répondre :

— Je n'en ai pas la moindre idée. Cela peut se trouver n'importe où en Italie, voire dans un autre pays.

— Que dites-vous ?

— Lorsque je dis qu'il y a deux emplacements possibles pour la pierre, je veux dire que si la pierre n'était pas une pierre tombale – ce que je pense avoir démontré –, cela ne peut être qu'une seule autre chose.

— Et c'est-à-dire ?

— Unc cartc. Ou, pour être tout à fait précis, la moitié d'une carte.

II

Mark étudia le schéma d'autopsie avec attention et écouta Bronson lui traduire la description en italien de la blessure sur le côté de la tête de Jackie. Puis il hocha la tête en signe d'approbation.

— Tu es un officier de police, Chris, et tu sais de quoi tu parles. Ce que tu dis a un sens. Je ne peux rien trouver qui rappelle cette forme dans l'escalier ou au bas du hall.

Bronson prenait conscience que le chagrin de Mark laissait progressivement place à la colère. Colère contre celui qui avait violé sa propriété et – délibérément ou par accident – tué sa femme, quel qu'il soit.

— Que devrions-nous faire à présent ? Le dire à la police italienne ?

— Je ne crois pas que ça nous aiderait beaucoup. Ils ont déjà décidé qu'il s'agissait d'un simple accident, et la seule preuve dont nous disposons concerne une blessure inhabituelle et le fait que la porte arrière ait été forcée. Ils diront que rien d'autre n'a été dérobé, pas même le liquide que nous avons découvert sur la coiffeuse, et l'on pourrait interpréter la blessure à la tête de Jackie de plusieurs façons. Ils se contenteront de nous saluer, de présenter leurs condoléances, de s'en aller et puis plus rien.

— Alors qu'est-ce qu'on doit faire ?

— Je pense, proposa Bronson, que la première chose que nous devrions faire est de retrouver ce que les cambrioleurs – ou je ne sais qui – recherchaient. J'ai fait le tour de la maison à deux reprises et rien ne manquait mais, si l'on s'y prend à deux, on pourra peut-être découvrir quelque chose.

— Bonne idée.

Vingt minutes plus tard, après avoir fouillé chacune des pièces, ils n'avaient toujours rien trouvé. Tous les objets de valeur – l'argent, les bijoux et les coûteux équipements électroniques – étaient là, bien en place.

Les deux hommes descendirent l'escalier jusqu'à la cuisine, où Bronson remplit la bouilloire et fit chauffer l'eau.

— Oublions les choses qui pourraient manquer, Mark. N'as-tu pas vu quelque chose qui aurait été déplacé, quelque chose dans une pièce qui aurait dû se trouver dans une autre pièce, ce genre de truc ?

— Plutôt difficile à dire. La plupart des meubles de la maison sont recouverts de draps, et certaines choses ont été déplacées dans d'autres pièces pour donner un peu plus d'espace aux maçons.

— Tu n'as rien trouvé qui aurait pu être dérangé, mais qui n'aurait *rien à voir* avec les maçons ?

Mark réfléchit pendant quelques secondes. Puis il finit par dire :

— Je n'ai trouvé que les rideaux dans le bureau.

— Que veux-tu dire ?

— Nous n'avons pas cette propriété depuis très longtemps, et il y avait de nombreuses choses qui avaient besoin d'être changées. Les rideaux du bureau faisaient partie de la maison quand nous l'avons achetée. Ils sont affreux. Et c'est d'ailleurs pour cette raison que les anciens habitants les ont laissés à mon avis. Jackie ne pouvait pas les voir en peinture, alors nous les laissions souvent fermés, pour ne pas voir leurs horribles motifs. Mais lorsque nous étions dans le bureau, j'ai remarqué qu'ils avaient été tirés.

— Et Jackie n'aurait jamais fait une telle chose ?

Mark fit non de la tête.

— Absolument pas. Il y a des volets à l'extérieur de cette fenêtre, et nous gardions toujours les rideaux fermés – ça empêchait les reflets sur l'écran de l'ordinateur –, cela ne servait à rien de les laisser fermés.

— Ce qui veut dire que quelqu'un a dû le faire, fit Bronson. La police n'avait aucune raison de faire une telle chose. Peut-être que les cambrioleurs ont fermé les rideaux parce qu'ils étaient à la recherche de quelque chose à l'intérieur du bureau et voulaient s'assurer que l'on ne verrait aucune lueur filtrer par la fenêtre.

— Mais nous avons déjà étudié le bureau, protesta Mark, et rien ne manque.

— Je le sais, donc nous devons y retourner et vérifier une nouvelle fois.

Dans le bureau, Bronson brancha l'ordinateur et demanda à Mark de fouiller minutieusement tous les placards et tiroirs de la pièce, juste au cas où ils auraient laissé passer quelque chose. En attendant que le système se charge, Bronson fouilla dans les papiers éparpillés sur le bureau et trouva des factures, des devis et des estimations pour le travail que les Hampton faisaient dans la propriété, plus la série habituelle de factures d'eau et d'électricité. Il y avait également plusieurs feuilles de papier A4 dont Jackie s'était sûrement servi pour écrire des notes, car il découvrit une liste de courses ainsi qu'une liste de choses à faire. L'une d'entre elles retint son attention, et il mit ce bout de papier dans un coin, à côté d'une autre feuille qui apparemment était restée blanche.

Lorsque l'ordinateur fut prêt à l'emploi, Bronson vérifia quels programmes étaient installés et scanna ensuite le classeur de « Mes documents », à la recherche de tout ce qui pouvait paraître inhabituel, mais ne découvrit rien. Puis il consulta les e-mails, examinant la liste des messages « reçus » et « envoyés », mais, de nouveau, sans aucun résultat. Il finit par lancer le navigateur Internet – comme la plupart des gens, les Hamptons utilisaient Internet Explorer – et examina les sites que Jackie avait consultés récemment. Ou plutôt essaya-t-il de le faire. Il n'y avait aucun site répertorié dans l'historique, alors il s'empressa d'aller consulter les local-settings du programme. Ce qu'il vit l'intrigua et il s'adossa au fauteuil de cuir noir, en fronçant les sourcils.

— Que se passe-t-il ? demanda Mark, en refermant la porte du placard dont ils se servaient pour ranger la papeterie.

— Je ne sais pas. Est-ce que Jackie était douée pour l'informatique ? Je veux dire, aurait-elle pu traficoter la configuration des programmes, ce genre de choses ?

Mark secoua la tête.

— Non, absolument pas. Elle utilisait le logiciel Word, les feuilles Excel, envoyait et recevait des e-mails et allait un peu surfer sur Internet. Rien de plus. Pourquoi cette question ?

— Je viens tout juste de vérifier la configuration d'Internet Explorer, et pratiquement partout la valeur par défaut est utilisée, y compris l'historique, qui est configuré pour une vingtaine de jours.

— Et alors ?

— Malgré la valeur par défaut de l'historique, je ne trouve aucun site visité dans l'historique, ce qui signifie que quelqu'un les a supprimés. Est-ce que Jackie aurait pu faire une telle chose ?

— Non, répondit fermement Mark. Elle n'aurait absolument pas su le faire. Pourquoi l'aurait-elle souhaité ?

— Je n'en ai aucune idée.

De retour dans la cuisine, Mark prépara du café tandis que Bronson prenait place à la table, avec les papiers sous les yeux.

— Bon, déclara Mark, en leur apportant deux tasses. Qu'avons-nous découvert ?

— Mis à part l'anormalité avec l'ordinateur, j'ai retrouvé une liste de courses et ce qui ressemble à un bout de papier tout blanc.

— Ça ne m'a pas l'air très prometteur, voire très intéressant.

Bronson haussa les épaules.

— Ce n'est sûrement rien, mais c'est un peu étrange. Regarde la liste de courses, par exemple. Il y a les trucs habituels auxquels tu t'attends comme les produits d'épicerie, les trucs comme ça, mais tout en bas est écrit « dictionnaire latin ». Il y a une ligne à travers les mots, soit Jackie a changé d'avis, soit elle est sortie en acheter un et a ensuite rayé la note correspondante après l'avoir fait.

— Elle l'a acheté, dit Mark. J'ai vu un dictionnaire latin sur l'étagère du bureau. Je n'ai pas pris la peine de te le dire, parce que ça ne m'avait par l'air important. Mais pourquoi aurait-elle voulu un dictionnaire latin ?

— Peut-être à cause de ça, fit Bronson, en lui tendant le bout de papier blanc. Il n'y a aucune inscription sur le papier mais, lorsque l'on y regarde d'un peu plus près, on peut voir des marques à peine visibles comme si Jackie avait écrit quelque chose sur un autre bout de papier, posé juste au-dessus. Il y a quatre lettres en tout, inscrites en majuscules, et elles sont suffisamment claires. Les lettres sont « H », « I », « C » et « V ».

Ces lettres, dans cet ordre, ne font partie d'aucun mot anglais qui me vienne à l'esprit.

— CV pourrait faire allusion à *curriculum vitae*, suggéra Mark.

— Mais alors, que signifie le « HI » ?

— Mis à part le sens évident, je n'en ai aucune idée.

— Je pense que le dictionnaire de Jackie pourrait nous aider. J'ai étudié le latin, que tu le croies ou pas, et *hic* est un mot latin. Il signifie « ici » ou « en cet endroit », si je me souviens bien, et le « V » pourrait être la première lettre d'un autre mot. Il y a ce qui ressemble à un point entre le « C » et le « V » sur cette page, et je pense que les Romains séparaient parfois les mots avec un symbole comme celui-ci.

— Tu es sérieux ? Jackie avait déjà suffisamment de mal avec l'italien. Pourquoi irait-elle s'enquiquiner avec du latin ?

— Je ne fais que spéculer. Mis à part ce bout de papier, je n'ai rien découvert d'autre dans cette maison qui ressemble à un texte latin, mais je suppose que Jackie avait découvert ou qu'on lui avait donné quelque chose où était écrite une phrase latine. Cela expliquerait certainement le dictionnaire.

Bronson fit une pause pendant quelques secondes, car ce qu'il s'apprêtait à proposer s'apparentait plus à une évidence qu'à un bond en avant.

— Qu'y a-t-il ? demanda Mark, lisant le doute sur le visage de Bronson.

— J'essaie de trouver un sens à tout cela. Nous avons un dictionnaire latin acheté depuis peu et l'empreinte de ce qui pourrait bien être un mot en latin, mais aucune trace du papier qui se trouvait au-dessus. Cela signifie que quelqu'un est bel et bien entré dans le bureau, à moins que Jackie ait retiré le papier du dessus elle-même et qu'elle l'ait détruit ensuite. Mais ce qui me préoccupe le plus, c'est cette histoire d'historique effacé d'Internet Explorer.

— Je ne te suis pas.

— Je ne voudrais pas aller trop loin, mais supposons que Jackie ait découvert quelque chose, ici dans la maison ou peut-être dans les jardins, quelque chose avec une expression inscrite en latin. Elle ne comprend pas ce que ça veut dire, alors elle achète un dictionnaire latin. Elle aurait probablement préféré une version latin-anglais, mais n'en trouve aucune. Elle essaie de traduire le texte mais n'y parvient pas avec un dictionnaire italien. Alors Jackie fait ce que la plupart des gens auraient fait à sa place. Elle lance le navigateur Internet, trouve un service de traduction en latin et inscrit la phrase. Maintenant, déclara Bronson, l'étape suivante n'est que pure conjecture, mais ça tient debout, du moins pour moi. Une organisation, quelque part, a peut-être mis en place une forme de service Internet visant à surveiller toutes les demandes de traduction en langues anciennes. Techniquement, cela ne devrait pas être très difficile à installer, pourvu que les sites de traduction veuillent bien coopérer. Lorsque Jackie a inséré la phrase latine dans le moteur de recherche, cela a été comme un signal qui a peut-être permis de localiser l'adresse de l'ordinateur depuis laquelle la recherche a été lancée.

— Attends une minute, l'interrompit Mark. Pourquoi diable quelqu'un voudrait retrouver la trace d'une personne tentant de traduire un texte en latin vieux de deux mille ans ou je ne sais quoi ?

— Je n'en ai pas la moindre idée, je ne vois rien d'autre de plausible. Si je suis dans le vrai, celui qui a mis le service de surveillance en place est ensuite venu ici, dans cette maison, pour chercher ce que Jackie avait découvert. C'était *assez* important, pour eux. Pour le faire. Ils ont manifestement récupéré l'objet, ont nettoyé l'ordinateur afin d'éliminer toute trace des recherches de Jackie, et pris tout ce qui pouvait faire référence à un texte en latin.

— Et c'est dans ce contexte, conclut tristement Mark je crois, que Jackie s'est retrouvée en travers de leur chemin.

III

Pierro glissa la main dans la poche de sa veste et en tira une enveloppe marron. Il regarda autour de lui, vérifiant que personne ne pouvait les entendre – ce qui était plutôt superflu, les deux hommes de Mandino surveillant les lieux en bons chiens de garde –, et plaça plusieurs photographies sur la table devant Vertutti.

Il reconnut instantanément les images : il s'agissait des gros plans de la pierre gravée.

— Lorsque j'en ai conclu qu'il n'y avait aucun message secret caché dans cette inscription, poursuivit Pierro, j'ai commencé à regarder la pierre elle-même, et il y avait deux indices dans sa forme même. D'abord, regardez les quatre bords de la plaque. (Vertutti se pencha en avant et étudia les deux photos, côte à côte, mais ne vit rien qu'il n'avait déjà remarqué. Il secoua la tête.) Les bords. Pierro prit une petite règle dans sa poche, la plaça sur l'une des photographies et l'aligna avec le sommet de la pierre. Il le fit de nouveau avec les bords gauches et droits de l'image.

— Vous voyez, à présent ? demanda-t-il. Le haut et les deux côtés sont absolument droits. Mais maintenant, refaites-le avec le bas de la pierre.

Vertutti prit la règle et la positionna avec précaution. C'est alors qu'il saisit ce que l'universitaire voulait dire : à l'aide de la règle, il était évident que le bas de la pierre n'était pas parfaitement droit.

— C'est le premier point, déclara Pierro. S'il était possible aux Romains ou à quiconque ayant réalisé cette plaque d'obtenir trois bords droits, alors pourquoi cela leur serait-il devenu impossible de ne pas faire de même avec le quatrième bord ? Et le second indice est lié au premier. Regardez attentivement la position des lettres gravées. Si vous l'étudiez d'un peu plus près, vous verrez que les mots sont centrés sur la pierre de la gauche vers la droite, mais pas du haut vers le bas.

Vertutti examina attentivement la photographie qu'il avait sous les yeux, et hocha la tête. L'espace entre les lettres et le haut était bien plus important que celui du bas. Maintenant que Pierro était intervenu, la différence semblait évidente. « Un cas classique, se dit-il, l'arbre qui cache la forêt. »

— Et cela signifie ? demanda-t-il.

— La conclusion la plus évidente est que cette pierre – Pierro tapota la photographie du bout des doigts avec insistance – faisait partie à l'origine d'une pierre plus volumineuse et, à un certain endroit, la section du bas a été découpée.

— En êtes-vous certain ?

Pierro fit non de la tête.

— Pas sans examiner moi-même la pierre, mais ces photographies sont suffisamment claires. Sur l'une d'entre elles, on distingue des marques causées par un burin, qui a dû être l'outil idéal pour scinder la pierre en deux. Je pense que cette pierre est comme une indication, un moyen de nous conduire jusqu'au « tombeau du christianisme », qui est, comme l'a décrit selon moi le pape Vitalien dans son manuscrit. (Vertutti jeta un regard courroucé à Mandino, tandis que Pierro confirmait l'étendue de ses connaissances au sujet du manuscrit secret.) Je pense que la partie inférieure de la plaque était certainement une sorte de carte ou quelque chose qui indique des directions gravées à même la pierre, conclut Pierro.

— Que suggérez-vous ? demanda Vertutti. Où se trouve la partie manquante ? Et comment la trouvons-nous ?

Pierro haussa les épaules.

— Ce n'est pas mon problème, fit-il, mais il semble logique que celui qui a décidé de couper la plaque en deux ne se soit pas débarrassé de la partie inférieure. Si cette pierre a été incorporée dans le mur de la maison comme une décoration, alors pourquoi ne l'ont-ils pas conservée telle quelle ? Pourquoi vouloir la couper en deux ? Le seul scénario plausible est que cette section de la pierre a été disposée dans le mur dans un but bien précis, comme une indication pour celui qui savait ce qu'il cherchait. À moins que vous ne connaissiez l'identité des « menteurs », cette pierre est une simple curiosité. Et cela signifie...

— Cela signifie, l'interrompit Mandino, que l'autre moitié de la pierre est probablement dissimulée quelque part dans la propriété, je vais donc renvoyer les hommes dans la maison pour qu'ils la trouvent.

Chapitre 9

I

Bronson traversa le couloir jusqu'à la porte de devant et l'ouvrit. Un homme de petite taille, aux cheveux bruns, se tenait sur le seuil, vêtu d'une blouse d'un blanc crasseux. Derrière lui se trouvait une vieille camionnette blanche, le moteur diesel martelant bruyamment. Trois autres hommes étaient assis à l'arrière de la camionnette.

— Puis-je vous aider ? demanda Bronson dans un italien parfait.

— Nous aimerions parler au *signor* Hampton. Il faut qu'on sache pour le boulot.

Bronson en déduisit qu'il s'agissait des maçons qui avaient été embauchés pour s'occuper de la rénovation de la propriété.

— Entrez, proposa-t-il, avant de conduire les quatre hommes jusqu'à la cuisine.

Mark les accueillit avec un italien hésitant.

Bronson prit instantanément le relais, expliquant qu'il était un ami de la famille et leur proposa un peu de vin – une offre qui fut chaleureusement acceptée. Après avoir débouché deux bouteilles et rempli les verres, il demanda aux hommes quelle était la raison de leur visite.

— Nous avions un petit travail à faire mercredi matin et nous sommes donc venus ici dans l'après-midi, déclara le contremaître, mais en arrivant nous avons remarqué que la police était là. Ils nous ont dit qu'il y avait eu un accident, et nous ont sommés de nous en aller et de ne pas revenir aux moins avant deux jours. Nous avons appris plus tard que la *signora* Hampton était décédée. Veuillez accepter nos sincères condoléances pour cette terrible perte, *signor* Hampton. (Bronson traduisit et Hampton hocha la tête en signe de remerciement.) Ce que nous avons besoin de savoir, poursuivit le contremaître, c'est si oui ou non le *signor* Hampton souhaite que nous poursuivions le travail. Nous avons d'autres clients sur le feu, ce n'est donc pas vraiment un problème. Nous avons juste besoin de savoir.

Bronson répéta la question à Mark, qui hocha immédiatement la tête. Les rénovations étaient à moitié terminées et, qu'il décide de conserver la demeure ou de la vendre, le travail devait de toute évidence être achevé. Cette réponse fut accueillie par de larges sourires, et Bronson se demanda un court instant combien « d'autres clients » ces maçons pouvaient bien avoir.

Dix minutes plus tard, après avoir bu un second verre de vin, les quatre ouvriers étaient prêts à s'en aller. Le contremaître prit l'engagement qu'ils seraient de retour à la maison dès le mardi matin, fin prêts à poursuivre les travaux.

Bronson les raccompagna jusqu'au hall d'entrée mais, alors qu'ils passaient devant la porte du salon – qui était grande ouverte –, l'un des maçons jeta un coup d'œil à l'intérieur et s'immobilisa sur le coup. Il dit quelque chose à son collègue, quelque chose que Bronson n'entendit pas très bien, puis fit un pas à l'intérieur de la pièce.

— Que se passe-t-il ? demanda Bronson.

Le contremaître se tourna pour lui faire face. Sa bonne humeur précédente semblait l'avoir quitté.

— Je sais que le *signor* Hampton a subi un terrible choc, mais nous n'apprécions pas qu'il essaie de tirer avantage de nous.

Bronson n'avait pas la moindre idée de ce dont l'homme voulait bien parler.

— Pardon ? Je crois que j'ai besoin d'une petite explication, dit-il.

— Je veux dire, *signor* Bronson, qu'il a apparemment fait appel à un autre maçon pour travailler dans la maison depuis mardi dernier, et ce maçon a probablement utilisé nos outils et notre matériel.

Bronson secoua la tête.

— À ma connaissance, personne d'autre n'est revenu travailler ici. La *signora* Hampton est morte dans la nuit de mardi à mercredi ou peut-être mercredi matin. La police était sur place presque toute la journée du mercredi, et nous sommes arrivés tard la nuit dernière, donc quand voulez... ? (Il baissa soudain d'un ton, comme s'il avait trouvé une explication à ce malentendu.) Quel est le travail qui a été fait ?

Le contremaître contourna les outils et lui indiqua la cheminée.

— Ici, fit-il. Il y a du plâtre frais sur le mur, mais aucun d'entre nous ne l'a posé. On n'aurait pas pu, puisque nous attendions que la *signora* Hampton – il se signa – prenne une décision au sujet du linteau.

Bronson sentit que la conversation lui échappait.

— Attendez ici, fit-il, avant de marcher d'un bon pas jusqu'à la cuisine. Mark, j'ai besoin de ton aide, là.

De retour dans le séjour, Bronson demanda au contremaître de lui expliquer exactement ce qu'il voulait dire.

— Le lundi après-midi, déclara l'Italien, on décollait le vieux plâtre du mur, ici, au-dessus de l'âtre. Lorsqu'on a dévoilé le linteau, nous avons appelé la *signora* Hampton, car la pierre avait une grosse fissure, à peu près à cet endroit. (Il dessina une ligne diagonale avec ses doigts au-dessus de l'un des côtés de la cheminée.) Il y a une plaque en acier en dessous, donc c'était suffisamment solide, mais pas vraiment joli à l'œil. La *signora* Hampton voulait qu'on laisse visible le linteau apparent, comme une décoration, mais lorsqu'elle a vu qu'il était fissuré, elle ne savait plus trop quoi faire. Elle nous a demandé d'attendre et de décoller le vieux plâtre, ce que nous avons fait. Mais maintenant, comme vous pouvez le constater, toute la zone a été plâtrée à neuf. Quelqu'un d'autre a travaillé ici.

Bronson se tourna vers Mark.

— Tu es au courant de cette affaire ?

Son ami fit non de la tête.

— Pas du tout. À ma connaissance, Jackie était tout à fait satisfaite du travail de ces maçons. Si elle ne l'avait pas été, je peux te garantir qu'elle l'aurait dit. Elle n'avait pas sa langue dans sa poche.

Ça, se dit Bronson, c'était un euphémisme. Jackie, pour utiliser l'expression populaire, disait toujours ce qu'elle avait sur le cœur. C'était l'une des nombreuses choses qu'il trouvait attirant chez elle. Elle disait toujours ce qu'elle pensait, poliment mais avec fermeté.

Bronson se tourna ensuite vers le contremaître.

— Nous sommes certains qu'aucun autre maçon n'est venu ici, fit-il, mais vous savez où vous en étiez dans la rénovation. Dîtes-moi, lorsque vous avez décollé le plâtre, avez-vous trouvé quelque chose d'inhabituel sur le mur, mis à part la fissure sur le linteau ?

Le contremaître fit non de la tête.

— Rien du tout, dit-il, excepté la pierre gravée, mais c'était juste une curiosité.

Bronson regarda Mark avec un petit air de triomphe.

— Je crois que l'on vient de découvrir ce que Jackie avait trouvé, fit-il, en lui expliquant ce que le maçon venait de lui dire. Et avant même que Mark ait eu le temps de répondre, il poursuivit en italien : décollez-le, ordonna-t-il, en leur indiquant le mur, décollez le nouveau plâtre à cet endroit.

Le maçon parut perplexe, mais il donna quelques ordres. Deux de ses hommes se munirent de gros marteaux et de larges burins de maçonnerie, tirèrent deux escabeaux jusqu'à la cheminée et se mirent au travail.

Trente minutes plus tard, les maçons s'en allèrent à bord de leur vieille camionnette, renouvelant leur promesse de revenir tôt le lundi matin. Bronson et Mark retournèrent au salon et fixèrent l'inscription latine sur le mur. Bronson la prit plusieurs fois en photo à l'aide de son appareil numérique.

— Les quatre premières lettres sont les mêmes que celles que j'ai retrouvées imprimées sur ce bout de papier dans le bureau, indiqua Bronson. Et c'est une inscription en latin. J'ignore ce qu'elle signifie, mais ce dictionnaire que Jackie a acheté devrait m'aider à la déchiffrer.

— Tu penses qu'elle était à la recherche d'une traduction de ça – ces trois mots – sur Internet, et que c'est ce qui a suffi pour qu'on la tue ? C'est purement ridicule.

— Je ne sais pas si c'est ça qui a causé sa mort, Mark, ou pas délibérément en tout cas. Mais c'est le seul scénario plausible. Les maçons ont découvert cette inscription lundi. Jackie a écrit les mots – c'est confirmé par le papier dans le bureau – et a acheté un dictionnaire latin, probablement mardi, et elle a fait une recherche sur Internet, sûrement le même jour. Quoi qu'il se soit passé, quelqu'un est entré dans la maison par effraction – le mardi soir, selon moi – et le mercredi matin, Jackie a été découverte morte dans le hall. Maintenant, je pense que ça paraît stupide que quelqu'un accorde de l'importance à l'inscription de trois mots latins gravés sur une pierre, il y a peut-être deux mille ans de cela, au point de s'aventurer dans un cambriolage ou, pis encore, un homicide, mais le fait est que quelqu'un l'a fait. Ces trois mots sont extrêmement importants aux yeux de quelqu'un, quelque part, et j'ai bien l'intention de découvrir de qui il s'agit et pourquoi. Mais je ne vais pas, ajouta-t-il, me servir d'Internet pour cela.

II

Alberti et Rogan arrivèrent à la ville plus tôt dans la soirée, suivant les instructions téléphoniques – de Gregori Mandino, cette fois – pour pénétrer dans la propriété pour la *troisième* – et la *dernière fois*, du moins l'espéraient-ils. Ils roulèrent lentement devant la maison à la hauteur des Monti Sabini et virent les lumières allumées aux fenêtres des deux étages. Cela compliquait les choses, car ils avaient espéré pénétrer à l'intérieur et poursuivre leur quête de la section manquante de la pierre sans se faire repérer. Mais, au final, cela importait peu car, cette fois, les instructions de Mandino leur laissaient beaucoup plus de liberté.

— Le mari est rentré à la maison, on dirait, observa Alberti, tandis que Rogan accélérait pour s'éloigner de la route. Qu'est-ce qu'on fait ? On attend ou quoi ?

— On attend une ou deux heures, confirma son partenaire. Peut-être qu'il se sera endormi d'ici là.

Deux heures et demie plus tard, Rogan conduisit la voiture en haut de l'allée qui passait à côté et derrière la maison, et continua de grimper la colline jusqu'à ce qu'ils se trouvent suffisamment à distance de la demeure. Puis il opéra un demi-tour, l'avant du véhicule orienté vers le bas, et éteignit les phares. Il attendit une ou deux minutes que ses yeux s'habituent à l'obscurité, puis il laissa son véhicule descendre lentement jusqu'au bas de la pente, utilisant seulement les feux de position pour éclairer son chemin, jusqu'à ce qu'ils atteignent un accotement d'herbe qui offrait une vue imprenable sur l'arrière et le flanc de leur cible. Ils stationnèrent la voiture sur le côté de la route, éteignirent les phares et coupèrent le moteur. Par précaution, Rogan éteignit même le plafonnier pour éviter qu'il ne s'allume à l'ouverture des portières.

Une lumière était toujours allumée dans l'une des salles du rez-de-chaussée de la vieille maison, alors ils se préparèrent à l'attente.

III

Chris Bronson referma le dictionnaire avec un claquement et s'adossa à la chaise de la cuisine, en frottant ses yeux fatigués.

— Je crois que c'est la meilleure traduction, fit-il. « Ici reposent les menteurs » ou la version courte : « Ici gisent les menteurs ».

— Magnifique. (Mark était tout sauf impressionné.) Que diable est-ce censé signifier ?

— Je n'en ai pas la moindre idée, avoua Bronson, mais ça doit être important pour quelqu'un. Écoute, il n'y a rien que nous pouvons faire à présent, alors allons nous coucher. Tu peux déjà monter. Je vais aller vérifier les portes et les fenêtres.

Mark se leva et s'étira.

— Bonne idée, murmura-t-il. Ton subconscient aura peut-être un flash d'inspiration pendant la nuit. Bonne nuit – à demain matin.

Tandis que Mark quittait la cuisine, Bronson saisit l'une des chaises droites et la cala sous la poignée de la porte du fond, puis il quitta la pièce en éteignant la lumière.

Il alla vérifier que la porte de devant était bien fermée et verrouillée, et que toutes les fenêtres du rez-de-chaussée étaient elles aussi fermées, ainsi que les volets, puis il monta dans sa chambre.

Dans la voiture en stationnement sur le chemin de la colline, derrière la maison, Alberti donna un petit coup de coude à Rogan pour qu'il se réveille et indiqua le bas de la pente.

— La lumière du rez-de-chaussée vient juste de s'éteindre, annonça-t-il.

Tandis que les deux hommes observaient, des rais de lumière apparurent derrière les volets fermés de l'une des chambres à coucher mais, au bout de dix minutes, cette lumière fut également éteinte. Une faible lueur était encore visible à travers deux autres volets, mais les hommes en déduisirent qu'il s'agissait probablement d'une veilleuse.

— On va se donner une heure de plus, observa Rogan, fermant les yeux et s'adossant confortablement au siège de la voiture.

Dans la chambre d'amis, Chris Bronson activa son ordinateur portable Sony Vaio. Il consulta ses e-mails, puis concentra son attention sur Internet. Comme il l'avait indiqué à Mark, il n'avait pas la moindre intention d'insérer la phrase latine dans le moteur de recherche ou le dictionnaire en ligne, mais il y avait d'autres manières d'essayer de trouver sa signification.

Il lança tout d'abord un petit programme qui généra une fausse adresse IP – les nombres du protocole internet qui identifiaient son emplacement géographique. Puis il fit comme s'il se connectait au Net à partir d'un serveur basé en Corée du Sud, ce qui, se dit-il dans un sourire, devrait être assez loin de l'Italie pour ne pas mettre la puce à l'oreille. Même avec ces précautions, il ne lançait toujours pas une recherche directe. En revanche, il commença à consulter les sites qui offraient des phrases latines les plus communément utilisées du temps de la grandeur de l'Empire romain.

Quarante minutes plus tard, Bronson avait déjà découvert deux choses. Primo, un nombre surprenant d'expressions qui lui étaient déjà familières, en anglais comme en italien, et qui avaient leurs racines dans la langue morte. Deusio, les mots «*HIC VANIDICI LATITANT*» n'étaient pas répertoriés comme faisant partie d'un aphorisme ou d'une expression de langage commun, il y a deux mille ans. Ce n'était pas vraiment ce que l'on pouvait appeler une surprise – si la phrase avait été très connue, elle n'aurait probablement aucune importance pour les individus qui avaient pénétré dans la maison – au moins cela éliminait une possibilité.

Toutefois, sa quête ne le menait nulle part et il finit par se décider à abandonner. Il ferma son portable, puis alla ouvrir les volets et l'une des fenêtres en quête d'un peu d'air frais, éteignit la grande lumière et alla se coucher.

Rogan observa l'arrière de la bâtisse. Il hocha la tête en direction d'Alberti, qui sortit une pince-monseigneur de l'une des poches de sa veste. Il inséra la pointe de l'outil entre la porte et le cadre, changea son emprise et souleva, en poussant vers la porte. Elle bougea légèrement puis se bloqua. On aurait dit que quelque chose retenait la poignée.

Rogan s'empara de sa lampe torche et observa par la fenêtre le faisceau vacillant à l'intérieur de la cuisine tandis qu'il essayait de trouver la cause du problème. Il orienta le faisceau de la torche vers le bas et marmonna un juron. Une chaise avait été placée sous la poignée de la porte. Rogan secoua la tête et Alberti retira la pince-monseigneur puis fit quelques pas en arrière.

Les deux hommes marchèrent avec précaution le long du mur arrière de la maison jusqu'à la fenêtre la plus proche. Comme toutes les fenêtres du rez-de-chaussée, elle était protégée par de grands volets en bois, mais, pour Rogan, ce n'était absolument pas un problème : cela allait simplement être une solution plus bruyante. Il se servit de sa lampe pour vérifier l'état de la serrure et hocha la tête, apparemment satisfait. Les volets étaient tenus fermés par un loquet central qui ne se contentait pas de retenir les deux battants, mais les fixait également au mur, grâce à des pattes en haut et en bas. C'était une conception simple avec un seul défaut. Si le loquet venait à être détaché, les deux attaches seraient immédiatement libérées et les volets s'ouvriraient.

Rogan prit la pince-monseigneur des mains d'Alberti et fit glisser la pointe entre les deux volets. Puis il souleva jusqu'à ce qu'il touche le dessous du loquet et tapota l'autre extrémité par petits coups secs. Dans une sorte de raclement, le loquet se souleva et les deux volets s'ouvrirent. Rogan finit de les ouvrir et les assura à l'aide des crochets cloués au mur.

Dans sa chambre située presque directement au-dessus d'eux, Bronson était encore éveillé, étendu silencieusement dans l'obscurité, à chercher et chercher encore le sens des trois mots latins.

Il entendit du bruit – un cliquetis métallique suivi d'un craquement et d'autres cliquetis –, se redressa et quitta son lit pour aller y voir d'un peu plus près. Il alla jusqu'à la fenêtre et regarda en bas avec précaution.

Derrière la maison, il aperçut deux silhouettes sombres et corpulentes dans l'ombre projetée par la lune. Il distingua également le faisceau d'une petite torche qui dansait devant l'une des fenêtres du rez-de-chaussée. Les volets qu'il avait fermés une heure plus tôt étaient à présent grand-ouverts.

Bronson se recula lentement de la fenêtre et traversa la chambre, jusqu'à l'emplacement où il avait disposé ses vêtements. Il enfila un polo noir et un pantalon de couleur sombre et glissa les pieds dans ses baskets. Puis il ouvrit la porte de la chambre et traversa le palier pour descendre l'escalier.

Il n'y avait aucune arme dans la maison, d'après ses souvenirs, mais il y avait plusieurs cannes solides dans le porte-parapluies à côté de la porte d'entrée. Il saisit la plus grosse et l'empoigna solidement. « Cela, se dit-il, fera parfaitement l'affaire. » Puis il marcha jusqu'à la porte du living-room, qui était heureusement entrouverte, et l'ouvrit avec le pied, jusqu'à ce qu'il y ait suffisamment d'espace pour qu'il puisse s'y glisser.

Les volets ouverts se remarquaient facilement – toutes les autres fenêtres étaient sombres – et Bronson traversa la pièce sur la gauche, accroupi. Leurs visiteurs inopportuns n'étaient pas visibles à travers la fenêtre, mais cela signifiait simplement qu'ils n'avaient pas encore cassé un carreau pour pénétrer les lieux.

La fenêtre avait un cadre en bois et douze petits carreaux en verre, et Rogan était venu avec l'outillage adéquat. Il n'avait pas prévu que la porte du fond leur résisterait mais, chaque fois qu'il partait pour un cambriolage, il disposait toujours d'un plan de secours. Et avec une maison comme celle-ci, avec très peu de sécurité, briser une fenêtre et pénétrer à l'intérieur constituait une option des plus envisageables.

Il saisit un rouleau de ruban adhésif de sa poche et en déchira plusieurs lambeaux, avant de les tendre à Alberti, qui les colla à même le verre en dessinant un motif en étoile, en laissant une « poignée » protubérante au milieu, formée par les parties centrales du ruban. Puis Alberti prit le ruban dans sa main gauche, fit levier avec la pince et cola sèchement le bout arrondi sur la fenêtre. Le verre se brisa instantanément mais resta collé au ruban, et il retira tranquillement le carreau brisé. Il tendit le verre à Rogan, qui le déposa délicatement sur le sol, puis glissa sa main à l'intérieur pour soulever le loquet et ouvrir la fenêtre.

Il avait eu beau prendre toutes les précautions nécessaires, il y avait toujours une chance pour que le bruit ait été entendu à l'intérieur de la maison. Alors, avant de faire son entrée, Alberti retira le pistolet de son holster, vérifia le chargeur et arma le pistolet en tirant sur la coulisse. Il ôta le cran de sûreté, puis saisit le côté gauche du cadre de la fenêtre, posa le pied droit sur une pierre dépassant légèrement du mur et se souleva tout entier par la fenêtre ouverte.

C'est l'instant que choisit Bronson pour intervenir. Il avait vu et entendu le verre se briser, et deviné quelle allait être la prochaine action des intrus. Il savait également que si les deux hommes parvenaient à pénétrer à l'intérieur de la demeure, il ne lui resterait plus aucune chance.

Alors qu'Alberti se penchait vers l'avant, le bras droit tendu, prêt à sauter à l'intérieur, Bronson s'écarta du mur et abaissa la canne de toutes ses forces, brisant instantanément le bras droit de l'Italien, à quelques centimètres en dessous de l'épaule. Sous le choc, l'intrus hurla de douleur, lâcha son pistolet automatique et, dans un geste de réflexe, se propulsa en arrière, pour atterrir lourdement sur le sol à l'extérieur.

Pendant une fraction de seconde, Rogan ne sut pas ce qui s'était passé. Il avait fait quelques pas en arrière afin qu'Alberti puisse se hisser à travers la fenêtre et, moins d'une demi-seconde plus tard, son compagnon s'était jeté en arrière, hurlant de douleur. Puis, au clair de lune, il aperçut le bras d'Alberti et se rendit compte qu'il était brisé. Cela ne pouvait signifier qu'une seule chose. Il s'avança jusqu'à la fenêtre et dégaina son propre pistolet.

Une forme indistincte bougea à l'intérieur de la maison plongée dans l'obscurité. Rogan tendit immédiatement son arme vers sa cible, la mit en joue et appuya sur la détente. La balle brisa l'un des carreaux en verre et termina sa course dans un mur quelque part à l'intérieur de la pièce.

La détonation causée par le pistolet était assourdissante à une telle distance, suivie, quelques secondes plus tard, du son du verre brisé. L'entraînement militaire de Bronson prit le dessus et il plongea instantanément au sol. Mais si l'intrus se hissait et regardait à l'intérieur de la pièce, Bronson savait qu'il deviendrait clairement visible. Il fallait qu'il se mette hors de vue, et rapidement.

La base de la fenêtre du rez-de-chaussée était plus haute que la normale et le second homme allait quasiment devoir se tenir sur la pointe des pieds – pas la pause idéale et de loin pour viser. S'il bougeait rapidement, il pourrait peut-être prendre l'avantage.

Bronson bondit en avant et traversa la pièce en esquivant et en slalomant. Deux nouveaux coups de feu se firent entendre, provoquant un vacarme ahurissant dans le silence de la nuit. Il entendit les balles s'écraser dans les solides murs de pierre de la pièce, mais aucune ne l'atteint.

Avant l'arrivée des maçons, le séjour avait contenu un ensemble canapé fauteuils, deux tables basses et environ une demi-douzaine de petites chaises, qui étaient maintenant empilées au milieu de la pièce.

Bronson ne se faisait pas d'illusions : il ne pensait pas qu'une pile de meubles aussi solides qu'ils fussent parvienne à arrêter une balle de 9 mm mais, si l'intrus ne pouvait pas le voir, il ne saurait pas non plus où viser. Alors il plongea derrière le monticule recouvert d'un drap antipoussière et s'allongea bien à plat sur les lattes en bois.

Puis il attendit.

Alberti s'était remis difficilement sur pied. Et tout trébuchant, il serrait fort son bras cassé en hurlant de douleur. Rogan comprit qu'ils n'avaient plus aucune chance de pénétrer les lieux cette nuit-là. Même si Hampton, ou quiconque, n'avait pas appelé les *carabinieri*, quelqu'un dans le voisinage avait probablement entendu les coups de feu et prévenu la police. Et il allait devoir conduire Alberti à l'hôpital, ne serait-ce que pour le faire taire.

— Allez, viens, siffla-t-il, en rengainant son pistolet et en se penchant pour aider son compagnon à se relever. Filons à la voiture.

Deux minutes plus tard, les deux hommes avaient disparu dans la nuit.

Bronson était toujours accroupi derrière le monticule formé par les meubles lorsqu'il perçut le bruit de pas à l'étage. Quelques instants plus tard, les lumières du hall s'allumèrent. Bronson sut qu'il allait devoir empêcher son ami de faire son apparition au beau milieu d'une fusillade, alors il scruta brièvement la fenêtre ouverte, puis bondit en avant et courut jusqu'à la porte, l'ouvrit en force et fit quelques pas dans le couloir.

— Que se passe-t-il, Chris ? demanda Mark, en se frottant les yeux. On aurait dit des coups de feu.

— En plein dans le mille. On vient juste d'avoir des visiteurs.

— Quoi ?

— Donne-moi juste une minute. Reste dans le couloir – ne va pas dans le salon. Où est l'interrupteur pour les lumières de sécurité ?

Mark lui indiqua un groupe d'interrupteurs au bout du hall, près du couloir conduisant à la cuisine.

— En bas à droite.

Bronson se dirigea vers le panneau et activa l'interrupteur.

— Ne vas pas dans le salon, Mark, l'avertit-il, avant de grimper les escaliers en courant.

Au premier étage, il ouvrit chacune des fenêtres et scruta l'extérieur, vérifiant la zone autour de la maison. Les lampes de sécurité installées par les Hampton étaient positionnées juste en dessous des fenêtres des chambres, afin de pouvoir changer les puissantes ampoules halogènes aussi facilement que possible. Cela avait le bénéfice providentiel de permettre à quiconque se trouvait au premier étage d'observer le périmètre de la propriété sans être vu d'en bas.

Bronson vérifia le terrain à deux reprises, mais les deux hommes s'étaient déjà volatilisés. Le seul son qu'il put entendre – excepté celui des animaux nocturnes – fut le bruit d'un moteur de voiture qui s'affaiblissait rapidement, probablement les deux cambrioleurs en fuite. Il vérifia une dernière fois chacune des fenêtres, puis retourna en bas des escaliers jusqu'au hall, où Mark l'attendait docilement.

— Je pense que ces deux hommes sont les mêmes que ceux qui ont pénétré dans la maison la dernière fois, expliqua Bronson. Ils ont décidé de passer par la fenêtre parce que j'ai bloqué la porte du fond à l'aide d'une chaise.

— Et ils t'ont tiré dessus ?

— Au moins trois coups, peut-être quatre. Attends-moi ici pendant que je referme les volets du salon.

Bronson ouvrit la porte avec précaution et scruta attentivement les lieux, puis il se dirigea d'un bon pas à l'intérieur. Il traversa la pièce jusqu'à la fenêtre ouverte, regarda à l'extérieur pour vérifier qu'il n'y avait personne en vue et tendit le bras pour fermer les volets. Il referma et verrouilla aussi la fenêtre, puis alluma les grandes lampes. Tandis que Mark le rejoignait dans la pièce, Bronson remarqua quelque chose sur le sol, non loin de la vitre cassée. Il ne lui fallut que très peu de temps pour s'apercevoir qu'il s'agissait d'un pistolet semi-automatique.

Bronson le ramassa, ôta le magasin et éjecta la cartouche de la culasse. Le pistolet était un browning Hi-Power de neuf millimètres, l'un des plus communs et des plus fiables semi-automatiques qui soient. Il replaça la cartouche éjectée dans le magasin, rechargea l'arme sans engager la balle et la glissa dans l'une de ses poches à la taille de son pantalon.

— C'est à toi ? demanda Mark.

Bronson fit non de la tête.

— Les seules personnes en Grande-Bretagne qui possèdent des armes de poing ces jours-ci sont des criminels, grâce à la clique d'idiots et aux conseillers qui prétendent gouverner le pays. Non, le type qui a essayé de grimper par la fenêtre l'a laissé tomber. Ces gars-là ne plaisantent pas, Mark.

— Nous ferions mieux d'appeler la police.

— Je *suis* la police, rappelle-toi. En plus, elle serait bien inutile à présent.

— Mais ces hommes ont essayé de pénétrer à l'intérieur et ils t'ont tiré dessus, nom de Dieu !

— Je sais, répondit patiemment Bronson, mais nous n'avons aucune idée d'où ils viennent, et les seules preuves dont nous disposons – à condition qu'ils ne soient pas assez stupides pour laisser tomber leurs portefeuilles ou quelque chose à l'extérieur – sont une porte forcée, une vitre brisée et deux impacts de balle.

— Mais tu détiens ce pistolet. La police ne peut-elle pas remonter... ?

Il se tut, prenant instantanément conscience de la futilité de sa déclaration.

— Ce genre de personnes qui pénètrent par effraction dans des propriétés ne disposent jamais d'arme dont on puisse remonter la piste. Ce sont peut-être des criminels, mais ils ne sont pas stupides.

— Mais nous devons faire *quelque chose*, protesta Mark.

— On va faire quelque chose, le rassura Bronson. En fait, nous sommes déjà en train de le faire. (Il indiqua la pierre au-dessus de la cheminée.) Dès que nous aurons découvert ce que ça signifie, nous saurons probablement pourquoi un tandem de bandits est prêt à venir ici, armés de pistolets. Plus important, nous serons peut-être capables de découvrir qui les a envoyés.

— Que veux-tu dire ?

— Selon moi, ces deux types étaient juste de petits gangsters, employés pour accomplir le sale boulot. Même si on les avait chopés, ils n'auraient probablement rien su d'autre que les ordres qu'ils avaient reçus. Il y a un plan derrière tout ce qui se trame par ici, et il nous faut comprendre si on veut y voir plus clair. Mais cette inscription se trouve au cœur de l'équation.

IV

Juste aux alentours de Rome, Rogan immobilisa la voiture dans le parking et coupa le moteur. Alberti était blotti dans le siège passager, à côté de lui, gémissant et serrant son bras brisé très fort. Rogan avait conduit aussi vite que possible – s'arrêtant une seule fois, pour appeler Mandino et lui apprendre ce qu'il était arrivé – mais cela leur avait pris presque une heure pour atteindre leur destination. La douleur d'Alberti était évidente, mais Rogan aurait tout fait pour qu'il la ferme enfin.

— Calme-toi, tu seras gentil. On y est. Dans deux minutes, ils te glisseront une aiguille dans le bras puis tu te réveilleras et tout sera rentré dans l'ordre.

Il sortit de la voiture, la contourna et alla ouvrir la portière passager.

— Ne me touche pas, fit Alberti, d'une voix rauque et faussée, tandis qu'il tentait difficilement de s'arracher de son siège en s'aidant de son bras gauche.

— Reste tranquille, ordonna Rogan. Je vais retirer ton étui de revolver. Tu ne peux pas rentrer en portant ça.

Rogan aida son acolyte à retirer sa veste, déboucla la bretelle et enleva l'étui.

— Où est ton pistolet ? demanda-t-il.

— Quoi ?

— Ton browning. Où est-il ? Dans la voiture ?

— Bordel, non, bredouilla Alberti. Je le tenais à la main quand je suis passé par la fenêtre. Il doit être quelque part à l'intérieur de la maison.

— Oh, merde ! fit Rogan. Exactement ce dont on avait besoin.

— Quel est le problème ? L'arme est clean.

— Je le sais bien. Je sais aussi qu'elle est chargée, ce qui veut dire que le fils de pute qui l'a récupérée est désormais armé, et je vais devoir retourner là-bas et finir le travail.

Rogan se retourna et indiqua le bâtiment illuminé en contrebas, de l'autre côté du parking.

— Vas-y, fit-il. La section des admissions d'urgence se situe sur la droite. Dis-leur que tu as fait une mauvaise chute ou un truc comme ça.

— OK.

Alberti sortit de la voiture en titubant. Il tenait toujours fermement son bras droit.

— Pardonne-moi pour ça, murmura Rogan.

Il dégaina son propre pistolet et, d'un simple geste fluide, ôta le cran de sûreté, pointa l'arme derrière la tête d'Alberti et appuya sur la gâchette.

L'homme s'écroula sans vie sur le sol, alors que le son du coup de feu se répercutait autour des bâtiments environnants. Rogan fit quelques pas en arrière, retourna le corps, en évitant de regarder la masse rougeâtre et informe qui faisait autrefois office de visage de son compagnon, et lui retira son portefeuille. Puis il retourna à sa voiture et s'en alla.

Trois kilomètres plus loin, Rogan immobilisa la voiture sur une aire de stationnement et appela Mandino.

— C'est fait, dit Rogan, dès que Mandino eut décroché le téléphone.

— Excellent. C'est la seule chose que tu aies bien faite aujourd'hui. Maintenant, retourne à la maison et termine le boulot. Il faut absolument retrouver cette pierre manquante.

Chapitre 10

I

— Je crois qu'on va avoir besoin d'aide.

C'était le matin suivant et Bronson et Mark étaient assis à la table de la cuisine, et prenaient leur petit déjeuner.

— Tu veux dire la police ? demanda Mark.

Bronson fit non de la tête.

— Je veux dire l'aide d'un spécialiste. Cette maison est restée debout pendant six cents ans, mais je pense que cette pierre est beaucoup plus ancienne. Selon moi, elle doit avoir dans les deux mille ans, sinon pourquoi utiliser une inscription en latin ? Si l'inscription est contemporaine avec la maison, on s'attendrait à ce que ce soit écrit en italien. On a besoin de quelqu'un qui puisse nous donner le sens de l'inscription en latin, et pourquoi c'est si important.

— À qui penses-tu... Oh, tu ne penses pas qu'Angela pourrait nous aider ?

Bronson acquiesça, non sans une certaine réticence. Son ex-femme était la seule personne parmi ses connaissances qui avait un lien avec le monde des antiquités, mais il ignorait comment elle allait réagir s'il se décidait à l'approcher. Leur séparation avait été tout sauf amicale, mais il espérait qu'elle pourrait envisager le problème d'un point de vue intellectuel et répondre à sa demande d'un point de vue professionnel.

— Elle pourrait nous aider, enfin je l'espère, observa Bronson. Je sais que les inscriptions en latin sur des fragments de pierre ne correspondent pas à son champ d'expertise, mais elle doit certainement connaître quelqu'un au British Museum qui pourrait nous aider. Elle connaît elle-même un peu le latin, elle a pris une option de spécialisation sur la poterie en Europe du Ier au IIIe siècle, mais je pense que nous devons parler à un expert.

— Qu'est-ce qu'on fait alors ? Tu vas l'appeler ?

— Non. Elle ne répondra certainement pas si elle voit s'afficher mon numéro de portable sur son téléphone. Je vais lui envoyer une ou deux photographies par e-mail. J'espère qu'elle sera suffisamment curieuse pour ouvrir le message.

Bronson se rendit à la chambre et revint avec son ordinateur portable. Il opéra un double clic sur la première image et orienta l'écran pour le montrer à Mark.

— Il va nous falloir en choisir deux ou trois, au maximum, fit-il, et nous assurer que l'inscription est bien visible. Que penses-tu de ça ?

— C'est un peu flou, répondit Mark. Essaie la prochaine.

Un quart d'heure plus tard, ils avaient choisi deux photos, la première était prise à quelques mètres et indiquait la position de la pierre par rapport au mur lui-même, et la seconde, en gros plan, dévoilait l'inscription en détail.

— Elles devraient faire l'affaire, observa Mark, tandis que Bronson écrivait un court e-mail à son ex-femme, lui expliquant où se trouvait la pierre et comment ils l'avaient découverte.

— Il va lui falloir un bon bout de temps avant de répondre, fit Bronson.

Mais il avait tort. À peine une heure plus tard, son Sony émit un double bip indiquant qu'un e-mail venait d'être reçu. Il ne provenait pas d'Angela, mais d'un homme nommé Jeremy Goldman, et faisait à peu près deux pages de long.

— Écoute un peu ça, déclara Bronson. Dès qu'elle a vu les photos, elles les a transférées à l'un de ses collègues – un expert ès langues de l'Antiquité du nom de Jeremy Goldman. Il a fourni une traduction du latin, mais c'est exactement la même signification que ce que nous avons découvert : « Ici gisent les menteurs. »

— Conclusion, nous avons perdu notre temps, observa Mark.

— Non, absolument pas. Il nous donne également des infos sur la provenance de la pierre. D'abord, il a étudié l'inscription elle-même. Il ignore qui peuvent bien être ces « menteurs », mais il suggère également que le mot ait pu faire référence à des livres ou des textes anciens, quelque chose comme ça, certains documents que celui ou celle qui a gravé l'inscription considérait comme faux. Il ne pense pas que le texte se réfère à une tombe, parce qu'il s'agit du mauvais verbe. Il pense que cela fait simplement référence à quelque chose qui a été caché ou tenu secret quelque part. Selon lui, les lettres ont été grossièrement gravées et leur forme même suggère que l'inscription est extrêmement ancienne. Elle pourrait bien dater du Ier siècle après Jésus-Christ. Il a également observé la forme de la pierre et, de nouveau, ça ne colle pas avec une pierre tombale. Il pense que ça a pu faire partie d'un mur, et il suggère que dans son emplacement d'origine, il y ait eu une ou plusieurs pierres, sculptées en dessous, et ces pierres auraient certainement dévoilé une carte montrant l'emplacement de ce que l'inscription évoque. Il termine en disant que la pierre est intéressante, en tant que curiosité, mais qu'elle n'a aucune valeur intrinsèque. Il présume que, lorsque la maison a été bâtie, les bâtisseurs ont découvert la pierre et ont décidé de l'incorporer dans le mur, comme une sorte de décoration. Et puis, au fil des années, les goûts ont changé et le mur a été entièrement plâtré.

— Eh bien, ça nous éclaire un peu plus, fit remarquer Mark. Mais ça ne nous apprend pas grand-chose de plus, et ça ne nous dit surtout pas pourquoi ces « cambrioleurs » ont tenté de pénétrer par effraction dans la maison.

— Et moi je pense que si, au contraire, observa Bronson. J'ignore à quoi se réfèrent ces trois mots mais quelqu'un, quelque part est préoccupé au plus haut point et souhaite à tout prix que l'inscription demeure secrète et cachée, sinon pourquoi auraient-ils replâtré le mur ? Et cette personne sait parfaitement qui sont ces « menteurs », et ne souhaite qu'une seule et unique chose : retrouver leur cachette. Ils doivent également rechercher la partie manquante de l'inscription : la carte ou je ne sais quoi qui nous montre où sont cachées les reliques.

— Que devons-nous faire, à ton avis ? demanda Mark.

— Je crois que ça paraît évident. Retrouver les pierres manquantes avant le retour des cambrioleurs.

II

La consommation de café du cardinal Joseph Vertutti grimpait rapidement. De nouveau, Mandino l'avait fait venir et, de nouveau, ils se rencontraient dans un café bruyant, mais sur la Piazza Cavour, cette fois-ci, à deux pas du Vatican. Comme à son habitude, Mandino était accompagné par deux jeunes gardes du corps, et cette fois, du moins Vertutti l'espérait-il, il aurait de bonnes nouvelles à lui annoncer.

— Est-ce que vos hommes ont découvert le reste de la pierre ? demanda-t-il, plus par espoir que par attente.

Mandino secoua la tête.

— Non. Il y a eu un léger contretemps, ajouta-t-il, mais il semblait peu enclin à développer.

— Bon, quelles sont les nouvelles ?

— Ce léger contretemps occupe la plus grande part de mon temps, cardinal, et me coûte beaucoup d'argent. Je suis bien conscient que nous sommes tenus contractuellement de résoudre ce problème pour le compte de votre employé, et je me dois de vous informer : vous allez devoir en payer le prix.

— Comment ? Vous espérez que *le Vatican* – Vertutti baissa d'un ton en prononçant ce mot – *vous* paie ?

Mandino acquiesça.

— Exactement. Selon mes calculs, la somme s'élève à environ une centaine de milliers d'euros. Peut-être pourrez-vous vous arranger pour que cette somme soit prête à être transférée une fois que nous aurons réglé ce léger contretemps. Je vous tiendrai informé des détails concernant le compte à créditer en temps voulu.

— Jamais je ne ferai une telle chose, bredouilla Vertutti. Je n'ai pas accès à des fonds de cette envergure et, même si c'était le cas, jamais je ne vous transférerais le moindre euro !

Mandino le dévisagea sans la moindre expression sur le visage.

— Je m'attendais à une telle réaction de votre part, cardinal. Mais vous n'êtes pas en mesure de discuter. Si vous refusez de me transférer cet argent, je pourrais décider de ne *pas* détruire la relique, ni de vous la faire parvenir. Qui sait, pourquoi ne pas informer le grand public de notre découverte ? Ce pourrait être la meilleure solution possible. Pierro montre beaucoup d'intérêt pour ce que nous avons trouvé jusqu'ici, et il est d'avis que sa carrière universitaire ferait un formidable bond en avant s'il pouvait découvrir cet objet et le présenter au monde scientifique. Mais bien évidemment, au final, le choix ne dépend que de vous.

— Je crois que vous me faites du chantage, Mandino.

— Appelez ça comme vous voudrez, votre Éminence, mais n'oubliez pas à qui vous avez affaire. Mon organisation engage beaucoup d'argent pour entreprendre des recherches pour votre compte. Il me semble raisonnable que vous le preniez à votre charge. Si vous veniez à changer d'avis en ce qui me concerne, notre obligation à votre égard prendrait fin et nous serions libres de faire ce que nous jugeons approprié de ce que nous trouverons. Et n'oubliez pas que je ne suis pas vraiment un ami de l'Église. Je ne me préoccupe pas de ce qui pourrait arriver à cette relique. Vertutti lui lança des regards noirs, mais les deux hommes savaient qu'ils n'avaient pas le choix. Absolument pas le choix.

— Très bien, très bien, finit par dire Vertutti sur un ton glacé. Je vais voir ce que je peux faire.

— Excellent, fit un Mandino rayonnant. Je savais bien que vous alliez finir par être de mon avis. Je vous tiendrai au courant dès que nous aurons réglé la situation à Ponticelli.

III

— Ce Jeremy Goldman est plutôt malin, observa Bronson.

Il lisait et relisait l'e-mail et venait tout juste de prendre la mesure du sens d'une autre suggestion faite par le spécialiste.

— Comment ça ? demanda Mark.

— Il fait référence à quelque chose d'autre concernant la pierre gravée. Il nous dit que le texte en latin est centré par rapport à la gauche et sur la droite, mais qu'il ne l'est pas verticalement. Les mots sont plus rapprochés de la base de la pierre que du sommet. Et cela peut signifier que la pierre est incomplète, que quelqu'un a découpé la section inférieure. Allons donc y jeter un coup d'œil.

Les deux hommes marchèrent jusqu'au salon et restèrent debout, fixant la pierre devant la cheminée. Goldman avait on ne peut plus raison, se dirent-ils.

— Regarde-moi ça, dit Bronson. Si tu sais ce qu'il faut chercher, tu peux clairement distinguer les marques où quelqu'un a découpé la partie inférieure au burin. Cette section de pierre – le morceau qui contient l'inscription – faisait autrefois partie d'une plaque beaucoup plus grande, de probablement deux fois la taille actuelle. Donc, tout ce qu'il nous reste à faire, c'est retrouver la partie inférieure qui pourrait contenir une carte, une direction ou je ne sais quoi.

— Ça risque d'être coton. Cette maison est entièrement construite en pierre, tout comme le garage. C'était autrefois une écurie et, avant cela, une petite grange. La demeure est entourée par à peu près deux mille mètres carrés de jardin parsemé de rocaille. Même si la pierre se trouve dans les parages, il va nous falloir un temps fou pour la découvrir.

— Tu sais, Mark, d'après moi, la pierre se trouve quelque part dans la maison, exactement comme celle-ci. La pierre a été minutieusement scindée en deux – la séparation forme presque une ligne droite – et je ne pense pas que celui qui a fait ça se soit débarrassé de l'autre section.

— OK, commençons par inspecter l'intérieur de la maison. Mais il y a un léger problème... Par quel mur on commence, à ton avis ?

Bronson lui offrit un sourire grimaçant. La recherche de l'autre pierre les empêchait de trop songer à la défunte Jackie.

— On les vérifie tous. Je dis même qu'on devrait commencer par celui-là.

Près d'une heure et demie plus tard, les deux hommes se tenaient de nouveau dans le salon, à observer la pierre au-dessus de l'âtre. Trois des murs de la maison avaient déjà été débarrassés de ce qui les recouvrait avant l'arrivée des Hampton. De plus, ils avaient déjà inspecté une ribambelle de murs dégagés et n'avaient rien trouvé. Il ne restait plus que deux pièces et il y avait du pain sur la planche : la salle à manger avec deux murs recouverts de plâtre que les maçons n'avaient pas encore touché, et le salon lui-même, où à peu près la moitié du mur de la cheminée conservait le plâtre d'origine.

— Est-ce vraiment nécessaire ? demanda Mark lorsque Bronson lui tendit un bleu de travail laissé par les maçons, et ramassa un marteau et un burin.

— Je le crois bien, oui. La seule façon de résoudre l'énigme est de retrouver cette pierre manquante.

— Et qu'est-ce qu'on fera après ?

— Avant que l'on ait trouvé la pierre et que l'on ait déchiffré son inscription, je n'en ai pas la moindre idée, observa Bronson.

Puis il fit demi-tour et examina le mur à côté de la cheminée. Le vieux plâtre commençait juste à gauche du linteau fissuré et s'étendait sur toute la largeur jusqu'au mur du fond, qui avait déjà été mis à nu.

Il empoigna fermement son burin, positionna le bout à environ dix centimètres du bord du plâtre et frappa avec force à l'aide du marteau. Le burin s'enfonça sur deux centimètres et une section de plâtre tomba sur le sol, révélant une partie de la pierre en dessous. À ce rythme, Bronson aurait bientôt terminé.

Rogan était courbaturé, fatigué, peu à son aise et en avait plein le dos. Il avait dormi du mieux qu'il avait pu dans la voiture la nuit après son retour aux Monti Sabini, puis avait roulé jusqu'à la ville voisine pour y prendre un café et deux pâtisseries. Il était retourné à la maison peu de temps après et avait passé le reste de la matinée à observer la propriété à l'aide de puissantes jumelles.

Il avait vu les deux hommes à l'intérieur – et non pas un seul, comme il s'y attendait – et les avait observés enfiler un bleu de travail et commencer à retirer le plâtre du mur du salon. C'était un peu comme si Hampton et l'autre homme lui mâchaient le travail.

La vieille maison était entourée de pelouses, parsemées d'arbustes et d'arbres, et il était ainsi plus facile à l'Italien d'atteindre la propriété sans être aperçu. D'où il était situé, il pouvait voir le salon en oblique et observer ce qui était en train de se tramer. Il s'accroupit contre le mur et se releva doucement.

Il ne leur fallut que très peu de temps pour retirer le vieux plâtre. À chaque fois que Bronson utilisait le burin, il faisait tomber un morceau de cinq ou dix centimètres carrés et, quelque quatre-vingt-dix minutes plus tard, le mur entier était entièrement dégagé. Puis lui et Mark examinèrent chacune des pierres mises à nu. La plupart d'entre elles arboraient des marques de burin, et rien qui puisse ressembler à une carte ou quelque forme d'écriture.

— Bon, quelle est la suite du programme ? demanda Mark, fixant les gravats empilés au pied du mur.

— Je pense qu'elle est par là, quelque part, intervint Bronson. Je ne crois pas que la pierre gravée ait été intégrée au mur comme une pure et simple décoration. La phrase en latin a un sens aujourd'hui et je pense qu'elle en avait un aussi quand cette maison a été bâtie. En réalité... (Il s'éloigna et observa de nouveau la pierre au-dessus de l'âtre...

— La clé de cette énigme a peut-être été là tout le temps, fit-il en le fixant littéralement dans les yeux.

— Qu'est-ce que c'est ?

— Est-ce une énigme au cœur d'une énigme ? D'après Jeremy Goldman, cette inscription date probablement du Ier siècle, mais la maison a seulement six cents ans d'âge.

— Et alors ?

— Alors l'inscription avait déjà dans les quinze cents ans lorsque la maison a été construite. Si la pierre *était* simplement censée être une décoration, où les maçons auraient-ils pu la mettre? Au-dessus de l'âtre, probablement, fit Bronson, répondant à sa propre interrogation. Mais pas exactement où elle se trouve maintenant. Ils l'ont positionnée au centre, directement au-dessus du linteau. Mais elle n'est pas au centre, elle dépasse d'un côté. Elle a dû être placée là de façon délibérée, comme pour montrer que la pierre n'était pas qu'une simple décoration mais qu'elle avait une signification particulière. Supposons que les bâtisseurs de cette maison aient découvert la pierre et tenté de suivre les directions menant aux « menteurs » – quels qu'ils soient – mais qu'ils ne comprenaient pas la carte ou qu'ils ne parvenaient pas à élucider l'énigme. Ils ont peut-être décidé de fendre la pierre et de dissimuler la section de la carte autre part, en laissant par sécurité une énigme sur son emplacement pour les générations futures. Donc une partie de la pierre indique l'emplacement de l'autre section, qui est probablement la carte pour découvrir des reliques ensevelies depuis bien longtemps. Si je vois juste, peut-être que *« HIC »* – le mot latin signifiant « ici » – est la partie la plus importante de l'inscription. Pourrait-elle nous indiquer exactement où la partie manquante de la pierre a été dissimulée ?

— Tu veux dire « ici » comme la « croix qui décrit l'emplacement », « Vous êtes ici », ce genre de truc ?

— Exactement.

— Mais où est-ce, dans ce cas ? demanda Mark. C'est un mur compact d'environ un mètre d'épaisseur. Les autres pierres situées en dessous non seulement ne portent aucune inscription, mais sont aussi des pierres d'une autre nature, donc à quoi peut se référer l'inscription *« HIC »* ?

— Pas à quelque chose dans le mur, ça c'est sûr, mais peut-être en dessous. La cachette se situe peut-être sous le niveau du sol.

Mais c'était peu probable. La cheminée de la vieille ferme comprenait plusieurs blocs solides de granit, et le sol faisant face était couvert de lattes en chêne de grosse épaisseur. Si la cachette devait se trouver sous la cheminée ou sous les lattes de bois, il aurait fallu mettre en place un sacré chantier pour la découvrir, sans oublier le matériel de manutention nécessaire.

— À mon avis, ce que l'on recherche ne se situe pas en dessous de quelque chose genre une trappe dans le plancher, observa Bronson, mais je ne pense pas non plus qu'il faille démolir la moitié de la maison pour la trouver. (Il fixa de nouveau le mur.) Tu dis que ça fait un mètre d'épaisseur ? (Mark hocha la tête.) Alors peut-être y a-t-il quelque chose de l'autre côté du mur. Est-ce que tu as un mètre, quelque chose comme ça pour mesurer ?

Mark se dirigea vers l'atelier au fond du garage et en revint deux minutes plus tard avec un mètre de charpentier en acier. Bronson le prit, utilisant le sol et le bord de la porte comme points de repère, puis il mesura la position exacte du centre de la pierre. Mark nota les cotes sur une feuille de papier, puis ils se rendirent dans la salle à manger.

La pièce était bien plus petite que le salon, et le mur mitoyen avec le salon était entièrement plâtré. Les meubles étaient toujours en place, bien que recouverts de draps très visibles pour les protéger de la poussière. Les Hampton avaient prévu de créer une vaste ouverture à travers le mur au sud de la salle à manger pour construire un jardin d'hiver, mais ils attendaient toujours les permis.

Se servant des cotes et du mètre, Bronson fit une croix à l'endroit correspondant du mur de la salle à manger. Pour être sûrs, ils vérifièrent les cotes une nouvelle fois dans le salon et recommencèrent l'opération dans la salle à manger.

Puis Bronson s'empara du marteau et du burin, grimpa sur l'escabeau et frappa un seul coup juste sous la croix qu'il avait tracée. Le plâtre se fissura et, après deux nouveaux coups, un gros morceau de plâtre se détacha du mur. Il essuya la poussière et les débris avec la main.

— Il y a quelque chose ici, fit-il, sa voix exprimant l'excitation, ce n'est pas une carte, mais ça m'a tout l'air d'être une nouvelle inscription.

Six nouveaux coups de marteau et de burin plus tard, le plâtre fut décollé et toute la façade fut mise à nu.

— Ici, déclara Mark, en lui tendant un pinceau de dix centimètres de large.

— Merci, murmura Bronson, qui balaya la pierre plusieurs fois avec de petits coups vifs de pinceau. À l'aide du manche du marteau, il décolla le plâtre qui restait. Ils pouvaient tous deux voir désormais ce qui était gravé dans la pierre.

C'était une inscription qui évoquait l'histoire sanglante d'un autre pays – une inscription inestimable pour laquelle on était prêt à tuer.

Rogan observa avec intérêt l'homme en bleu de travail décoller le plâtre du mur du salon, et sourit en constatant qu'ils n'étaient pas parvenus à trouver ce qu'ils cherchaient, du moins, pensa-t-il, ils faisaient le sale boulot pour lui.

Au début, il n'avait pas compris pourquoi ils s'étaient donné autant de mal pour prendre les mesures de la position exacte de la pierre gravée bien qu'il avait compris qu'ils avaient quelque chose en tête quand ils entrèrent dans la petite salle à manger. Dès qu'ils disparurent de son champ de vision, Rogan s'accroupit et courut précipitamment le long du mur à deux pas de la première des deux fenêtres de la salle à manger. Puis il se releva doucement jusqu'à ce qu'il puisse voir à l'intérieur de la pièce. Il aurait pu s'ébattre tout nu à l'extérieur qu'ils ne l'auraient même pas vu, tant les deux hommes étaient littéralement absorbés par le mur de la salle à manger.

Rogan observait la scène un peu floue à travers les vitres épaisses de la salle à manger. Il parvint à voir que l'homme à l'intérieur avait découvert quelque chose. Apparemment la pierre que Mandino lui avait demandée de dénicher se trouvait *bel et bien* dans la maison.

Il ne semblait pas y avoir de carte gravée sur la pierre, même si, à cause de la vitre, ce qu'il pouvait voir ressemblait davantage à des vers de poésie. Mais quelle que soit la nature de l'inscription gravée, le simple fait qu'il ait pu y avoir une autre inscription était assez important pour qu'il puisse en référer à Mandino. Il ne se voyait pas entrer lui-même dans la maison car ils étaient plus nombreux. De plus, l'un d'entre eux avait peut-être récupéré l'arme d'Alberti. Mandino s'était engagé à lui envoyer un autre homme de la famille de Rome pour l'aider mais il ne l'avait pas encore vu.

Rogan en conclut que la chose la plus importante à faire était d'informer Mandino et d'attendre les instructions. Il s'accroupit, rampa le long du mur de la demeure jusqu'à ce qu'il soit suffisamment loin des fenêtres de la salle à manger et du salon, puis il courut rapidement sur la pelouse jusqu'à la brèche dans la clôture par laquelle il s'était déjà faufilé. Il retourna à sa voiture et s'empara de son téléphone portable qu'il avait laissé dans la boîte à gants.

— Qu'est-ce que c'est que ça, Chris ? demanda Mark, tandis que Bronson descendait de l'escabeau et observait ce qui était gravé sur la pierre.

Bronson secoua la tête.

— Je n'en ai aucune idée. Si les déductions de Jeremy Goldman sont exactes et si notre interprétation de la première pierre est correcte, cela devrait être une carte. J'ignore ce que c'est. Mais tout ce que je peux te dire, c'est que c'est tout sauf une carte.

— Attends une minute, fit Mark, laisse-moi vérifier quelque chose. (Il se rendit au salon et observa la pierre gravée, puis il revint quelques secondes plus tard.) C'est bien ce que je pensais. La pierre a une couleur légèrement différente. Es-tu certain que les deux sont liées ?

— Je l'ignore. Ce dont je suis sûr, en revanche, c'est que cette pierre a été cimentée dans le mur, directement et, très exactement derrière l'autre, et à mon avis, ça n'a rien d'une coïncidence.

— Ça ressemble presque à un poème, observa Mark.

Bronson acquiesça.

— C'est aussi ce que je pense, fit-il, en observant les dix lignes d'écriture cursive disposées en deux vers, sous un titre incompréhensible qui consistait en trois groupes de lettres capitales, probablement des abréviations. Mais je ne comprends toujours pas ce que pourrait faire un poème gravé dans une pierre précisément à cet emplacement.

— Mais ce n'est pas du latin, je me trompe ?

— Non, absolument pas. Je pense que certains mots ont des racines françaises. Ces trois-là – *ben*, *dessüs*, *perfècte*, par exemple – ressemblent fort à des mots en français. Certains autres, comme *calix*, semblent écrits dans une langue entièrement différente.

Bronson grimpa sur l'escabeau et examina l'inscription plus attentivement. Il y avait quelques différences entre les deux vers, et pas uniquement au niveau du langage utilisé. Mark avait raison – les pierres étaient de couleur différente, mais la forme des lettres en vers était également inconnue, totalement différente de celles de l'autre inscription, et à certains endroits, la pierre était érodée, comme si elle avait été touchée par d'innombrables mains au cours des millénaires.

IV

La sonnerie du téléphone vint rompre le silence dans le bureau.

— Il y a eu du nouveau, cardinal.

Vertutti reconnut instantanément le ton léger et quelque peu moqueur de Mandino.

— Que s'est-il passé ?

— L'un de mes hommes opérait une surveillance à la maison des Monti Sabini et, il y a seulement quelques minutes, il a assisté à la découverte d'une nouvelle pierre gravée dans la propriété, de l'autre côté du mur juste derrière l'autre pierre. Ce n'était pas une carte, ça ressemblait plutôt à plusieurs lignes d'écriture, peut-être de la poésie.

— Un poème ? Ça n'a aucun sens.

— Je n'ai pas dit que c'*était* un poème, cardinal, mais simplement que mon homme de main trouvait que ça *ressemblait* à de la poésie. Quoi qu'il en soit, ce doit être la partie manquante de la pierre.

Cette affaire est bien trop sensible pour être confiée à mes *picciotti,* mes soldats. Je me rendrai à Ponticelli très tôt demain, accompagné de Pierro. Une fois à l'intérieur de la maison, je prendrai les deux inscriptions en photo et j'en ferai des copies, avant de les détruire. Une fois que nous disposerons de cette information additionnelle, je suis certain que Pierro pourra nous dire exactement ce que nous devons rechercher. Pendant mon voyage, vous devriez pouvoir me contacter sur mon mobile, mais je vous laisse également le téléphone portable de mon adjoint, Antonio Carlotti, en cas d'urgence.

— Quel genre d'urgence ?

— N'importe quelle urgence, cardinal. Vous recevrez un texte listant les numéros d'ici deux minutes. Et, s'il vous plaît, gardez votre mobile allumé. Maintenant, poursuivit Mandino, vous devez également être informé que si les deux hommes dans la maison...

— Deux hommes ? Qui sont ces deux hommes ?

— Nous pensons que l'un d'entre eux est l'époux de la femme qui est morte, mais j'ignore qui est le second. Comme je le disais, c'est que si ces deux hommes ont trouvé ce que nous cherchons, je n'aurai d'autre option que d'appliquer la Sanction.

CHAPITRE 11

I

— Je pense que ces vers ont été écrits en occitan, Mark, déclara Bronson, levant les yeux de l'écran de son ordinateur portable.

Il avait lancé une recherche sur Internet pour essayer de trouver des informations concernant la seconde inscription, mais sans entrer les phrases entières. Il avait découvert que certains des mots pouvaient provenir de plusieurs langues – *roire,* par exemple, que l'on pouvait aussi trouver en roumain – mais la seule langue qui contenait tous les mots qu'il avait choisis était l'occitan, une langue romane originellement parlée dans la région du Languedoc, dans le sud de la France. En consultant les lexiques et les dictionnaires en ligne et en les comparant, il était parvenu à traduire certains des mots, même si nombre d'entre eux présents dans les vers n'étaient pas indiqués dans les dictionnaires d'occitan qu'il avait consultés.

— Qu'est-ce que ça signifie ? demanda Mark.

Bronson grommela.

— Je n'en ai aucune idée. J'ai simplement été capable de traduire quelques mots bizarres. Par exemple, ce mot *roire* dans la sixième ligne signifie « chêne », et il y a une référence à l'« orme » dans la même ligne.

— Tu ne crois pas qu'il s'agit juste d'un poème médiéval sur l'agriculture ou l'entretien des forêts ?

Bronson rit de bon cœur.

— J'espère que non et je ne le pense pas. Il y a aussi quelque chose d'étrange. Dans la dernière ligne, on trouve le mot *calix*, et impossible de trouver trace de ce mot dans mes dictionnaires d'occitan. C'est peut-être parce qu'on dirait un mot latin, plutôt que de l'occitan. Si c'est le cas, la traduction est « calice », mais j'ignore pourquoi un mot latin ferait son apparition dans un vers écrit en occitan. Je vais en envoyer une copie à Jeremy Goldman, à Londres. Puis nous découvrirons peut-être de quoi ça parle. (Il avait déjà pris plusieurs photographies de l'inscription, qu'il avait ensuite transférées dans le disque dur de son ordinateur portable, et il avait également recopié le texte dans un dossier Word.) Ce qu'il nous reste à faire, ajouta-t-il, c'est décider ce que l'on fait de cette pierre.

— Tu penses que ces « cambrioleurs » vont revenir ?

Bronson acquiesça.

— J'en suis certain. J'ai salement blessé l'un d'entre eux, la nuit dernière, et selon moi, s'ils ne sont pas revenus, c'est parce qu'ils savent que nous détenons un pistolet dans la maison. Mais je les soupçonne de *revenir*, tôt ou tard. Et cette pierre – il la pointa – est certainement ce qu'ils cherchaient.

— Alors que proposes-tu ? Tu penses qu'on devrait la recouvrir ?

— Je ne crois pas que ça marcherait. Ils ne pourront pas rater le plâtre frais, une fois dans la maison. Il faut penser à autre chose que cacher la pierre. Je propose de laisser le plâtre tel qu'il est, mais de prendre le marteau et le burin et d'effacer l'inscription. De cette façon, il ne restera aucun indice pour les nouveaux venus.

— Tu penses vraiment que c'est nécessaire ?

— Honnêtement, je l'ignore. Mais, sans les inscriptions, la piste s'arrête là.

— Supposons qu'ils décident de nous prendre en chasse ? Nous avons tous les deux vu ces pierres gravées, ne l'oublie pas.

— Nous aurons quitté l'Italie d'ici là. L'enterrement de Jackie se déroulera demain. Nous devrions partir juste après et être de retour en Angleterre le lendemain soir. J'espère simplement que ceux qui se trouvent derrière tout ça ne décideront pas de nous prendre en chasse là-bas.

— D'accord, fit Mark. Si ça peut mettre un terme à tout ça, alors faisons-le.

Vingt minutes plus tard, Bronson avait creusé toute la surface du bloc de pierre, effaçant toute trace d''inscription.

II

Gregori Mandino arriva à Ponticelli à neuf heures et demie ce matin-là et retrouva Rogan dans un café des environs de la ville. Mandino était, comme à son habitude, accompagné de deux gardes du corps, dont l'un avait conduit la berline Lancia du centre de Rome jusqu'à Ponticelli. L'universitaire Pierro était également de la partie.

— Répète-nous ce que tu as vu exactement, ordonna Mandino.

Pierro et Lui écoutèrent attentivement Rogan leur expliquer ce dont il avait été témoin à travers la fenêtre de la salle à manger de la Villa Rosa.

— Ça n'était pas une carte ? Tu en es certain ? demanda Mandino, lorsqu'ils eurent écouté l'explication.

Rogan fit non de la tête.

— Non. On dirait les dix lignes d'un vers, plus un titre.

— Pourquoi des vers ? N'était-ce pas un simple texte ? demanda Pierro.

Rogan se tourna vers l'universitaire.

— Les lignes ont des longueurs différentes, mais elles semblent toutes être alignées au centre de la pierre, exactement comme un poème que vous trouvez dans un livre.

— Et vous dites que la couleur de la pierre semblait différente. Différente comment ?

Rogan haussa les épaules.

— Pas très différente. J'ai juste trouvé que la teinte du marron était légèrement plus claire que celle de la pierre du salon.

— Ça pourrait tout de même être ce que nous recherchons, observa Pierro. J'ai pensé que la partie inférieure de la pierre pouvait contenir une carte, mais un vers ou quelques lignes de texte pourraient nous fournir des directions qui nous mèneraient à la cachette de la relique.

— Eh bien, nous le découvrirons très bientôt. Quoi d'autre ?

Rogan fit une courte pause avant de répondre. Mandino le remarqua.

— Il y a quelque chose d'autre, *capo*. Je crois bien que les hommes dans la maison sont armés. Lorsque Alberti a essayé de pénétrer dans la maison, il a été attaqué par l'un d'entre eux et a lâché son révolver. Je pense qu'il est dans la maison et que les hommes l'ont récupéré.

— Bon débarras pour Alberti, répondit Mandino d'un ton rageur. Maintenant, nous allons attendre qu'ils sortent. Je ne veux pas de fusillade dans cette maison. Quoi d'autre ?

— Rien, répondit Rogan, le front perlant de sueur, ce qui n'était absolument pas dû au soleil matinal.

— Parfait. À quelle heure sont les funérailles ?

— À onze heures quinze, ici à Ponticelli.

Mandino consulta sa montre.

— Excellent. On va se rendre à la maison et, dès que ces deux hommes seront partis, on ira à l'intérieur. Cela devrait nous laisser deux bonnes heures pour vérifier ce que racontent ces vers et leur préparer un petit comité de réception.

— Je ne veux vraiment pas... débuta Pierro.

— Ne vous en faites pas, *professore*, vous n'aurez pas besoin de vous trouver dans la maison à leur retour. Vous vous contentez de déchiffrer ces vers ou ce que nous découvrirons sur place, puis je demanderai à mes hommes de vous emmener. Nous nous chargerons du reste.

III

Comme chaque jour depuis qu'ils avaient posé le pied en Italie, le matin des funérailles de Jackie laissait présager une magnifique journée, avec un beau ciel bleu azur et pas le moindre nuage. Mark et Bronson s'étaient rendus à l'église très tôt, fin prêts à quitter la maison vers onze heures moins le quart et arriver en temps voulu, pour onze heures quinze.

Bronson enferma son ordinateur portable ainsi que son appareil photo numérique dans le coffre de l'Alfa Romeo des Hampton, lorsqu'il sortit du garage quelques minutes avant le coup des onze heures. Comme une pensée après coup, il retourna à la maison, récupéra le pistolet Browning dans sa chambre à coucher et le glissa dans la poche de son pantalon.

Deux minutes plus tard, Mark prit place sur le siège passager et mit sa ceinture tandis que Bronson passait la première et quittait la maison.

Le chauffeur de Mandino avait garé la Lancia environ un kilomètre plus bas sur la route, entre la maison des Hampton et Ponticelli, sur le parking d'un petit supermarché situé en bordure de la ville, et la voiture de Rogan était garée juste à côté. Le site offrait une excellente vue de la route et de l'entrée de la maison.

Quelques minutes avant onze heures, une berline fit son apparition à l'entrée et se dirigea droit vers eux.

— Ce sont eux, fit Mandino.

Il observa l'Alfa Romeo qui passait devant eux, avec deux silhouettes indistinctes à l'avant.

— Excellent, ils sont là tous les deux. Ce qui veut dire que la maison est maintenant déserte. Allons-y.

Le chauffeur quitta le parking et tourna sur la route en direction de la maison. Derrière eux, un des gardes du corps de Mandino tourna à l'autre sortie du supermarché dans la Fiat de Rogan et vint se placer derrière l'Alfa, suivant le véhicule en direction de Ponticelli.

La Lancia se glissa entre les poteaux de la sortie. Le chauffeur tourna la voiture pour qu'elle se trouve face à la sortie et s'arrêta. Rogan sortit du véhicule et contourna la maison pour rejoindre l'arrière. Il sortit un couteau de sa poche et souleva le loquet de l'un des volets, à l'extérieur du salon. Comme il l'avait espéré, le carreau de verre qu'avait brisé Alberti lors de leur dernière venue infructueuse n'avait pas été réparé et il se contenta de glisser la main à travers la fenêtre et de soulever le loquet.

En se hissant légèrement, il passa par la fenêtre et atterrit lourdement sur le sol en bois du salon. Il dégaina instantanément son pistolet de son holster et jeta un coup d'œil à travers la pièce, mais il n'y avait aucun bruit alentour dans la vieille maison.

Rogan se dirigea vers la salle à l'intérieur du hall et ouvrit la porte. Mandino guida Pierro et ses deux gardes du corps à l'intérieur, attendit que l'un d'entre eux ferme la porte et fit signe à Rogan d'ouvrir la voie. Les quatre hommes le suivirent à travers le salon et à l'intérieur de la salle à manger, et s'immobilisèrent d'un coup devant la face lisse du mur couleur miel.

— Où diable est-elle ? Où est l'inscription ?

La voix de Mandino était dure et colérique.

Quant à Rogan, on aurait dit qu'il venait de voir un fantôme.

— C'était là, s'écria-t-il, en fixant le mur. C'était juste là sur cette pierre.

— Regardez sur le sol, fit Pierro, en leur indiquant la base du mur. Il s'agenouilla et saisit une pleine poignée de débris. Quelqu'un a buriné la surface gravée de cette pierre. Certains de ces débris portent encore des lettres – ou au moins des parties de lettres.

— Pouvez-vous les utiliser ? demanda Mandino.

— Ce sera comme un puzzle en trois dimensions, observa Pierro, mais je devrais être capable de reconstruire une partie de l'inscription. J'ai besoin que la pierre soit retirée du mur. Sans cela, je n'ai aucun moyen de savoir où va telle pièce et ainsi de suite. Et il y a également une autre possibilité d'analyse, peut-être une analyse de surface ou un traitement par rayons X, pour essayer de retrouver l'inscription.

— Vraiment ?

— Ça vaut le coup d'essayer. Ce n'est pas mon domaine de compétence, mais c'est surprenant de voir tout ce que l'on peut accomplir avec les méthodes modernes.

C'était bien assez pour Mandino. Il pointa l'un de ses gardes du corps.

— Va chercher quelque chose pour y mettre les morceaux de pierre – des serviettes, du linge de maison, un truc comme ça – et rassemble tous les éclats que tu peux rassembler. (Il se tourna alors vers Rogan.) Quand il aura fini, prends l'escabeau et commence à décoller le ciment tout autour de la pierre ? Mais, de grâce, l'avertit-il, ne fais pas davantage de dégâts sur la pierre elle-même. On t'aidera à la soulever quand tu l'auras dégagée.

Mandino observa quelques instants ces hommes au travail, puis il se dirigea vers la porte en faisant signe à Pierro de le suivre.

— Nous allons inspecter le reste de la maison, juste pour vérifier qu'ils n'ont pas recopié l'inscription quelque part.

— S'ils ont fait ça à la pierre, répondit le professeur, je doute que l'on ait une chance de retrouver quoi que ce soit.

— Je sais, mais nous allons tout de même vérifier. (Une fois dans le bureau, Mandino aperçut immédiatement l'ordinateur et l'appareil photo digital.) Récupérons-les, fit-il.

— Nous pourrions consulter l'ordinateur sur place, suggéra Pierro.

— Nous pourrions, en effet, admit Mandino, mais je connais des spécialistes qui peuvent retrouver des données sur les disques durs formatés, et je préfère qu'ils le vérifient. Si ces deux hommes ont photographié la pierre avant de détruire l'inscription, les images se trouvent peut-être encore dans l'appareil. (Mandino saisit le câble et les fils placés derrière l'ordinateur et les débrancha.) Prenez l'appareil photo, ordonna-t-il, en se dirigeant vers le hall où il plaça avec précaution la tour d'ordinateur près de la porte d'entrée.

Ils retournèrent ensuite à la salle à manger, où Rogan et le garde du corps détachaient tout juste la pierre du mur. Lorsqu'ils la déposèrent au sol, Mandino en examina de nouveau la surface, mais ne put voir que des marques de burin. Pierro avait beau se montrer optimiste, il n'y avait que très peu de chances de recomposer l'inscription à partir de la multitude d'éclats et la surface de la pierre elle-même.

La meilleure solution était celle-ci : retrouver les deux hommes au plus vite.

Les funérailles en Italie étaient d'habitude de grands rassemblements familiaux, avec des affiches placardées dans la ville annonçant la mort, un cercueil ouvert, des pleurs et des lamentations. Les Hampton ne connaissaient que très peu de gens en ville – ils n'avaient emménagé que depuis quelques mois et avaient passé la plupart du temps à travailler dans la maison, plutôt qu'à nouer de bonnes relations de voisinage.

Bronson avait préparé un service simple, sachant qu'il n'allait y avoir que trois personnes : lui-même, Mark et le prêtre. En réalité, il y avait six personnes supplémentaires, de l'entourage de Maria Palomo. Mais c'était, selon les critères italiens, une cérémonie on ne peut plus sobre et brève. Au bout d'une demi-heure, les deux hommes étaient de retour dans l'Alfa et quittaient la ville.

Aucun des deux n'avait remarqué l'homme à bord de la Fiat de couleur sombre qui les avait suivis depuis Ponticelli. Lorsqu'ils s'étaient garés près de l'église, il était passé près deux, mais dès que Bronson avait quitté son stationnement, le véhicule avait repris sa filature.

À l'intérieur du véhicule, le chauffeur tira un téléphone portable de sa poche et composa un numéro.

— Ils sont sur le retour, fit-il.

Mark avait à peine dit un mot depuis leur départ de Ponticelli, et Bronson avait jugé bon de ne pas discuter. Les deux hommes unissaient leur chagrin pour la mort de la femme qu'ils avaient tous deux aimée, bien que de façon différente. Mark essayait d'en finir avec le dernier chapitre irrévocable de son court mariage, tandis que la douleur de Bronson était tempérée par sa culpabilité, à savoir que pendant les cinq dernières années il avait vécu dans le mensonge, amoureux de la femme de son meilleur ami.

Les funérailles avaient été le dernier adieu de Mark à Jackie et, maintenant que tout était terminé, il allait devoir prendre des décisions au sujet de sa vie. Bronson en avait déduit que la maison – que les Hampton avaient achetée pour s'y retirer – serait mise en vente. Les souvenirs de leur temps passé ensemble dans la vieille demeure seraient probablement trop douloureux pour Mark pour qu'il veuille encore garder la maison.

En s'approchant de la propriété, Bronson remarqua une berline Fiat, se rapprochant à grande vitesse derrière eux.

— Foutus conducteurs italiens, marmonna-t-il, en voyant que la voiture ne semblait pas prête à les doubler, se contentant de maintenir sa position à environ dix mètres derrière l'Alfa.

Il freina légèrement en s'approchant de l'entrée, mit son clignotant et tourna. Mais l'autre voiture fit de même, se plaçant devant l'entrée et la bloquant presque totalement. À cet instant précis, Bronson regarda en direction de la vieille maison et réalisa qu'ils étaient pris au piège. Sacrément pris au piège.

À l'extérieur de la propriété, une berline Lancia était stationnée et, non loin de la porte d'entrée – qui semblait légèrement entrouverte –, ils distinguèrent une boîte grise oblongue et un objet rectangulaire couleur sable. Derrière la voiture, deux hommes fixaient l'Alfa qui approchait, l'un des deux hommes tenait dans sa main droite ce qui ressemblait fort à un revolver.

— Qui diable... ? s'écria Mark.

— Accroche-toi, hurla Bronson. (Il tourna le volant vers la gauche et accéléra d'un coup sec. La voiture passa en trombe sur le gravillon et sur la pelouse, se dirigeant droit vers la clôture qui formait une frontière entre le jardin et la route). Où était-ce ? cria Bronson.

Scotché au siège passager, Mark sut de suite ce à quoi il faisait allusion. Lorsqu'ils avaient acheté la maison, l'entrée était en forme de fer à cheval et comportait deux portes, mais ils avaient rallongé la haie et la pelouse jusqu'à la seconde entrée. Et c'était pour l'heure leur seule porte de sortie.

Il pointa son doigt à travers le pare-brise.

— Un petit peu plus sur la droite, s'écria-t-il, en se redressant et en fermant les yeux.

Bronson serra légèrement le volant et l'Alfa fit un bond en avant. Il entendit deux coups de feu dans son dos, mais aucune balle ne put atteindre le véhicule. Puis l'avant traversa à vive allure la haie et les buissons qui avaient été plantés là il y a à peine un an. À travers le pare-brise, leur vision se changea en un impressionnant maelström de vert et de marron, alors que l'Alfa écrasait les plantes sous son châssis, les branches fouettant les fenêtres au passage. Les roues avant quittèrent le sol pendant quelques secondes, quand la voiture heurta le talus à la base de la haie, avant de s'écraser plus loin au sol.

Une fois l'obstacle franchi, Bronson décolla son pied de la pédale d'accélérateur et écrasa violemment la pédale de frein un court instant tandis que la voiture faisait une embardée sur l'herbe de l'accotement, le temps de vérifier que la route était libre à gauche comme à droite. Bien lui en prit car un camion grimpait lentement la colline et venait tout droit sur eux à quelques mètres seulement, le pot d'échappement crachant un nuage noir de fumée de gasoil. L'expression sur le visage du chauffeur, sous le choc, était presque comique. Il venait à peine de voir la voiture rouge vif sortir de la haie pour se matérialiser devant lui.

Bronson écrasa une nouvelle fois la pédale d'accélérateur, et l'Alfa fila droit à toute allure sur la route, manquant de heurter l'arrière du camion de quelque dix centimètres à peine.

Il appuya sur la pédale de frein, tourna le volant brusquement vers la gauche et, dès que la voiture fut dans le sens de la route descendant la colline, il accéléra de nouveau. La voiture fit une embardée quand il donna de la puissance pour atteindre par moments la vitesse de cent kilomètres à l'heure en dévalant la colline.

— Mais bordel, qu'est-ce qui se passe ? demanda Mark, se retournant sur son siège, pour regarder droit en direction de la maison. Qui étaient ces gens ?

— J'ignore *qui* ils étaient, observa Bronson, mais je sais *ce* qu'ils étaient. Cet objet rectangulaire était la pierre récupérée dans ta salle à manger, et la boîte grise était ta tour d'ordinateur. Ce sont les gens qui ont pénétré dans la maison pour lire la première inscription et qui ont essayé de revenir pour découvrir la seconde.

Bronson jeta un œil dans son rétroviseur, tout en mettant la gomme vers le pied de la colline. À environ deux cents mètres derrière, il aperçut deux voitures émerger de l'entrée, l'une derrière l'autre. Elles commencèrent à les prendre en chasse. La première était la Fiat qui leur avait bloqué la route et la seconde était la Lancia.

— Je ne veux pas..., commença Mark.

Bronson l'interrompit.

— Le petit jeu n'est pas encore terminé. Les deux voitures nous ont pris en chasse.

Il balaya du regard le tableau de bord, à la recherche de la moindre anomalie, qui aurait pu être causée après le traitement spartiate affligé à la voiture, mais tout semblait Ok. Et il n'avait détecté aucun problème de prise en main, même s'il semblait y avoir quelques branchages coincés çà et là sur le capot de la voiture.

— Qu'est-ce qu'ils veulent ?

— L'inscription, sans aucun doute. Ils savent qu'on l'a effacée, donc nous sommes désormais leur seule cible tout simplement parce que nous l'avons lue. J'ignore ce qu'elle veut dire. Mais tout ce que je sais, c'est qu'elle est bien plus importante que je ne le pensais.

Bronson poussait l'Alfa au maximum de sa puissance, mais les routes étaient plutôt étroites. De plus, elles serpentaient et n'étaient pas toutes très bien goudronnées et, même s'il ne pouvait voir les deux voitures dans son dos, il savait qu'elles ne pouvaient pas être bien loin. Son entraînement à la police avait fait de lui un conducteur aguerri, mais il n'était pas habitué à cette voiture et ne connaissait pas la région. En outre, il roulait du « mauvais » côté de la route. Le sort s'acharnait contre lui.

— Il va falloir que tu m'aides, Mark. Nous devons nous barrer d'ici, et le plus vite possible. (Il indiqua un panneau signalétique annonçant un croisement.) De quel côté ?

Mark se pencha en avant et scruta le panneau à travers le pare-brise, mais il mit quelque temps à répondre.

— J'ai besoin de savoir, Mark. Quelle direction ?

Mark semblait chercher son chemin.

— À gauche, fit-il. Tourne à gauche. C'est le chemin le plus rapide jusqu'à l'*autostrada*.

Mais tandis que Bronson arrêtait le véhicule au beau milieu de la route, pour laisser un groupe de trois voitures venant en sens inverse, la Fiat apparut dans son rétroviseur à environ une centaine de mètres derrière.

— Merde, marmonna Bronson, avant d'accélérer le plus vite qu'il put, lorsque la route fut dégagée. Faisons une check-list rapide, Mark, poursuivit-il. Mon ordinateur portable et mon appareil photo sont dans la voiture, et mon passeport est dans ma poche. Y a-t-il quelque chose que tu doives récupérer dans la maison ?

Mark glissa sa main dans la poche de sa veste et en sortit son portefeuille et son passeport.

— Seulement mes affaires, des trucs comme ça. Je n'avais pas fini mon sac.

— On va dire que si, fit Bronson d'un air sévère, en surveillant tour à tour la route et ses rétroviseurs. Il faut prendre la prochaine route sur la droite, observa Mark. Ensuite, l'*autostrada* n'est qu'à deux ou trois kilomètres.

— Message reçu.

Cependant Bronson ralentit lorsque l'Alfa s'approcha de la jonction, mais il ne tourna pas.

— Je t'ai dit de tourner à droite, Chris.

— Je sais, mais on doit d'abord semer ces gars. Accroche-toi.

La Fiat s'était rapprochée à moins de cinquante mètres derrière l'Alfa lorsque Bronson prit les choses en main. Il écrasa la pédale de frein, attendit que la vitesse de la voiture tombe à trente kilomètres à l'heure, puis relâcha la pédale de frein, tourna complètement le volant à gauche et tira simultanément le frein à main. La voiture fit une brusque embardée sur le côté, les pneus hurlant leur mécontentement lorsque la voiture se glissa de l'autre côté de la route. À peine la voiture avait-elle fait demi-tour que Bronson relâcha le frein à main et accéléra. L'Alfa passa en trombe devant la Fiat, dont le conducteur était en train de freiner de toutes ses forces, et quelques secondes plus tard, ils croisèrent également la Lancia, qui venait juste de les rattraper.

— Peux-tu me dire ce que tu viens de faire ? demanda Mark.

— Techniquement, ça s'appelle un demi-tour en J, comme la trace que laissent les pneus sur la route. C'est étonnant tout ce qu'on peut apprendre dans les forces de police. Le plus important, c'est que ça nous laisse une ou deux minutes pour respirer.

Bronson regardait constamment dans ses rétroviseurs et, lorsqu'ils atteignirent l'entrée de l'*autostrada*, il n'y avait toujours aucune trace ni de la Fiat ni de la Lancia. Pendant une seconde ou deux, il réfléchit pour savoir s'il ne fallait pas mieux oublier la jonction et prendre une route parallèle vers les collines, où ils auraient pu se cacher pendant quelques minutes. Mais il décida que la vitesse importait plus, et il se dirigea vers l'entrée, en ralentissant à peine. Trois minutes plus tard, ils prenaient un ticket au péage de l'autoroute.

— Où allons-nous ? demanda Mark.

— On fonce vers la frontière. Je vais mettre le plus de distance possible entre eux et nous, et, en ce qui me concerne, plus vite nous serons dans un pays étranger, mieux nous nous porterons.

Mark secoua la tête.

— Je ne comprends toujours pas très bien ce qui se passe. Voler l'ordinateur a un sens, enfin je présume – nous aurions pu avoir stocké des photos de l'inscription –, mais la pierre ? Tu as totalement détruit l'inscription, alors pourquoi prendraient-ils la peine de la récupérer ?

— Ils doivent certainement penser pouvoir la restaurer en utilisant des procédés high-tech. On peut avoir recours aux rayons X pour lire le numéro d'un moteur de voiture, même quand il a été meulé, il y a peut-être une technique identique pour la pierre. Je ne sais pas vraiment. Mais retirer laborieusement cette pierre du mur, sans oublier le fait qu'ils nous ont tiré dessus, prouve qu'ils sont *vraiment* sérieux et qu'ils veulent à tout prix connaître cette inscription.

Chapitre 12

I

Gregori Mandino était furieux. Il avait ordonné que la pierre et la tour soient installées dans la Lancia, et ils avaient prévu que Pierro conduirait la voiture, laissant les trois autres dans la propriété en attendant le retour de Hampton et de son compagnon. Mais l'appel de son garde du corps, l'informant que les Anglais revenaient déjà vers la maison, avait changé la donne.

La manœuvre de son garde du corps avait parfaitement fonctionné : il avait complètement bloqué l'entrée de l'allée, mais la façon dont la voiture avait pris la fuite avait été totalement inattendue. Cette manœuvre et la manière dont leur avait échappé l'Alfa quelques minutes plus tard avaient convaincu Mandino que soit le conducteur était désespéré, soit qu'il était un véritable expert en pilotage.

Ils l'avaient pris en chasse aussi vite que possible, le temps qu'ils rejoignent la première jonction, l'Alfa Romeo avait disparu, et ça laissait trois itinéraires possibles pour ceux qu'ils poursuivaient. Mandino avait deviné qu'Hampton et l'autre homme se dirigeraient vers l'*autostrada*. Il avait alors ordonné au chauffeur de la Lancia de le prendre en chasse, mais il n'avait découvert aucune trace de leur proie avant d'atteindre les cabines de péage et, ne sachant pas où ils avaient pu aller, tenter de se lancer à leur poursuite s'avérait désormais inutile.

Mandino avait horreur de commettre des erreurs. Il avait *supposé* que les deux hommes ne retourneraient pas à la propriété avant au moins deux heures, et la *supposition*, comme l'un de ses collègues américains aimait à le répéter, était la source de tous les fiascos. Mais à présent, il était trop tard.

— Fouillez la maison, ordonna-t-il. Trouvez-moi tous les documents qui pourraient identifier le second homme, tout ce qui pourrait nous aider à retrouver la trace de ces deux types.

Tandis que ses hommes se dispersaient, obéissant aux ordres, Pierro s'approcha de Mandino.

— Qu'attendez-vous de moi ?

— Faites un nouveau tour dans la maison, juste au cas où mes hommes laisseraient passer quelque chose.

— Où sont partis les deux Anglais à votre avis ?

— S'ils sont malins, répondit Mandino, ils sont en train de filer droit vers l'Angleterre. Ils ont dû prendre l'*autostrada* pour se diriger vers le nord, hors des frontières italiennes.

— Ne pouvez-vous pas les faire arrêter ? faire en sorte que les *carabinieri* les interceptent ?

Mandino secoua la tête.

— J'ai une certaine influence dans ce milieu, mais ce dont nous traitons est censé être le plus secret possible. Nous allons devoir retrouver ces deux hommes par nos propres moyens.

II

Mandino avait raison – Bronson *avait* emprunté l'*autostrada* en direction du nord, filant tout droit vers la frontière.

— Tu crois qu'ils vont nous suivre ? demanda Mark, tandis que l'Alfa négociait un long virage, à près de cent quarante kilomètres à l'heure.

— Je ne pense pas, à moins qu'ils aient un hélicoptère ou un truc comme ça, fit Bronson, les yeux braqués sur la route. On a semé la Fiat et la Lancia bien avant d'atteindre l'*autostrada*.

— Quelle route allons-nous prendre, que je puisse programmer le GPS ?

— Juste au cas où ces types auraient l'intention de nous bloquer la route, nous allons prendre le plus court chemin pour quitter l'Italie. La frontière la plus proche est celle avec la Suisse, mais les gnomes ne font pas encore partie de l'Union européenne, alors les douaniers risquent de nous demander nos passeports. On va donc virer au nord, à quelques kilomètres de Modène, et foncer vers Vérone et Trento, en direction de l'Autriche, puis en passant par Innsbruck, en direction de l'Allemagne et de la Belgique. Ça s'annonce un voyage super court. J'ai l'intention de m'arrêter pour prendre de l'essence, quelque chose à manger, café et toilettes, et rien d'autre. Quand on sera trop crevés pour continuer à conduire, on se trouvera un hôtel quelque part. Mais pas avant d'avoir traversé les deux frontières pour nous retrouver en Allemagne.

III

Ils n'avaient rencontré aucun problème le temps de leur rapide voyage à travers l'Europe. Bronson avait été aussi bon qu'il l'avait prédit, et il avait roulé aussi vite que la circulation le permettait sur l'autoroute, à travers l'Italie, puis en traversant l'ouest de l'Autriche avant d'entrer en Allemagne, juste au nord d'Innsbruck.

Ils avaient roulé jusqu'à Munich, puis tourné en direction de Stuttgart et plus tard de Francfort, mais Bronson avait commencé à ressentir la fatigue. Il avait quitté l'*autobahn* à Montabaur et avait foncé droit vers le nord. Ils s'étaient trouvé un petit hôtel à Langenhahn et avaient rapidement filé se coucher.

Le matin suivant, Bronson avait lancé l'Alfa sur les routes reculées jusqu'à ce qu'il rejoigne l'*autobahn* au sud-est de Cologne. Ensuite, ils empruntèrent des voies à paysage jusqu'au sud, vers Aachen, où ils franchirent la frontière belge, puis à la frontière française, près de Lille. Il leur fallut peu de temps pour rejoindre le terminal du tunnel sous la Manche, à deux pas de Calais, où Mark dépensa une petite fortune pour avoir le privilège de rester assis dans sa propre voiture juste le temps de traverser le tunnel sous la Manche.

— Je vais te dire un truc, Chris, dit-il, alors que Bronson guidait la voiture dans le train. La prochaine fois que je traverserai la France, je prendrai un ferry.

Une heure plus tard, Bronson déposa Mark à son appartement d'Ilford, puis emprunta la voie rapide sud, la M25, et ouvrit la porte de sa maison, seulement soixante-dix minutes après avoir laissé son ami.

Il laissa sa housse d'ordinateur dans le salon et passa quelques minutes à transférer les photographies des deux inscriptions sur une clé USB à haute capacité de stockage, parce qu'il ne voulait pas se coltiner son ordinateur portable pour aller à Londres.

Il n'avait rien mangé depuis leur petit déjeuner en Allemagne. Il avait l'impression que cela faisait plus d'une semaine. Sur son chemin jusqu'à la station ferroviaire, il s'acheta deux sandwichs et une canette de soda dans une épicerie.

Trente minutes plus tard, il avait pris place dans le train filant vers la gare de Charing Cross et le British Museum.

IV

Gregori Mandino était retourné à Rome après s'être assuré que sa proie ne retournerait pas à la demeure. Il avait réussi à retrouver l'adresse de Mark Hampton à Ilford et celle de son lieu de travail, dans la City de Londres. Pour le second homme, c'était une autre affaire : un Anglais qui parlait couramment l'italien et qui s'était présenté à l'équipe du service funéraire sous le nom de « Chris Bronson ».

Mais il existait bien des moyens de retrouver la trace de certaines personnes, et Mandino savait que les deux Anglais étaient venus à Rome en provenance du Royaume-Uni. Mieux, la *Cosa nostra* avait des relations étendues à tous les niveaux de la bureaucratie italienne. Alors il composa un numéro et donna une série d'ordres.

Trois heures à peine plus tard, Antonio Carlotti s'empressa de le rappeler avec les résultats.

— Ici Mandino.

— On a trouvé quelque chose, *capo*, lui apprit-il. Notre contact au contrôle des passeports à Rome a identifié l'homme. Il s'agit d'un certain Christopher James Bronson, et j'ai aussi son adresse à Tunbridge Wells.

Mandino prit un crayon et un papier, tandis que Carlotti lui dictait l'adresse de Bronson ainsi que son numéro de téléphone.

— Où se trouve Tunbridge Wells ? demanda Mandino.

— Dans le Kent, à environ une cinquantaine de kilomètres au sud de Londres. Et il y a autre chose. Si ça a pris autant de temps, c'est qu'il a fallu faire des vérifications auprès des autorités britanniques. D'habitude, vérifier un passeport n'est qu'une simple formalité mais, dans ce cas, ils ont refusé de livrer l'information jusqu'à ce qu'il leur révèle le motif de son enquête.

— Que lui a-t-il dit ?

— Il a dit que Bronson avait peut-être été témoin d'un accident de voiture à Rome, et ça a semblé leur suffire.

— Mais pourquoi, demanda Mandino, ont-ils été réticents à dévoiler son identité ?

— Tout simplement parce que l'homme en question est un officier de police en service actif, expliqua Carlotti. En réalité, c'est un sergent détective en poste à Tunbridge Wells. Et tout comme les *carabinieri*, la police britannique protège les siens.

Mandino mit quelques secondes à répondre. Tout cela n'était bien évidemment pas prévu, et il n'aurait su dire si c'était une bonne ou une mauvaise nouvelle.

— Il a de la famille ? finit-il par demander.

— Ses parents sont morts tous les deux, il n'a pas d'enfants et il est fraîchement divorcé. Son ex-femme s'appelle Angela Lewis, et elle travaille au British Museum, à Londres.

— Comme quoi ? En tant que secrétaire ?

— Non, elle est conservatrice en céramiques.

Et ça, se dit Mandino, c'était *vraiment* une mauvaise nouvelle. Il n'avait aucune idée de ce que faisait exactement une conservatrice en céramiques, mais le simple fait que la femme travaille dans l'un des musées les plus célèbres du monde signifiait qu'elle pouvait faire appel à des experts dans un nombre incalculable de disciplines.

Le temps, Mandino ne le savait que trop bien, leur filait entre les doigts. Il fallait qu'il se rende le plus rapidement possible à Londres s'il voulait que tout rentre dans l'ordre. Mais avant de mettre un terme à l'appel, il obtint l'adresse londonienne d'Angela Lewis ainsi que son numéro de téléphone. Il demanda également à ce que l'on opère des changements dans le système de surveillance d'Internet et que l'on ajoute de nouveaux critères spécifiques aux recherches que les vérificateurs syntaxiques devraient prendre en compte.

Le système de monitoring qu'il avait mis en place était à la fois complet et coûteux mais, comme le Vatican réglait la note, le coût global lui importait peu. Il reposait sur un programme baptisé NIS ou « NaruInsight Intercept Suite », que les hommes de Mandino avaient modifié afin qu'il puisse être installé sur des serveurs à distance, sans que l'hôte puisse en avoir connaissance et agir de la sorte comme un virus ou, plus précisément, un cheval de Troie. Une fois en place, le logiciel NIS pouvait être programmé pour contrôler et surveiller tous les réseaux afin de détecter toute chaîne lexicale sur Internet, voire dans les e-mails individuels.

Chaque fois que Bronson se connecterait à Internet et quel que soit l'objet de sa recherche, Mandino était convaincu qu'il en serait informé.

Chapitre 13

I

Bronson saisit son Nokia et composa le numéro de téléphone professionnel d'Angela. Son petit voyage de Tunbridge Wells vers Londres avait été rapide et sans effort, il avait même profité de deux places au lieu d'une. Il avait été tout à fait à son aise.

— Angela ?

— Oui.

Sa voix était brusque et distante.

— C'est Chris.

— Je sais. Qu'est-ce que tu veux ?

— Je suis près du musée et j'ai apporté les photos des inscriptions pour que tu puisses y jeter un œil.

— Ça ne m'intéresse pas... je pensais que tu avais compris.

Bronson chancela. Il ne s'était pas attendu à ce qu'Angela l'accueille à bras ouverts – ils s'étaient vus pour la dernière fois chez le notaire et leur séparation avait été pour le moins glaciale – mais il avait eu l'espoir qu'elle accepterait au moins de le voir.

— Mais je pensais que... eh bien, qu'en est-il de Jeremy Goldman ? Il est disponible ?

— Ça se pourrait bien. Tu ferais mieux de lui demander quand tu viendras rôder dans les parages.

Cinq minutes plus tard, Bronson ficha sa clé USB à l'ordinateur bureau de Jeremy Goldman au musée, spacieux quoique passablement encombré. Le spécialiste des langues anciennes était grand et maigre comme un clou, le teint pâle avec des taches de rousseur que dissimulaient à peine de grosses lunettes rondes, ce qui, selon Bronson, n'était pas vraiment du meilleur goût vu la forme de son visage. Il faisait davantage penser à un étudiant récalcitrant de premier cycle qu'à l'un des experts britanniques les plus brillants dans l'étude des langues anciennes.

— J'ai les photos des deux pierres gravées là-dessus, l'informa Bronson. Laquelle aimeriez-vous voir en premier ?

— Vous nous avez envoyé quelques photographies dévoilant la phrase latine, j'aimerais les consulter à nouveau, ainsi que celles que vous m'avez apportées.

Bronson acquiesça et cliqua sur la souris. La première image apparut sur l'écran plat vingt et un pouces de l'ordinateur, sous leurs yeux.

— J'avais raison, murmura Goldman, lorsque apparut une troisième image. Ses doigts soulignèrent les mots de l'inscription. Il y *a* bien des nouvelles lettres sous la gravure principale. (Il se tourna vers Bronson.) La photo en gros plan que vous m'avez envoyée était suffisamment précise, fit-il, mais le flash se reflétait sur la pierre et je ne pouvais pas savoir si les marques étaient causées par un burin ou si elles faisaient bien partie de l'inscription.

Bronson se rapprocha de l'écran et vit de quoi Goldman voulait parler. Sous les trois mots en latin, on pouvait distinguer deux groupes de lettres, bien plus petites que ce qu'il avait pu voir auparavant.

— Je les vois. Que signifient-elles ? demanda-t-il.

— Eh bien, selon moi, la première inscription date du Ier ou du IIe siècle après Jésus-Christ et, pour affirmer une telle chose, je me fonde essentiellement sur la forme des lettres. À l'instar de tous les alphabets écrits, les lettres latines changeaient d'apparence au fil des années, et cela me semble bel et bien être un texte du Ier siècle.

Voyons maintenant les deux séries de lettres plus petites. Elles pourraient nous aider à affiner la datation. « PO » et « PO LDA » pourraient être l'abréviation latine pour *per ordo* qui signifie « par l'ordre de ». C'était le genre d'abréviation utilisée par les Romains pour indiquer l'identité de l'officiel qui avait été à l'origine de ce projet, bien qu'il soit rare de trouver ce genre de chose sur une dalle de pierre. Il était plus courant de le trouver à la fin d'un parchemin – ce que l'on trouvait d'ordinaire, c'était une série d'instructions suivies de la date puis de « PO », ainsi que du nom et des initiales du sénateur ou de je ne sais qui avait donné l'ordre de réaliser l'œuvre en question. Par conséquent, si vous parvenez à découvrir qui était ce « LDA », nous pourrions la dater de façon plus précise.

— Vous avez une idée ? demanda Bronson.

Goldman eut un sourire grimaçant.

— Pas la moindre, je le crains fort, et le découvrir ne va pas être du gâteau. Mis à part le fait de devoir identifier quelqu'un qui a vécu il y a plus de deux mille ans à partir de ses initiales et rien d'autre, les Romains avaient la fâcheuse habitude de changer de nom. Prenons un exemple. Tout le monde a déjà entendu parler de Jules César, mais très peu de gens savent que son nom complet était empereur Gaius Julius César Divius, alors qu'on ne le connaissait que sous le nom de Gaius Julius César. Alors ses initiales pourraient être « JC », « GJC », voire « IGJCD ».

— Je vois ce que vous voulez dire. Donc « LDA » pourrait être n'importe qui.

— Non, pas n'importe qui. Celui qui a gravé cette pierre était certainement quelqu'un d'important, par conséquent, nous recherchons un sénateur ou un consul, quelqu'un de ce rang, ce qui affinerait considérablement le champ de recherche. Celui à qui se réfèrent ces initiales doit faire partie de l'histoire, quelque part.

Bronson regarda de nouveau l'écran.

— Et ces autres lettres-là – « MAM ». À quoi font-elles référence, d'après vous ? S'agit-il d'une nouvelle abréviation ?

Goldman fit non de la tête.

— Si c'est bien une abréviation, je ne sais pas à quoi elles se réfèrent. Non, je pense que ces lettres sont probablement les initiales de l'homme qui a gravé la pierre – le maçon en personne. Et je ne pense pas que vous ayez la moindre chance de l'identifier.

— Eh bien, je crois que nous avons épuisé toutes les possibilités, à partir de la première inscription, fit remarquer Bronson. Vous affirmez que cette pierre a peut-être été scindée en deux, et nous avons recherché sur place l'autre partie. Nous ne l'avons pas retrouvée. Toutefois, de l'autre côté du mur de la salle à manger, au même niveau que la première pierre, nous avons découvert ceci.

Dans un geste quasi théâtral, Bronson double-cliqua sur l'une des images de sa clé USB et se pencha vers l'écran quand apparut la seconde inscription.

— Ah, observa Goldman, ceci est *beaucoup* plus intéressant, cela a été gravé bien plus tard. Le texte en latin sur la première inscription était gravé en lettres capitales, ce qui était classique au Ier et au IIe siècle, pour les inscriptions gravées du temps de Rome. Mais il s'agit là d'une écriture cursive, bien plus élégante et séduisante.

— Nous avons pensé qu'il s'agissait d'occitan, suggéra Bronson.

Goldman hocha la tête.

— Vous avez entièrement raison – c'*est* bien de l'occitan, et je mettrais ma main à couper que l'inscription est d'époque médiévale. Connaissez-vous un peu cette langue ?

— Pas du tout. J'ai juste glissé quelques mots sur Internet, dans des moteurs de recherche, et ceux-ci ont généré des résultats qui identifiaient bien l'occitan. Tous les mots à l'exception de celui-là – et il pointa l'écran – qui semble être en latin.

— Je vois, *calix*. Un calice. Je vais y réfléchir. Mais le recours à l'occitan médiéval est intéressant. Cela situe cette inscription au XIIIe ou au XIVe siècle, mais l'occitan n'était pas une langue très utilisée dans la région de Rome, en Italie, là où, d'après moi, vous l'avez découverte. Cela signifie que la personne qui a gravé l'inscription a probablement fait tout ce chemin depuis sa région d'origine, celle du Languedoc. Languedoc signifie « langue d'oc » ou Occitan.

— Mais que signifie cette inscription ?

— Eh bien, selon moi, ce n'est pas un texte occitan classique. Je veux dire que ce n'est ni une prière ni un poème que j'ai déjà vu quelque part. Je suis également intrigué par ce mot *calix*. Pourquoi utiliser un mot latin dans une poésie en occitan ?

— Vous pensez qu'il s'agit d'un poème ? demanda Bronson.

— C'est ce que suggère l'agencement des mots. (Goldman fit une pause, ôta ses lunettes et en nettoya précautionneusement les verres.) Je peux le traduire en anglais contemporain, si vous le désirez, mais je ne pourrais me porter garant de l'exactitude de la traduction. Pourquoi n'allez-vous pas vous prendre une tasse de café ou vous promener dans le musée ? Revenez d'ici une demi-heure et j'aurai terminé de traduire pour vous.

En quittant le bureau de Goldman, Bronson regarda autour de lui. Il avait *espéré* voir Angela pendant qu'il se trouvait au musée, et son refus d'aller à sa rencontre avait été une grande déception.

Il erra dans Great Russell Street et se dirigea vers une rue adjacente. Il s'assit à la terrasse d'un café et commanda un cappuccino. La première gorgée lui fit penser au café anglais insipide comparé au *caffè* italien si savoureux. Ce qui lui fit resonger à l'Italie et, immanquablement, à Jackie.

Assis là, à savourer l'amertume du café, il fut assailli par des pensées lui rappelant le passé, à quel point Jackie et Mark avaient été enthousiasmés à l'idée d'acheter une vieille maison. Il s'était rendu en Italie avec les Hampton car ils ne parlaient pas suffisamment bien la langue pour régler les formalités, et il était resté auprès d'eux deux ou trois jours dans un hôtel proche.

Une image particulièrement vivace lui revint à l'esprit : Jackie, dansant sur la pelouse, vêtue d'une robe d'été blanc et rouge vif alors que Mark se tenait sur le seuil, le jour même où on leur avait remis les clés de la propriété.

— Reste avec nous, Chris, avait-elle dit, radieuse sous le soleil de printemps. Il y a plein de place. Reste autant de temps que tu le souhaites.

Ce qu'il n'avait bien évidemment pas fait. Il avait prétendu avoir une foule de choses à faire au bureau et prit le premier vol pour Londres l'après-midi suivant. Ces deux jours passés auprès d'eux en Italie avaient ravivé les sentiments qu'il éprouvait pour Jackie, sentiments qu'il pensait avoir enfouis et qui le ramenaient à sa trahison tant envers Mark qu'envers Angela.

Bronson se remua pour s'extirper de sa rêverie et avala les dernières gouttes de son café, grimaçant en goûtant les derniers grains. Puis il s'enfonça dans sa chaise et, dans une soudaine et sombre introspection, se demanda avec gravité si sa vie n'était pas vouée à l'échec.

Jackie était à présent – à son regret éternel – morte et enterrée. Mark était une épave d'un point de vue émotionnel, même s'il le savait fort bien il sortirait de cette mauvaise passe, et Angela lui adresserait à peine la parole. Il n'était pas certain d'avoir encore un travail à son retour et, pour on ne sait quelle raison, il s'était retrouvé mêlé à un gang de voyous italiens armés, à la recherche de deux ou trois inscriptions poussiéreuses d'un autre âge. À mi-chemin dans sa vie Bronson pensait qu'il avait fait une croix sur tant de choses. Mais il n'avait pas encore atteint le milieu de sa vie. Il n'en avait pas encore l'âge. Pas tout à fait.

Trois quarts d'heure plus tard, nous étions de retour dans le bureau de Goldman.

Si Bronson avait espéré un indice qui aurait pu les mener jusqu'à la partie manquante de la première pierre gravée, voire une simple retranscription de son contenu, il était déçu. Les vers que Goldman lui tendit avaient tout l'air d'un charabia improbable.

GB • PS • DDDBE

De la montagne sûre la vérité est descendue
Abandonnée de tous sauf des bons
Les flammes purificatrices ne touchent que la chair
Et les esprits purs s'élèvent au-dessus du bûcher
Car la vérité telle la pierre perdurera

Ici le chêne et l'orme révèlent la marque
Ce qui est en haut est aussi en bas
Le mot devient le parfait
Dans le calice tout est néant
Et terrible à voir.

— Vous êtes certain que c'est la traduction exacte, Jeremy ? demanda-t-il.

— C'est une traduction assez littérale des vers en occitan, oui, répondit Goldman. Le problème, c'est qu'il semble y avoir beaucoup de symbolisme dans l'original, et je ne suis pas convaincu que nous soyons capables de comprendre aujourd'hui. En réalité, certaines parties n'auraient aucun sens même si nous savions exactement ce que l'auteur de ce texte voulait dire. Par exemple, il y a certaines références aux cathares, comme le vers « Ce qui est en haut est aussi en bas », qui, sans bien connaître cette religion, serait impossible à comprendre dans son intégralité.

— Mais les cathares étaient importants en France, pas en Italie, n'est-ce pas ?

Goldman acquiesça.

— Oui, mais on ne saurait ignorer qu'après la croisade des Albigeois certains des survivants se sont réfugiés en Italie du Nord, alors il n'est pas impossible que ces vers aient été écrits par l'un d'entre eux. Ce qui expliquerait aussi l'usage de l'occitan. Mais si vous me demandez ce que cela signifie, je n'en ai pas la moindre idée, malheureusement. Et il vous sera bien difficile de trouver un cathare qui pourrait vous éclairer. Les croisés se sont fait un plaisir de les exterminer tous.

— Et qu'en est-il du titre ? Ce « GB PS DDDBE » ? Est-ce une sorte de code ?

— J'en doute, répondit Goldman. Selon moi, il doit se référer à une expression qui aurait été familière pour les gens qui voyaient la pierre, au XIVe siècle, je veux dire.

Bronson était sans expression.

— Il y a de nombreuses initiales que l'on utilise dans le langage d'aujourd'hui qui n'avaient probablement aucun sens il y a une centaine d'années, et qui pourraient tout aussi bien s'avérer incompréhensibles pour les générations futures. Des choses telles que, euh... « PC » pour *personal computer* voire « politiquement correct », « RAS » pour « rien à signaler », ce genre de choses. D'accord, la plupart de ce genre d'acronymes se réfèrent à l'argot, mais aujourd'hui, personne n'aurait de mal à vous dire ce que signifie « REP », à savoir « repose en paix » et ces sortes de choses que l'on trouve fréquemment gravées sur les pierres tombales. Peut-être que les initiales que nous avons sous les yeux avaient un sens identique au XIVe siècle, et étaient simplement familières pour les gens sans qu'il fût nécessaire de leur trouver une quelconque explication.

Bronson étudia de nouveau le bout de papier entre ses doigts. Il avait espéré que la traduction leur apporterait une traduction, mais voilà qu'il se retrouvait face à une nouvelle liste de questions à élucider.

II

Très tôt, ce soir-là, et quelque cinq heures à peine après leur atterrissage à l'aéroport d'Heathrow, Rogan gara la voiture de location à une centaine de mètres de l'appartement qu'occupait Mark Hampton à Ilford.

— Tu es sûr qu'il est là ? demanda Mandino.

Rogan haussa les épaules.

— Tout ce que je sais, c'est que quelqu'un s'y trouve. J'ai passé trois coups de fil et, chaque fois, quelqu'un a répondu. J'ai passé le premier coup de fil en prétendant faire un faux numéro et, pour les deux autres, je me suis fait passer pour un vendeur de télémarketing. À trois reprises, quelqu'un a répondu, et je suis quasiment certain que c'était Mark Hampton.

— Super, observa Mandino.

Il ramassa un petit sac plastique dissimulé près des repose-pieds de la berline Ford, ouvrit la portière passager et se dirigea le long de la rue, Rogan à ses côtés.

Le temps était compté. Plus il passait, plus il devenait évident qu'un plus grand nombre de personnes aurait accès à la copie de l'inscription sachant que Hampton et Bronson s'affairaient à l'élucider.

Rogan et Mandino parcoururent à pied les quelques mètres qui les séparaient de l'immeuble. Une fois à la porte d'entrée, Mandino regarda de gauche à droite avant d'enfiler une paire de gants très fins en caoutchouc, puis il appuya sur la touche de l'interphone. Quelques secondes plus tard, un grésillement se fit entendre, et le son d'une voix d'homme parvint à sortir de la petite grille du haut-parleur.

— Oui ?

— M. Mark Hampton ?

— Oui. Qui est-ce ?

— Ici l'inspecteur détective Roberts, monsieur, de la police métropolitaine. J'ai quelques questions à vous poser au sujet de la mort bien triste de votre femme, en Italie. Puis-je entrer ?

— Pouvez-vous prouver votre identité ?

Mandino fit une pause de quelques secondes. Dans le contexte, la réponse de Hampton ne manquait pas de sens et était prévisible.

— Vous n'avez pas de vidéophone, monsieur, que je puisse vous montrer ma carte de police. Mais je peux vous lire le numéro et vous pouvez vérifier au poste d'Ilford ou à New Scotland Yard. Le numéro est six, deux, huit, quatre.

Mandino n'avait pas la moindre idée du numéro qui figurait sur une carte de la police métropolitaine, mais il était prêt à parier que Hampton n'en savait pas plus. Tout dépendait de l'Anglais : allait-il prendre la peine de vérifier ?

— C'est à quel sujet ?

— Simple procédure de routine, monsieur. Cela ne vous prendra que quelques minutes.

— Très bien.

On entendit un buzz et le click électrique annonçant l'ouverture de la porte d'entrée. Après avoir jeté un dernier coup d'œil de part et d'autre de la rue, Mandino et Rogan entrèrent, se dirigèrent droit sur l'ascenseur et appuyèrent sur la touche de l'étage de Mark.

Arrivés à l'étage, ils vérifièrent les numéros d'appartement, puis marchèrent d'un bon pas dans le couloir. Arrivés à la porte de Hampton, ils s'immobilisèrent et Mandino toqua à la porte, puis se mit sur le côté.

À peine le loquet fut-il dégagé que Rogan donna un gros coup dans la porte qui s'ouvrit en grand, directement sur Mark qui perdit l'équilibre, éjecté sur le sol de l'étroit hall d'entrée. Rogan fit un pas rapide en avant, s'agenouilla et le frappa à la tête sur le côté avec une matraque. C'était assez pour le neutraliser quelques minutes, juste le temps qu'il leur fallait.

— Ici, fit Mandino, marchant jusqu'au salon et avisant une chaise de table. Accroche-le là-dessus.

Rogan tira la chaise au centre de la pièce. D'un seul effort, les deux hommes traînèrent Mark jusqu'à la chaise et l'y laissèrent tomber. Il s'effondra en avant, mais Mandino le retint par les épaules pour le maintenir en position pendant que Rogan faisait le travail. Il prit la corde à linge que Mandino avait apportée, l'enroula par deux fois sur le torse de Mark et finit par attacher l'homme au dos de la chaise pour le maintenir droit. Puis il prit les attaches de fil électrique et les serra fort autour de ses deux poignets à l'aide de pinces. Il en fit de même avec les avant-bras de Mark et avec ses coudes, puis avec ses chevilles en les attachant aux pieds de la chaise. En moins de trois minutes, Mark était totalement immobilisé.

— Fouille l'appartement, ordonna Mandino. Vérifie s'il a pris une copie de l'inscription avec lui.

Pendant que Rogan s'apprêtait à fouiller l'appartement, Mandino se rendit à la cuisine et se prépara une tasse de café instantané. Rien à voir avec le *latte* italien auquel il était habitué, mais c'était mieux que rien et, la dernière fois qu'il avait bu quelque chose, c'était un jus d'orange au cours du vol en provenance de Rome.

— Il n'y a rien, fit Rogan, lorsque Mandino retourna dans la pièce.

— Parfait. Réveille-le.

Rogan se dirigea vers Mark, lui souleva la tête et le força à ouvrir les yeux. Ils restèrent un instant dans le vague puis il reprit conscience.

Lorsque Mark revint à lui, il se trouva nez à nez avec un homme bien robuste et élégamment vêtu assis dans un fauteuil confortable face à lui, sirotant un café dans une de ses propres tasses.

— Qui diable êtes-vous ? demanda Mark, d'une voix rauque et à peine compréhensible. Et que faites-vous ici chez moi ?

Mandino sourit un court instant.

— C'est moi qui pose les questions, merci. Nous savons tout sur les deux pierres gravées que vous avez découvertes dans votre maison en Italie, et nous savons également que votre ami Christopher Bronson a pris la décision de détruire l'inscription dans la salle à manger. Maintenant, vous allez me dire ce que vous avez découvert.

— C'est vous les salauds qui avez tué Jackie, c'est bien vous ?

Le sourire disparut du visage de Mandino.

— Je vous ai dit que c'était moi qui posais les questions. Mais vous comprendrez mieux avec mon associé.

Rogan fit un pas en avant, une paire de pinces à la main, et se pencha pour placer les mâchoires de l'outil autour du petit doigt de Mark à la main gauche, puis il serra. Il y eut un craquement, que les deux Italiens purent entendre, suivi d'un hurlement de douleur de Hampton.

— J'espère que l'isolation phonique est efficace, fit remarquer Mandino. Je ne voudrais pas déranger vos voisins. Maintenant, poursuivit-il, en haussant la voix pour couvrir les hurlements de Mark, veuillez, s'il vous plaît, répondre à mes questions, rapidement et sans mentir, et nous pourrons ainsi vous apporter les soins médicaux souhaitables. Si vous ne voulez pas nous dire ce que nous voulons savoir, eh bien, il vous reste plus de doigts qu'il n'en faut pour mon associé.

Rogan agita la pince devant les yeux de Mark.

Les yeux rageurs exprimant la douleur, Mark fixa l'Italien, incrédule.

— OK, fit sèchement Mandino, Allons-y. Qu'avez-vous découvert sur la seconde pierre gravée ? Et ne songez pas une seule seconde à me mentir. Mon collègue, ici présent vous a vu par la fenêtre de la maison quand Bronson l'a découverte.

— Un poème, suffoqua Mark. Ça ressemblait à un poème. Deux vers.

— En latin ?

— Non. Nous pensions que c'était une autre langue, l'occitan.

— L'avez-vous traduite ?

Mark secoua la tête.

— Non. Chris a essayé, mais il n'a pu découvrir que quelques mots sur Internet. Nous n'avons aucune idée de ce qu'ils signifient.

— Qu'avez vous *pu* traduire ?

— Un ou deux mots seulement, à propos d'arbres – un chêne et un orme, je pense – et il y avait également un mot en latin. Quelque chose comme une coupe ou un calice. C'est tout ce que nous avons pu trouver.

— En êtes-vous bien sûr ? demanda Mandino, en se penchant plus avant.

— Oui, je...

Mark hurla lorsque Rogan serra violemment les pinces sur son doigt fracturé, déjà bien enflé et sanguinolent.

Mandino attendit quelques secondes avant de poursuivre.

— On va dire que je vous crois, fit-il, d'un ton anodin. Alors où est l'inscription ? J'imagine que vous l'avez copiée ou autre chose avant que votre ami ne la détruise.

— Oui, oui, parvint à dire Mark, dans un sanglot. Chris l'a photographiée.

— Et qu'est-ce qu'il en a fait ?

— Son ex-femme l'a mis en contact avec un homme du nom de Jeremy Goldman au British Museum. Il va prendre les photos pour les lui montrer et essayer de les faire traduire.

— Quand ? demanda Mandino d'une voix plus douce.

— Je n'en sais rien. Nous ne sommes rentrés d'Italie qu'aujourd'hui. Il a conduit pendant deux jours entiers, alors il va probablement y aller aujourd'hui. Mais je l'ignore, ajouta-t-il précipitamment, en voyant Rogan écarter la pince d'un air menaçant.

Mandino leva la main en signe d'apaisement.

— Et avez-vous une copie de ces photographies ?

— Non. Ce n'était pas la peine. C'est Chris qui s'intéresse à ça – pas moi. Tout ce que je voulais, c'est que ma femme revienne.

— Y a-t-il d'autres copies, mis à part celles que détient Bronson ?

— Non... je viens juste de vous le dire.

Il était temps d'en finir. Mandino eut un regard pour Rogan et hocha la tête. Il marcha derrière leur prisonnier, saisit un rouleau de ruban adhésif et en arracha une bande d'environ quinze centimètres, qu'il colla grossièrement sur la bouche de Mark, en guise de bâillon rudimentaire. Puis il coupa environ soixante centimètres de tissu et noua les extrémités ensemble pour former une boucle.

Terrifié, Mark ne quitta pas l'Italien des yeux pendant qu'il s'adonnait aux derniers préparatifs.

Rogan glissa la boucle autour de la tête de Mark et se rendit à la cuisine. Il en revint quelques secondes plus tard avec un ustensile de cuisine des plus classiques, un rouleau à pâtisserie. Il se tint directement derrière Mark et attendit les ordres.

— Vous et votre ami policier n'avez pas idée d'où vous avez mis les pieds, fit Mandino. Mes instructions sont explicites. Quiconque ayant connaissance de ces deux inscriptions – même une connaissance limitée, ce qui semble être votre cas – est jugé trop dangereux pour rester en vie.

Il fit un signe à Rogan, qui glissa le rouleau à pâtisserie dans la boucle et commença à le tordre comme un garrot simple mais efficace. Mark se débattit immédiatement en un effort désespéré pour se libérer.

Lorsque la corde se resserra autour du cou de l'Anglais, Rogan fit une pause, attendant les dernières instructions.

Mandino hocha une dernière fois la tête et observa le visage de Mark, tandis que le nœud commençait à mordre la peau, que le visage de l'homme rougissait de plus en plus et qu'il se débattait du mieux qu'il pouvait.

Rogan ahanait dans l'effort, tout en tenant fermement le rouleau à pâtisserie, attendant le dernier souffle de Mark.

Mark se secoua violemment une première fois, puis une seconde fois, avant de s'effondrer en avant, retenu par la corde. Rogan maintint la pression une minute de plus, puis il relâcha la corde et palpa le pouls sur le cou de Mark. Aucune réaction.

Mandino but ce qu'il lui restait de café, puis se leva, en emportant la tasse qu'il lava soigneusement. Il se fichait éperdument que l'on trouve une trace de son ADN dans cet appartement sachant qu'il n'avait rien qui puisse le lier à Rogan ou à la tuerie, mais la force des habitudes a la dent dure.

De retour dans le salon, Rogan avait déjà libéré Mark de la chaise et avait traîné son corps sur le côté de la pièce. Puis ils mirent l'appartement sens dessus dessous, pour simuler une violente bagarre. Finalement, Mandino sortit un Filofax relié en cuir, l'ouvrit, arracha plusieurs pages et le macula avec le sang du doigt fracturé de Mark, puis le posa près du corps. Le nom figurant sur la première page était « Chris Bronson », et c'était l'une des pièces que les hommes de Mandino avaient trouvées dans la maison en Italie.

Ils inspectèrent une dernière fois l'appartement, puis Rogan ouvrit la porte et jeta un œil dans le couloir. Il hocha la tête et regarda Rogan, et ils quittèrent l'appartement en fermant la porte derrière eux, puis marchèrent jusqu'à l'ascenseur.

À l'extérieur, ils marchèrent tranquillement dans la rue jusqu'à leur voiture de location. Rogan lança le moteur de la

Ford puis partit. Alors qu'ils étaient au bout de la rue, Mandino pointa une cabine téléphonique du doigt.

— Ça fera l'affaire. Arrête-toi à côté.

Il sortit du véhicule, marcha jusqu'à la cabine, vérifia qu'il portait toujours ses gants, souleva le combiné et composa le 999. Quelqu'un lui répondit dans la seconde même.

— Vous avez appelé les urgences. Quel service demandez-vous ?

— La police, répondit Mandino, s'exprimant, du moins l'espérait-il, avec un ton de panique dans la voix. Il y a eu une terrible bagarre, déclara-t-il à l'officier à l'autre bout du fil.

Il donna l'adresse de l'appartement de Mark, puis mit un terme à l'appel lorsque l'officier commença à lui demander ses coordonnées.

— Remonte la rue. Il y a une rue adjacente, pas très loin d'une résidence. Tourne à cet endroit.

Rogan gara la voiture à l'endroit que Mandino venait de lui indiquer, faisant face à la route principale. On pouvait encore voir l'immeuble de Mark.

— Et maintenant, qu'est-ce qu'on fait ? demanda Rogan.

— Maintenant, on attend, fit alors Mandino.

Vingt minutes plus tard, ils entendirent le son strident et immanquable d'une sirène. Un véhicule de police passa en trombe devant eux et s'immobilisa dans un crissement de pneus devant le bloc d'immeubles. Deux officiers coururent en direction du bâtiment.

— On peut y aller, maintenant ? demanda Rogan.

— Pas encore, fit Mandino.

Un quart d'heure plus tard, trois nouvelles voitures de police passèrent en trombe, la sirène hurlante, dans la rue. Mandino hocha la tête, apparemment satisfait. Il n'avait pas été capable de retrouver la trace de Bronson, alors la police britannique allait le faire pour lui. C'était bien plus pratique et beaucoup plus rapide. Ils allaient certainement trouver assez de preuves pour l'arrêter et l'inculper pour le meurtre de Mark Hampton.

Face à une telle accusation, l'idée de déchiffrer une inscription ancienne en occitan risquait de devenir le dernier de ses soucis. L'organisation de Mandino entretenait de bonnes relations avec la police métropolitaine, et il était certain de savoir où Bronson allait être détenu et, mieux encore, où il allait être libéré.

— Maintenant, on peut y aller, ordonna-t-il.

III

Bronson déverrouilla la porte de sa maison et pénétra à l'intérieur. Il avait pris un train rapide à la gare de Charing Cross et était rentré chez lui plus vite que prévu. Il marcha jusqu'à la cuisine et fit chauffer de l'eau, puis s'assit à la table pour étudier une nouvelle fois la traduction de l'inscription. Cela n'avait toujours aucun sens.

Il consulta sa montre et décida de passer un petit coup de fil à Mark. Il voulait lui montrer la traduction et lui proposer un déjeuner tous les deux. Il savait que son ami était dans un état émotionnel des plus fragiles. Il se sentirait mieux s'il ne se retrouvait pas tout seul le premier soir depuis le retour en Grande-Bretagne, après les funérailles de sa femme.

Bronson saisit le combiné et composa le numéro de portable de Mark, mais il était comme désactivé et sonnait dans le vide. Au bout d'une douzaine de sonneries, quelqu'un finit néanmoins par répondre.

— Oui ?

— Mark ?

— Qui est au bout du fil, je vous prie ?

Bronson sut immédiatement que quelque chose ne tournait pas rond.

— Qui est-ce ? demanda de nouveau la voix.

— Je suis un ami de Mark Hampton, et j'aimerais lui parler.

— Je suis navré, mais je crois que cela ne va pas être possible, monsieur. Il y a eu un accident.

Le « monsieur » suggéra instantanément qu'il était en train de parler à un officier de police.

— Mon nom est Chris Bronson, et je suis SD dans les forces de police du Kent. Veuillez me dire ce qui s'est passé.

— Vous avez dit « Bronson », monsieur ?

— Oui.

— Juste un instant, je vous prie.

Il y eut une pause, puis un autre homme répondit au téléphone.

— J'ai le regret de vous informer que M. Hampton est décédé, sergent détective.

— Décédé ? C'est impossible. Je l'ai vu il y a une heure à peine.

— Je ne peux pas discuter des circonstances par téléphone, mais nous avons des soupçons sur la cause de la mort. Vous avez dit que vous étiez un ami de la personne décédée. Seriez-vous prêt à vous rendre à Ilford pour nous aider ? Il y a plusieurs problèmes que, selon nous, vous pourriez nous aider à comprendre.

Bronson était littéralement sous le choc, mais il gardait l'esprit vif. C'était loin d'être une procédure normale que de demander à un officier d'un autre service de police de se rendre sur le lieu d'un crime supposé.

— Pourquoi ? demanda-t-il.

— Nous tentons de reconstituer les derniers mouvements du décédé et nous espérions que vous pourriez nous apporter votre aide. Nous savons que vous connaissiez M. Hampton car nous avons retrouvé votre Filofax ici, dans son appartement, et les dernières notes suggèrent que vous venez tout juste de revenir d'Italie avec lui. Je sais que ce n'est pas la procédure habituelle, mais vous pourriez vraiment nous être d'une aide précieuse.

— Oui, bien sûr. Je viens tout de suite. J'ai encore deux ou trois choses à régler ici, mais je serai là d'ici quatre-vingt dix minutes, disons deux heures, grand maximum.

— Merci infiniment, SD Bronson. Nous apprécions vraiment.

Aussitôt après avoir raccroché le téléphone, il composa un nouveau numéro. La sonnerie sonna longtemps avant que quelqu'un ne réponde.

— Qu'est-ce que tu veux, Chris ? Je croyais t'avoir dit de ne pas m'appeler.

— Angela, ne raccroche pas, je t'en prie. Je veux juste que tu m'écoutes. S'il te plaît, ne pose pas de questions, contente-toi d'écouter. Mark est mort, et il a probablement été assassiné.

— Mark ? Oh, mon Dicu ! Comment...

— Angela, je t'en prie, écoute-moi et fais ce que je te dis. Je sais que tu es en colère et que tu ne veux plus avoir affaire à moi. Mais ta vie est en danger, et tu dois quitter ton appartement sur-le-champ. Je t'expliquerai plus en détail quand je te verrai. Emmène le moins de choses possible – juste le nécessaire pour trois ou quatre jours – mais prends ton passeport et ton permis de conduire avec toi. Attends-moi dans ce café où on avait l'habitude d'aller à Shepherd Bush. Ne prononce pas mon nom... Il est possible que la ligne soit sur écoute.

— Oui, mais... je n'arrive toujours pas à le croire. Pauvre Mark. Mais qui l'a tué, à ton avis ?

— J'ai ma petite idée, mais la police a un suspect totalement différent en tête.

— Qui ?

— Moi.

Chapitre 14

I

Mandino avait beau être habitué à la circulation de Rome, il était toujours surpris par le nombre impressionnant de voitures dans les rues de Londres. La circulation avançait en accordéon, entre feux rouges et des travaux et encore des feux rouges.

La distance qui séparait l'appartement d'Ilford de celui d'Angela Lewis à Ealing était d'environ vingt-cinq kilomètres, ce qui correspondait à peu près à un quart d'heure de route avec une circulation fluide. Mais il leur avait fallu une bonne heure pour arriver jusque-là. Il avançait au pas sur Clerkenwell Road, en jurant dans sa barbe contre la circulation et ce fichu GPS qui les avait menés jusqu'ici.

— On arrive sur Gray's Inn Road, déclara Mandino, qui consultait un plan de Londres A-Z acheté dans une maison de la presse un quart d'heure plus tôt, lorsqu'ils s'étaient retrouvés immobilisés plus longtemps que prévu. Quand on atteindra le croisement, ignore ce que dira cette saloperie électronique et tourne à droite, si tu y es autorisé.

— À droite ?

— Oui, à droite. Ça nous conduira jusqu'à King Cross, et si on prend à gauche à ce niveau, on pourra peut-être atteindre Euston Road, et ça nous mènera droit sur l'autoroute. Le chemin est un peu plus long, mais ça ira tout de même plus vite que de rester dans cette mélasse. (Mandino pointa du doigt les voitures agglutinées tout autour d'eux. À peine dix minutes plus tard, Rogan atteignait les quatre-vingts kilomètres à l'heure sur l'A40.) Si tout se passe bien, observa Mandino, calculant les distances sur la carte, on devrait atteindre l'immeuble de Lewis dans moins de vingt minutes.

Dans son appartement du nord d'Ealing, Angela raccrocha le combiné et se tint immobile dans le salon pendant quelques secondes, indécise. Le coup de fil de Chris l'avait effrayée et, pendant un court instant, elle se demanda s'il ne fallait pas l'ignorer, s'enfermer à double tour et se contenter de rester cloîtrée dans l'appartement.

Chris avait raison – elle était toujours en colère contre lui car, selon elle, l'échec de leur mariage était entièrement de sa faute, et totalement dû au fait qu'il n'avait cessé d'aimer la femme de son meilleur ami. Il n'évoquait jamais ses sentiments pour Jackie – mais, une fois encore, Chris n'avait jamais été très doué pour évoquer ses sentiments, *en général*. Mais il suffisait de voir sa réaction lorsque Jackie apparaissait – tout son visage s'illuminait. C'était la triste réalité : dans son mariage et celui de Chris, il y avait *toujours* eu trois personnes.

Et voilà que Mark était mort ! Cette triste et choquante nouvelle, survenue peu de temps après le tragique accident de Jackie en Italie, était presque incroyable. En à peine deux jours, deux personnes qu'elle connaissait depuis des années étaient mortes.

Angela sentit les larmes monter et elle secoua la tête avec colère. Non, elle n'allait pas se transformer en une loque larmoyante, et elle savait ce qu'il lui restait à faire. Chris avait de nombreux défauts – défauts qu'elle avait pu analyser dans les moindres détails durant leur bref mariage – mais il n'était pas du genre à se perdre dans des élucubrations. S'il affirmait que sa vie était en danger, elle était tout à fait prête à le croire.

Elle marcha d'un pas alerte jusqu'à sa chambre, tira son sac préféré de sous le lit – c'était un Gucci acheté en solde dans les rues de Paris des années auparavant – et y enfouit rapidement ses vêtements et son maquillage. Elle prit un sac plus petit et choisit un assortiment de ses chaussures préférées, vérifia que son portable était bien dans son sac à main, débrancha le chargeur de sa prise habituelle près du lit et le glissa lui aussi dans son nécessaire de voyage. Puis elle choisit une veste dans son armoire.

Angela procéda à une dernière vérification, puis elle s'empara de ses deux sacs, ferma la porte à clé et emprunta les escaliers pour descendre les deux étages la menant à la rue en contrebas.

Elle avait à peine parcouru une centaine de mètres le long de Castelbar Road qu'elle aperçut un taxi noir libre se dirigeant vers le nord. Elle fit un signe de la main et siffla. Le chauffeur de taxi fit demi-tour et immobilisa son véhicule à côté d'elle.

— J'vous emmène où, ma p'tite dame ?

— Shepherd's Bush. Juste à l'angle du Bush Theatre, s'il vous plaît.

Tandis que le taxi prenait de la vitesse le long de Castelbar Road, vers Uxbridge Road, une berline Ford tourna vers Argyle Road en provenance de Western Avenue et s'arrêta à l'extérieur de l'immeuble d'Angela Lewis.

II

Bronson raccrocha le téléphone, courut à l'étage et prit un nécessaire de voyage dans son dressing, choisit quelques vêtements de son armoire et de ses tiroirs, et les enfouit dans son sac. Il s'assura de laisser un objet bien particulier sur la table de chevet, puis retourna au rez-de-chaussée.

La housse de son ordinateur portable se trouvait dans le salon, et il la prit elle aussi, vérifia que la clé USB se trouvait toujours dans la poche de sa veste et saisit la traduction de l'inscription faite par Jeremy Goldman sur la table de la cuisine, avant de la glisser dans sa poche. Enfin il ouvrit un tiroir fermé à clé sur le bureau de son salon et retira tout le liquide ainsi que le pistolet Browning récupéré en Italie. Il glissa l'arme dans la housse de son ordinateur, juste au cas où.

Tout en s'affairant, il veillait à bien surveiller par la fenêtre au cas où les assassins de Mark ou la police feraient leur apparition. La police métropolitaine savait désormais qu'il servait en tant qu'officier dans les forces du Kent, et il leur suffisait de passer quelques coups de téléphone pour trouver son adresse. Il ignorait si le fait d'avoir accepté de se rendre dans l'appartement de Ilford avait calmé leur inquiétude, mais il n'était pas prêt à en prendre le risque.

Moins de quatre minutes après qu'il eut appelé Angela, il claqua la porte derrière lui et courut sur le trottoir en direction de sa Mini. Il mit ses sacs dans le coffre et prit la route, en direction du nord, vers Londres.

À environ deux cents mètres de sa maison, il entendit les sirènes à l'approche, face à lui, et tourna à gauche au premier croisement. Il descendit la route, tourna à gauche, puis de nouveau à gauche, et se retrouva ainsi dans la direction opposée. Il aperçut deux voitures de police passer en trombe devant lui. Il réalisa qu'il avait quitté son appartement à temps, juste à temps.

Une heure plus tard, Bronson garait la voiture dans une rue non loin de Shepherd's Bush Road, et parcourut à pied la courte distance jusqu'au café. Angela était assise seule à l'une des tables du fond, à bonne distance des fenêtres.

Tout en se frayant un chemin entre les tables en direction de son ex-femme, il se sentit soulagé qu'elle soit saine et sauve, avec également une appréhension sur ce qu'elle pouvait bien penser. Et, comme chaque fois qu'il la regardait, il fut frappé par son apparence. Angela n'était pas une beauté dans le sens classique du terme, mais ses cheveux blonds, ses yeux noisette et ses lèvres lui donnaient un petit air à la Michelle Pfeiffer qui la rendait irrésistible.

Lorsqu'elle passa la main sur son visage pour écarter ses cheveux et se leva pour l'accueillir, plusieurs hommes dans le café la suivirent d'un regard qui en disait long.

— Mais, mince, qu'est-ce qui se passe ? demanda Angela. Mark, il est vraiment mort ?

— Oui.

Bronson fut soudain envahi par un chagrin douloureux comme un coup de couteau, mais il reprit rapidement le dessus. Il fallait à tout prix qu'il garde le contrôle – pour lui comme pour elle.

Il commanda un café et une autre tasse de thé pour Angela. Il savait qu'il fallait qu'il mange quelque chose, mais le simple fait de penser à la nourriture lui donnait la nausée.

— J'ai appelé à l'appartement de Mark, lui apprit-il, et un homme a répondu au téléphone. Il n'a pas décliné son identité, mais il parlait comme un officier de police.

— Ah, parce que les officiers de police ont une façon particulière de s'exprimer maintenant ? demanda Angela. Cela dit, tu es bien placé pour le savoir.

Bronson haussa les épaules.

— C'est leur façon de dire « monsieur » ou « madame » comme on leur a enseigné quand ils s'adressent aux gens en public. Plus personne ne fait ça de nos jours, pas même les serveurs. Quoi qu'il en soit, lorsque je lui ai donné mon nom, il m'a dit que Mark était mort et qu'il avait des soupçons quant à son décès. Puis un autre homme – probablement un autre flic et sûrement un ID – m'a demandé si je pouvais me rendre à Ilford et les aider à expliquer certaines choses. (Il se prit la tête dans les mains.) Je n'arrive pas à croire qu'il est mort – j'étais encore avec lui ce matin. Jamais je n'aurais dû le laisser seul.

Angela lui prit prudemment la main.

— Alors pourquoi ne t'es-tu pas rendu à Ilford, comme le policier te l'a demandé ?

— Parce que tout a changé quand ils ont découvert mon nom. Le second type – l'ID – m'a dit qu'il savait que j'étais l'un des amis de Mark parce qu'ils ont trouvé mon Filofax dans l'appartement et qu'il y avait des notes à propos du voyage en Italie.

— Mais pourquoi as-tu laissé ton organiseur avec Mark ?

— Je ne l'ai pas fait, c'est autre chose. La dernière fois que j'ai vu mon Filofax, c'était dans la chambre d'amis de la maison, en Italie. La seule façon d'expliquer qu'ils l'aient trouvé dans son appartement, c'est que les tueurs l'ont placé là intentionnellement. Pour me faire porter le chapeau pour le meurtre.

Il lui expliqua plus en détail les « cambriolages » dans la propriété de Mark, suivis de la découverte de la première inscription, et l'éventualité que Jackie ait été tuée lors de la première effraction.

— Oh, mon Dieu ! Pauvre Jackie ! Et maintenant Mark – c'est un cauchemar. Mais pourquoi sommes-nous en danger ?

— Parce que nous avons vu les inscriptions sur la pierre, même si aucun d'entre nous ne comprend leur importance. Si Mark a été tué dans son appartement – ou, du moins, là où ils ont trouvé le corps –, cela signifie que les bandits ont découvert où il vivait. Et s'ils ont découvert *son* adresse, ils peuvent tout aussi bien découvrir la mienne et, plus important encore, la tienne. C'est pour *cette raison* que je voulais que tu quittes ton appartement. Ils vont nous prendre en chasse, Angela. Ils ont tué nos amis et nous sommes les prochains sur la liste.

— Mais tu ne m'as toujours pas expliqué pourquoi. (Exprimant sa frustration, Angela frappa du poing sur la table, en renversant un peu de son thé.) *Pourquoi* ces inscriptions sont-elles aussi importantes ? Pourquoi ces gens tuent-ils tous ceux qui ont le malheur de les voir ?

Bronson soupira.

— Je ne sais pas.

Angela fronça les sourcils, et Bronson savait qu'elle était en train de peser le pour et le contre. Elle avait un intellect féroce – c'était l'une des choses qui l'avaient attiré au début de leur relation.

— Revenons-en aux faits, Chris. J'ai parlé de ces pierres à Jeremy et il m'a dit que l'une des inscriptions datait du Ier siècle et contenait très exactement trois mots écrits en latin. La seconde inscription date de quinze cents ans plus tard, elle est écrite en occitan et semble être une sorte de poème. Quel lien peut-il y avoir entre les deux, mis à part le fait qu'elles ont été découvertes dans la même maison ?

— Je ne sais pas, répéta Bronson. Mais les deux personnes qui étaient les propriétaires de la maison où les pierres se trouvaient cachées sont mortes, et le gang italien que je tiens pour responsable a fait tout son possible pour me faire porter le chapeau pour la mort de Mark. Nous devons à tout prix les arrêter. Ils ne peuvent pas s'en tirer comme ça.

Angela eut un léger frisson et prit une gorgée de thé.

— Bon alors, quel est ton plan ? Tu as bien un plan, n'est-ce pas ?

— Eh bien, on va devoir faire deux choses. On doit d'abord quitter Londres sans laisser de trace, puis se poser quelque part pour décoder ces deux inscriptions.

— Tu as un lieu en tête ?

— Oui. Nous devons trouver un lieu pas trop éloigné de Londres, mais proche d'une bibliothèque connue, où des chercheurs comme nous pourront aisément se fondre dans la masse. Un lieu comme Cambridge, peut-être ?

— La ville des deux-roues ? Oui, d'accord. Ça me paraît être une bonne idée. Quand partons-nous ?

— Dès que tu auras terminé ton thé.

Deux minutes plus tard, ils se levèrent pour partir. Bronson jeta un coup œil aux affaires d'Angela.

— Deux sacs ? demanda-t-il.

— J'ai des chaussures, répondit brièvement Angela.

Bronson paya la note et ils quittèrent le café. Il tourna à droite, et non pas à gauche où il avait garé la Mini Cooper, mais se dirigea vers un distributeur automatique, à l'extérieur d'une banque sur Uxbridge Road.

— Je pensais que les gens qui étaient en fuite n'utilisaient jamais de carte de crédit ? observa Angela, quand Bronson prit son portefeuille.

— Tu as vu beaucoup trop de films américains. Mais tu as raison. C'est pour ça que j'utilise cette machine, et pas une autre à Cambridge.

Bronson retira deux cents livres sterling. La transaction risquait de les faire repérer, mais cela ne sembla pas l'inquiéter. Ils avaient l'intention de ne rester que quelques minutes dans ce coin.

Il glissa le liquide dans sa poche et se dirigea vers la Mini. Il réitéra l'opération, tirant à chaque fois une centaine de livres, à quatre autres distributeurs automatiques, mais toujours dans la zone de Shepherd's Bush – White City. C'est avec le dernier distributeur qu'il atteint le crédit maximal autorisé par sa carte.

— Parfait, fit-il, en prenant place dans la Mini Cooper après le dernier retrait. J'espère que ça va convaincre la police métropolitaine que j'ai pris racine dans le quartier. À partir de maintenant, nous n'utilisons plus que du liquide.

Chapitre 15

I

Angela sortit de la cabine de douche exiguë, s'enveloppa dans une serviette et fit quelques pas vers l'évier. Tandis qu'elle se séchait les cheveux, elle se regarda dans le miroir, d'un air critique, et se demanda une fois encore ce qui lui arrivait

Au cours des dernières vingt-quatre heures, son monde avait été totalement bouleversé. Avant, sa vie était ordonnée et prévisible. Mais désormais, l'un de ses meilleurs amis avait été tué et son ex-mari était apparemment le suspect numéro un, et elle était en fuite à ses côtés, essayant d'éviter à la fois la police et un gang de tueurs italiens.

Mais, chose étrange, elle commençait à trouver cela amusant. Malgré l'échec de leur mariage, elle appréciait toujours Chris, et aimait être en sa compagnie. Et, bien qu'elle ne l'aurait jamais avoué à quiconque, elle trouvait son petit côté sombre aussi attirant que la première fois où elle l'avait rencontré. Cela provoquait toujours une sorte de frisson intérieur quant il marchait dans une pièce, attirant instantanément l'attention.

Peut-être, se dit-elle en s'habillant, que c'était là le cœur du problème. Chris *était* attirant, et peut-être que ça avait voilé son jugement lorsqu'il l'avait demandée en mariage. Si elle l'avait regardé différemment et un peu plus profondément, peut-être aurait-elle réalisé que ses sentiments étaient pour une autre, l'inaccessible Jackie. Cela lui aurait épargné bon nombre de peines de cœur si elle l'avait compris à l'époque.

Elle sursauta légèrement lorsque quelqu'un toqua à la porte.

— Bonjour, déclara Chris, est-ce que tu as pris ton petit déjeuner ? Parce qu'il va falloir qu'on se mette au boulot.

— Je prendrai quelque chose plus tard, répondit Angela. Je vais aller passer les coups de fil et jeter un coup d'œil aux environs. Reste là jusqu'à mon retour.

Une fois sortie de l'hôtel, elle marcha d'un bon pas dans la rue jusqu'à ce qu'elle trouve une cabine téléphonique publique. Elle glissa sa carte téléphonique dans la fente et composa le numéro de son supérieur direct au British Museum.

— C'est Angela, fit-elle d'une voix enrouée. Je crois que j'ai attrapé quelque chose, Roger. Une grippe ou un truc comme ça. Je vais me prendre un ou deux jours de repos.

— Seigneur, tu as une voix atroce. Ne t'avise pas de te pointer au musée avant de t'être soignée. Sérieusement, si tu as besoin de quoi que ce soit – quelque chose à manger, des médicaments ou quelque chose dans le genre...

— Non, merci. C'est très gentil, mais je vais me contenter de rester au lit et d'attendre que ça se passe.

Angela et Bronson avaient discuté de leur plan dans le train pour Cambridge le soir précédent. Elle utilisait une cabine publique pour la simple raison que ça ne laissait aucune trace – Bronson savait que le fait de se servir de leur portable risquait de les faire repérer presque immédiatement, alors ils avaient mis leurs deux Nokia dans leur sac de voyage, en veillant bien à retirer les batteries.

Angela passa un nouveau coup de fil, puis elle marcha le long d'East Road, en s'arrêtant à la boulangerie.

— Voilà, fit-elle, en pénétrant dans la salle d'hôtel et en lui passant un petit sac en papier. J'ai acheté deux pâtisseries pour nous aider à tenir jusqu'au déjeuner.

— Merci. Tu as passé les appels ? demanda Bronson.

Angela hocha la tête.

— Roger a été parfait. Il devient parano dès qu'il entend parler de grippe ou de rhume.

— Et Jeremy ?

— Eh bien, je l'ai appelé et je lui ai fait passer le message. Je lui ai expliqué pour Mark et lui ai dit que nous pensions que la cause de sa mort a quelque chose à voir avec les inscriptions. Je l'ai mis en garde en lui disant qu'il pouvait lui aussi se retrouver la cible de ces types, mais il a ri. Il pense toujours que ces vers n'ont aucun sens pour qui que ce soit au XXIe siècle.

Bronson fronça les sourcils.

— Si seulement il avait raison, fit-il. Excellent, tu as fait tout ce qu'il fallait.

— Oui, dit-elle en essuyant les miettes sur ses genoux. Commençons. Tu as des idées ?

— Pas vraiment. Le problème avec les vers en occitan, c'est qu'ils sont particulièrement énigmatiques quant à leur contenu, et je n'ai aucune idée de ce qu'ils signifient. Je me suis donc dit qu'il serait plus avisé de commencer par l'inscription latine – ou plutôt par les initiales en dessous – et voir si on peut identifier celui qui a donné l'ordre de graver la pierre.

— Ça me paraît logique, observa Angela. J'ai trouvé deux cybercafés pas très loin d'ici, fréquentés par des étudiants dépenaillés et mal rasés qui passent probablement leur temps à surfer sur des sites porno haut débit. (Elle fit une pause et le dévisagea d'un air critique.) Tu te fondras parfaitement dans le décor.

Bronson avait opté pour un accoutrement rudimentaire. Il ne se rasait plus, bien qu'il faudrait attendre quelques jours de plus pour que sa barbe soit vraiment visible, et il avait remplacé chemise et cravate habituelles par un tee-shirt négligé, un jeans et des baskets.

Dix minutes plus tard, ils entrèrent dans le premier café internet trouvé par Angela. Trois ordinateurs étaient libres. Ils commandèrent deux cafés et commencèrent à surfer sur le Web.

— Tu es d'accord avec la traduction de Jeremy : « PO » pour *per ordo* ? demanda Angela.

— Oui, je pense. Essayons de découvrir ce que signifie ce « LDA ». La deuxième chose qu'il a suggérée est que la gravure date probablement du Ier siècle après Jésus-Christ. Et surtout n'oublie pas, Angela. Il va falloir qu'on soit rapides. Après ce qui est arrivé à Jackie, je ne resterai pas plus d'une heure sur cette machine. Que l'on découvre quelque chose ou pas, on se lève et on dégage, d'accord ?

Angela acquiesça.

— Commençons par le plus simple, fit-elle en inscrivant « LDA » sur le moteur de recherche Google. Elle pressa la touche « entrée » et se pencha en avant, en attendant les réponses.

Elle ne fut pas surprise par le résultat : près d'un demi-million d'objets trouvés, mais, à y regarder de plus près, rien de vraiment utile sauf si elle souhaitait rechercher quelque chose sur la « London Development Agency » ou encore la « Learning Disabilities Association ».

— Ça aurait été trop facile, marmonna Bronson. Affinons la recherche. Essaie de trouver une liste de sénateurs romains et vérifie si certains correspondent.

Plus facile à dire qu'à faire. Au bout de l'heure réservée par Bronson, ils avaient trouvé les détails concernant un grand nombre de sénateurs mais aucune liste méritant d'être étudiée en profondeur.

— OK, fit Bronson, en consultant brièvement sa montre. Un dernier essai. Inscris « sénat romain LDA » et regarde ce qui s'affiche.

Angela inscrivit la phrase et ils attendirent que le moteur de recherche affiche les résultats.

— Rien du tout, déclara Angela, en faisant défiler les pages.

— Attends un peu, dit Bronson. Et ça, c'est quoi ? Il indiqua une ligne intitulée « Pax Romana » qui incluait une référence à « LDA et Aurora ». Essaie ça, fit-il.

Angela cliqua dessus. Sur le côté gauche de l'écran se trouvait une longue liste de noms romains, sous le titre « membres permanents ».

— Qu'est-ce c'est que ça ? se demanda Bronson à voix haute.

— Oh, je sais, fit remarquer Angela, en faisant défiler les pages de haut en bas. J'ai déjà entendu parler de ça. C'est une sorte de roman *on-line* sur la Rome antique. Tu peux lire ou écrire des informations supplémentaires, si tu le désires. Tu peux même apprendre des trucs.

Bronson étudia la liste de noms, puis s'arrêta net.

— Merde alors. Regarde – c'est un heureux hasard ou quoi ? (Et il pointa le nom du doigt.) Lucius Domitius Ahenobarbus, sur le bas de l'écran. Les auteurs doivent utiliser le nom de vrais Romains historiques.

Angela recopia le nom et lança une recherche sur Google.

— Il a certainement existé, observa-t-elle, en scrutant l'écran, et il était consul en 16 avant Jésus-Christ. Jeremy s'est peut-être trompé au sujet de la datation de l'inscription. Elle avait peut-être cinquante ans de plus.

Bronson se pencha en avant vers l'écran et cliqua sur la souris.

— C'est peut-être encore plus simple, fit-il. On dirait que c'était un nom plutôt répandu. Sur cette liste, il y a neuf personnes portant le nom de Domitius Ahenobarbus, dont cinq avec Gnaeus comme prénom, et les quatre autres avec Lucius. Parmi les quatre qui portaient le nom de Lucius Domitius Ahenobarbus, trois étaient consuls : celui que tu as trouvé en

16 avant Jésus-Christ, et les deux autres, en 94 avant Jésus-Christ et en 54 avant Jésus-Christ.

— Et qu'en est-il du quatrième Lucius ?

Bronson cliqua sur un autre lien.

— Le voilà – mais il semble légèrement différent. Comme les autres, cet homme naquit Lucius Domitius Ahenobarbus, mais son nom complet était Néron Claudius César Augustus Germanicus, également connu sous le nom de Néron Claudius Drusus Germanicus. Pour compliquer les choses, lorsqu'il accéda au trône impérial en 54 après Jésus-Christ, il prit le nom de Néron Claudius César Drusus. (Il fit défiler les pages, et eut un ricanement.) Mais il est plus connu comme l'empereur qui complotait pendant que Rome brûlait.

— Néron ? Tu penses que cette inscription pourrait faire référence à Néron ?

Bronson secoua la tête.

— J'en doute, même si ça colle davantage avec la date estimée par Jeremy. Il pense que les initiales faisaient probablement référence à un consul ou à un sénateur. Ce que nous pouvons dire pour le moment, c'est que l'inscription *a été* gravée sur les ordres de Néron. – On aurait pu s'attendre à « PO NCCD », se référant à son nom impérial ?

— L'inscription a peut-être été gravée avant qu'il ne devienne empereur, suggéra Angela. Ou peut-être était-ce censé être personnel, pour accentuer le fait que celui qui a gravé ce nom en savait pas mal au sujet de Néron, voire, qu'il lui était lié.

— Ça va faire une heure, observa Bronson, consultant sa montre et se levant pour partir. Donc, à ton avis, Néron mérite une seconde recherche ?

— Sans le moindre doute, admit Angela. Trouvons-nous un autre cybercafé.

II

Ils marchèrent cinq cents mètres et des poussières jusqu'au second cybercafé qu'Angela avait trouvé un peu plus tôt. Il était presque vide, probablement en raison de l'heure, et ils prirent place face au PC situé en fin de rangée, près du mur du fond.

— Qu'est-ce qu'on fait maintenant ? demanda Angela.

— Sacrée bonne question. Je ne suis toujours pas convaincu qu'on est sur la bonne voie, mais il faut bien commencer par quelque chose. Écoute, oublions « LDA » pour le moment. Jeremy a suggéré que les autres lettres de la pierre – « MAM » – faisaient sûrement référence au maçon qui l'a gravée. Mais il y a une autre explication.

— Je t'écoute.

— Cela peu paraître subtil, alors donne-moi une minute. Supposons que « PO LDA » signifie « par ordre de Lucius Domitius Ahenobarbus », et que nous *parlons* de Néron en personne. D'après Jeremy, cela voulait dire que la *pierre* avait bien été gravée sur les ordres de Néron. Mais supposons que ça n'ait pas été le cas. Néron a peut-être ordonné quelque chose de totalement différent – quelque chose d'autre – et quelqu'un d'autre, avec les initiales « MAM », a peut-être décidé qu'il fallait en prendre acte.

— Désolée, mais je suis un peu perdue, là.

— Prenons l'exemple d'aujourd'hui. Il est fréquent de voir des monuments ou des pierres gravées, en Grande-Bretagne ou ailleurs, commémorer des événements précis : le nom des habitants locaux morts à la guerre ou des références à un bâtiment autrefois dressé à un certain emplacement, ce genre de choses. On trouve quelquefois une référence expliquant que la pierre ou je ne sais quoi a été financée par le Rotary Club ou par je ne sais quelle autre organisation. Le fait est que les gens qui ont financé la pierre n'ont rien à voir avec l'inscription qu'elle porte. Ils ont juste fait en sorte que le mémorial soit dressé. Nous avons peut-être affaire à la même chose ici.

— Tu veux dire que Néron aurait fait quelque chose que pourrait décrire l'expression « ici gisent les menteurs », mais que *quelqu'un d'autre* – « MAM » – a donné l'ordre que l'on grave une pierre, en mémoire de ce que Néron avait fait ?

— Exactement. Et cela sous-entend que ce que Néron a pu faire était soit illégal, soit du domaine privé. Rien à voir avec son statut d'empereur. Donc, ce qu'il nous reste à faire, c'est découvrir s'il était lié à quelqu'un avec pour initiales « MAM ». Dans ce cas, nous sommes sur la bonne piste : sinon, c'est retour à la case départ.

La recherche ne leur prit que très peu de temps. En à peine deux minutes, ils avaient trouvé quelque chose qui pouvait correspondre.

— Ce type-là pourrait faire l'affaire, observa Angela. Son nom était Marcus Asinius Marcellus, et il était sénateur pendant le règne de Claudius et de Néron. Plus intéressant encore est qu'il aurait dû être exécuté au Ier siècle après Jésus-Christ, pour avoir fait partie d'un complot visant à produire un faux testament. Tous ses complices périrent par l'épée, mais Néron épargna sa vie. Je me demande bien pourquoi.

— Ça vaut le coup de chercher. (Angela fit défiler la page). Et nous y voilà, Marcellus était relié à l'empereur même si c'était de façon indirecte. C'est probablement la raison pour laquelle Néron l'a épargné.

— Oui, ça se tient.

— Je ne te suis pas.

Bronson fit une pause, afin de mettre un peu d'ordre dans ses pensées.

— Supposons que l'empereur ait épargné Marcellus non seulement parce qu'il s'agissait d'un parent, mais aussi pour une autre raison. Néron n'était pas vraiment célèbre pour son penchant à la compassion. Si j'ai bonne mémoire, ce fut l'un des empereurs romains les plus impitoyables et les plus assoiffés de sang, il est même allé jusqu'à faire exécuter sa propre mère. J'ai du mal à croire que l'idée de faire assassiner un cousin au cinquième degré – si tant est que Marcellus fût son cousin – l'ait empêché de dormir. Mais supposons que Néron ait voulu s'octroyer les services de quelqu'un qui lui était redevable, quelqu'un en qui il pouvait entièrement se fier. Dans ce cas, l'inscription tient debout. Néron a donné l'ordre que l'on fasse quelque chose, quelque chose de privé ou d'illégal, voire les deux, et Marcellus a été désigné pour s'en charger, peut-être contre sa volonté. Et c'est *cette* action que l'inscription sur la pierre est censée révéler.

— Tu disais vrai – c'*est* plutôt subtil. Mais alors quels sont les ordres que Néron a donnés ?

— Je n'en ai pas la moindre idée. (Bronson se leva et s'étira. La matinée avait été longue.) Et il y a quelque chose d'autre. Comment définirais-tu l'inscription que nous avons découverte sur la pierre – les trois mots en latin ?

— Une inscription codée, il me semble.

— Exactement. Admettons que nous ayons raison, pourquoi Marcellus aurait-il éprouvé le besoin de faire graver une inscription codée ? Pourquoi ne pas graver quelque chose qui éclaire la situation ? À moins qu'il l'ait fait sur la partie manquante de la pierre. Cette phrase latine que nous avons découverte n'était peut-être que le titre? (Il fit une pause et regarda Angela.) Il va falloir qu'on fasse *beaucoup* plus de recherches.

Deux heures plus tard, Angela se trouvait dans la chambre de Bronson, entourée de livres traitant de l'Empire romain. Ils en savaient désormais beaucoup plus au sujet de Néron mais, en revanche, à leur grand regret, ils ne trouvèrent que très peu d'informations sur ce Marcellus. Un personnage de l'ombre, semblait-il, et ils ne trouvèrent rien à son sujet qu'ils ne savaient déjà. De plus, ils n'avaient toujours pas la moindre idée de ce à quoi l'inscription latine pouvait se référer.

— Nous sommes dans une impasse, déclara Angela, en refermant l'un des ouvrages de référence avec un sifflement d'irritation. Je vais maintenant m'intéresser à la seconde inscription. (Elle se leva et prit sa veste.) Je serai dans le troisième café sur la liste, si tu as besoin de moi.

— Très bien, répondit Bronson. Je vais m'y atteler encore quelque temps. Fais attention, dehors.

— Promis, mais n'oublie pas que personne ne me recherche. Du moins, à ce que j'en sais.

Angela n'avait consulté l'ordinateur que depuis une vingtaine de minutes, lorsque quelqu'un ouvrit la porte du café. Un agent de police fit son apparition et s'approcha de la jeune femme au comptoir.

— Bonjour, mademoiselle, déclara l'officier. Nous recherchons un homme qui selon nous se trouvait plus tôt dans les parages. Il s'est rendu dans plusieurs cybercafés. Est-ce que ça vous dit quelque chose ?

Il sortit une photographie d'un classeur qu'il tenait à la main et la posa sur le comptoir. Pendant ce temps, Angela jeta un coup d'œil au visage sur la photo et se rendit compte, en une fraction de seconde, qu'il s'agissait de la photo de Chris.

— Je suis désolée, répondit la jeune femme, je ne suis en service que depuis deux heures, et je suis certaine qu'il n'est pas venu ici cet après-midi. Vous devriez demander aux clients. (Elle agita la main pour indiquer la vingtaine d'ordinateurs dans le café et la douzaine de personnes présentes.) Certains d'entre eux viennent ici régulièrement. Qu'est-ce qu'il a fait, au juste ?

— Je crains fort de ne pas être autorisé à vous le dévoiler, répondit l'agent.

Il fit quelques pas jusqu'au premier poste occupé et renouvela la question. Avant qu'il n'atteigne le troisième ordinateur, tous les clients du café étaient agglutinés autour de lui, à fixer la photo. Angela se rendit compte que si elle n'*allait pas* elle aussi y jeter un coup d'œil, cela semblerait suspect. Elle se leva plutôt fébrilement, traversa la pièce et examina la photographie de l'homme qu'elle connaissait mieux que quiconque au monde.

— Et vous, mademoiselle ? demanda l'agent, en se tournant vers elle.

Angela fit non de la tête.

— Non, je n'ai jamais vu cette personne. Plutôt beau mec, cela dit, n'est-ce pas ?

Deux jeunes filles du groupe gloussèrent, mais cela ne sembla pas amuser le policier.

— Je n'ai pas d'avis là-dessus, fit-il, avant de se tourner pour partir.

— Ce type, demanda la jeune femme derrière le comptoir, s'il vient ici, qu'est-ce que je fais ? Je cours me cacher dans les toilettes ou je lui paie un verre ? Je veux dire, il est dangereux ou pas ?

L'agent réfléchit à la question pendant quelques instants.

— Nous pensons que vous n'encourez aucun risque personnellement, mademoiselle, mais si jamais vous le voyez, veuillez appeler le poste de Parkside, le plus vite possible. Je vous laisse le numéro, au cas où : c'est le 358966.

Angela retourna à son ordinateur et se força à rester devant la machine quelques minutes de plus, puis elle se leva.

— Vous avez trouvé ce que vous cherchiez, ma belle ? lui demanda la jeune fille derrière la caisse.

Angela secoua la tête.

— Je n'ai *jamais* trouvé exactement ce que je cherchais, répondit-elle, avec un léger sourire, en songeant à ses relations avec les hommes.

— La police te recherche, Chris, annonça Angela, dès qu'elle eut fermé la porte de la chambre derrière elle.

Elle lui fit un topo rapide de ce qui était arrivé au cybercafé.

— Donc ils savaient que j'avais utilisé Internet ? demanda Bronson.

— Oui, je te l'ai dit. Ils ont même ta photo, et ils ont dit que tu avais été dans les parages ce matin.

— Doux Jésus, ces gars sont des bons, murmura Bronson. Ils font même faire leur sale besogne par la police. Ils sont beaucoup plus dangereux que je ne le pensais.

— Je peux comprendre que la police te cherche à cause de la mort de Mark, mais comment peuvent-ils savoir qu'on s'est rendus dans des cybercafés ?

— J'ai pensé dès le début que ces Italiens possédaient un système de surveillance internet – c'est pour cette raison que Jackie est morte. Ils doivent avoir des contacts au sein de la police britannique. Des contacts qui leur fournissent des détails sur nos recherches, ce qui signifie qu'on doit être sur la bonne piste. Il va falloir qu'on se tire d'ici, et vite.

— Pour aller où ? demanda Angela.

— C'est en Italie que l'on trouvera la réponse, là où tout a commencé.

— Mais ne penses-tu pas que si la police est déjà à ta recherche dans les cybercafés, ils vont également surveiller les ports et les aéroports ?

— Oui, bien sûr, fit Bronson, mais j'ai fait en sorte de laisser mon passeport à la maison, et je suis certain qu'ils y sont déjà allés et qu'ils l'ont vu. Ils doivent certainement avoir un relais dans les ports mais, sans passeport, ils ne s'attendent pas à ce que je quitte le pays. (Il eut soudain un large sourire.) Et c'est pourtant ce qu'on va faire. Il leur sera beaucoup plus difficile de nous rechercher dans toute l'Europe.

— Je pensais qu'Interpol favorisait la coopération internationale entre les forces de police.

— Tu rêves. Interpol est une idée magnifique, mais c'est aussi un énorme système. Pour obtenir des résultats, il faut que tu respectes la procédure et que tu t'adresses aux bonnes personnes mais, de toute façon, il faut beaucoup de temps pour que l'info soit diffusée. Quoi qu'il en soit, il n'est pas très difficile d'entrer ou de sortir d'Angleterre sans se faire repérer, si tu sais comment procéder. Tu as bien ton passeport et ton permis de conduire ? (Angela acquiesça.) Parfait, tout ce que je te demande de faire, c'est de prendre cet argent – il mit sa main dans la poche de sa veste, sortit une liasse de billets et les compta sur la table –, il y a un peu plus de quinze cents livres. Utilise-le comme un dépôt et sors acheter un vieux monospace. Un Chrysler Voyager, une Renault Espace, voire un van Transit à ton nom, et tu l'assures pour qu'on puisse voyager sur le continent.

— Et après ?

— Et après, répondit Bronson, presque grimaçant, on va aller s'acheter une nouvelle salle de bains.

Chapitre 16

I

Peu de temps après dix-huit heures, Jeremy Goldman quitta le musée et regarda à gauche et à droite avant de se diriger vers l'est, le long de Great Russel Street. Le coup de téléphone d'Angela l'avait préoccupé plus qu'il ne l'aurait pensé, et son sentiment de malaise s'était accru lors de l'incident avec le Français.

Un peu plus tôt dans l'après-midi, en réponse à un coup de fil de l'équipe à la réception, il était descendu pour rencontrer un archéologue français du nom de Jean-Paul Pannetier qui affirmait le connaître. Goldman ne connaissait pas ce nom, mais il avait travaillé partout à travers le monde aux côtés de spécialistes dans bon nombre de disciplines, et de telles visites inopinées n'étaient pas rares.

Mais lorsqu'il s'était présenté au visiteur, le Français avait semblé embarrassé et lui avait expliqué qu'il recherchait un *Roger* Goldman, et non pas un *Jeremy* Goldman. Il avait ensuite trifouillé un téléphone portable pendant tout le temps où il était resté au musée, et Goldman l'avait également soupçonné de l'avoir pris en photo.

La situation était déjà assez étrange mais, ce qui l'avait davantage inquiété, c'est lorsqu'il avait consulté l'annuaire universitaire et avait été incapable de trouver une quelconque référence à un Roger Goldman. Ni à un Jean-Paul Pannetier. Il y avait un Pallentier et un Pantonnier. Bien évidemment, peut-être n'avait-il pas bien entendu – le musée avait été quelque peu bruyant –, mais l'incident, en parallèle à l'avertissement d'Angela, l'avait inquiété.

C'est pourquoi, alors qu'il émergeait dans le chaos nocturne de Great Russell Street, Goldman prêta pour une fois attention au monde qui l'entourait. Mais surveiller les alentours au beau milieu d'une telle foule était quasiment impossible, il y avait en effet beaucoup trop de monde sur les trottoirs.

Au moins, il lui restait peu de mètres à parcourir, c'était déjà ça – seulement quelques pas jusqu'à la station de métro de Russell Square. Il marcha le long de Great Russell Street, en se retournant de temps en temps, pour jeter un coup d'œil au trafic et aux piétons, puis se trouva à Montague Street.

Jusqu'ici, Goldman n'avait rien vu qui aurait pu l'inquiéter mais, lorsqu'il se retourna une nouvelle fois, il aperçut un homme aux cheveux bruns qui courait dans sa direction. Plus inquiétant, il croisa le regard d'un homme plutôt corpulent assis au volant d'une voiture roulant au ralenti, un homme qu'il reconnut instantanément : il s'agissait de « Jean-Paul Pannetier », celui qui lui avait rendu visite au musée dans l'après-midi.

Goldman n'hésita pas une seconde. Il quitta le trottoir et commença à courir au beau milieu de la rue, en se faufilant dans le flot de circulation. Il y eut plusieurs coups de Kaxon lorsqu'il se fraya un chemin entre les voitures, les taxis et les camionnettes, en sprintant jusqu'au bout de la rue et le salut – du moins, l'espérait-il – de la station de métro.

Il y était presque.

Goldman jeta un coup d'œil derrière lui, en courant derrière une voiture, et ne vit pas la moto qui fonçait à gauche du véhicule. Lorsqu'il l'aperçut enfin, elle n'était plus qu'à deux pas. Le motard freina puissamment, la moto s'écrasa sur la suspension avant, et Goldman bondit instinctivement sur le côté pour l'éviter.

La roue avant de la moto heurta la jambe gauche de Goldman et le fit tomber sur le côté. Agitant sa main pour essayer de retrouver l'équilibre, il trébucha de nouveau et faillit presque tomber, puis retrouva son équilibre. Il se retourna une nouvelle fois en reprenant sa course, toujours légèrement déséquilibré. L'homme qu'il avait remarqué n'était plus qu'à quelques mètres, et Goldman accéléra la cadence.

Mais lorsqu'il regarda de nouveau devant lui, il ne put distinguer que le capot d'un taxi noir. Il eut alors l'impression de se mouvoir au ralenti. Le chauffeur écrasa la pédale des freins, roues bloquées, mais le taxi avançait encore vite, droit devant lui. Goldman vécut un moment de terreur pure, puis l'avant du véhicule heurta sa poitrine. Il ressentit une douleur insupportable dans ses entrailles, puis ce fut le grand noir.

II

Moins de quatre-vingt dix minutes plus tard, Angela faisait son entrée dans la chambre d'hôtel.

— C'était rapide, observa Bronson, en quittant des yeux le livre qu'il était en train d'étudier.

— J'ai déniché un garage sur Newmarket Road, qui vendait des véhicules d'occasion, lui apprit-elle. J'ai acheté une Renault Espace, de sept ans. Elle est un peu déglinguée sur les bords, mais le contrôle technique est Ok, elle a de bons pneus et tous les papiers sont en règle. Et tout ça pour 2 995 livres. J'ai un peu marchandé avec le vendeur pour qu'il descende à 2 500 et lui ai dit d'oublier la garantie, qui ne valait rien de toute manière, 500 en cash et le reste en leasing.

— Excellent, observa Bronson, lorsqu'il commença à empiler les ouvrages qu'Angela avait achetés. C'est l'idéal. OK, mettons-nous en route.

Tandis que Bronson transportait leurs sacs jusqu'à la voiture, Angela alla rendre la clé de la chambre et paya la note en liquide.

— Et maintenant, où allons-nous ? demanda-t-elle quelques minutes plus tard, lorsque Bronson fit vrombir l'Espace sur l'A10, en direction de Londres et la M11, juste au sud de Trumpington. Je sais que tu veux traverser la Manche, mais c'est quoi cette histoire de nouvelle salle de bains ?

— Les poulets vont peut-être essayer de me retrouver, mais ils ne sont pas censés se lancer à ta recherche. Et s'ils sont en train de le faire, j'espère qu'ils recherchent une Mme Angela Bronson, et pas une Mlle Angela Lewis. On va remplir le coffre de meubles en kit et choper un ferry à Douvres. Et je me cacherai sous les boîtes.

Angela le fixa.

— Tu es sérieux ?

— On ne peut plus sérieux. Les contrôles à Douvres et à Calais sont rudimentaires, c'est le moins qu'on puisse dire. Et c'est la façon la plus facile pour nous de passer sous la Manche.

— Et s'ils m'arrêtent ?

— Tu nies me connaître. Tu leur dis que tu ne m'as pas vu depuis des semaines. Tu n'auras qu'à feindre la surprise en apprenant que quelqu'un me cherche. Tu n'as pas entendu parler de la mort de Mark, et tu as récemment acheté une maison en ruines en Dordogne – pas très loin de Cahors, disons – et plusieurs meubles en kit chez B&Q pour remettre la salle de bains en état.

— Et s'ils inspectent le véhicule et me demandent d'ouvrir les boîtes ?

— Dans ce cas, fit Bronson, au moment où ils mettent la main sur moi, tu sors d'un bond et tu cours te cacher derrière le plus gros des douaniers que tu peux trouver. Tu es terrifiée, parce que je t'ai forcée à me faire quitter la Grande-Bretagne en te menaçant avec une arme. Tu es une victime, pas une complice. Je couvrirai tes arrières.

— Mais tu n'as pas d'arme, fit remarquer Angela.

— En fait, si, j'en ai une.

Bronson retira le browning de la poche de sa veste.

— Et on peut savoir d'où ça vient, ça ? (Bronson lui expliqua le second cambriolage avorté à la maison en Italie.) Tu sais que tu peux aller en prison, pour le simple fait de porter une arme ?

— Oui, je suis au courant. Je sais également que les types contre qui on se bat ont déjà tué au moins une fois, donc je m'accroche à ça et je tente ma chance avec les poulets.

— Tu *es* un poulet, si tu te rappelles bien. Et le simple fait de porter une arme aggrave pas mal les choses.

Bronson haussa les épaules.

— Je sais, mais c'est mon problème, pas le tien. Je ferai de mon mieux pour te protéger.

Près d'une heure plus tard, Bronson ressortit de l'entrepôt B&Q de Thurrock avec un chariot rempli à ras bord. Il chargea le tout à l'arrière de la Renault, en s'assurant que la baignoire en acrylique était bien au centre, posée à l'envers.

Puis ils prirent de nouveau la route, traversèrent la Tamise à Dartford et empruntèrent l'autoroute jusqu'à Douvres. Bronson s'arrêta à la dernière station-service qu'ils trouvèrent, et garèrent l'Espace dans la zone du parking la plus reculée qu'ils purent trouver.

— Il est temps de m'empaqueter, fit-il avec humour, son ton ne cachant pas totalement son inquiétude.

La police risquait de ne pas reconnaître qu'il avait forcé Angela à lui faire quitter le pays si jamais sa cachette venait à être découverte. Il savait parfaitement qu'ils risquaient d'être tous les deux dans le pétrin si jamais les choses tournaient mal.

Il grimpa à l'arrière de l'Espace et se glissa sous la baignoire. Il était plutôt à l'étroit mais, en collant ses genoux contre sa poitrine, il parvenait à s'y camoufler. Angela empila les boîtes au-dessus de lui et tout autour de la baignoire jusqu'à ce qu'il soit totalement recouvert, puis elle s'assit sur le siège du conducteur et quitta la station-service.

Une fois au port, elle acheta un billet aller-retour d'une durée de cinq jours au guichet des billets avec réduction et roula en direction des docks est, en suivant les panneaux « embarcation ». Au poste de douanes britannique, elle leur montra son passeport, qui fut glissé sous le capteur électronique. Celui-ci émit un grognement de reconnaissance. L'officier de police français étudia la couverture marron et lui fit signe de circuler.

Juste après les deux cabines de douane, elle aperçut un nouveau panneau « embarcation » mais, alors qu'elle accélérait, elle vit une silhouette corpulente faire un pas devant la voiture et pointer du doigt le poste sur la gauche, vers la zone abritée d'inspection.

Angela étouffa un juron, mais il lui sourit chaleureusement et suivit la route jusqu'à l'abri. Une fois en place, elle baissa la vitre côté conducteur tandis que l'un des officiers s'avançait vers elle et jetait un coup d'œil à l'arrière de la voiture.

— Le rêve français ? demanda l'officier.

Les gens qui achetaient de la marchandise en Angleterre pour essayer de rénover des ruines françaises n'étaient pas vraiment rares à Douvres.

— Je vous demande pardon ? demanda Angela.

— Une petite maison en pierre en bordure d'un village breton, c'est ça ? demanda-t-il avec un sourire. Qui aurait besoin d'une légère restauration ?

— Vous remplacez la Bretagne par la Dordogne, fit Angela en lui souriant à son tour, et vous y êtes. Et c'est une ville plutôt qu'un village. Cahors. Vous connaissez ?

L'officier secoua la tête.

— J'en ai déjà entendu parler mais je n'y suis jamais allé, fit-il. Bon alors, il y a quoi dans le coffre ?

— Tout pour la salle de bains, en tout cas c'est l'idée, si je peux persuader les maçons de l'installer. Vous voulez y jeter un coup d'œil ?

— Non, c'est bon. (Il recula de quelques pas et lui fit signe de circuler.) Vous pouvez y aller, fit-il.

Angela sentit son cœur tambouriner dans sa poitrine, le remercia d'un geste de la main, passa la première et se dirigea vers la porte de sortie qui s'ouvrit automatiquement. Ils avaient réussi.

III

Angela se mêla aux autres passagers, erra quelque temps dans la boutique de duty free et finit par s'asseoir dans l'un des salons pour attendre l'arrivée du ferry. Mais malgré son calme apparent, elle se sentait plus angoissée que jamais.

Que devait-elle faire si jamais la police française l'attendait de pied ferme de l'autre côté de la Manche ? Est-ce que Chris avait assez d'air pour respirer ? Allait-elle devoir ouvrir le coffre du véhicule quelque part en France pour découvrir qu'elle avait transporté un cadavre ? Que ferait-elle alors ?

Ce fut presque un soulagement lorsqu'elle entendit l'annonce dans les haut-parleurs invitant les conducteurs à regagner leur véhicule. Au moins, l'attente était terminée. C'était déjà ça.

Deux heures après avoir conduit l'Espace à l'intérieur du ferry, Angela descendait la rampe jusqu'au sol français et rejoignait la file de voitures anglaises en direction de l'autoroute. Elle ne vit aucun douanier ni aucun officier de police, et personne ne semblait s'intéresser à elle. La plupart des conducteurs semblaient emprunter l'autoroute A26 pour Paris, mais

Bronson lui avait dit de ne pas la prendre et de se diriger en revanche vers Boulogne pour rejoindre la D940. Elle allait devoir trouver un endroit isolé d'où il pourrait s'échapper de sa prison rose en acrylique – ils avaient choisi la baignoire pour sa taille, sa forme et son prix, pas pour sa couleur. Alors que la nuit commençait à tomber, Angela emprunta la route le long de la côte, dépassa Sangatte et se dirigea vers Escalles. Juste en bordure du village, elle trouva un parking désert surplombant la mer et le cap Blanc-Nez. Elle gara l'Espace dans le coin le plus éloigné de l'entrée et vérifia qu'elle n'avait pas été suivie avant d'ouvrir le coffre et de retirer les boîtes en carton qui recouvraient la baignoire. Bronson poussa un gémissement en s'extirpant de l'arrière de la voiture.

— Est-ce que ça va ? demanda Angela.

— J'ai l'impression d'avoir descendu les chutes du Niagara dans un tonneau, fit Bronson, en grognant et en s'étirant. Toutes les articulations de mon corps me font mal et je suis aussi raide qu'une planche. Tu n'as pas de l'aspirine ou un truc dans le genre ?

— Ah, ces hommes ! le taquina Angela. Un peu d'inconfort et ils se transforment en de véritables pleureuses. (Elle ouvrit son sac à main et en sortit une tablette de pilules.) J'en prendrais deux si j'étais toi. Tu veux conduire ?

Bronson fit non de la tête.

— Non, sans façon. Je vais m'asseoir sur le siège passager et te laisser me conduire.

Dix minutes plus tard, ils se dirigeaient vers l'A16.

Tout en conduisant, Angela expliqua à Bronson ce qu'elle avait trouvé avant que la police n'entre dans le cybercafé.

— Selon moi, la seconde inscription pourrait être liée aux cathares, observa-t-elle.

— Les cathares ? C'est ce que Jeremy Goldman a suggéré, mais je ne suis pas certain que tout ça ait beaucoup de sens. Je n'ai pas vraiment d'infos sur eux, mais je suis sûr qu'ils n'ont rien à voir avec la Rome du Ier siècle. Ils ont fait leur apparition près de mille ans plus tard.

— Je sais, acquiesça Angela, et ils vivaient dans le sud de la France, pas en Italie. Mais les vers semblent avoir un fort parfum cathare. Certaines des expressions telles que « les bons », « purs esprits » et « le monde devient le parfait » en témoignent. Les parfaits ou *perfecti* – les prêtres – se baptisaient eux-mêmes les « hommes bons », et ils pensaient que leur religion était pure. L'un des problèmes avec les cathares, c'est que presque tout ce qui a été écrit à leur sujet l'était par leurs ennemis, comme l'Église catholique, donc c'est un peu comme si on lisait une histoire sur la seconde Guerre mondiale écrite entièrement du point de vue des nazis. Mais ce que nous savons, c'est que le mouvement était relié à la secte Bogomil en Europe de l'Est ou qu'il en était peut-être dérivé. C'était une autre région dualiste, parmi de nombreuses qui sont apparues au Xe et au XIe siècle.

— En quoi croyaient-ils ? Pourquoi l'Église catholique leur était-elle tellement opposée ?

— Les cathares pensaient que le Dieu vénéré par l'Église était un imposteur, une divinité qui avait usurpé l'identité du véritable Dieu, et qui était, en réalité, le diable. Sous cet angle, l'Église catholique était une abomination diabolique, et les prêtres ainsi que les évêques étaient au service de Lucifer. Et ils pointaient du doigt la corruption rampante au sein de l'Église comme étant une preuve partiale.

— Je vois, ça a dû pas mal leur casser les pieds à Rome. Mais les cathares n'étaient pas assez puissants pour avoir une quelconque influence, si ?

— Ça dépend de ce que tu entends par « puissants » ? La base de leur pouvoir, si tu préfères, était dans le sud de la France, et il existe bon nombre de preuves qui suggèrent que les gens de cette région ont considéré le catharisme comme une véritable alternative à l'Église catholique, que la plupart des gens considéraient comme particulièrement corrompue. Les contrastes entre les deux religions étaient impressionnants. Les membres les plus puissants de l'Église catholique vivaient dans une sorte de splendeur que l'on associe normalement à la royauté ou à la noblesse. Mais les prêtres cathares ne possédaient rien du tout, mis à part une robe de bure noire et une corde en guise de ceinture, et ils ne vivaient que d'aumône ou de charité. Lorsqu'ils acceptaient le *consolamentum*, le vœu qu'ils se juraient de respecter pour devenir prêtres ou *perfecti*, ils rendaient tous leurs biens à la communauté. Ils étaient également végétaliens, ils ne mangeaient même pas de produits animaux tels que les œufs et le lait, et vivaient dans le célibat le plus pur.

— Tout cela ne m'a pas l'air très marrant.

— Ça ne l'était pas, mais ce régime n'était pratiqué que par les *perfecti*. Les fidèles de la religion – ils étaient connus sous le nom de *credentes* – avaient un peu plus de libertés, et la plupart n'acceptaient le *consolamentum* que sur leur lit de mort au stade où le célibat, par exemple, n'était plus vraiment un problème. Selon moi, le point important, c'est que le catharisme est devenu populaire dans le sud de la France précisément parce que les *perfecti* étaient aussi dévots et humbles. De manière significative, les rangs des cathares étaient peuplés de membres comptant parmi les familles locales les plus fortunées et les plus importantes. Cependant, lorsqu'on y regarde d'un peu plus près, l'existence même de cette religion *constituait* une réelle menace pour l'Église catholique.

— Et alors, qu'est-il arrivé ?

— À la fin du XIIe siècle, le pape Eugène III a tenté une persuasion pacifique. Il a envoyé des gens tels que Bernard de Clairvaux, le cardinal Pierre et Henry d'Albano en France pour tenter de réduire l'influence des cathares, mais aucun d'entre eux n'y parvint réellement. Les décisions des divers conseils religieux n'avaient pas non plus d'effets et, lorsque Innocent III a accédé au trône pontifical en 1198, il a décidé de supprimer les cathares par tous les moyens. En janvier 1208, il a dépêché un homme du nom de Pierre de Castelnau, un légat pontifical, pour rencontrer Raymond de Toulouse, qui était alors le chef des cathares. Leur rencontre fut plutôt conflictuelle et, le jour suivant, Castelnau fut attaqué par des agresseurs non identifiés et assassiné. Cela a donné à Innocent l'excuse dont il avait besoin, et il en a appelé à une croisade contre la religion. La croisade des albigeois – les cathares étaient également connus sous le nom d'albigeois – a duré près de quarante ans, et compte parmi les épisodes les plus sanglants de toute l'histoire de l'Église.

— Tout cela est fort intéressant, fit remarquer Bronson, mais je ne vois toujours pas quel est le rapport avec deux pierres gravées cimentées sur le mur d'une maison italienne.

— Moi non plus, fit Angela. C'est bien là le problème. Mais j'ai quelques nouveaux livres à consulter, il se pourrait donc que j'y trouve certaines réponses d'ici à demain.

Tandis que la lumière du jour commençait à s'atténuer, ils se mirent à chercher un endroit où passer la nuit.

— L'idéal, ce serait de nous trouver un petit hôtel familial quelque part. Du moment qu'on n'a pas à utiliser notre carte de crédit.

— Ne vont-ils pas vouloir voir ton passeport ?

— Ces vieilles réglementations françaises ont été abolies il y a bien longtemps. De nos jours, la seule chose qui compte, c'est si, oui ou non, on peut payer la note.

Vingt minutes plus tard, ils s'arrêtaient dans un petit hôtel, au centre d'un village non loin d'Évreux.

Ils dînèrent tard, puis marchèrent dans le village et trouvèrent un petit cybercafé avec une demi-douzaine d'ordinateurs.

— Je vais juste vérifier mes e-mails, dit Angela, avant d'acheter une heure de libre-service.

La plupart des messages dans sa boîte e-mail étaient les messages habituels à jeter dans la corbeille, que tout le monde reçoit chaque jour dans sa messagerie, et elle fit rapidement défiler la liste, supprimant des lignes et des lignes de spams. En fin de liste se trouvaient deux messages en provenance du British Museum. Le premier n'était qu'un e-mail de routine, rappelant à l'équipe les événements à venir, mais lorsqu'elle ouvrit le second, elle s'adossa à son siège, littéralement sous le choc.

— Que se passe-t-il ? demanda Bronson.

— C'est Jeremy Goldman, répondit-elle. D'après cet e-mail, il a été tué aujourd'hui dans un accident, juste dans la rue devant le musée.

Pendant quelques instants, Bronson ne dit rien.

— Est-ce qu'on nous dit ce qui s'est passé ? demanda-t-il.

— Non, juste qu'il s'est retrouvé impliqué dans un accident de la circulation sur Montague Street et a été déclaré mort à son arrivée à l'hôpital. (Elle se tourna sur son siège pour fixer Bronson.) Tu crois que c'était un accident ?

Son visage était blanc comme un linge.

— Non, fit-il, et toi non plus. (Il jura dans sa barbe.) D'abord Jackie, puis Mark, et maintenant Jeremy. Je vais prendre ces salopards en chasse. Et je le jure devant Dieu, je les aurai.

Chapitre 17

I

La journée s'annonçait longue : ils le savaient tous les deux. Bronson voulait atteindre la maison de Hampton en Italie dans la soirée. Cela représentait un voyage de plus de 1 500 kilomètres, et à condition de rester sur l'autoroute. Ils s'étaient levés à sept heures, avaient évité de prendre leur petit déjeuner à l'hôtel, avaient payé la note pour la chambre et le dîner en liquide, puis étaient partis.

Lorsque Bronson s'était rendu à sa chambre, le soir précédent, Angela était restée assise dans la sienne, à consulter les livres qu'elle avait achetés à Cambridge. Elle était fatiguée, mais l'idée qui lui était venue à l'esprit alors qu'elle fixait l'écran d'ordinateur dans le troisième cybercafé à Cambridge se confirmait.

C'est pourquoi, tandis que Bronson conduisait, elle lui expliqua sa théorie, revenant aux notes qu'elle avait prises dans un petit livre de sa belle écriture, petite et bien nette.

— Je pense que Jeremy avait raison, débuta-t-elle. Au moins une partie du puzzle *traite* bien des cathares et de la croisade albigeoise, mais peut-être pas comme il l'avait imaginé. Considérons pour le moment que les vers de la seconde inscription étaient écrits sur, ou peut-être même par les cathares, certaines des références commencent réellement à faire sens. L'exemple le plus évident est la « montagne sûre ». C'est une expression inhabituelle et je ne vois aucune raison qui pousserait qui que ce soit à qualifier une montagne de « sûre », à moins d'être un cathare. Si tu l'es, les mots sont immédiatement reconnaissables : ils font directement référence à la citadelle de Montségur : le nom signifie « montagne sûre » en occitan. Ce fut le dernier grand bastion de la religion, et il est tombé entre les mains des croisés en 1244. Si tu t'intéresses d'un peu plus près au premier vers de l'inscription, il n'y a pas seulement les mots « montagne sûre » qui avaient du sens. Les deux premières lignes décrivent la fin du siège lui-même : « *De la montagne sûre la vérité est descendue, abandonnée de tous sauf des bons.* » On en a un peu discuté la nuit dernière, tu te souviens ? Il y avait deux grandes catégories de cathares. Les prêtres étaient connus sous le nom de « parfaits » ou *perfecti*, et les croyants étaient appelés *credentes*, mais ce qui est intéressant, c'est qu'aucune des deux catégories ne se donnait le nom de cathares. En réalité, il existe quelques hypothèses avançant que le nom – on pense qu'il provient du mot grec *Katharoi*, signifiant « les purs » – n'était utilisé que par les personnes hors de la religion. Les cathares se qualifiaient presque toujours d'« hommes bons » ou « bonnes femmes ». C'est pourquoi, lorsque Montségur est finalement tombée, on pouvait vraiment dire qu'elle avait été « abandonnée de tous sauf des bons », parce que les parfaits y demeurèrent – ils furent même exécutés sur place.

— Et la « vérité » qui est descendue ? demanda Bronson. Qu'est-ce que ça peut bien vouloir dire ?

Angela lui sourit.

— J'ai ma petite idée, et il y a certaines choses que tu dois comprendre avant.

— OK, professeur. Je t'écoute.

— Très bien, donc, selon moi, les vers se réfèrent aux cathares et fonctionnent sur cette prémisse. J'ai commencé par le début, à savoir le titre, « GB PS DDDBE ». Tu te souviens, Jeremy pensait que ces lettres se référaient probablement à une expression du langage courant aux alentours du XIVe siècle, quelque chose d'aussi clair et évident que, disons, « REP » l'est pour nous aujourd'hui ? Je me suis demandé si l'expression n'avait pas été corrompue, et sa signification changée ou déformée, comme « REP ». Demande à la plupart des gens ce que signifient ces trois lettres, et ils te répondront « Repose en paix ». Ce qui est faux, car les initiales se réfèrent à l'expression latine *« requiescat in pace »*.

— Oui, mais ça veut dire à peu près la même chose, non ? demanda Bronson.

— Oui – « puisse-il reposer en paix » – mais mon avis est le suivant : la plupart des gens qui l'utilisent ne savent pas que, lorsqu'ils disent « REP », ils citent une expression latine et non pas française. Donc je me suis également demandé si cette expression, elle aussi, ne serait pas une vieille expression latine qui aurait été modifiée. Mais je me trompais. Elle n'avait pas été altérée. C'était de l'occitan pur et du pur cathare. J'ai commencé avec « GB », mais ça ne m'a mené nulle part. Puis j'ai jeté un coup d'œil aux autres initiales, et tout particulièrement aux cinq dernières, « DDDBE ». Lorsque j'en ai obtenu le sens, le « PS » était évident, et il ne restait plus qu'à trouver le sens de « GB ». Ça n'a pas été trop difficile une fois que j'ai décodé les autres lettres.

— Si je comprends bien, ces initiales se réfèrent à une personne, c'est bien ça ? demanda Bronson.

— Oui, acquiesça Angela. Et je pense que « GB » était Guillaume Bélibaste.

— Jamais entendu parler de lui.

— Normal que tu ne le connaisses pas, à moins d'avoir étudié l'histoire de la France médiévale. Guillaume Bélibaste était le dernier des parfaits cathares répertoriés et il a été brûlé vif en 1321. C'était la méthode d'exécution préférée du Vatican pour se débarrasser des dangereux hérétiques, qui, au Moyen Âge, englobaient tous ceux qui n'étaient pas d'accord avec le pape.

— Donc, que signifie le titre ?

— Lorsqu'un cathare était sur le point de mourir, répondit Angela, en baissant les yeux vers son carnet, on disait des prières, des prières qui commençaient par une expression occitane bien particulière : *« Payre sant, Dieu dreiturier dels bons esprits »*. Les lettres initiales de cette expression épelée « PS DDDBE ». Grossièrement et si l'on retient les initiales, cela signifie « Saint Père, véritable Dieu des âmes pures », quelque chose qui ressemblait un peu à notre prière : « Notre Père, qui êtes aux cieux ». C'était une expression commune à l'époque, puisqu'on la retrouve dans différents lieux de la région du Languedoc, en France. D'après les livres, on en trouve un exemple sur une pierre gravée à Minerve dans l'Hérault, où un groupe de cathares avait trouvé refuge après le massacre de Béziers, où quelque 20 000 personnes furent massacrées par les croisés. Mais ce n'était qu'un sursis de courte durée. En 1210, près de 180 parfaits y furent brûlés vifs par les croisés en œuvre.

— Est-ce cela que les Espagnols appellent un *autodafé* ?

— Non. L'exécution d'hérétiques n'avait jamais lieu pendant un *autodafé*. L'expression signifie tout simplement un « acte de foi » mené lors de l'Inquisition. C'était un spectacle public qui durait plusieurs heures, voire plusieurs jours, et qui rassemblait bien souvent plusieurs milliers de spectateurs. Ça commençait par une messe, suivie de prières, puis par une procession de ceux qui étaient accusés d'hérésie et enfin par la déclaration de la sentence à leur égard. La punition n'était administrée qu'une fois l'*autodafé* terminé.

— Est-ce que les gens avouaient d'eux-mêmes ?

Angela rit de bon cœur.

— Non, ou pas très souvent. D'après ce qui a été rapporté, la plupart des soi-disant hérétiques étaient dénoncés par leurs voisins, et il est certain que l'arrivée de l'Inquisition a accéléré le processus. Le seul ennui, c'est que les accusés avaient très peu de chances de s'en tirer. S'ils admettaient ce dont les accusaient les inquisiteurs, ils pouvaient être certains de finir empalés sur un pieu. Et s'ils niaient les accusations, ils étaient alors torturés jusqu'à ce qu'ils *finissent* par avouer. Du point de vue des Inquisiteurs, il était hors de question que les accusés puissent être innocents – le fait qu'ils soient accusés suffisait à prouver leur culpabilité, et tout ce qui leur restait à faire, c'était obtenir une confession signée de la main de l'hérétique. Cela donnait presque toujours lieu à de longues séances de torture particulièrement inventives qui se déroulaient en privé, dans des salles de torture équipées à cet effet. Les inquisiteurs avaient interdiction de faire couler le sang pendant leurs interrogatoires ou l'exécution, alors ils se servaient du chevalet et du *strappado* pour disloquer les articulations. Ils faisaient également rôtir les membres au-dessus de petits bûchers à combustion lente, tout particulièrement les pieds car l'hérétique devait être capable de signer la confession une fois la séance terminée.

— Charmants, ces inquisiteurs, observa sèchement Bronson.

— Leur objectif consistait à causer la douleur la plus vive possible pendant de longues périodes et ils s'étaient spécialisés dans des méthodes qui impliquaient peu d'efforts de la part des bourreaux, donc cela leur laissait plein de temps pour pouvoir prier et demander l'aide du Seigneur. Allumer un bûcher, par exemple, ou hisser une victime en se servant du *strappado* ne prenait que quelques minutes, mais l'hérétique était à l'agonie pendant des heures ou des jours. L'une de leurs tortures favorites était la botte de fer ou torture des brodequins. Ils introduisaient le pied de la victime dans un des brodequins, puis enfonçaient des coins en bois à l'aide d'un marteau de part et d'autre de la jambe, brisant le tibia et la cheville. Ça faisait assez mal, mais ça n'était encore que le début. Pour apporter quelque raffinement, ils versaient de l'eau dans la botte et laissaient mariner pendant une nuit. Les cales de bois absorbaient l'eau et augmentaient progressivement la pression sur la partie inférieure de la jambe. Au bout de quelques heures, alors que les interrogateurs ronflaient bruyamment ou étaient agenouillés pour la prière, les os du tibia et de la cheville se brisaient, les muscles étaient réduits à l'état de lambeaux, et la victime perdait à jamais l'usage de ses jambes. Lorsque l'exécution s'imposait, la seule méthode approuvée par le Vatican consistait à envoyer les hérétiques au bûcher, une fois encore, parce que ça ne faisait pas couler le sang de la victime – même dans ce cas, on pouvait trouver de petits raffinements. Le fait d'abjurer au dernier moment offrait à l'accusé la possibilité de se faire garrotter avant que l'on ait mis le feu au bûcher. Les hérétiques qui refusaient d'abdiquer étaient voués à souffrir plus longtemps sur le bûcher en utilisant du bois qui ne brûlait que très lentement. Les bourreaux allaient même quelquefois jusqu'à ajouter du bois vert ou mouillé. Cela provoquait des fumées étouffantes censées tuer la victime avant que le feu ne l'atteigne – une bien piètre miséricorde. Comme méthode d'exécution, le feu offrait plein de jolies variantes. Les Espagnols et les Portugais étaient très doués à ce petit jeu, ils avaient quantité de victimes sur lesquelles pratiquer.

— Et les Français ?

— D'après moi, ils se contentaient d'enchaîner leurs victimes à des poteaux en bois, ils allumaient le feu et attendaient que les hurlements cessent.

Angela resta silencieuse alors que la Renault Espace gagnait de la vitesse sur l'autoroute, filant droit vers le sud-est en direction de la frontière italienne, avec l'arrière du véhicule toujours rempli des boîtes qu'ils avaient achetées à B&Q.

— OK, concéda Bronson, mais je ne vois toujours pas en quoi ça peut nous aider. La maison des Hampton se trouve en Italie, pas en France et, si tu dis vrai et que la seconde inscription *a* vraiment quelque chose à voir avec les cathares, la première inscription est en latin et date de près de quinze cents ans plus tôt. Quel lien peut-il donc y avoir entre les deux ?

— Eh bien, j'ai ma petite théorie. C'est une idée folle, mais ça répond au moins à l'une de nos questions.

— Je t'écoute.

— Tout d'abord, nous devons revenir en 1244 à la fin du siège de Montségur, lorsque la garnison de la forteresse s'est finalement rendue. Un siège long et particulièrement éprouvant mais, franchement, cela ne pouvait se terminer que d'une seule manière et tout le monde le sait. Le 1er mars de cette année, les défenseurs, sur lesquels le sort s'acharnait, finirent par capituler, en manque de nourriture et d'eau. Ce siège a occupé un nombre important de soldats pendant plusieurs mois et a infligé de lourdes pertes parmi les croisés. De plus, le pape avait lancé la croisade albigeoise avec l'intention précise d'anéantir totalement l'hérésie cathare ; il était dit que près de deux cents parfaits avaient trouvé refuge dans la forteresse. Dans la plupart des cas, les défenseurs de villes et de châteaux pris par les croisés finissaient massacrés sans pitié. Donc, selon toi, quelles sont les conditions que les croisés ont offertes ?

— Probablement choisir entre être décapité, être pendu et brûler sur un bûcher ?

— Exactement, répondit Angela. C'est plus ou moins ce qu'aurait dit un observateur impartial. Veux-tu quand même connaître les conditions qu'ils ont proposées ?

— Pourquoi ? C'était encore pire que ça ?

Angela secoua la tête et se référa une nouvelle fois à son petit calepin.

— Écoute un peu ça. Tout d'abord, les hommes d'armes – il s'agissait des mercenaires et autres personnes enrôlées durant le siège de Montségur – devaient être autorisés à quitter la place en emportant tous leurs biens et leur équipement, et recevaient le pardon pour leur rôle joué dans la défense de la forteresse.

— Eh bien, répondit calmement Bronson, je peux comprendre qu'ils ne faisaient pas partie de l'hérésie. Je veux dire, ils n'étaient pas cathares, mais juste des hommes sous leurs ordres, non ?

— Je suis d'accord, déclara Angela. Tu as déjà entendu parler d'un endroit baptisé Bram ?

— Non.

— C'était un autre bastion cathare qui est tombé en 1210 au terme d'un siège de trois jours et, jusqu'ici, rien de bien significatif. Mais, peu de temps après, lorsque les croisés commandés par Simon de Montfort ont essayé…

— Simon qui ? demanda Bronson.

— Simon de Montfort. Il commandait les croisés à cette époque, et il tentait de prendre les quatre châteaux de Lastours, juste au nord de Carcassonne, mais il a rencontré une résistance violente. Afin de persuader les défenseurs d'abandonner le combat, les hommes de Simon ont réquisitionné une centaine de prisonniers capturés à Bram et leur ont tranché les lèvres, le nez et les oreilles. Puis ils les ont tous aveuglés, sauf un à qui ils ont laissé un œil. Il pouvait ainsi guider ses compagnons dans une parade sanglante, devant les châteaux.

— Doux Jésus, murmura Bronson. Est-ce que la tactique a fonctionné ?

— Bien sûr que non. Elle n'a fait que rendre les défenseurs plus déterminés encore au combat, dans la crainte de connaître le même sort. Les châteaux finirent par tomber, mais seulement un an plus tard. Un exemple de la « miséricorde de Dieu » telle qu'elle a été interprétée pendant la croisade albigeoise. Prends également le massacre de Béziers, où quelque 20 000 hommes, femmes et enfants ont été massacrés au nom de Dieu et de la charité chrétienne. Avant l'attaque, l'Évêque Arnaud Armaury, le légat pontifical et le représentant personnel du pape, dut répondre à la question des croisés qui lui demandèrent comment identifier les hérétiques, car l'on racontait qu'il n'y avait qu'environ 500 cathares dans la ville. Sa réponse en latin fut la suivante : « *Caedite eos. Novit enim Dominius qui sunt eius.* » Ce qui peut se traduire par : « Tuez-les tous. Dieu saura reconnaître les siens. » Et c'est exactement ce qu'ils firent.

— J'ignorais tout de cette histoire, observa Bronson. C'est juste incroyable. Quoi qu'il en soit, de retour à Montségur, les croisés montrèrent de l'indulgence envers les soldats, mais pas avec les cathares, je me trompe ?

— Faux, de nouveau, répondit Angela. On promettait aux parfaits que s'ils renonçaient à leurs croyances et confessaient leurs pêchés à l'Inquisition, ils seraient alors libres, mais à condition d'abandonner tous leurs biens.

— En d'autres termes, fit remarquer Bronson, on offrit aux cathares comme aux soldats la possibilité de quitter les lieux en hommes libres. Mais pour quelle raison ?

— Attends, attends, tu n'as pas encore entendu le meilleur. L'indulgence des conditions de la reddition constituait la première anomalie. Les défenseurs demandaient une trêve de deux semaines pour considérer ces conditions – conditions qui, si elles étaient acceptées, auraient permis à la garnison de quitter Montségur sans armes. C'est la seconde anomalie : difficile d'imaginer que, alors qu'il leur fallait deux minutes pour considérer leur décision, ils aient demandé à réfléchir pendant deux semaines. Quoi qu'il en soit, aussi surprenant que cela puisse paraître, les croisés acceptèrent cette trêve. (Elle fit une pause.) Et c'est là que ça devient vraiment étrange. À l'expiration de la trêve, aux alentours du 15 mars, non seulement tous les parfaits refusèrent les termes de la reddition, mais au moins une vingtaine de défenseurs non cathares décidèrent de recevoir le vœu cathare ultime – le *consolamentum perfecti* – en se vouant ainsi de leur propre volonté à une fin certaine et horrible.

— Alors qu'ils auraient pu s'en aller tranquillement, ils ont choisi la mort ?

— Exact. À l'aube du 16 mars 1244, plus de 200 parfaits quittèrent la forteresse et furent escortés au pied de la montagne. Là, ils furent poussés contre une palissade de bois érigée à la hâte et brulés vifs. Aucun d'entre eux n'abjura, alors qu'on leur en laissait le choix.

Pendant quelques secondes, Bronson demeura silencieux.

— Ça n'a aucun sens. Pourquoi rejeter les termes de la reddition après avoir demandé une trêve de deux semaines pour y réfléchir ? Et surtout, pourquoi les cathares – et d'après ce que tu me racontes, une vingtaine de non cathares – ont-ils décidé que leur meilleure option était de hurler à la mort sous les flammes plutôt que de partir libres ?

— C'est là que ça devient intéressant. Il ne faut pas non plus oublier que, une fois enchaînés à un pieu, les hérétiques avaient toujours une ultime chance d'abjurer.

— Et alors ils pouvaient encore s'en aller ? demanda Bronson.

— Non, plus à ce stade. Comme je l'ai déjà dit, ils avaient le choix entre le garrot et brûler vif. C'est pourquoi je me demande : qu'est ce qui a rendu les cathares si sûrs de leur foi, au point de mourir de la plus douloureuse des manières plutôt que de répudier leur religion ?

Bronson se frotta le menton.

— Ils devaient avoir une bonne raison.

— Il y a une histoire qui revient sans cesse – j'en ai trouvé la trace à la fois sur Internet et dans les livres que j'ai étudiés – qui suggère qu'il y *avait* bien une raison expliquant le retard des cathares à accepter ou rejeter les conditions, et expliquant leur acceptation du bûcher. Ils protégeaient leur trésor.

Bronson fixa Angela pour voir si elle plaisantait, mais son expression demeurait on ne peut plus sérieuse.

— Leur trésor ? Mais comment la mort de 200 cathares brûlés vifs pouvait bien le protéger ?

Je pense – et ce n'est que pure conjecture – que les cathares étaient prêts à se sacrifier pour faire une sorte de diversion. Ils pensaient qu'une fois les leurs brûlés, les croisés seraient moins enclins à monter une garde stricte de Montségur et que cela permettrait à quelques-uns d'entre eux de s'échapper avec leurs biens les plus précieux. Et je ne pense pas qu'il s'agissait d'un trésor traditionnel. Pas d'or ni de joyaux. Rien de ce genre. Selon moi, leur trésor était une sorte de relique religieuse, un objet dont la provenance était irréfutable qui apportait la preuve absolue du bien-fondé de la foi cathare. Quelque chose qui avait suffi à persuader les membres convaincus de l'Ordre d'accepter la mort aux mains des croisés, mais à convaincre aussi les vingt personnes non cathares de rallier leur cause.

— Si j'ai bien compris, le trésor n'est pas vraiment un trésor dans le sens habituel du terme, c'est ça ? fit Bronson. Un trésor qui ne valait rien en des termes intrinsèques – juste un vieux morceau de parchemin ou quelque chose comme ça – mais dont le contenu était inestimable ?

— Bingo.

— Mais de quoi peut-il bien s'agir ?

— Impossible d'en être sûr, mais l'on peut en déduire certaines choses d'après ce que nous savons déjà. Si mes sources sont exactes, alors pendant la dernière nuit à Montségur, tandis que les flammes de l'énorme bûcher au pied de la montagne n'étaient plus que charbon ardent, les quatre derniers parfaits s'échappèrent. Ils avaient été cachés dans la forteresse par la garnison et avaient choisi un chemin extrêmement risqué mais indétectable en se servant de cordes pour descendre la face ouest abrupte de la montagne. Ils prenaient ce risque parce qu'ils transportaient le trésor des cathares. Ils atteignirent le pied de la montagne et disparurent dans la nuit, ainsi que des pages de l'histoire. Personne ne sut ce qu'ils transportaient, où ils allaient et ce qui leur était arrivé. Si cette histoire est vraie, alors deux points au moins méritent d'être relevés. Primo, quoi qu'ait pu renfermer leur « trésor », il devait être plutôt petit et pas trop lourd, sinon les quatre hommes n'auraient pas pu le transporter au cours de leur périlleuse descente de la montagne. Deusio, cela devait être un objet physique, et pas un simple savoir, autrement les quatre parfaits auraient pu se déguiser en soldats ou en serviteurs et quitter la forteresse avec les hommes d'armes le jour suivant. Maintenant, tout cela n'est que pure supposition, sans l'ombre d'une preuve, mais ça fournit une explication plausible de ce qui s'est passé pendant le siège de Montségur. Mais ce qui est ensuite advenu sur la montagne *a* été raconté d'un point de vue historique. Une fois la forteresse désertée, les croisés, agissant sous les ordres du pape en personne, l'ont mise sens dessus dessous, en une quête désespérée du « trésor ». Mais ils eurent beau démanteler littéralement le château, c'est-à-dire pierre après pierre, ils ne trouvèrent absolument rien. Peu de gens le savent, mais la citadelle qui se dresse aujourd'hui à Montségur fut en fait érigée au début du XVIIe siècle, et il ne reste rien de ce qu'était le château cathare à l'origine. Au cour du demi-siècle qui suivit, Rome a ordonné que toute trace des cathares soit rayée de la carte. Tout en exécutant les derniers *parfaits* qu'ils parvenaient à capturer, les croisés poursuivirent leurs recherches à Montségur mais ne trouvèrent rien. Le souvenir du « trésor des cathares » est ensuite entré dans les brumes de la légende. Et telle est l'histoire de Montségur telle qu'on la connaît aujourd'hui : un mélange de faits historiques, de rumeurs et de suppositions.

— Mais quel est donc le rapport avec une vieille ferme de six cents ans sur le flanc d'une colline en Italie ? demanda Bronson, agitant la main en signe de frustration.

— Tout est dans la description, lui expliqua Angela. Le premier vers du poème en occitan peut être interprété comme une référence spécifique à la fin du siège.

Elle lut la traduction de Goldman inscrite dans son petit livre.

De la montagne sûre la vérité est descendue
Abandonnée de tous sauf des bons
Les flammes purificatrices ne touchent que la chair
Et les esprits purs s'élèvent au-dessus du bûcher
Car la vérité telle la pierre perdurera.

— La seconde ligne peut décrire la reddition de la garnison de Montségur, et les troisième et quatrième lignes l'exécution de masse lorsque les cathares furent brûlés vifs. Mais je pense que les expressions « la vérité est descendue » et « la vérité, telle la pierre, perdurera » se réfèrent à la fuite des quatre *parfaits* restants, emportant avec eux un document ou une relique sur laquelle reposent les fondements de leur foi – la vérité absolue. Quel que fût l'objet, il était une telle évidence pour ce qu'il impliquait que les cathares avaient préféré mourir sur le bûcher plutôt que renoncer à leurs croyances.

— Et le second vers ? demanda Bronson.

— C'est tout aussi intéressant et, de nouveau, certaines lignes se réfèrent aux cathares.

Elle lut le vers à voix haute :

Ici le chêne et l'orme révèlent la marque
Ce qui est en haut est aussi en bas
Le mot devient le parfait
Dans le calice tout est néant
Et terrible à voir.

— L'expression dans la deuxième ligne était couramment utilisée par les cathares, et le « mot » que l'on trouve dans la troisième ligne pourrait être la « vérité » qui guidait les croyances des parfaits. La première ligne n'a rien à voir avec les cathares, mais je pense qu'il est possible que la référence aux deux espèces d'arbres indique une cachette.

— Et les deux dernières lignes ? À propos du calice ?

— Je suppose – je n'ai fait que supposer jusqu'ici, mais maintenant, c'est *vraiment* une supposition, je pense – qu'ils voulaient dire que l'objet était caché dans une sorte de récipient – un calice – et que c'était dangereux.

Bronson commença à ralentir. Il approchait de Vierzon, où l'autoroute se divise, et s'engagea au sud-est en direction de Clermont-Ferrand.

— Donc ce que tu es en train de dire, fit Bronson, c'est que les cathares possédaient une sorte de relique, quelque chose qui confirmait leurs croyances, et qui aurait par conséquent été jugé dangereux par d'autres religions ? Et que le Pape a lancé la croisade pour la récupérer ou pour la détruire ?

— Exactement. La croisade albigeoise a été instiguée par le pape Innocent III – jamais un pape n'a été aussi mal nommé – en 1209.

— Admettons. Et tu penses que le pape était au courant pour cette relique et qu'il croyait qu'elle était cachée quelque part à Montségur ? Et que c'est pour cette raison qu'il ordonna un traitement différent des cathares et de la garnison ? Et c'est aussi pourquoi les croisés ont détruit la forteresse après le massacre ?

— Oui. Et si la lecture que je fais de ces vers est correcte, je pense que nous pourrions découvrir que le trésor cathare a été caché quelque part dans la maison de Mark en Italie !

II

De retour à leur hôtel, près de l'aéroport de Gatwick, Mandino et Rogan avaient passé plusieurs heures penchés sur leur ordinateur à étudier les liens que le système de surveillance avait retrouvés du côté des cybercafés de Cambridge.

Ils semblaient avoir épuisé tous les possibles. Ils avaient attendu à l'extérieur de l'immeuble d'Angela Lewis, mais les lumières de son appartement étaient restées éteintes, et personne n'avait répondu, ni au téléphone ni à la sonnette. La maison de Bronson était tout aussi déserte et Mandino venait de réaliser que les deux individus avaient disparu. Le système de surveillance était tout ce qui leur restait.

Le plus gros problème auquel ils eurent à se confronter était la masse impressionnante d'informations. Carlotti, l'homme de main de Mandino qui était resté en Italie, leur avait envoyé trois dossiers Excel. Deux d'entre eux contenaient les recherches entreprises aux cybercafés visités, selon eux, par Bronson, et le troisième fichier, plus volumineux, listait les liens de recherche de la demi-douzaine d'autres cybercafés, dans un rayon de 8 kilomètres, comme Mandino l'avait exigé.

Rogan et ce dernier firent quelques recherches internes sur des mots que leurs proies avaient, selon eux, utilisés. Des mots tels que « LDA », « consul », « sénateur » et ainsi de suite. Chaque fois que l'un d'entre eux trouvait quelque chose, ils copiaient la cinquantaine de liens et les sauvegardaient dans des dossiers distincts.

Tout cela leur prit un temps infini et, à la fin, ils n'avaient pas vraiment progressé.

— On ne va nulle part avec ce truc-là, fit Mandino, passablement irrité. On savait déjà que Bronson a probablement trouvé le sens des lettres additionnelles sur l'inscription en latin. En revanche, je n'ai rien trouvé qui fasse référence à la seconde inscription.

Rogan se pencha légèrement en avant.

— Pareil pour moi, fit-il.

— Je pense que ce que nous devrions faire, c'est essayer d'anticiper les prochaines actions de Bronson, médita Mandino. Je me demande...

Il détenait une arme particulièrement puissante dans son arsenal. Le livre qu'il conservait dans son coffre à Rome contenait les premières lignes du texte latin de la relique ancienne. Plus important, il avait un document tout aussi précieux détaillant toutes les tentatives du Vatican pour retrouver l'emplacement du document à travers les siècles.

— La maison en Italie, demanda-t-il, en se tournant pour faire face à Rogan. As-tu retrouvé la date exacte de sa construction ?

Son partenaire fit non de la tête.

— Non. J'ai fait une recherche au cadastre de Scandriglia et j'ai obtenu plusieurs détails sur les ventes, mais elles étaient toutes assez récentes. La référence la plus ancienne que j'aie pu trouver se réfère à une maison dans la région sur une carte datant de 1396, nous savons donc qu'elle est là depuis au moins six cents ans. J'ai aussi trouvé une carte plus ancienne, datant de la première moitié du XIVe siècle, mais elle ne montre *aucune* trace de construction dans la zone. Pourquoi cette question, *capo* ?

— Oh, juste une idée, répondit Mandino. Il y a une section dans ce livre que m'a donné le Vatican qui dresse une liste des groupes qui auraient pu posséder la relique à travers les âges. Les candidats potentiels sont les bogomils, les cathares et Mani, qui a fondé le manichéisme. Mais, selon moi, poursuivit Mandino, Mani et les bogomils sont beaucoup trop anciens. Les cathares, en revanche, sont une possibilité car la maison a dû être construite à la fin de la croisade albigeoise au XIVe siècle. Et il y a quelque chose d'autre. Cette croisade a été l'une des plus sanglantes de l'histoire – plusieurs milliers de personnes furent exécutées au nom de Dieu. La seule justification que le Vatican a donnée à ces massacres et ces pillages était la détermination du pape à débarrasser le monde chrétien de l'hérésie cathare. Mais le livre suggère que la *véritable* raison était le soupçon grandissant du pape qui pensait que les cathares étaient parvenus à obtenir l'*Exomologesis*.

— Le quoi ?

— La relique perdue. Le pape Vitalien l'a baptisé *Exomolegis d'assectator mendax,* qui signifie « la confession de péché par le faux disciple », mais qui a fini par prendre le nom, au Vatican, d'*Exomologesis*.

— Alors, pourquoi ont-ils pensé que les cathares l'avaient trouvée ?

— Parce que les cathares étaient farouchement opposés à Rome et à l'Église catholique, et que le Vatican pensait qu'ils devaient avoir un document irréfutable pour expliquer une telle opposition. L'*Exomologesis* aurait fait parfaitement l'affaire. Et la croisade albigeoise a été un demi-succès. L'Église est parvenue à éliminer les cathares en tant que mouvement religieux, mais ils ne trouvèrent jamais la relique. D'après ce que j'ai lu, les croisés ont tenté de la récupérer au siège de Montségur, mais, on ne sait comment, elle leur a glissé entre les mains. Maintenant, poursuivit Mandino, si on s'intéresse aux dates – qui semblent correspondre –, je me demande si un cathare n'a pas volontairement placé la seconde inscription dans la maison italienne ou peut-être même s'il ne l'a pas bâtie. D'après ce que nous a dit Hampton, les vers étaient écrits en occitan. Pourquoi ne pas rechercher des mots tels que « Montségur », « cathare » et « occitan », et je vérifierai les expressions cathares.

Mandino ouvrit une session sur Internet et identifia rapidement une douzaine de phrases en occitan, ainsi que leur traduction en anglais, et se concentra ensuite sur les liens. Il obtint deux résultats presque immédiatement.

— Oui, souffla-t-il. Nous y voilà. Bronson – ou je ne sais qui au cybercafé – a fait une recherche utilisant le mot « parfait », puis sur l'expression « en haut comme en bas ». Je vais juste essayer avec « Montségur ».

Il n'obtint aucun résultat. En revanche, il en obtint pour « montagne sûre » et, lorsqu'il vérifia, il se rendit compte que les trois recherches provenaient d'un ordinateur dans le second cybercafé utilisé, selon lui, par Bronson à Cambridge.

— C'est ce qui fait pencher la balance, fit-il, et Rogan se pencha en avant pour regarder l'écran de l'ordinateur portable de Mandino. La troisième expression qu'il a recherchée était une phrase complète : « *De la montagne sûre la vérité est descendue* ». Je suis convaincu que ça fait référence à la fin du siège de Montségur, et ça signifie également que les cathares *avaient* en leur possession l'*Exomologesis* – leur « vérité » – et étaient parvenus à la faire sortir clandestinement de leur forteresse.

— Et les recherches sont toutes en anglais, fit remarquer Rogan.

— Je sais, admit Mandino, et cela signifie également que Bronson doit avoir obtenu une traduction de l'inscription par Goldman juste à son retour en Grande-Bretagne. S'il n'avait pas été heurté par ce taxi, nous aurions dû le tuer de toute façon.

Ils firent de nouvelles recherches pendant la demi-heure suivante, mais ne trouvèrent rien de plus intéressant.

— Bon, on fait quoi maintenant, *capo* ?

— Nous avons deux choix possibles. Soit on met la main sur Bronson le plus vite possible – et ça ne risque pas d'arriver –, soit on retourne en Italie, on attend qu'il revienne à la propriété et qu'il commence à creuser dans le jardin, ou je ne sais où, là où il pense trouver l'*Exomologesis*.

— Je vais nous réserver nos billets, fit Rogan, en reposant les yeux sur son ordinateur portable.

III

— Tu plaisantes, fit Bronson.

— Non, absolument pas, rétorqua Angela. Regarde les dates. Tu m'as dit que la maison des Hampton avait été bâtie au milieu du XIVe siècle. C'est à dire environ une centaine d'années après la chute de Montségur et environ vingt-cinq ans après l'exécution du dernier parfait cathare répertorié. Et une fois en Italie, leur première priorité aurait été de cacher leur « trésor » – la « vérité » qu'ils avaient réussi à faire sortir clandestinement de Montségur à la fin du siège – dans un endroit sûr. Ils avaient besoin d'une cachette permanente, quelque chose susceptible de résister au temps, et non pas un simple trou quelque part dans la terre. Je pense qu'ils ont décidé de cacher la relique dans quelque chose de pérenne, ou dans ce qui s'en rapproche le plus ; une maison solide, probablement dans les fondations, pour qu'elle résiste aux diverses rénovations prévisibles de la propriété. Mais ils ne souhaitaient pas non plus l'enterrer profondément au point qu'il deviendrait difficile de la retrouver, car c'était le document le plus important qu'ils possédaient. Et ils avaient l'espoir qu'un jour enfin leur religion renaîtrait de ses cendres. C'est pourquoi quiconque a caché la relique a jugé bon de laisser un repère, un indice, qui permettrait plus tard à quelqu'un, quelqu'un capable de comprendre et de déchiffrer le message codé, de le retrouver. Si j'ai bien compris, alors c'est là tout le sens de l'inscription.

Bronson quitta des yeux l'autoroute rectiligne et jeta un petit regard de côté en direction de son ex-femme. Elle avait les joues roses d'excitation. Même s'il avait toujours eu un profond respect pour ses dons d'analyse et pour ses compétences professionnelles, la façon dont elle avait disséqué le problème et était parvenue à une solution logique – bien qu'à peine croyable – le fascinait littéralement.

— OK, Angela, déclara-t-il, ce que tu dis tient debout. Tu dis toujours des choses sensées. Mais quelle est la probabilité pour que la résidence secondaire des Hampton en Italie soit bien l'emplacement choisi ? Ça semble – je ne sais pas, improbable – d'une certaine manière.

— Mais des trésors – de véritables trésors – sont découverts tous les jours, et bien souvent dans les endroits les plus improbables. Regarde la Horde Mildenhall. En 1942, un laboureur a découvert ce qui est probablement la plus grande quantité d'argent romain jamais découverte, au beau milieu d'un champ de l'Anglia de l'Est. C'est pas improbable, ça ?

— Et quelles autres explications peux-tu offrir au sujet des pierres gravées ? Les dates correspondent parfaitement ; la pierre semble être cathare à l'origine et se trouve être dans la maison depuis sa construction. Le fait que l'inscription soit écrite en occitan présente un lien évident avec le Languedoc et le contenu des vers eux-mêmes n'a de sens que si tu comprends les cathares. Il semble également évident qu'un « trésor » cathare a été sorti clandestinement de Montségur. Si c'est le cas, il a bien dû être caché quelque part. Alors pourquoi pas dans cette maison ?

CHAPITRE 18

I

— Enfin, marmonna Bronson, en guidant la Renault Espace sur l'allée en gravier de la Villa Rosa.

Il était plus de minuit et ils roulaient depuis huit heures du matin.

Il coupa le moteur et, pendant quelques secondes, ils demeurèrent silencieux à savourer le silence et le calme des lieux.

— Tu vas la laisser là ? demanda Angela.

— Je n'ai pas d'autre choix. Mark a verrouillé le garage avant qu'on se rende à l'enterrement, les clés doivent sûrement être quelque part dans son appartement d'Ilford.

— Et les clés de la maison ? Tu *as* bien les clés de la maison, n'est-ce pas ?

— Non, mais ça ne devrait pas poser de problème. Mark laissait toujours un jeu à l'extérieur de la maison. Si elles ne s'y trouvent pas, je serai obligé de recourir au système D.

Bronson contourna la maison, en se servant de sa minuscule lampe torche sur son jeu de clés pour éclairer son chemin. Presque à mi-parcours, le long du mur, se trouvait une grosse pierre marron clair et, immédiatement sur la droite, on distinguait une pierre plus petite et de couleur grise. Bronson saisit la pierre factice et la retourna, fit glisser le couvercle et en sortit les clés de la Villa Rosa. Il marcha jusqu'à la porte et l'ouvrit.

— Tu veux boire quelque chose ? demanda-t-il, en déposant les sacs dans le hall. Un scotch, un brandy ou quelque chose dans le genre ? Ça t'aiderait à dormir.

Angela fit non de la tête.

— Cette nuit, la seule chose dont j'ai besoin, c'est un bon lit.

— Écoute, fit Bronson. Je me fais un peu de souci au sujet des types qui sont à notre recherche. Je pense qu'il est préférable que l'on dorme dans la même chambre pendant notre séjour ici. Par sécurité. Il y a un lit double à lits séparés à l'étage à droite. Je pense qu'on devrait y dormir.

Angela le dévisagea pendant quelques secondes.

— Tout cela reste *professionnel*, n'est-ce pas ? Tu ne vas pas essayer de te glisser dans mon lit, j'espère ?

— Non, répondit Bronson, presque convaincant. C'est juste qu'il vaut mieux que l'on reste ensemble, au cas où ces gangsters décideraient de revenir.

— OK, du moment qu'on fixe des règles.

— Je vais juste vérifier si les fenêtres et les portes sont bien verrouillées, puis je monte, indiqua Bronson, en boulonnant la porte d'entrée.

Après la mort de Jackie et de Mark, cela lui semblait étrange de se retrouver ici. Il sentit une vague d'émotion le submerger, un sentiment de perte et de regret : il n'allait plus jamais revoir ses amis. Mais il le refoula avec fermeté. Il aurait tout le temps de pleurer quand toute cette histoire serait terminée. Pour l'heure, il avait une tâche à accomplir.

Bronson se réveilla un peu après dix heures, jeta un coup d'œil à Angela qui dormait toujours profondément dans l'autre lit, enfila une robe de chambre qu'il trouva dans la salle de bains et se rendit à la cuisine pour préparer le petit déjeuner. Il fit chauffer un peu de café, trouva une demi-tranche de pain dans le freezer des Hampton et en fit deux toasts de pain bien brûlés. C'est alors qu'Angela fit son apparition sur le seuil de la porte.

— Bonjour, fit-elle en se frottant les yeux. Tu fais toujours brûler les toasts, à ce que je vois.

— Pour ma défense, répondit Bronson, la tranche de pain était gelée, et je ne suis pas habitué à ce grille-pain.

— Des excuses, toujours des excuses. (Angela marcha jusqu'au plan de travail, sur lequel était posé le toaster, s'assit et fixa les deux tranches de pain.) Bon, elles n'ont pas l'air si mauvaises que ça, après tout. Je vais les manger. Tu n'as qu'à t'en faire brûler deux autres.

— Du café ?

— Et tu me demandes ? Bien sûr que je veux du café, quelle question !

Une demi-heure plus tard, ils étaient habillés et de retour dans la cuisine – à l'exception des chambres, c'était la seule pièce de la maison dans laquelle les meubles n'étaient pas recouverts de draps. Bronson posa l'inscription en occitan sur la table.

— Avant qu'on commence à y jeter un coup d'œil, est-ce que je peux voir les deux pierres gravées ? demanda Angela.

— Bien sûr, répondit Bronson, avant de la guider jusqu'au salon. Il tira un escabeau près de la cheminée et Angela y monta pour examiner l'inscription latine. Elle fit courir ses doigts sur les lettres gravées avec une sorte de vénération silencieuse.

— C'est toujours une sensation étrange quand je touche quelque chose d'aussi ancien, observa-t-elle. Je veux dire, quand tu réalises que l'homme qui a gravé cette pierre vivait il y a plus de mille cinq cents ans, avant même la naissance de Shakespeare, ça te donne la mesure du temps qui passe.

Elle observa une dernière fois l'inscription, puis descendit de l'escabeau.

— Et tu dis que la seconde pierre était placée juste de l'autre côté, dans la salle à manger, c'est bien ça ? demanda-t-elle.

— Oui, c'est bien ça, répondit Bronson, en la conduisant vers la salle à manger, mais nos hôtes l'ont enlevée.

Il indiqua un trou plus ou moins carré dans le mur de la pièce. On distinguait plusieurs débris sur le sol dus à l'extraction de la pierre.

— Et ils l'ont prise pour reconstituer l'inscription que tu as détruite de façon délibérée?

— Oui, je pense. C'est la seule explication à retenir.

Angela hocha la tête.

— OK, par où on commence ?

— Eh bien, l'indice le plus évident se trouve dans la première ligne du second vers de l'inscription : « *Ici le chêne et l'orme révèlent la marque.* » Ça doit vouloir dire que quelque chose est caché dans un bois ou dans une forêt, et que son emplacement est indiqué par les deux différentes espèces d'arbre, mais il y a un problème évident...

— Exactement, le coupa Angela. Ça a probablement été écrit il y a environ six cent cinquante ans. Le chêne est un arbre qui vit très longtemps – je pense qu'un chêne peut vivre cinq cents ans et des poussières – mais l'orme, même s'il échappe à la maladie de l'orme, ne résistera que la moitié de ce temps. Donc, même si la ligne se réfère à deux jeunes arbres, ils doivent être morts depuis bien longtemps.

— Mais supposons que l'auteur de ces vers s'attendait à ce que l'objet soit découvert peu de temps après, quelques années plus tard, disons ?

Angela secoua la tête de manière résolue.

— Je ne le pense pas. L'opposition du pape à l'encontre des cathares était si grande qu'ils n'avaient qu'un seul choix possible : s'ils voulaient que leur religion survive, cela ne pouvait être qu'au travers d'un mouvement clandestin. Quiconque a écrit cette ligne prévoyait une longue période d'attente avant que la chance ne tourne.

— Et, dans tous les cas, c'est bien trop vague. Supposons qu'il y avait bien une rangée de chênes près d'un groupe d'ormes sur le flanc d'une colline derrière la maison. Par où, exactement, commencerais-tu à creuser ? Et rappelle-toi que l'inscription dit « chêne et orme », et non pas « chênes et ormes ». Jeremy a été très précis. On peut jeter un coup d'œil à l'extérieur, si tu le désires, mais ça ne serait qu'en pure perte. Cette ligne fait référence à quelque chose qui a été fait avec du bois. Un objet fabriqué à base de chêne ou d'orme qui devait déjà exister lorsque les vers ont été écrits.

Bronson balaya la main pour indiquer l'ensemble de la maison.

— Cet endroit contient du bois et de la pierre. Il est aussi rempli de meubles en bois, et je sais que les Hampton ont hérité de bon nombre de ces meubles lorsqu'ils ont acheté la propriété, en partie parce qu'ils sont bien trop imposants pour être déménagés.

— Donc, quelque part dans la maison, il doit y avoir une commode ou quelque chose dans le genre, faite de chêne et d'orme, un indice sur ou à l'intérieur du meuble. Peut-être un autre vers ou une carte, quelque chose dans le genre.

La vieille maison comportait un grenier sur toute la longueur du bâtiment. Bronson trouva une grosse lampe torche dans la cuisine et ils montèrent les escaliers. À première vue, le grenier semblait presque vide mais, en l'examinant d'un peu plus près, ils distinguèrent les inévitables détritus que l'on a tendance à trouver dans les vieilles maisons, comme des boîtes en carton vides, des valises usagées, de vieux vêtements et des chaussures, ainsi qu'une impressionnante collection de toiles d'araignées. On distinguait également plusieurs meubles en bois qu'ils avaient aussi besoin d'examiner. Il y avait de grandes boîtes et des petites, certaines avec leur couvercle, d'autres sans, plusieurs meubles abîmés, et même un grand nombre de poutres en bois, en vue de travaux qui n'avaient jamais été réalisés.

Deux heures plus tard, ils avaient tout examiné. Ils étaient tous deux recouverts de poussière, des toiles d'araignées ornaient leurs cheveux, leurs mains étaient crasseuses et ils n'avaient absolument rien trouvé.

— On arrête ? demanda Bronson.

Angela jeta un dernier regard dans le grenier et hocha la tête.

— On arrête. Allons-nous laver et boire quelque chose. En fait, je sais qu'il est encore tôt, mais pourquoi ne pas déjeuner ? On a au moins fini le gros des recherches.

Bronson secoua la tête.

— N'oublie pas qu'il y a aussi des caves. Ce qui veut dire des rats et des souris, et tout un tas de toiles d'araignées.

— Tu sais vraiment comment faire passer du bon temps à une fille, n'est-ce pas ? Sois optimiste... Peut-être qu'on trouvera l'indice avant même de nous rendre dans les caves.

La fouille des chambres à coucher ne leur avait prit que peu de temps, au grand étonnement de Bronson. Il y avait en effet peu de choses à vérifier : des commodes, des armoires et des lits dont ils avaient hérité lors de l'achat de la propriété. Nombre de ces meubles étaient en chêne mais, en les vidant, ils ne découvrirent rien qui n'appartenait pas aux Hampton. Il n'y avait pas non plus de signe leur apprenant qu'ils étaient faits de deux bois différents, mis à part trois des armoires ornées d'une décoration incrustée en marqueterie, mais le bois utilisé était tout sauf de l'orme : pour Bronson, ça ressemblait beaucoup plus à du merisier.

— Ce n'est pas facile, fit-il remarquer, en replaçant une pile de linge de literie dans une large commode au pied du lit de l'une des chambres d'amis.

— Je ne m'attendais pas à ce que ça le soit. Cet objet a été caché il y a plus de six cents ans par des gens qui étaient pourchassés à travers toute l'Europe par une armée de croisés qui n'avaient qu'une seule idée en tête : les faire brûler vifs. Lorsqu'ils ont caché la relique, ils savaient pertinemment ce qu'ils faisaient, et ils ont tout fait pour qu'on ne la trouve pas facilement. Il faut voir les choses en face : on a peu de chances de la dénicher.

Bronson soupira, marcha jusqu'au coin de la pièce et ouvrit le tiroir d'une autre commode faite – comme toutes celles qu'ils avaient examinées – à base de chêne. Lorsqu'il se pencha pour l'examiner d'un peu plus près, une pensée lui vint à l'esprit.

— Attends une minute, fit-il. Je crois qu'on a pris le mauvais chemin.

— Que veux-tu dire ?

— Pense à l'inscription en occitan. Qu'est-ce que racontait la ligne, déjà ?

— Tu sais très bien ce qu'elle racontait : « *Ici le chêne et l'orme révèlent la marque.* »

— Nous avons pensé que les vers nous disaient de trouver un objet fabriqué à base de chêne et d'orme, une commode ou quelque chose avec un couvercle composé réunissant les deux bois et qu'il suffirait de les ouvrir pour trouver une carte ou des indications à l'intérieur. (Angela s'assit à côté de lui sur le plancher.) Mais si c'est bien ce que les cathares ont fait et si l'indice était aussi évident que ça, alors quelqu'un l'aurait déjà découvert, non ? poursuivit Bronson. Cette relique a une immense importance pour les cathares, n'est-ce pas ? Donc, s'ils avaient juste gravé une carte ou quelque chose dans le genre à l'intérieur d'une commode ou d'une armoire, comment pouvoir être certain que quelqu'un ne la vendrait pas ou ne la mettrait pas en pièces pour faire un bon feu de cheminée, et tout cela il y a plusieurs années, voire plusieurs siècles ? Si cela avait été le cas, le secret serait alors perdu à tout jamais. Et juste au cas où la propriété aurait pu être visitée par les croisés, ils auraient fait en sorte que tout indice soit bien dissimulé. La pierre inscrite a vraisemblablement été recouverte de lambris, voire de plâtre, et même si elle avait été exposée, on aurait pu penser qu'il ne s'agissait que d'une complainte cathare en mémoire de la mort de, euh... quel est son nom déjà ?

— Guillaume Bélibaste, répondit instantanément Angela. Bon alors, qu'est-ce que tu proposes ?

— Il est possible que l'indice ne se trouve pas sur une partie relativement fragile d'un meuble. Selon moi, il doit être dissimulé à même la maison. Il nous faut examiner les poutres, les solives et les lattes du plancher. On devrait étudier les matériaux – je veux dire, les composants en bois – utilisés par les cathares lorsqu'ils ont construit cette maison.

La demeure était typique des bâtisses de cette époque. D'épaisses planches de bois reposaient sur d'imposantes poutres, dont les extrémités étaient insérées dans des trous à même les murs extérieurs qui formaient chaque étage, y compris le grenier. Les poutrelles du toit étaient presque aussi volumineuses que les poutres, et recouvertes d'épaisses tuiles en terre cuite : la maison avait clairement été construite pour durer. Le bois était noirci par les années et la fumée des deux imposantes cheminées, et les lattes du plancher avaient été polies par le passage d'innombrables pieds au cours des siècles et étaient désormais recouvertes de tapis.

— Les lattes du plancher sont peut-être faites à base de chêne et d'orme, suggéra Bronson.

Ils examinèrent méthodiquement chacune des pièces de la maison, à commencer par le grenier. Les lattes de bois semblaient faites à partir du même bois sombre, peint et vernis. Mais, pour Bronson, cela ne ressemblait ni à du chêne ni à de l'orme. Et ils ne virent rien sur le sol qui ressemblait à un repère ou à quelque chose dans le genre.

Ils examinèrent ensuite la première, puis la seconde chambre d'amis : rien. Dans la chambre principale, une bonne partie du sol était invisible en raison de l'impressionnant lit à baldaquin que les Hampton avaient récupéré en achetant la maison et qui se dressait dans la pièce. Ils examinèrent les lattes de bois visibles, sans aucun résultat. Puis Bronson s'attela à l'examen du lit.

Il s'agissait d'un lit double de grande taille avec une base en bois sculpté. À chacun des coins, un pilier en bois sombre fuselé et cannelé était couvert par un dais au plafond, drapé avec un matériau rouge sombre qui, selon Bronson, ressemblait à un brocard. Les draps avaient été enlevés et deux matelas de quatre-vingt-dix centimètres reposaient sur la solide base du lit, elle aussi en bois. Il aurait fallu environ quatre ou cinq hommes bien bâtis pour le soulever.

— Tu peux me dire comment on déplace ça ? demanda Angela.

— On ne le déplace pas. Je vais me faufiler dessous et y jeter un coup d'œil. Passe-moi la torche, s'il te plaît.

— Tu as trouvé quelque chose ? demanda Angela, après être resté sous le lit pendant plusieurs minutes.

— Pas mal de poussière, et c'est tout, pour l'instant. Non, il n'y a rien là-dessous... il s'arrêta brusquement de parler.

— Quoi ? Qu'est-ce que c'est ?

— On dirait qu'il y a un petit cercle sur l'une de ces lattes. Ça pourrait être un nœud, mais c'est la première chose que j'ai vue sur le sol qui ne semble pas à sa place. J'ai besoin de...

— Quoi ? Qu'est-ce que tu veux ?

On sentait l'excitation monter dans la voix d'Angela.

— Un couteau, je pense, mais pas un couteau de cuisine. J'ai besoin de quelque chose avec une lame solide. Va voir dans la boîte à outils de Mark – elle se trouve sous l'évier de la cuisine – et regarde si tu ne peux pas me trouver un canif ou quelque chose comme ça. Si j'arrive à gratter la peinture et le vernis, je pourrai te dire si c'est du bois naturel ou un autre truc.

— OK, j'y vais.

Bronson l'entendit quitter la chambre et descendre les escaliers. Quelques minutes plus tard, elle revint, en tenant à la main un lourd canif avec une lame épaisse. Elle se pencha et le tendit à Bronson.

— Merci. C'est exactement ce qu'il me fallait. Ici, ajouta-t-il. Est-ce que tu pourrais me tenir la torche ? et éclairer ma main gauche ?

Il souleva délicatement la lame et l'ouvrit totalement, puis il commença à gratter la peinture. Au bout de quelques minutes, Bronson était arrivé à retirer les différentes couches de peinture qui recouvraient le bois mais, à cause de l'angle oblique de la lampe torche, il ne pouvait voir clairement ce qui était exposé.

— Passe-moi la torche, s'il te plaît, fit-il.

Angela la lui tendit de nouveau.

— Alors ? demanda-t-elle avec impatience.

— Ce n'est pas un nœud sur le bois, indiqua Bronson, avec de l'excitation dans la voix.

— Pas un nœud ?

— Non. C'est une sorte de pièce insérée dans la planche. Ça ressemble à deux demi-cercles de différentes sortes de bois. (Il y eut une longue pause.) Et l'un d'entre eux ressemble à du chêne.

II

Bronson était étendu sous le lit et examinait le petit cercle de bois qu'il venait de découvrir. La première chose qu'il devait faire, c'était inscrire son emplacement. Il colla la pointe du canif au centre du cercle de bois et l'utilisa comme point de repère pour mesurer sa position exacte par rapport aux murs de la chambre.

— Je ne sais pas vraiment si ça peut t'aider, fit remarquer Angela, tandis que Bronson recopiait les mesures sur un petit calepin. Ce plancher est composé de lattes de bois reposant sur des poutres, en bois également, donc rien ne peut logiquement être caché en dessous, tout simplement parce qu'il n'y a *rien* en dessous. Si on descend à la salle à manger, on pourra voir les poutres elles-mêmes et le dessous des lattes de bois.

— Je sais tout ça, dit Bronson, mais ce cercle de bois doit avoir été placé là de façon délibérée. Ça doit vouloir dire quelque chose, sinon pourquoi prendraient-ils la peine de le placer là, à un endroit aussi inaccessible ?

— Tu as raison… Attends une seconde, fit-elle, la voix pleine d'excitation. Rappelle-toi la deuxième ligne du vers en occitan : « *En haut comme en bas.* » Et si le cercle que tu as trouvé faisait office de repère, indiquant quelque chose dans la salle à manger, une marque au plafond qui pointe quelque chose dissimulée sous le sol de cette pièce ?

— Doux Jésus, Angela, je suis bien content que tu sois là avec moi. Si j'étais tout seul, je serais encore en train de boire des cafés et de brûler des toasts dans la cuisine.

Ils descendirent les marches d'un bon pas et Bronson les guida jusqu'à la salle à manger. Il sortit son petit carnet ainsi qu'un mètre à ruban en acier, et commença à chercher à quel niveau se trouvait le cercle de bois. Après avoir plus ou moins localisé sa position, lui et Angela se tinrent côte à côte, étudiant avec attention les poutres qui composaient le plafond.

Les cotes de Bronson avaient indiqué grossièrement où se trouvait le dessous du cercle, mais ni lui ni Angela ne pouvaient le voir sur les poutres du plafond. Le dessous des planches était de couleur sombre et uniforme, en raison d'innombrables couches de peinture et de vernis appliquées au cours des ans.

— Es-tu certain d'avoir trouvé l'endroit ? demanda Angela. Je ne vois rien.

— Moi non plus, répondit Bronson d'un ton irrité. Mais c'est ce que m'indiquent les cotes. Et j'ai vérifié deux fois.

Ils tendirent le cou et fixèrent le plafond avec concentration.

— Ici, finit par dire Bronson, en indiquant un emplacement. Je crois que je peux voir une marque circulaire sur cette planche. Il faut que je m'approche un peu plus près pour en être sûr.

L'imperfection qu'avait repérée Bronson se trouvait directement au-dessus de la volumineuse table à dîner. Il se servit de l'une des chaises pour y grimper. Le plafond en bois était encore bien loin de ses yeux, mais il pouvait distinguer la marque bien plus clairement.

— Alors, qu'est-ce que tu en penses ? lui demanda Angela. C'est ça ?

Bronson ne répondit pas tout de suite.

— Je crois bien que oui. Il y a bien une marque circulaire sur le dessous de cette planche, et c'est bien trop régulier pour être un nœud naturel.

Il descendit de la table et ils fixèrent tous deux le plafond, puis la table. C'était une structure imposante, faite à base de chêne et autour de laquelle pouvaient s'asseoir au moins douze personnes. À l'instar du lit à quatre piliers dans la chambre principale, elle était bien trop volumineuse pour être enlevée de la maison d'une seule traite, et avait de toute évidence été assemblée *in situ* lors de la construction de la propriété. Sous les six pieds semblables à des colonnes se trouvait un large tapis rouge, délavé et usé par les années.

— Il va falloir qu'on le déplace pour voir ce qu'il y a en dessous.

Bronson marcha jusqu'à l'une des extrémités de la table, agrippa le sommet et tenta de la soulever, mais la structure massive ne bougea pas d'un poil.

— Seigneur, ce truc-là est sacrément lourd, marmonna-t-il.

— Je peux t'aider ? demanda Angela.

Bronson secoua la tête.

— Même si on s'y met à deux, cette table est impossible à soulever. Tout ce qu'on peut réussir à faire, c'est la faire glisser légèrement sur le tapis. On va essayer de la pousser par là, ajouta-t-il, en indiquant un coin de la pièce.

Angela l'aida à déplacer les chaises de ce côté de la salle pour faire un peu d'espace.

— Adosse-toi contre la table, fit Bronson, et pousse avec tes jambes. Elles sont bien plus fortes que tes bras.

Ils se tinrent sur un côté de la table, un à chaque extrémité, et poussèrent de toutes leurs forces. Pendant quelques secondes, absolument rien ne se produisit mais, lorsqu'ils sentirent la table remuer légèrement, ils poussèrent encore plus fort.

— Ça bouge ! Continue à pousser.

Une fois que la table commença à glisser sur le côté, cela sembla plus facile et, au bout de quelques minutes, ils parvinrent à la déplacer de plusieurs centimètres sur le côté, nettement plus loin que la position d'origine.

Ils marchèrent directement sous le cercle au plafond et baissèrent les yeux en direction du sol. À l'instar des autres sols de la maison, il était composé de panneaux de parquet, mesurant chacun environ un demi-mètre carré et contenant une douzaine de sections de bois agencées en arêtes de poisson.

— Cette latte est exactement identique à toutes les autres, observa Angela, le ton de sa voix exprimant la déception.

Bronson retira le couteau de sa poche, se pencha en avant et commença à racler la peinture et le vernis qui s'étaient accumulés. Il remarqua immédiatement que le grain des deux longueurs centrales était différent. Il nettoya le bois et fit de même pour les quatre panneaux adjacents.

— Regarde, fit-il. Les quatre panneaux qui l'entourent sont du même bois mais, sur celle-ci, les deux pièces centrales – et *seulement* ces deux pièces – sont différentes. Ça ne peut être que délibéré.

Bronson fit courir son couteau sur le bord du panneau, puis fit glisser la lame dans la fissure et tenta de faire levier, mais c'était beaucoup trop lourd pour être déplacé.

— Attends un instant, dit-il. Je vais aller chercher quelque chose de plus costaud dans la boîte à outils de Mark.

Il se rendit à la cuisine, fouilla un peu partout et s'empara de deux tournevis à large tête plate. De retour dans la salle à manger, il plaça la tête entre les deux fentes des deux côtés du panneau et appuya sur les deux tournevis en même temps, d'abord doucement puis avec un peu plus de force. Pendant une ou deux secondes, il ne se passa rien, puis, avec un craquement soudain, le vieux bois commença à se soulever. Il réajusta les tournevis et appuya de nouveau. Le panneau bougea de quelques millimètres. Au troisième essai, les tournevis furent éjectés, tombèrent sur le sol et le panneau se releva.

— Excellent, souffla-t-il, en tendant le bras pour saisir le panneau de bois et le déplacer sur le côté. Tous deux scrutèrent à l'intérieur de la cavité qui venait tout juste de se révéler.

III

Postés à l'extérieur de la maison, deux hommes observaient avec intérêt Bronson et Angela en train d'examiner la salle à manger. Lorsque Bronson souleva la latte de bois, Mandino fit un geste à son acolyte. La fin du petit jeu, il le savait, était proche, et il avait l'impression que l'Anglais venait tout juste de découvrir ce qu'ils recherchaient. Tout ce qui leur restait à faire, c'était pénétrer à l'intérieur de la propriété et les tuer tous les deux.

Les deux hommes se baissèrent et marchèrent sous le niveau des fenêtres de la salle à manger, en direction de la porte située à l'arrière de la maison. Le garde du corps – Rogan attendait dans la voiture garée dans l'allée située à deux pas de la propriété – sortit une pince-monseigneur de sa poche lorsqu'ils atteignirent la porte, mais Mandino se contenta de tourner la poignée – la porte n'était même pas fermée – et ils pénétrèrent à l'intérieur. Mandino ouvrit la voie jusqu'à la salle à manger, avec le garde du corps – qui avait son pistolet chargé et plaqué contre la cuisse – le suivant de près.

Bronson et Angela scrutèrent la cavité carrée sous leurs yeux. Elle était doublée en pierre, et mesurait environ soixante centimètres de large et quarante-cinq centimètres de profondeur. Une odeur de renfermé – un mélange de champignon, de poussière et d'humidité – s'en dégagea. En son centre se trouvait un objet de taille relativement imposante enveloppé dans une sorte de tissu.

Bronson glissa ses deux mains dans la cavité.

— C'est rond comme un cylindre ou peut-être un pot, fit-il.

Le matériau qui enveloppait la relique s'effrita lorsqu'il l'effleura et il balaya les derniers débris.

— On dirait un récipient en céramique ou quelque chose comme ça, observa-t-il.

Angela respirait bruyamment. Son excitation était tangible.

— Sors-le qu'on puisse l'étudier d'un peu plus près. Mets-le au bout de la table, près de la porte, suggéra-t-elle. Il y a plus de lumière.

Bronson souleva l'objet, le porta avec précaution jusqu'au bout de la table et l'y déposa délicatement. Cela ressemblait à un bocal en terre cuite couleur vert glacé. Elle était décorée de motifs dessinés au hasard et comportait deux poignées. Il n'y avait pas de couvercle, mais l'ouverture était fermée par une sorte de bouchon plat en bois dont la circonférence était enveloppée dans une sorte de cire pour former un joint hermétique.

— On dirait un *skyphos* romain ou grec, affirma Angela en étudiant le pot d'un peu plus près. C'est une sorte de récipient pour boire avec deux anses. C'est exactement ce à quoi on devait s'attendre, si l'on se fonde sur le second vers de l'inscription en occitan.

— Ouvrons-le, fit Bronson, s'emparant de nouveau de son canif.

— Non, attends une minute. Rappelle-toi ce que nous raconte le vers : « *Dans le calice tout est néant, Et terrible à voir.* » Ça fait peut-être référence à quelque chose de dangereux à l'intérieur du pot ? Peut-être une sorte de poison ?

Bronson secoua la tête.

— Même s'il était rempli de cyanure ou de je ne sais quoi lorsqu'il a été caché là, le risque qu'il soit encore virulent six cents ans plus tard est quasiment nul. Il se serait décomposé, il y a de cela plusieurs siècles. Quoi qu'il en soit, je ne crois pas que le vers signifie que le récipient contient quelque chose de dangereux dans ce sens-là. Il raconte que ce qu'il contient est « terrible à voir ». Quelque chose qu'il est dangereux de contempler, et, selon moi, c'est un savoir interdit ou un terrible secret.

— Mais le bocal est très ancien, et le fait de l'exposer à l'air libre pourrait en détruire le contenu, objecta Angela.

— Je sais, répondit Bronson. Mais ce qu'il contient est indirectement responsable de la mort de Jackie et de Mark, et peut-être également de celle de Jeremy Goldman. Je n'ai pas l'intention d'attendre encore des semaines qu'un homme dans un musée l'ouvre sous contrôle. Je vais regarder dès maintenant et fissa.

— OK, fit Angela, mais attends quelques secondes. Nous devrions prendre des photos avant de l'ouvrir.

Elle sortit un appareil photo numérique compact de sa poche et prit plusieurs photos du pot scellé, ainsi que deux de la cavité dans le sol.

— Vas-y, proposa-t-elle. Enlève le couvercle.

Bronson sortit son canif de poche et ôta avec précaution le joint en cire. Il attendit qu'Angela prenne deux nouvelles photos, puis utilisa la pointe de sa lame pour soulever le bouchon en bois. C'était plutôt dur, il dut donc s'y reprendre à plusieurs reprises. Mais il finit tout de même par l'ouvrir. De nouveau, Angela fit quelques photos, avant qu'il ne retire totalement le bouchon. Puis elle prit une dernière photo, directement à l'intérieur du pot.

— Avant d'y mettre les mains, observa Angela, enveloppe-toi les doigts dans un mouchoir ou un truc dans le genre. La moisissure sur tes mains pourrait endommager ce qui se trouve là-dedans.

— OK, répondit Bronson, en faisant exactement comme elle l'avait dit. Nous y voilà.

Il glissa ses mains à l'intérieur du bocal et en sortit un petit objet cylindrique.

Angela n'en crut pas ses yeux.

— Fais bien attention, l'avertit-elle. Ça ressemble à un rouleau de papyrus intact. C'est une découverte extrêmement rare. Attends une seconde. (Elle traversa la pièce en trottinant, prit un coussin sur l'une des chaises de la salle à manger et le déposa sur la table.) Pose-le là-dessus.

— Rare, que veux-tu dire par rare ? demanda Bronson, en déposant la relique à l'endroit qu'elle avait indiqué.

— Les manuscrits sont plutôt fréquents. Mais c'est l'état dans lesquels on les trouve qui compte. Au cours des siècles, la plupart des manuscrits, dont ceux de sites tels que Qumran – tu sais, les manuscrits de la mer Morte –, se sont largement désintégrés. Les spécialistes des papyrus ont dû étudier des fragments un par un et tenter de recomposer des rouleaux entiers, pièce par pièce, en essayant de rassembler les minuscules fragments de papyrus.

— J'ignorais que les papyrus pouvaient durer aussi longtemps – il date de quelle époque, à ton avis ?

— Une minute, tu veux bien ? Ce n'est pas aussi simple que d'ouvrir un roman de notre époque. Les rouleaux ne portent pas de date de publication.

Elle tira une chaise près de la table et sortit une paire de gants en latex de sa poche.

— Tu es venue préparée, observa Bronson.

— Je suis toujours préparée, répondit-elle, du moins, pour certaines choses.

Pendant quelques secondes, elle ne toucha pas la relique, mais se contenta de la regarder, tournant le coussin à gauche et à droite afin de révéler les différentes zones du rouleau. Bien qu'elle soit spécialisée dans les céramiques, il semblait évident qu'elle en connaissait également un rayon au sujet des documents anciens, et que leur étude faisait partie de son travail. Quelques minutes plus tard, elle s'adossa contre la chaise.

— OK, d'après moi, il est très ancien, tout simplement parce que c'*est* un rouleau. Normalement, les rouleaux n'ont d'écriture que sur un côté du papyrus, bien qu'on en ait récemment découvert certains qui comportaient des inscriptions des deux côtés. On dirait que ce manuscrit n'est inscrit que sur un côté, autre preuve de son grand âge. L'un des principaux problèmes auquel les anciens ont dû faire face, poursuivit Angela tout en examinant attentivement l'intérieur de la poterie sur la table, était que la seule façon de savoir ce qui était écrit sur un rouleau était de l'ouvrir et de lire le texte. Ce qui peut expliquer le recours au *sittybos*. C'était une sorte d'étiquette attachée à la poignée du manuscrit pour permettre au lecteur ou au vendeur de l'identifier, qu'ils utilisaient comme on utilise aujourd'hui le dos des livres. Je viens d'examiner le pot, et aucune trace de *sittybos*. Il n'y a rien sur le rouleau non plus.

— Ce qui signifie ? demanda Bronson.

— Rien de très clair, simplement qu'il n'y a pas grand-chose d'écrit sur le rouleau. Cela suggère que ce n'est pas ce qu'on pourrait appeler un document commercial, et que ce n'est pas non plus un texte connu, qui aurait probablement un *sittybos* attaché. On dirait plutôt un texte privé. Je suis heureuse d'y avoir jeté un coup d'œil, mais ce n'est pas mon domaine de prédilection, et quoi que tu en penses, ce rouleau doit absolument être examiné par un expert.

Angela ouvrit le rouleau avec la plus grande des précautions, suffisamment pour pouvoir distinguer les premières lignes, avant de le refermer délicatement.

— C'est écrit en latin, indiqua-t-elle, et les lettres sont inhabituellement larges. Je pense qu'il s'agit d'un texte en continu, ce qui suggère une nouvelle fois qu'il est très ancien. Plus tard, l'écriture devait inclure à la fois un *spatium* – c'est l'espace entre les vers – et un *paragraphus*, une ligne horizontale sous le début de chaque nouvelle phrase.

— De quelle époque, à ton avis ? demanda Bronson, tandis qu'ils se penchaient tous deux au-dessus de la table, fixant attentivement la relique.

— À première vue, je dirais le IIe ou le IIIe siècle après Jésus-Christ. Ça doit...

Angela hurla quand une main la saisit par le bras. Elle fut tirée violemment en arrière, loin de la table, et heurta le mur, à côté de la porte.

Bronson se retourna brusquement. Il n'avait entendu ni bruits de pas ni rien dans le genre.

Un homme solidement bâti vêtu d'un costume gris clair avait empoigné Angela et l'avait plaquée contre le mur. Mais ce fut le second homme qui attira l'attention de Bronson, ou plutôt le pistolet semi-automatique qu'il tenait dans la main droite. Bronson eut l'impression que cet homme savait exactement comment s'en servir.

Chapitre 19

I

— Vous vous trompez, corrigea l'homme corpulent au costume gris. (Son anglais était bon, et presque sans accent.) Il date du Ier siècle.

— Qui diable êtes-vous ? demanda Bronson, en s'en voulant intérieurement de ne pas avoir vérifié que toutes les portes et fenêtres étaient bien verrouillées.

Chose étrange, l'homme qui retenait Angela aurait très bien pu être un banquier ou un homme d'affaires, à en juger par son apparence – un costume immaculé, des mocassins noirs soigneusement lustrés et des cheveux bruns parfaitement coupés. Du moins, jusqu'à ce que Bronson le regarde dans les yeux : ils étaient aussi froids et vides qu'un tombeau ouvert.

Contrastant avec son acolyte, l'homme qui tenait l'arme portait un jeans et une veste sport. Bronson en déduisit qu'il s'agissait des hommes qui étaient entrés par effraction dans la maison. Et qui avaient tué Mark Hampton, Jackie et probablement Jeremy Goldman. La colère le submergea comme un raz de marée, mais il savait qu'il devait rester concentré.

— Peu importe qui nous sommes, intervint l'homme corpulent. Nous recherchons cette chose – il pointa du doigt le rouleau sur la table – depuis pas mal de temps.

En retenant toujours Angela par le bras, il avança jusqu'à la table et s'empara du rouleau tandis que le second homme tenait toujours Bronson en joue.

— Qu'y a-t-il de si important dans ce rouleau pour que mes deux amis en soient morts ? Vous les *avez* tués, je présume ? Bronson serra les poings et se força à prendre de profondes inspirations.

Il ne pouvait pas se permettre que les choses tournent mal.

L'homme en costume inclina légèrement la tête.

— Je ne suis pas personnellement responsable, admit-il, mais mes ordres ont été suivis, oui.

— Mais pourquoi ce vieux rouleau est-il si important ? demanda de nouveau Bronson.

L'homme ne répondit pas tout de suite. Il tira une chaise et y fit asseoir Angela.

— Asseyez-vous là, ordonna-t-il.

Il déroula le rouleau, regarda les premières lignes et hocha la tête, apparemment satisfait, puis il le glissa dans la poche de sa veste.

— Je vais répondre à votre question, Bronson, fit-il. Vous voyez, je sais déjà qui vous êtes. Je vais vous dire exactement pourquoi ce rouleau vaut que l'on tue pour lui. Je pense que vous connaissez votre sort, ajouta-t-il. Vous comprenez la situation, j'espère.

Bronson acquiesça. Il savait exactement pourquoi l'Italien était heureux de parler – les deux intrus n'avaient aucunement l'intention de leur laisser la vie sauve, une fois repartis de la maison.

— Qui sont ces gens, Chris ? demanda Angela.

Bronson remarqua que sa voix était régulière mais teintée de colère. Elle aurait eu le même ton pour s'inquiéter de l'arrivée de deux ou trois invités inopportuns lors d'une fête. Il ressentit soudain une profonde admiration pour elle.

Bronson resta concentré sur l'homme corpulent.

— Dites-nous, fit-il.

L'Italien sourit, mais sans une seule once d'humour dans le regard.

— Ce rouleau a été écrit en 67 après Jésus-Christ, sur les ordres spécifiques de l'empereur Néron par un homme qui avait l'habitude de signer par « SQVET », et les gens qui nous emploient n'ont cessé de le chercher au cours des derniers quinze cents ans.

Bronson regarda Angela.

— Que voulez-vous dire ? demanda-t-elle, apparemment sous le choc.

L'Italien secoua la tête.

— J'en ai dit suffisamment. Tout ce que je peux ajouter, c'est que nous croyons que ce rouleau renferme un secret que l'Église préférerait, et de loin, tenir au plus grand secret. En réalité, il avance que toute la religion chrétienne a été fondée sur un mensonge. Vous pouvez peut-être deviner ce qui va lui arriver ?

— Vous – ou votre employeur qui, je présume, est le Vatican – allez le détruire le plus tôt possible ? fit Bronson.

— Ce ne sera pas à moi d'en décider, mais j'imagine qu'ils vont soit le détruire, en effet, soit le placer dans le pénitencier apostolique pour l'éternité.

Bronson avait observé attentivement les deux Italiens. Il essayait de les faire parler, pour gagner du temps tout en pensant à ce qu'il pourrait faire.

Le gros Italien recula en direction de la porte et regarda son associé.

— Tue-les tous les deux, siffla-t-il en italien. Tue d'abord Bronson.

C'était le moment qu'avait attendu Bronson. Le second homme tourna légèrement la tête vers l'homme corpulent, en recevant les ordres. Il hocha la tête et pointa son pistolet en direction de Bronson.

Mais ce dernier était déjà en mouvement. Il avait récupéré le browning Hi-Power depuis qu'il avait quitté la maison en Angleterre. Il glissa une main sous sa veste, saisit le pistolet à sa ceinture, fit sauter le cran de sûreté et mit l'Italien en joue.

— Baissez votre arme, hurla-t-il, dans un italien parfait. Si vous bougez ce pistolet d'un seul centimètre, j'ouvre le feu, je vous le promets.

Pendant de longues secondes, personne ne bougea.

— À vous de choisir, s'écria Bronson, qui ne quittait pas des yeux l'arme de l'homme. Prenez ce fichu rouleau et tirez-vous d'ici, et personne ne sera blessé. Si vous tentez quelque chose, je promets de vous abattre comme des chiens.

II

Mais bien qu'il tenait l'homme armé à portée de mire, à environ quatre mètres face à lui, le gros homme au costume gris fit un mouvement, aussi rapide et léger qu'un chat. Il attrapa Angela par les cheveux, la tira de la chaise et la plaça devant lui, comme un bouclier.

— Chris ! s'écria-t-elle, mais Bronson ne pouvait l'arrêter.

S'il ouvrait le feu, il était presque sûr de la toucher.

En un éclair, le gros Italien avait tiré sur Angela, qui se débattait toujours et lui avait fait passer la porte.

Bronson se retrouva seul, face au second homme. Pendant deux nouvelles secondes, ils restèrent là à se dévisager, puis l'Italien marmonna quelque chose et bougea légèrement son pistolet. Bronson n'avait absolument pas le choix. Il ajusta son tir et appuya sur la détente. La déflagration le fit reculer légèrement, le bruit du coup de feu se répercutant dans l'espace confiné. La cartouche éjectée vrilla sur sa gauche dans un nuage de cuivre.

L'Italien poussa un hurlement et trébucha en arrière, son épaule gauche soudain toute ruisselante de sang. Il serra la blessure, en laissant tomber son pistolet au sol.

Bronson se rua en avant et ramassa l'arme, qu'il reconnut immédiatement comme un Beretta neuf millimètres. Mais il n'eut même pas un regard pour l'homme blessé. Toute son attention était concentrée sur Angela et ce qui était en train de se passer derrière la porte fermée de la salle à manger.

Son entraînement militaire prit le dessus. Ouvrir la porte en grand et marcher de l'autre côté de la pièce était la dernière chose à faire car l'homme armé d'un révolver risquait de l'attendre tranquillement, et cela ne serait d'aucun secours pour Angela. C'est pourquoi il avança avec précaution, se colla contre le mur de pierre à côté de la porte et tourna la poignée. Puis il scruta l'espace dans le salon. Le gros Italien n'était pas là à l'attendre. Il avait presque atteint la porte du fond, celle qui mène dans le hall, son bras bien en chair tenant fermement la nuque d'Angela, tout en la traînant vigoureusement sur le sol.

Bronson ouvrit violemment la porte, pénétra dans la pièce, tendit son arme et tira sur le mur de pierre à côté de la porte du hall. L'Italien fit volte-face, déconcerté et presque effrayé. C'est à cet instant qu'Angela passa à l'action.

Lorsque le gros homme s'immobilisa, elle leva sa jambe droite et le frappa violemment sur le tibia gauche avant d'enfoncer son talon aussi fort qu'elle put au bout de son pied.

L'Italien grogna de douleur et tituba en arrière, relâchant son emprise autour de la nuque d'Angela. Elle plongea sur le côté, s'éloignant de la ligne de mire de Bronson, tandis que le gros homme se dirigeait vers la porte en boitant.

Bronson tendit son browning en direction de l'Italien, mais ce dernier disparut presque instantanément dans le hall et, quelques secondes plus tard, Bronson entendit la porte de devant claquer. Il courut jusqu'à la fenêtre et regarda à l'extérieur pour voir l'homme s'éloigner de la maison, son boitillement nettement moins prononcé.

Bronson se tourna ensuite vers Angela.

— Tout va bien ? demanda-t-il.

Angela fit oui de la tête. Elle avait les cheveux ébouriffés et le visage rougi par l'effort.

— Je remercie le Seigneur pour mes séances d'aérobic et mes Manolo, fit-elle. J'ai toujours adoré ces chaussures. Qu'est-il arrivé à l'autre type ?

— Je l'ai blessé au bras, lui apprit Bronson. Il est dans la salle à manger, il saigne de partout sur le sol.

— Ils avaient l'intention de nous tuer, n'est-ce pas ? C'est pour ça que tu as sorti ton arme ?

— Affirmatif, et nous ne sommes pas encore sortis d'affaire. Il faut qu'on se tire d'ici le plus vite possible, au cas où ce gros salopard déciderait de revenir avec du renfort.

— Et qu'est-ce qu'on fait de lui ? demanda Angela, en indiquant la porte de la salle à manger, derrière laquelle l'on pouvait toujours entendre des gémissements et des hurlements de douleur. Nous devrions l'emmener à l'hôpital.

— Il allait nous tuer, Angela. Je me fiche qu'il meure ou qu'il vive.

— Tu ne peux pas le laisser comme ça. C'est inhumain. Il faut faire quelque chose.

Bronson regarda en direction de la salle à manger.

— OK. On va en haut et on récupère toutes tes affaires. Je vais voir ce que je peux faire.

Angela le fixa.

— Ne le tue pas, fit-elle.

— Je n'en avais pas l'intention.

Bronson se rendit aux toilettes du bas, trouva deux serviettes et retourna à la salle à manger, en tendant bien son browning Hi-Power. Mais l'arme n'était pas nécessaire. L'Italien était étendu sur le sol et gémissait dans une mare de sang, sa main droite essayant de retenir le flot d'hémoglobine jaillissant de sa blessure à l'épaule.

Bronson plaça les deux pistolets sur la table, bien hors de portée, puis se pencha et aida le blessé à s'asseoir. Il retira sa veste légère ainsi que le holster qu'il trouva en dessous. Puis il plia l'une des serviettes et la plaqua contre la blessure, en poussant l'homme à s'allonger pour que le poids de son corps réduise la perte de sang.

— Tenez ça, dit Bronson en italien, en pressant la main droite et sanglante de l'homme sur l'autre serviette, au-dessus de l'entrée de la blessure.

— Merci, fit l'Italien, haletant. Mais je dois aller à l'hôpital.

— Je sais, répondit Bronson. Je vais leur téléphoner d'ici une minute. Mais avant cela, j'ai besoin que vous répondiez à quelques questions et plus vite vous me répondrez, plus vite je passerai cet appel. Qui êtes-vous ? Pour qui travaillez-vous ? Et qui est votre gros ami ?

Le blessé faillit presque sourire.

— Son nom est Gregori Mandino, et c'est le *capofamiglia* – le chef – de la *Cosa nostra* de Rome.

— La Mafia ?

— Mauvais nom, bonne organisation. Je suis juste l'un des *picciotti*, un soldat, répondit l'homme, l'un des gardes du corps du *capo*. Je fais ce qu'on me dit de faire, et je vais où on me demande d'aller. J'ignore pourquoi nous sommes là, fit-il avec tant de conviction que Bronson faillit presque le croire. Mais permettez-moi de vous donner un conseil, l'Anglais. Mandino est impitoyable et, son adjoint, encore pire. Si j'étais à votre place, je me tirerais d'ici le plus vite possible et je ne remettrais jamais plus les pieds en Italie. Plus jamais. La *Cosa nostra* a une excellente mémoire.

— Mais pourquoi un mafieux comme Mandino s'intéresse-t-il à un rouleau vieux de deux mille ans ? demanda Bronson.

— Je vous l'ai dit, je n'en ai aucune idée.

Le « besoin de savoir » était un concept que connaissait bien Bronson du fait de ces années passées dans l'armée et, selon lui, une organisation criminelle telle que la Mafia travaillait probablement de la même manière. L'homme blessé *ignorait* tout de ce qui se tramait. Il n'était employé que pour son adresse au pistolet – bien qu'en l'occurrence il aurait pu être meilleur – et il ne faisait qu'obéir aux ordres, ni plus ni moins.

— OK, fit Bronson. Je vais appeler l'hôpital.

Il fouilla rapidement la veste de l'homme, trouva une poignée de cartouches et les retira. Puis il examina le plancher, trouva la douille éjectée du browning et la ramassa. La balle qui avait frappé l'Italien avait traversé son épaule et était venue se ficher sur l'encadrement de la porte, mais il la récupéra rapidement avec l'un des tournevis utilisé pour soulever la latte de bois. C'était tout ce qu'il pouvait faire pour éliminer toute preuve.

Il finit par ramasser le holster et les deux pistolets – et le *skyphos*, après coup –, et quitta la pièce. Angela l'attendait dans le hall, ses deux sacs à ses pieds.

— J'ai essayé de faire arrêter le saignement avec deux serviettes, expliqua Bronson, et je vais appeler les urgences dès maintenant. Tu files dans la voiture.

Quinze minutes plus tard, ils étaient dans l'Espace – l'arrière de la voiture était vide. Bronson avait à présent déchargé la baignoire sans ménagement ainsi que toutes les autres boîtes et les avait placées près du garage des Hampton – et ils fonçaient droit vers l'ouest, le plus loin possible de la maison.

III

Bronson dirigea la Renault au bas de la route et jeta un coup d'œil en direction d'Angela.

— Tu es Ok ? demanda-t-il.

— Je suis furieuse, fit-elle sèchement.

Bronson se rendit compte que le tremblement qu'il avait pris pour un état de choc était en fait dû à une intense colère. Chaque partie du corps d'Angela témoignait de sa fureur.

— Je sais, fit Bronson, d'une voix délibérément calme et pondérée. C'est dommage que nous n'ayons pas eu le temps d'examiner le rouleau, mais nous *sommes* vivants. C'est le plus important.

— Ce n'est pas seulement à cause de ça, rétorqua Angela. J'étais terrifiée, là-dedans, j'espère que tu le sais ? Je n'avais jamais vu un vrai pistolet jusqu'à ce que tu en agites un devant moi en Angleterre et, quelques heures plus tard, je me retrouve au beau milieu d'un combat au pistolet et un truand italien me traîne sur le sol en me tenant par le cou. Nous venons à peine de réussir à décoder l'inscription et à retrouver la relique que ces deux salopards se pointent et nous prennent tout. Après tout ce qu'on a dû endurer. Je suis vraiment en pétard.

Bronson se sourit à lui-même. « Cette bonne vieille Angela, pensa-t-il. Niveau combativité, on peut lui faire confiance. »

— Écoute, Angela, dit-il. Je suis vraiment désolé pour ce qui s'est passé dans cette maison. C'est de ma faute. Jamais on aurait dû y retourner. J'aurais dû vérifier que les portes et les fenêtres étaient bien fermées.

— Si tu *avais* verrouillé les portes, comme tu dis, ils auraient quand même sûrement réussi à entrer et, si on les avait entendus arriver, on se serait certainement retrouvés dans un duel au pistolet et aucun d'entre nous n'aurait survécu. C'est pourquoi je te remercie, on est encore en vie. Mais c'est vraiment dommage pour le rouleau.

— J'ai pris le *skyphos* ou je ne sais pas comment tu appelles ça. Au moins, on pourra le garder comme souvenir. Selon toute vraisemblance, il est particulièrement très ancien – tu crois que ça a de la valeur ?

Angela se pencha vers le siège arrière et ramassa le récipient pour l'examiner plus attentivement – impossible de le faire dans la maison.

— C'est un faux, lui apprit-elle quelques minutes plus tard, mais très bien imité. À première vue, ça ressemble vraiment à un authentique *skyphos* romain. Mais la forme est légèrement différente : il est un peu trop grand, en termes de largeur. Le vernis a l'air faux et, selon moi, la poterie ne date pas du Ier siècle. On pourrait faire toute une série de tests, mais ça ne vaut pas la peine à mon avis.

— Donc on a fait tout ça pour récupérer une fausse jarre ? demanda Bronson. Et rafraîchis-moi la mémoire. Un *skyphos*, c'est quoi exactement ?

— Le nom est grec et non pas romain. C'est une sorte de récipient dont l'origine se situe dans l'est de la Méditerranée, aux environs du Ier siècle après Jésus-Christ. Un *skyphos* est un récipient destiné à boire et muni de deux anses. Celui-ci est parfaitement conservé et, s'il était authentique, il vaudrait dans les cinq ou six mille livres sterling.

— Il date de quand alors ?

Angela examina le *skyphos* d'un peu plus près.

— Du IIe millénaire, de façon certaine, répondit-elle. À première vue, je dirais du XIIIe siècle ou peut-être du XIVe siècle. Il date probablement de la même époque que la maison.

Bronson se tourna légèrement pour la regarder.

— C'est intéressant, fit-il.

— Il s'agit d'une coïncidence, je pense.

— Pas nécessairement, si tu *as* raison et qu'ils *sont* plus ou moins contemporains. Je ne pense pas que l'on puisse considérer comme une simple coïncidence le fait qu'un pot du XIVe siècle – et un faux, qui plus est – ait délibérément été caché dans une maison datant du XIVe siècle.

— Pourquoi ?

Bronson fit une pause pour mettre de l'ordre dans ses pensées.

— La piste que l'on suit est obscure et compliquée, et je me demande si ce vers en occitan n'est pas plus complexe que nous ne le pensions, et s'il ne nous manque pas quelque chose.

— Je ne te suis pas.

— Regarde le vers, observa Bronson. C'est entièrement écrit en occitan, à l'exception du mot *calix* qui est l'équivalent en latin de « calice ». Lorsque l'on suit les autres indices de l'énigme, on finit par trouver quelque chose qui ressemble à une grosse coupe romaine faite pour boire mais, qui en fait, n'en est pas une. Ainsi, les vers utilisent un mot romain pour décrire un calice, et nous retrouvons la copie d'un calice romain. Tu ne trouves pas ça étrange ? Ou pour le moins tiré par les cheveux ?

— Continue, fit Angela, pour l'encourager.

— Pourquoi se donner la peine de fabriquer un faux *skyphos* quand ils auraient pu simplement enterrer le rouleau dans un vieux pot en terre cuite ? C'est comme s'ils voulaient attirer notre attention sur l'élément romain et nous renvoyer étudier l'inscription en latin dans le salon.

— Mais on a déjà considéré cet aspect. Il n'y a aucune énigme dans ces trois mots latins. Ou, s'il y en a, elles sont sacrément bien cachées.

— Je suis d'accord. Alors le vers en occitan nous indique peut-être quelque chose d'autre. Quelque chose qui n'est que l'emplacement du rouleau caché ? Peut-être le *skyphos* lui-même.

— Mais il n'y a rien d'autre à l'intérieur, observa Angela, en retournant le récipient. J'ai déjà vérifié lorsque je recherchais un *sittybos*.

Bronson parut déconcerté.

— Tu ne te souviens pas ? fit Angela. C'est une sorte d'étiquette attachée à un manuscrit qui identifie son contenu.

— OK, indiqua Bronson. Bon, il n'y a peut-être rien à l'intérieur, mais as-tu jeté un œil à l'*extérieur* ? C'est juste un motif aléatoire sur le côté du pot ou quoi ?

Angela scruta attentivement le récipient en terre, vert glacé, et remarqua presque instantanément quelque chose. Sous la bordure sur l'un des côtés du *skyphos* se trouvaient trois petites lettres, séparées par des points : « H • V • L ».

— Ça alors, c'est étrange, murmura-t-elle. Il y a trois lettres inscrites ici – « H V L » – et de toute évidence, elles correspondent à « *HIC VANIDICI LATITANT* ».

— Ici gisent les menteurs, souffla Bronson. Il y a un lien, c'est le moins qu'on puisse dire. Sinon, quel est ce motif sous les lettres ?

Sous les lettres inscrites, on pouvait distinguer ce qui ressemblait à une vague sinusoïdale : une ligne qui ondulait en suivant un motif régulier, de haut en bas, et avec de courtes lignes en diagonale descendant du haut à droite jusqu'en bas à gauche. Sous la ligne ondulée se trouvait un autre motif géométrique, trois lignes droites s'entrecroisant au centre et avec un point à chaque extrémité. À côté des lignes, on distinguait des nombres en latin, suivies des lettres « M • P », puis d'autres nombres et la lettre « A ». À côté de chaque point se trouvaient encore d'autres nombres, chacun suivi par un « P ». Au centre du motif, se trouvaient les lettres « PO • LDA » et en dessous « M • A • M ».

— Ce n'est pas aléatoire, observa Angela d'un ton décidé. J'ignore ce que ces lettres signifient, mais elles indiquent quelque chose de très précis, presque comme le ferait une carte.

Bronson étudia le *skyphos* que tenait Angela.

— Mais une carte de quoi ?

Chapitre 20

I

Plus tard cet après-midi-là, le soleil couchant se reflétait sur les toitures irrégulières et les vieux murs du cœur antique de la cité de Rome dans un éclat doré. Les piétons s'affairaient de long en large sur les larges trottoirs, et un flot continu de véhicules mugissant et à touche-touche se dessinait autour de la Piazza di Santa Maria alle Fornaci. Mais Joseph Cardinal Vertutti n'y prêta guère attention.

Il prit place à côté de Mandino dans le café même où les deux hommes s'étaient rencontrés pour la première fois. L'opération ayant été un succès, il était, selon lui, préférable d'organiser la dernière rencontre dans le lieu même où s'était tenue leur première. Mais cette fois-ci, Mandino avait insisté pour que cette entrevue ait lieu dans une petite arrière-salle.

— Vous l'avez ? demanda Vertutti, la voix haut perchée et teintée d'excitation. Mandino remarqua que ses mains tremblaient légèrement.

— Chaque chose en son temps, cardinal, chaque chose en son temps. (Un serveur toqua à la porte et entra avec deux tasses de café. Il les posa délicatement sur la table avant de disparaître, en refermant la porte derrière lui.) Mais avant que je ne vous livre quoi que ce soit, nous avons un petit détail administratif à régler. Avez-vous transféré l'argent ?

— Oui, siffla Vertutti. J'ai envoyé cent mille euros sur le compte que vous avez spécifié.

— *Vous* devez certainement penser que votre parole constitue une preuve suffisante, Éminence, mais je sais, d'expérience, que le Vatican est capable de duplicité. À moins d'avoir une preuve du transfert à me fournir, nous mettrons fin dès maintenant à cette petite conversation.

Vertutti sortit un portefeuille de la poche de sa veste. Il l'ouvrit et en retira un bout de papier qu'il tendit à Mandino.

Mandino l'étudia, sourit, et le glissa dans son propre portefeuille. La somme était correcte et, dans la section « référence », Vertutti avait inséré « Achat d'artéfacts religieux », qui était un descriptif on ne peut plus fidèle de la transaction.

— Excellent, fit Mandino. Maintenant, vous serez probablement heureux d'apprendre que nous avons réussi à récupérer la relique. J'ai personnellement observé cet homme Bronson – l'ami de Mark Hampton – récupérer le rouleau, et nous sommes intervenus presque dans la foulée. Ni Bronson ni sa femme, qui était également présente dans la maison, ne savent ce que contient l'*Exomologesis*, il n'est donc pas nécessaire de les éliminer.

Mandino ne dit rien à Vertutti de ce qu'il leur avait appris au sujet de rouleau, ni de cet épisode fâcheux où l'Anglais avait attenté à sa vie et avait en fait tiré sur l'un de ses gardes du corps.

— C'est très généreux de votre part, fit remarquer Vertutti avec piquant. Où sont-ils à présent ?

— Ils doivent probablement être en route pour la Grande-Bretagne. Maintenant que nous avons récupéré la relique, ils n'ont plus rien à chercher en Italie.

De nouveau, Mandino ne disait pas toute la vérité. Il avait déjà ordonné à Antonio Carlotti de prévenir l'un de ses contacts au sein des *carabinieri* qu'un certain Bronson – un homme que la police métropolitaine souhaitait interroger au sujet d'un meurtre – était en train d'errer en toute liberté en Italie. Il n'évoqua pas non plus la Renault Espace qu'il avait vu stationnée à l'extérieur de la maison. Il était certain que Bronson et sa femme allaient être arrêtés avant même d'avoir franchi la frontière italienne.

— Bon, où est la relique ? demanda Vertutti d'une voix emplie d'impatience.

Mandino ouvrit sa mallette, en retira un boîtier en plastique rempli d'une substance blanche et duveteuse, et le tendit à Vertutti.

Ce dernier souleva délicatement les différentes couches de coton pour enfin entrevoir le rouleau. De ses doigts tremblants, il saisit le papyrus antique. Il le souleva – l'expression de son visage traduisait à la fois la connaissance qu'il avait du très grand âge de la relique mais aussi de son terrible pouvoir destructeur – puis il le déroula avec précaution sur la table devant lui. Il hocha la tête avec gravité, presque révérencieusement, en lisant le texte concis.

— Même si je doutais de son authenticité, fit-il, la façon dont il est écrit apporte une indication sur l'identité de l'auteur.

— Que voulez-vous dire ? demanda Mandino.

— L'écriture est en gras et les lettres sont larges, dit Vertutti. Peu de gens le savent, mais l'homme qui a écrit cela souffrait d'une maladie plus connue sous le nom d'*opthalmia neonatorum*, qui était très répandue à l'époque. Cette maladie causait une perte progressive de la vue et une faiblesse très douloureuse des yeux. Et dans le cas qui nous concerne, cela l'a rendu quasiment aveugle. Le fait d'écrire lui était toujours difficile, et il devait probablement recourir à un amanuensis, un scribe professionnel. Mais cela ne lui était certainement pas possible en Judée, quand on l'a contraint à rédiger ce document.

Vertutti continua d'examiner la relique pendant quelques secondes, puis il releva la tête.

– Je sais bien que nous n'avons pas la même opinion, Mandino, observa-t-il avec un sourire quelque peu forcé, mais malgré l'opinion que vous avez de l'Église et du Vatican, j'aimerais vous féliciter de l'avoir récupérée. Le Saint-Père sera particulièrement heureux de notre réussite.

Mandino inclina très légèrement la tête.

– Qu'allez-vous en faire à présent ? Le détruire ?

Vertutti secoua la tête.

– J'ose espérer que non, répondit-il. Selon moi, il sera certainement dissimulé dans le pénitencier apostolique, à côté du manuscrit Vitalien. Détruire un objet de cette époque lointaine et de cette importance n'est pas quelque chose que le Vatican soit prêt à envisager, quel que soit le contexte.

Vertutti déroula entièrement le parchemin. Puis il se pencha en avant pour examiner quelque chose à la fin du document, sous la marque « SQVET ».

– Vous l'avez regardé ? demanda-t-il avec une touche de tension dans la voix.

– Non, répondit Mandino. Je n'ai vérifié que les premières lignes, pour m'assurer qu'il s'agissait du bon document.

– Oh, il s'agit bien du bon document. Mais ça, ça change tout, observa Vertutti, en pointant du doigt le bas du rouleau.

Mandino plissa les yeux pour examiner le document. Il y avait quelques lignes, écrites dans un autre style d'écriture, plus petit, juste au-dessus du sceau impérial de Néron.

Vertutti traduisit le latin à voix haute, puis regarda Mandino.

– Vous savez ce qu'il vous reste à faire, fit-il.

II

Bronson et Angela se dénichèrent un petit hôtel familial dans les environs de Santa Marinella, sur la côte italienne, au nord-ouest de Rome. Il disposait d'une place de parking dans une cour à l'arrière du bâtiment, et semblait paisible et anonyme. Bronson procéda à l'enregistrement, en prenant la dernière chambre double disponible, et porta leurs sacs à l'étage.

La pièce était située plein sud et était lumineuse et aérée, avec vue donnant sur la cour. Angela ouvrit son sac et en sortit un paquet volumineux de vêtements qu'elle déposa sur le lit.

— On a besoin d'une lumière décente, observa Bronson, en se rapprochant de l'une des tables de chevet pour se placer directement sous la fenêtre.

Dans son dos, Angela déballa délicatement les vêtements, couche après couche, pour dévoiler le *skyphos* niché au centre du paquet. Elle le déposa avec douceur sur la table que Bronson venait de déplacer.

Bronson sortit l'appareil photo numérique de son sac de voyage. Il s'accroupit entre la table et la fenêtre pour que la lumière du soleil de l'après-midi éclaire le *skyphos*, faisant scintiller le vernis glacé du pot en terre cuite. Il prit une vingtaine de photos du récipient, dans tous les sens et sous tous les angles, puis, à l'aide d'un crayon et de papier, il fit un dessin aussi précis que possible des lignes inscrites et des chiffres sur le côté.

— Bon, maintenant, tout ce qui nous reste à faire, indiqua Angela tandis que Bronson transférait les photos sur son ordinateur portable, c'est découvrir ce que ce fichu diagramme – ou je ne sais quoi – signifie.

— Exactement.

Ils regardèrent les lignes, les lettres et les chiffres.

— Je pense toujours qu'il s'agit d'une sorte de carte, suggéra Angela d'une voix hésitante.

— Tu as peut-être raison. Mais si c'est bien ça, j'ignore toujours comment le déchiffrer. Je veux dire, c'est juste trois lignes et quelques chiffres. Nous devrions peut-être l'ignorer pour le moment et jeter de nouveau un coup d'œil à Marcus Asinius Marcellus et Néron. Nous avons deviné le sens littéral de « MAM » et de « PO LDA », mais nous ne savons toujours pas pourquoi ils étaient inscrits sur cette pierre. Si nous parvenions à l'élucider, ça pourrait nous fournir un indice.

— Je me replonge dans les livres ?

— Tu vérifies les livres. Je m'occupe d'Internet. Maintenant que ces deux Italiens ont récupéré le rouleau, plus personne ne risque de se lancer à notre recherche.

Bronson se connecta au réseau wi-fi de l'hôtel avec son portable, tandis qu'Angela consultait les livres qu'elle avait achetés à Cambridge.

Bronson commença par chercher les références à Marcus Asinius Marcellus, car ils présumaient qu'il avait probablement été responsable de l'inscription en latin sur l'une des pierres de la maison des Hampton. Ils savaient déjà que Marcellus s'était retrouvé impliqué dans un scandale lié à un faux testament, et qu'on l'avait sauvé de l'exécution sur intervention de Néron en personne.

— Ça, fit Bronson, a sûrement permis à Néron de faire pression sur Marcellus en le forçant à accomplir des tâches pour son compte. Ça expliquerait le « PO LDA » : « *Per ordo Lucius Domitius Ahenobarbus* ». Ce que les lettres sur la pierre signifient, c'est que le boulot, peu importe lequel, a été accompli par Marcellus, sur les ordres de Néron.

— Alors on devrait peut-être y regarder d'un peu plus près du côté de l'empereur ? proposa Angela.

Ils concentrèrent toute leur attention sur Néron et découvrirent, parmi d'autres choses, qu'il haïssait tous les aspects du christianisme.

— Si cet homme de main italien nous a dit la vérité, observa Bronson, le rouleau renferme un secret que le Vatican ne veut surtout pas dévoiler. Ce qui signifierait que ce que nous recherchons est lié à l'Église ?

— Et si j'ai raison et que ces lignes *sont* bien une sorte de carte, cela veut peut-être dire que ce Marcellus a enterré ou caché quelque chose pour Néron, observa Angela. Cela devait être tellement important pour l'empereur qu'il confie cette tâche, non pas à une escouade d'ouvriers ou d'esclaves, mais à l'un de ses parents qui lui était grandement redevable et pouvait ainsi lui exprimer sa gratitude.

— Qu'est-ce que ce Marcellus a bien pu enterrer ?

— Je n'en ai aucune idée, observa Angela, mais plus je regarde ces lignes, plus je réalise que *quelque chose* a été enterré, et que ce motif doit essayer de nous dire où.

III

Mandino ne fut pas surpris de trouver la Villa Rosa déserte. S'il avait été à la place de Bronson, il aurait quitté la maison le plus vite possible. Il savait également que son garde du corps blessé se trouvait désormais dans un hôpital de Rome, des *carabinieri* attendant de l'interroger au sujet de sa blessure, car l'homme avait passé un coup de téléphone à Rogan.

Le chauffeur immobilisa la voiture devant la maison. Mandino ordonna à l'un de ses hommes de vérifier le garage, juste au cas où la Renault Espace y serait garée. Il n'avait aucunement l'intention de faire deux fois la même erreur. Quelques secondes plus tard, le garde du corps revint au pas de course.

— La porte est fermée mais j'ai regardé à travers la fenêtre. Il n'y a rien là-dedans, lui apprit-il.

— Parfait, fit Mandino. Rogan... Fais-nous entrer.

La porte arrière était coincée par une chaise – Rogan pouvait le voir à travers les panneaux de verre sur la porte –, c'est pourquoi il marcha en direction de la fenêtre du salon où Alberti avait brisé le carreau. Les volets étaient fermés et verrouillés, mais ils ne résistèrent pas longtemps à sa pince à levier. Le verre n'avait toujours pas été réparé et, quelques minutes plus tard, Rogan ouvrit la porte d'entrée pour les autres.

Les deux hommes se dirigèrent droit vers le salon, et s'arrêtèrent devant la cheminée.

— Vous êtes sûr que c'est là, *capo* ?

— C'est la seule cachette possible. Finissons-en.

Rogan traîna un escabeau jusqu'à la cheminée, puis sortit un marteau et un burin du sac qu'il tenait à la main. Il grimpa sur l'escabeau jusqu'à ce que ses épaules soient au même niveau que la pierre gravée et commença à enlever le ciment qui la tenait en place. Il glissa la pointe du burin dans la fente entre la pierre et celle située en dessous, et fit levier. La pierre bougea très légèrement.

— Cette dalle doit faire seulement quelques centimètres d'épaisseur, observa Rogan, mais j'aimerais que quelqu'un m'aide à la soulever.

— Attends ici.

Mandino fit un geste en direction de l'un des gardes du corps qui enleva sa veste à la hâte ainsi que son holster, et prit un deuxième escabeau.

Guidant l'outil dans l'espace au-dessus de la dalle, Rogan souleva légèrement l'ustensile vers le haut, et le sommet de la pierre bougea vers l'avant. Il changea la position du burin et poussa de nouveau vers le haut, puis il répéta l'action de chaque côté de la dalle, jusqu'à ce qu'il soit satisfait et que la pierre soit suffisamment détachée pour être soulevée.

— Attention, ça risque d'être lourd, fit-il au garde du corps.

Les deux hommes firent bouger la dalle jusqu'à ce qu'elle se détache. Chacun des deux tenait un côté de la pierre, mais Rogan se rendit instantanément compte qu'elle n'était pas si lourde que ça.

— Ça fait seulement quelques centimètres d'épaisseur, dit-il.

Il la souleva tout seul et descendit de l'escabeau. Il transporta la pierre jusqu'à une petite table bien robuste, où Mandino attendait. Rogan la fit tenir droite, tandis que Mandino brossait avec impatience la poussière et le reste de mortier, à la recherche de lettres ou de chiffres.

— Rien, marmonna-t-il. (L'arrière de la pierre n'avait aucune inscription, excepté les minuscules incisions datant de l'époque où elle avait été préparée.) Allez vérifier la cavité.

Rogan remonta sur l'escabeau et scruta à l'intérieur du trou béant au-dessus de la cheminée.

— Il y a quelque chose là-dedans, fit-il.

— Quoi ?

— Il y a une autre pierre dans la cavité. Ça n'a pas été cimenté sur place. C'est un peu comme si la première pierre avait fait office de porte.

— Sortez-la, ordonna Mandino.

Rogan sortit la deuxième pierre du renfoncement et la déposa à côté de la première.

— Non, fit Mandino. Pas comme ça. Mettez-là sous l'autre pierre. C'est ça, ajouta-t-il, lorsque les deux hommes la mettaient en position. Regardez, c'est la partie basse. C'est la pièce que quelqu'un a dû découper, il y a de cela plusieurs siècles.

Les trois hommes examinèrent les marques sur la pierre.

— Est-ce que c'est une carte ? demanda Rogan, en frottant la poussière et la saleté sur la surface inscrite.

— Ça se pourrait bien, dit Mandino. Cela risque de prendre du temps pour la déchiffrer. Ça ne ressemble pas à une carte classique.

Mandino n'avait que faire de la religion. Il ne croyait que dans les choses qu'il pouvait voir, telles que l'argent et la peur. Mais il ne put s'empêcher de ressentir une certaine admiration pour l'ingéniosité des cathares. Avec leur religion qui s'effondrait partout autour d'eux, ils avaient dû savoir que le temps était compté. Mais plutôt que de courir le risque de voir la pierre ou l'*Exomologesis* tomber aux mains des croisés, ils avaient décidé de les cacher tous les deux. Ils avaient enterré le rouleau sous le sol et coupé la pierre en deux, en scellant la partie inférieure à l'intérieur du mur, pour la conserver bien à l'abri de l'usure. Ensuite, ils avaient laissé deux repères visibles. Deux pierres inscrites qui montraient où les deux objets étaient cachés, mais seulement pour quelqu'un qui savait exactement ce qu'il recherche.

Chapitre 21

I

Les recherches internet avaient été utiles, mais pas plus. Bronson et Angela en savaient un peu plus sur les Romains en général, et sur l'empereur Néron en particulier, mais toujours rien au sujet de Marcus Asinius Marcellus, qui demeurait une silhouette vague et irréelle, presque totalement absente des livres d'histoire. Et ils ignoraient toujours ce qu'il avait enterré, obéissant aux ordres de Néron.

Dans leur chambre de Santa Marinella, Bronson examina attentivement le *skyphos* tandis qu'Angela étudiait l'un de ses livres traitant de Néron.

— Ce que l'on n'a pas vraiment examiné, indiqua calmement Bronson, c'est cette coupe destinée à boire.

— On l'a examinée, s'offusqua Angela. Et elle est vide à présent, parce que le rouleau n'y est plus et que l'on a copié la carte ou je ne sais quoi, qui se trouvait là. Elle ne peut rien nous apprendre de plus.

— Ce n'est pas ce que je voulais dire. Enfin, pas exactement. J'ai essayé de reconstituer la suite des événements. Cette coupe est une copie datant du XIVe siècle d'un *skyphos* romain du Ier siècle. Mais pourquoi diable les cathares n'ont-ils pas utilisé un récipient contemporain pour dissimuler le parchemin ? Ils auraient pu fabriquer n'importe quel vieux pot et y inscrire ce diagramme. Pourquoi se sont-ils embêtés à créer une réplique d'une coupe romaine ? Ils devaient avoir une bonne raison pour le faire. Le vers en occitan contenait un seul mot latin – *calix* – signifiant « calice ». C'était un repère évident sur ce récipient. Mais le fait qu'il s'agisse d'une coupe romaine nous ramène à l'inscription en latin. Peut-être que ce récipient et les deux pierres font partie du même message silencieux, laissé à l'attention de je ne sais qui par le dernier des cathares.

— On s'en est déjà inquiété, Chris.

— Je sais, mais il reste une question que nous ne nous sommes pas posé. (Bronson pointa du doigt le côté du *skyphos*.) D'où ça vient, ça ?

— Quoi ? Le récipient ?

— Non. La carte ou le diagramme ou quoi que cela puisse être. Peut-être qu'on s'est trompés au sujet du « trésor cathare ». Ou seulement à demi trompés, admettons. Ils ont dû avoir le rouleau – les énigmes que l'on a dû élucider lorsqu'on l'a découvert étaient trop spécifiques pour n'être qu'une simple coïncidence –, mais supposons que le rouleau ne constituait qu'une partie de leur trésor ?

— Qu'est-ce qu'ils auraient pu avoir d'autre ?

— Je me demande si les cathares n'ont pas trouvé ou hérité à la fois du rouleau *et* de la pierre portant l'inscription en latin.

Angela sembla perplexe.

— Je ne vois pas en quoi ça peut nous aider. Tout ce qu'il y a sur cette pierre, ce sont ces trois mots latins.

— Non, observa Bronson. Il y a – ou, du moins, il y avait – plus que ça. Souviens-toi de ce que Jeremy Goldman nous a dit. Il a dit que la pierre avait été découpée et que la section cimentée dans la maison des Hampton n'était que la partie supérieure. En fait, c'est la raison pour laquelle Mark et moi avons commencé à fouiller le reste de la maison. On était en train de chercher la seconde section manquante.

— Mais vous ne l'avez jamais trouvée, alors en quoi ça peut nous aider ?

— Tu as raison. On ne l'a pas trouvée, mais je me demande ce qui se passerait si on la trouvait ou, du moins, si l'on pouvait voir ce qu'il y a d'inscrit. Penses-y. Comment définirais-tu les lettres gravées sur l'inscription romaine ?

— Que des capitales, sans fioritures. Une inscription latine typique du Ier siècle. On peut trouver des centaines d'exemples similaires.

— Et qu'en est-il des vers en occitan ?

Angela réfléchit pendant quelques secondes.

— C'est totalement différent. Il s'agit d'une écriture cursive. Dont l'équivalent moderne pourrait être l'italique.

— Exactement. Maintenant, d'après tes estimations, l'inscription en occitan a été gravée à peu près à la même période que la réalisation du *skyphos*, probablement au XIVe siècle.

— Oui, probablement.

— Maintenant, regarde le schéma sur le côté du récipient, et les lettres et les chiffres. Les chiffres sont en latin – c'est le premier point – et les lettres sont toutes des capitales. En d'autres termes, et bien que le *skyphos* et l'inscription en occitan soient probablement contemporains, il serait impossible de le déduire à partir de l'observation des deux textes. Ils semblent totalement différents.

— Si j'ai bien compris, ce que tu insinues, c'est que si le *skyphos* était fait par les cathares, pourquoi la décoration sur le côté est-elle clairement romaine, c'est ça ? Sauf qu'il s'agit d'une copie d'un récipient romain destiné à boire, bien évidemment.

— Oui, observa Bronson, mais je pense que tout ça est délibéré. Les cathares ont fabriqué une copie d'un récipient romain pour y dissimuler le rouleau, et la décoration qu'ils ont choisie pour le *skyphos* est également romaine. Encore plus intéressant, le diagramme comporte les inscriptions « H V L » – « *HIC VANIDICI LATITANT* » –, exactement comme pour la pierre avec l'inscription latine.

— Oui, déclara Angela, d'une voix soudain pleine d'excitation. Tu veux dire que ce que nous sommes en train de regarder pourrait être la copie exacte de la carte sur la partie manquante de cette pierre ?

Bronson hocha la tête.

— Supposons que les cathares aient possédé cette pierre pendant des années, mais qu'ils ne soient jamais parvenus à déchiffrer ce que les inscriptions signifiaient. Le rouleau lui-même fait peut-être référence à la pierre, ou à je ne sais quoi d'enterré, et cela les a probablement convaincus de la *grande* importance de la carte ou du schéma. Lorsque les derniers cathares ont fui la France et sont arrivés en Italie, ils savaient que leur religion était condamnée, mais ils voulaient toujours préserver le « trésor » qu'ils avaient fait sortir clandestinement de Montségur. Alors ils ont scindé la pierre en deux, ont laissé une partie – la section du haut – à un endroit facilement identifiable, mais ont caché la partie la plus importante, le schéma, à un autre endroit. Pour permettre à l'un de leurs compatriotes cathares ou à quelqu'un connaissant assez bien leur religion de le déchiffrer. Ils ont spécialement préparé l'inscription en occitan. Les indices étaient censés mener au parchemin, bien caché dans le *skyphos*, et, sur le récipient lui-même, ils ont laissé une copie exacte de ce qu'ils n'ont jamais été capables de comprendre. Je pense que cette carte montre exactement où sont cachés les « menteurs ».

— Mais cette carte ne ressemble à aucune autre. Ce ne sont que des lignes, des lettres et des chiffres. Ça peut vouloir dire tout et son contraire.

Bronson acquiesça de nouveau.

— Si c'était si facile, les cathares l'auraient découvert il y a plus de sept cents ans. Tout cela n'est que pure supposition, mais je pense que Néron a dû insisté pour que la cachette soit située à un endroit que l'on ne risquait pas de trouver par hasard, ce qui signifie que c'est quelque part à l'extérieur de la Rome impériale. De toute évidence, l'empereur – ou peut-être Marcellus – a décidé de faire une carte dévoilant l'emplacement, afin que le site puisse être découvert, plus tard, si nécessaire. Mais, comme une protection supplémentaire, ils ont imaginé un type de carte qui allait devoir être déchiffrée.

— Je vois où tu veux en venir, observa Angela. Mais cette jarre est bien plus petite que la pierre à mon avis. Et que penses-tu de l'échelle ?

— J'ai réfléchi à ça, et je ne pense pas que ça ait de l'importance. J'en connais un rayon au sujet des cartes et, du moment que tu en connais l'échelle, tu peux interpréter une carte de n'importe quelle taille. Ce schéma – il montra le *skyphos* – n'est pas une carte conventionnelle car elle n'a pas d'échelle, du moins, à ce que je peux voir, et il ne dévoile pas non plus des éléments tels qu'une côte, des rivières ou des villes. J'ai essayé de me mettre moi-même dans la position de l'homme qui l'a conçue, en essayant de découvrir ce qu'il aurait pu faire pour créer une carte qui puisse perdurer, et si possible pendant des siècles. Si le lieu où le secret est enterré se trouvait hors de Rome, il n'aurait pas été capable d'utiliser les bâtiments comme points de référence, parce que les seules structures qu'il aurait pu trouver dans la campagne n'auraient pas été pérennes. Ce que je veux dire, c'est que, s'il avait enterré quelque chose au cœur de Rome même, il aurait pu imaginer que des lieux tels que le Colisée résisteraient au temps et il les aurait utilisés pour identifier l'emplacement du lieu où est enterré le secret. Mais, à la campagne, même une imposante villa risquait d'être abandonnée ou détruite une ou deux générations plus tard. C'est la raison pour laquelle la seule option plausible qui lui restait, c'était d'utiliser des caractéristiques géographiques très spécifiques. Je pense que Marcellus – ou j'ignore qui en est l'auteur

– a choisi des objets pérennes, des choses qui, quoi qu'il arrive en Italie, pourraient traverser le temps en restant visibles et identifiables. Je ne pense pas que ce schéma ait besoin d'une échelle parce qu'il fait sûrement référence à un groupe de collines près de Rome. Je pense que les lignes indiquent les distances entre elles et leurs altitudes respectives.

Pendant quelques secondes, Angela observa bien attentivement le schéma sur le côté du *skyphos*, puis étudia à nouveau le dessin de Bronson, ses doigts traçant les lettres et les chiffres qu'il avait recopiés à partir du récipient. Puis elle s'empara d'un livre dédié à l'Empire romain, le feuilleta jusqu'à ce qu'elle trouve l'index et choisit une page précise. Elle contenait une table avec des lettres et des chiffres, mais Bronson était incapable de les lire à l'envers.

— Ça peut tenir debout, dit-elle, ses yeux passant de la copie du motif faite par Bronson à la table du livre. Si tu dis vrai et que les lignes représentent des distances, alors le « P » pourrait se traduire par *passus*, la foulée d'un légionnaire romain et égal à 1,50 mètre. « M P » pourrait signifier *mille passus*, à savoir mille *passus*. C'est le mile romain de 1,480 mètre. La marque « P » à côté du point représente probablement la hauteur des collines, mesurée en *pes*, pluriel *pedes*, le pied romain de 26 centimètres, et le « A » l'*actus*, à savoir 120 *pedes* ou environ 35 mètres.

— Mais les Romains auraient-ils pu produire des chiffres aussi précis ? demanda Bronson.

Angela hocha la tête, apparemment confiante.

— Absolument. Les Romains disposaient de bon nombre d'outils d'arpentage, dont un ustensile baptisé *groma*. Cet outil avait été utilisé durant des siècles avant le règne de Néron et permettait de prendre des mesures plutôt complexes. Et n'oublie pas le nombre impressionnant de constructions romaines imposantes qui sont toujours debout aujourd'hui. Elles n'auraient pas résisté si leurs bâtisseurs n'avaient pas eu des compétences très avancées en termes de mesure.

Angela se pencha au-dessus du clavier de l'ordinateur portable, inséra le mot « groma » dans le moteur de recherche et appuya sur la touche « enter ». Lorsque les résultats apparurent, elle choisit un site et cliqua dessus.

— Nous y voilà, fit-elle, en indiquant l'écran. C'est un *groma*.

Bronson observa le schéma de l'instrument pendant quelques secondes. Il comprenait deux bras horizontaux qui se croisaient à angle droit et reposaient sur une équerre elle-même attachée à un bâton vertical. Chacun des quatre bras avait une corde au bout qui formait un plomb.

— Ils utilisaient également un instrument appelé *gnomon* pour localiser le nord – de façon très rudimentaire – et ils pouvaient mesurer la distance et l'altitude en se servant d'un *dioptre*.

— Donc, tout ce qu'il nous reste à faire, à présent, c'est découvrir les collines utilisées par Marcellus comme points de référence.

— Ça me paraît facile, mais il faut le dire vite, commenta sèchement Angela. Comment vas-tu réussir ? Il doit y avoir des centaines de formations de collines autour de Rome.

— J'ai une arme secrète, fit-il, avec un sourire. Ça s'appelle Google Earth, et je peux l'utiliser pour vérifier l'élévation de n'importe quel point à la surface de la planète. Il y a six points de référence sur ce schéma, donc tout ce qui me reste à faire, c'est convertir les chiffres inscrits en unités de mesure modernes, puis trouver six collines qui correspondent à ces critères.

— Et on découvrira où se cachent les menteurs.

II

Sur le chemin de retour de Ponticelli vers Rome, Mandino téléphona à Pierro et lui demanda de l'attendre dans l'un des restaurants de la Via delle Botteghe Oscure. De par la nature même de ses affaires, Mandino n'avait pas de bureau et il avait tendance à organiser la plupart de ses rendez-vous dans des cafés et dans des restaurants. Il demanda également à Pierro de trouver des plans détaillés de la ville et des alentours, ainsi que des cartes faisant apparaître les édifices bâtis à l'époque de la Rome antique, et de les emporter avec lui, ainsi qu'un ordinateur portable.

Ils se rencontrèrent dans une petite salle à manger privée située au fond du restaurant.

— Alors comme ça, vous avez découvert l'*Exomologesis* ? demanda Pierro, une fois que Mandino et Rogan furent assis et eurent commandé à boire.

— Oui, répondit Mandino, et je pensais vraiment que c'était la fin de nos soucis. Mais lorsque Vertutti a déroulé complètement le parchemin, il y avait un post-scriptum auquel nous ne nous attendions pas.

— Un post-scriptum ?

— Une brève note en latin accompagnée du sceau impérial de Néron Claudius César Drusus. Ça a donné des sueurs froides à Vertutti parce que cela impliquait que le rouleau n'était qu'une partie de ce que Marcellus avait caché sur les ordres de Néron et que ce n'était même pas la partie la plus importante.

— Qu'a-t-il enterré d'autre ?

Mandino lui dévoila ce que Vertutti avait traduit du latin.

— Vous êtes sérieux ? demanda Pierro, avec un léger mais néanmoins perceptible frisson dans la voix. Je n'arrive pas à le croire. Les deux ?

— C'est ce que prétend le texte latin.

L'universitaire parut distinctement pâle malgré l'éclairage chaleureux de la pièce. Mais, je ne peux pas – je veux dire – oh, Seigneur. Vous le pensez réellement ?

Mandino haussa les épaules.

— Peu importe mon opinion. Et pour vous parler franchement, je me fiche si ce qu'il y a écrit sur le rouleau est vrai ou non.

— Ces reliques ont-elles pu perdurer durant deux millénaires ?

— Vertutti n'est pas prêt à courir ce risque. Le problème, Pierro, c'est que nous sommes toujours sous contrat pour résoudre ce problème, donc j'attends de vous que vous déchiffriez ce qu'il y a sur la pierre.

— Où se trouve-t-elle à présent ?

— Nous l'avons laissée dans la voiture. Rogan a pris quelques photographies des inscriptions, et vous pouvez les utiliser pour travailler.

Rogan lui tendit la carte numérique de l'appareil photo.

Pierro la glissa dans l'une des poches de son étui d'ordinateur.

— J'aimerais voir directement la pierre.

Mandino acquiesça.

— La voiture est juste à l'angle. On va aller y jeter un coup d'œil dans quelques minutes.

— Et que représente exactement l'inscription ? Une carte ? Des directions ?

— Nous n'en sommes pas sûrs. C'est de toute évidence la partie inférieure de la pierre qui porte l'inscription en latin – nous avons superposé les deux pièces et elles correspondent – mais il semble n'y avoir que trois lignes droites, six points et quelques lettres et chiffres. Ça ressemble plus à un schéma qu'à une carte, mais il doit certainement indiquer où sont cachées les reliques, sinon il aurait été inutile de la graver, pour commencer, et encore plus vain de cacher la pierre.

— Des lignes ? murmura Pierro. Vous avez mentionné des lettres et des chiffres. Pouvez-vous vous souvenir des lettres ? Peut-être « P » et « MP » ?

— Oui, et je pense « A » également. Pourquoi ? Vous savez ce qu'elles signifient ?

— Eh bien, peut-être. *Pedes* ou *passus*, *mille passus* et *actus*. Ce sont les mesures romaines pour les distances. Celui qui a conçu le schéma a dû prendre comme référence des bâtiments imposants ou des points de repère dans Rome.

— J'espère que vous avez raison, dit Mandino. On va aller jeter un coup d'œil à la pierre dès à présent, puis vous pourrez vous mettre au travail.

Il se leva et les guida à l'extérieur du restaurant.

III

Bronson essayait de trouver des combinaisons entre les altitudes indiquées par le schéma du *skyphos* et celles de Google Earth depuis près d'une heure.

— Ça pourrait prendre une éternité, marmonna-t-il, en s'adossant à sa chaise et en s'étirant pour dénouer ses articulations. Ce foutu pays est rempli de collines et Dieu seul connaît celle que Marcellus a choisie. À condition, bien évidemment, que son choix se soit porté sur des collines.

— Tu n'as trouvé aucune correspondance ? demanda Angela.

— Non, aucune. J'ai pris des conversions des nombres romains et une marge de manœuvre de plus ou moins 10 %, mais, même en faisant cela, je ne trouve presque aucune colline sur Google Earth qui corresponde.

— Combien ?

— Peut-être huit ou dix collines qui correspondent au critère, c'est tout, et elles sont toutes sur la côte et assez loin de Rome.

Pendant quelques secondes, Angela ne répondit pas. Elle se contenta de fixer l'écran de son ordinateur portable, puis elle gloussa doucement.

— Et ça se fait appeler détective ? dit-t-elle. Est-ce que les initiales « ANS » et « ANM » signifient quelque chose pour toi ?

— Bien sûr. « Au-dessus du Niveau du Sol » et « Au-dessus du Niveau de la Mer ». Je... oh, je vois ce que tu veux dire.

— Exactement. Google Earth mesure la hauteur des objets au-dessus du niveau de la mer – il te donne leur altitude – mais Marcellus n'aurait pas été capable de le découvrir. Il aurait dû se tenir sur le sol près du lieu où le secret est enterré. À partir de là, la seule chose qu'il pouvait mesurer avec un dioptre était la hauteur des collines depuis cette position, et pas les hauteurs à partir du niveau de la mer.

— Tu as raison, observa Bronson, avec une touche de désespoir dans la voix, et comme nous ignorons la hauteur de cette position, nous sommes foutus.

— Non, absolument pas. Son élévation importe peu. Marcellus nous a donné les mesures de la hauteur pour six collines, calculées à partir d'une seule donnée. Si le sommet d'une colline était 250 mètres au-dessus de lui et qu'un autre était de 150 mètres, disons, ça fait une différence de 100 mètres. Donc, ce que tu dois rechercher dans Google, c'est la *différence* de hauteur entre deux collines.

— Oui, Ok, je vois ce que tu veux dire, observa Bronson. Je te l'ai déjà dit, Angela, mais je suis vraiment *content* que tu sois là.

Il s'empara d'un bout de papier et choisit rapidement deux des points du schéma. Il convertit les chiffres romains en pieds, en se référant à une table qu'Angela avait trouvée dans l'un de ses livres, et il en déduisit les différences.

— Maintenant, voyons voir, marmonna-t-il, en se tournant vers son ordinateur portable.

Mais il ne parvenait toujours pas à trouver deux collines dont la différence de hauteur correspondait. Une heure plus tard, Angela prit la relève pendant une demi-heure supplémentaire, mais n'eut pas plus de chance que Bronson.

— C'est frustrant, n'est-ce pas ? demanda Bronson, tandis qu'Angela repoussait la chaise pour se lever.

— Il me faut un verre, observa-t-elle. Descendons au bar et noyons notre chagrin dans l'alcool.

— Ce n'est peut-être pas la meilleure idée que tu aies eue, mais je dois avouer que c'est plutôt tentant, répondit Bronson. Je vais juste chercher mon portefeuille.

Ils trouvèrent une table de libre au coin du bar. Bronson acheta une bouteille de vin rouge et servit deux verres.

— Tu veux manger à l'hôtel, ce soir ? demanda-t-il.

— Oui, pourquoi pas ?

— OK, je vais réserver une table.

Lorsqu'il revint du bar, il vit Angela qui observait l'une des copies de l'inscription faite par Bronson. Lorsqu'il s'assit, elle fit glisser le papier sur la table.

— Il y a un autre indice là, lui apprit-elle. Quelque chose qu'on n'avait même pas remarqué.

— Quoi ? demanda Bronson.

Angela indiqua la ligne ondulée que Bronson avait prise pour une ligne sinusoïdale.

— C'est une inscription purement fonctionnelle, n'est-ce pas ? Pas une décoration ou quelque chose dans le genre ? Donc, qu'est-ce que c'est censé signifier, au juste ?

— Je l'ignore. La mer, peut-être ? Ou peut-être la côte nord-est de l'Italie ?

Angela hocha la tête.

— Tu as peut-être raison, j'ignore ce que Marcellus a enterré, mais ça doit être *sacrément* important, sinon pourquoi s'embêter avec la pierre et tout le reste ? Et si c'était aussi important, Néron n'aurait certainement pas souhaité le voir dissimulé dans un trou à l'autre bout du pays. Il aurait certainement souhaité le conserver près de Rome. Selon moi, la ligne représente probablement une ligne de collines, et Marcellus l'a incluse pour que cela soit évident aux yeux de quiconque rechercherait le site dans le futur pour l'aider à identifier la zone de recherche. Je pense que cette ligne est un repère délibéré.

— OK, observa Bronson. Finis ton verre et retournons là-haut.

Il s'assit presque immédiatement devant son ordinateur portable et trouva quelque chose qui pourrait coller.

— Jette un coup d'œil à ça, dit-il en désignant l'écran de l'ordinateur portable.

À plus d'une cinquantaine de kilomètres à l'est de Rome, entre les communes de Roiate et de Piglio se dressait une longue arête qui culminait à environ 1 370 mètres ou 4 400 pieds d'altitude. L'élément le plus distinct de l'arête était sa pente nord-est, avec des sillons creusés de manière régulière.

— Je vois ce que tu veux dire. Ça ressemble assez au dessin sur le côté du *skyphos*.

— C'est le premier point, observa-t-il. Maintenant, regarde ça.

Bronson déplaça le curseur au-dessus de l'arête et nota l'élévation fournie par Google. Puis il le déplaça à l'extrémité d'une autre arête qui se dressait plus à l'est et recopia également l'élévation.

Angela prit un crayon, fit une soustraction rapide puis compara le résultat à ceux qu'ils avaient déduits à partir du schéma sur le *skyphos*.

— Eh bien, dit-elle. Ce n'est pas exact mais drôlement proche. Il y a une erreur d'environ 8 % par rapport aux chiffres latins, c'est tout.

— Oui, mais nous utilisons la photographie satellite et la technologie GPS, tandis que Marcellus n'était muni que d'un *dioptre* et de je ne sais quel autre outil d'arpentage disponible il y a deux mille ans. En de telles circonstances, je reconnais que c'est vraiment proche, rien à dire.

— Et qu'en est-il des quatre autres emplacements ?

— Eh bien, je pense que je les ai aussi trouvés. Regarde.

Bronson déplaça rapidement le curseur sur quatre nouveaux emplacements de Google Earth et recopia leurs hauteurs. Il passa de nouveau le papier à Angela afin qu'elle fasse les calculs.

Lorsqu'elle eut fini, elle releva la tête et sourit.

— Pas exact, de nouveau, mais assurément dans les limites auxquelles tu pourrais t'attendre en utilisant des outils d'arpentage du Ier siècle. Je pense que tu l'as peut-être trouvé, Chris.

Mais Bronson secoua la tête.

— Nous avons probablement découvert la bonne zone, je suis d'accord, mais nous n'avons toujours pas identifié l'emplacement physique de la cachette. Je veux dire les lignes sur la croix du schéma, mais pas un point unique, qui aurait constitué la meilleure façon de localiser le site. Au lieu de ça, ils forment un large triangle.

— Non, admit Angela, ils ne se croisent pas à un point unique, mais juste là, au milieu du schéma, se trouvent les lettres « PO LDA ». Et entre « PO » et « LDA », il y a un point. C'était une manière commune en latin de séparer les mots dans une section de texte. Maintenant, pourquoi mettre de nouveau ces lettres dans le schéma ? Elles étaient déjà gravées sur la partie supérieure de la pierre, directement sous le *« HIC VANIDICI LATITANT »*. S'ils avaient l'intention de les répéter, elles auraient certainement été disposées au bas du schéma, près de « MAM » ? Mais si le schéma nous dévoile le lieu où le secret est enterré ou je ne sais quoi que Néron voulait conserver secret, alors il me semble tout à fait sensé de trouver *« Per ordo Lucius Domitius Ahenobarbus »* au centre de la carte. En réalité, ça a une sorte de double signification. Selon moi, ça veut dire aussi bien « cela a été fait sur les ordres de Néron » que « ceci est l'emplacement où le secret est enterré ». Toujours d'après moi, ces lettres ont été placées au milieu du schéma parce que le point entre le « O » et le « L » correspond au site.

— Oui, c'est une bonne suggestion, fit remarquer Bronson. Et demain matin, nous roulerons jusque là-bas et nous essaierons de déterrer je ne sais quel secret que Néron a ordonné d'enterrer il y a environ deux mille ans de cela.

Chapitre 22

I

Bronson en avait déduit que la distance à vol d'oiseau entre Santa Marinella et leur objectif n'était que de 100 kilomètres environ, mais il savait également qu'il fallait doubler la distance s'ils empruntaient la route.

— Cent kilomètres, ce n'est pas bien loin, observa Angela, en terminant sa seconde tasse de café.

Ils s'étaient rendus à la salle à manger à sept heures, heure à partir de laquelle on servait le petit déjeuner.

— Je suis d'accord. Sur une autoroute, ça nous prendrait une heure à tout casser, mais sur le type de routes qu'on est susceptible d'emprunter, ça risque de prendre au moins deux bonnes heures, je le reconnais. Mais on a un tas de choses à faire avant d'y aller, donc il va bien nous falloir trois ou quatre heures au total.

Bronson paya la note et porta leurs sacs jusqu'à la Renault Espace. Il s'arrêta tout d'abord dans un kiosque à journaux aux abords de la ville, dans lequel il acheta deux cartes à grande échelle de la zone nord-est de Rome.

À 10 kilomètres plus loin sur la route, ils trouvèrent un vaste centre commercial et, exactement comme Bronson l'avait espéré, une grande surface de quincaillerie.

— Reste dans la voiture, fit-il, et verrouille les portes, juste au cas où. Ça ne sera pas long. Quelle est ta pointure ?

— 40, répondit-elle, si tu fais référence aux chaussures.

— Chaussures, pieds, c'est du pareil au même.

Il réapparut vingt-cinq minutes plus tard, en poussant un chariot rempli à ras bord. Angela sursauta légèrement en le voyant arriver, puis elle s'empressa d'aller lui ouvrir le coffre.

— Doux Jésus ! fit-elle, en examinant le contenu du chariot. On dirait qu'on part pour une expédition d'une semaine.

— Pas vraiment, répondit Bronson, mais j'aime bien être préparé.

Ensemble, ils transférèrent l'équipement à l'arrière de l'Espace. Bronson avait acheté des gants, des pelles, des pioches, des haches, des barres à mine, une boîte à outils, des sacs à dos, des chaussures de randonnée, des torches et des piles, une boussole, ainsi qu'une unité GPS portable et même une longue corde de remorquage.

— Une corde ? observa Angela. C'est censé nous servir à quoi, ça ?

— On peut l'utiliser pour tirer des rochers ou des troncs d'arbres sur le chemin, des trucs comme ça.

— Désolée de faire ma rabat-joie, fit Angela, mais cette Renault n'est absolument pas le type de voiture que j'utiliserais pour une excursion dans les collines.

— Je sais, je sais. Ce n'est pas du tout le véhicule approprié. Et c'est d'ailleurs pour cette raison qu'on ne va pas l'utiliser sur les sentiers. J'ai un plan, dit-il. On va simplement se servir de la Renault pour quitter San Cesareo dans la banlieue sud-est de Rome. J'ai consulté Internet la nuit dernière, et il y a une agence de location de voitures là-bas. On va laisser la Renault quelque part en ville, et j'ai réservé une Toyota Land Cruiser 4 x 4 à ton nom. Si on ne peut pas atteindre le site avec une telle voiture, la seule chose qui nous restera à faire est louer un hélicoptère.

Il était presque midi lorsqu'il gara la Renault Espace dans un parking à plusieurs niveaux, à San Cesareo. Ils parcoururent la centaine de mètres jusqu'au centre de location de voitures, et vingt minutes plus tard, ils apparurent à bord d'un Toyota Land Cruiser vieux d'un an qu'Angela avait loué pour deux jours, en utilisant sa carte bleue.

— Tu crois qu'on a bien fait d'utiliser ma Visa ? demanda-t-elle au moment ou Bronson immobilisait la Toyota à deux pas de la Renault Espace.

— Non, sûrement pas. L'ennui, c'est que tu ne peux pas louer de voiture *sans* utiliser une carte de crédit. Mais j'ose espérer qu'on sera déjà loin quand quelqu'un le remarquera.

Ils transférèrent toutes leurs affaires, dont leurs sacs de voyage dans la Toyota, puis ils fermèrent la Renault à clé et quittèrent les lieux.

— Ça fera parfaitement l'affaire, marmonna Bronson, en apercevant deux concessionnaires spécialisés dans les véhicules d'occasion aux abords de San Cesareo. Les deux sites semblaient miteux et les voitures étaient de vieilles occasions un peu cabossées. Ça ressemblait au genre d'endroit où les transactions en cash sont plutôt bien vues. Et cela convenait parfaitement à Bronson.

Il entra dans la première concession et marchanda avec le vendeur pendant une vingtaine de minutes environ, puis ressortit au volant d'une berline Nissan d'une dizaine d'années. La peinture était passée, et il y avait des bosses un peu partout sur la carrosserie, mais le moteur et la transmission semblaient en bon état, et les pneus étaient bons.

— Ça y est ? demanda Angela, en sortant de la Toyota.

— Oui. Je la conduirai. Contente-toi de me suivre et on fera un point une fois arrivés à Piglio.

La ville n'était pas loin et les routes étaient plutôt dégagées, donc cela ne leur prit pas trop de temps. Bronson gara la Nissan dans le parking d'un supermarché plus qu'à moitié plein et, quelques minutes plus tard, ils repartirent à bord de la Toyota.

En quittant Piglio, Bronson s'arrêta à une station-service, entra et en ressortit peu de temps après avec deux sacs remplis de sandwichs et de bouteilles d'eau.

— Tu peux lire la carte, s'il te plaît ? demanda Bronson. Il faut qu'on trouve une piste ou une route parallèle qui nous rapprochera le plus possible du site. Ça nous évitera de marcher pendant des kilomètres.

L'emplacement suggéré par l'inscription sur le *skyphos* se trouvait assez loin de la route principale et, une demi-heure plus tard, après avoir emprunté des routes de plus en plus étroites et cahoteuses, Angela lui demanda d'arrêter la Jeep afin qu'elle puisse leur expliquer où ils se trouvaient.

— Voilà où nous sommes maintenant, fit-elle, en indiquant une route blanche et non numérotée sur la carte, et cette ligne en pointillé là semble être la seule route des alentours.

— OK, le début de la piste doit se trouver juste à l'angle.

Bronson engagea de nouveau la Toyota sur le tarmac, conduisit sur une nouvelle centaine de mètres jusqu'à ce qu'il aperçoive une brèche dans les buissons qui longeait la voie. Il vira instantanément dans l'ouverture et actionna le mode 4 x 4.

— On dirait bien que d'autres Jeeps sont passées par là, observa-t-il, et peut-être un ou deux tracteurs également. Accroche-toi. Ça risque d'être assez inconfortable.

La piste principale semblait se terminer 200 mètres plus loin, mais des traces de pneus partaient dans plusieurs directions, et il emprunta la route qui semblait mener à la hauteur face à eux. Il fit grimper la Toyota sur un sol cahoteux et plein d'ornières sur un kilomètre pour atteindre un plateau parsemé de rochers semblables à des clous.

Bronson positionna la Jeep en travers d'un petit escarpement et coupa le moteur.

— Ça y est, déclara-t-il. C'est là que la route se termine. À partir de maintenant, on marche.

Ils sautèrent du Land Cruiser et regardèrent autour d'eux. Ils étaient entourés de bouquets d'arbres et d'arbustes et il n'y avait absolument aucun signe de présence humaine. Pas d'ordures, pas de clôtures, rien. Le vent soufflait délicatement sur leurs visages presque sans bruit. C'était l'un des endroits les plus paisibles que Bronson ait jamais eu l'occasion de visiter.

— C'est calme, n'est-ce pas ? demanda Angela.

— À mon avis, les seules personnes qui se sont aventurées par ici sont les bergers et quelques chasseurs occasionnels.

Bronson alluma le GPS et reporta les coordonnées géographiques sur la carte. Puis il les compara à son interprétation du schéma sur le côté du *skyphos*.

— Tout cela est un peu vague, marmonna-t-il, mais je *pense* qu'on se trouve au bon endroit.

Angela eut un léger frisson.

— Cet endroit me donne la chair de poule. On se tient là, debout, à l'endroit même où Marcus Asinius Marcellus se tenait, il y a deux mille ans de cela, fit-elle, en indiquant l'horizon. Le paysage que nous contemplons est à peu près identique à celui qu'il a certainement contemplé. Tu peux même comprendre pourquoi il a choisi ces six collines. Vu d'ici, ce sont les points de repère les plus proéminents, et de loin.

— Le problème, c'est que nous ne disposons pas de directions détaillées, observa Bronson, donc il va nous falloir vérifier tous les endroits susceptibles de correspondre à l'emplacement. Et ni les cartes ni le motif sur le *skyphos* ne nous seront d'une grande utilité.

— Et, à ton avis, qu'est-ce qui pourrait être un emplacement *possible* ? Si Marcellus a bel et bien enterré quelque chose dans le sol, il risque de n'y avoir aucun signe visible, pas après tout ce temps.

— Je ne pense pas que nous recherchions quelque chose d'enterré dans la terre. Ce qu'ils ont dû cacher était bien trop important pour cela, à mon avis, la cachette doit se trouver dans une caverne ou dans une chambre en pierre construite par l'homme, dont l'entrée aura été recouverte, probablement par des rochers ou de grosses pierres. C'est ça que nous devons chercher.

II

Gregori Mandino décrocha le téléphone à la troisième sonnerie. Il pensait – et espérait – que ce soit Pierro, qui allait lui apprendre qu'il avait déchiffré le diagramme sur la pierre, mais c'était Antonio Carlotti, son homme de main.

— On a des nouvelles plutôt inhabituelles, *capo*, débuta Carlotti. Vous m'avez dit que l'Anglais et sa femme avaient probablement quitté l'Italie et qu'ils étaient en route pour l'Angleterre ?

— Oui, pourquoi ?

— Le système de surveillance internet fonctionne toujours et des recherches plutôt pertinentes ont été répertoriées du côté de Santa Marinella.

— Où ça ?

— Santa Marinella. C'est une petite ville côtière au nord-ouest de Rome.

— Quel type de recherches ?

— Plus ou moins les mêmes que celles détectées à Cambridge. Elles proviennent d'une connexion wi-fi dans un petit hôtel de la ville. Il y a eu des recherches détaillées au sujet de Néron et d'un certain Marcus Asinius Marcellus.

— Ça ne peut être que Bronson. Pourquoi diable est-il *encore* en Italie, celui-là ? Et pourquoi est-il *encore* là à suivre cette piste ? Quand ces recherches ont-elles été enregistrées ? Aujourd'hui ?

— Non, hier soir. Et il y a une ou deux choses étranges. Ces recherches ont été suivies d'une autre recherche, concernant un *groma*. C'est un ancien outil d'arpentage utilisé par les Romains. Et nous avons repéré une autre activité sur le même réseau. Quelqu'un a téléchargé le programme Google Earth. C'est...

— Je sais ce que c'est, Carlotti. Quelles zones ont-ils recherché ?

— Nous l'ignorons, *capo*. Une fois que l'ordinateur a eu accès à Google Earth, impossible de surveiller ses activités. L'internaute travaillait à l'intérieur d'un système fermé.

— Tout ça ne me plaît guère. Je pense que Bronson est toujours dans le coin. Il a trouvé quelque chose au sujet des techniques d'arpentage romaines, et le fait qu'il soit allé sur Google Earth pourrait signifier qu'il a trouvé une sorte de piste. Rien d'autre ?

— Si. Dès que j'ai été tenu au courant de ces recherches, j'ai demandé à l'un de mes contacts dans la zone de Santa Marinella de vérifier qui avait séjourné dans l'un des hôtels de la ville. Il m'a rappelé quelques minutes plus tard. Il y avait deux clients anglais – un homme et sa femme – la nuit dernière, mais les gens de l'hôtel n'ont pas pu prendre leur nom car ils ont payé en liquide. Tout ce dont le réceptionniste se souvient, c'est qu'ils ont passé presque toute la soirée dans leur chambre. Et ils savent qu'ils ont utilisé Internet parce qu'ils le leur ont facturé. Ils conduisaient une Renault Espace avec une plaque britannique et sont partis tôt ce matin.

— Ça confirme ce que je pense. Qu'as-tu fait ?

— J'ai appelé l'un de mes contacts chez les *carabinieri*. Mais c'est la dernière info qui me préoccupe le plus, sachant ce qui s'est passé avec le rouleau.

— Je t'écoute.

— D'après l'un de mes autres contacts au sein des *carabinieri*, ce matin, une Toyota Land Cruiser a été louée dans un garage de San Cesareo, près de Rome, par une femme nommée Angela Lewis, qui a payé deux jours de location avec sa carte de crédit.

— Putain, marmonna Mandino.

— On dirait que Bronson est en train de suivre la même piste que nous, même si j'ignore comment il s'y est pris, observa Carlotti. Êtes-vous sûr que la pierre dans la maison n'avait jamais été exposée auparavant ?

— Absolument certain, mais j'ignore comment il a pu obtenir une autre copie du diagramme dévoilant l'emplacement du lieu d'enterrement. Et s'il a loué une Jeep, c'est qu'il sait où commencer ses recherches. Attends une minute, fit Mandino, tandis qu'une nouvelle pensée lui vint à l'esprit. Tu as bien dit que la Toyota avait été louée ce matin à San Cesareo ?

— Oui.

— OK, ça nous fournit au moins un point de départ. Fais en sorte que les *carabinieri* se lancent à la recherche de la Toyota.

— C'est déjà fait, *capo*. Autre chose ?

— Non. Tant que nous ne savons pas où ils se rendent, il n'y a rien d'autre que nous pouvons faire.

Mandino mit fin à l'appel puis composa le numéro de Rogan.

— Passe le téléphone à Pierro, ordonna-t-il, dès que Rogan décrocha le combiné.

— Pierro, j'écoute.

— C'est Mandino. Alors, ça se passe comment, le déchiffrage du diagramme ?

— Je n'ai pas encore terminé. Mais je suis sûr qu'avec le temps nous pourrons...

— Nous n'avons pas le temps, siffla Mandino. Je viens tout juste d'apprendre que Bronson a loué une Jeep dans un garage de l'est de Rome, et ça pourrait signifier qu'il a *déjà* déchiffré le motif. Quel endroit êtes-vous en train de chercher ?

— Principalement le nord de la ville, je pense en effet que Marcellus possédait des terres dans cette zone.

— J'ai comme l'impression que Bronson s'en sort mieux que vous, Pierro, et vous êtes censé être l'expert. Je suggère que vous commenciez à chercher à l'est de Rome, et plus vite que ça. S'il découvre la tombe avant nous, je risque d'être extrêmement déçu, et vous ne voulez pas qu'une telle chose se produise, n'est-ce pas ? Vous connaissez les enjeux.

Chapitre 23

I

— Tu as trouvé quelque chose ? demanda Bronson, tandis qu'Angela avançait, se frayant un chemin dans l'herbe haute.

Ils cherchaient depuis environ deux heures et n'avaient absolument rien trouvé, mis à part une poignée de cartouches usagées. Au début, ils avaient fouillé les environs ensemble, en suivant un plan quadrillé bien défini, puis ils s'étaient séparés afin de couvrir un plus grand territoire.

— Que dalle, répondit Angela. J'en ai ma claque, j'ai faim et j'ai soif. Je fais une pause.

Ils retournèrent à la Toyota en descendant la pente. Bronson ouvrit les portes et démarra le moteur, permettant à l'air conditionné bienvenu de les rafraîchir. Angela prit les sandwichs et demanda à Bronson de choisir.

— Je vais prendre le poulet salade, fit-il, avant d'ouvrir le paquet.

— Tu es certain qu'on est au bon endroit ? demanda Angela, en décortiquant le sandwich au jambon et en scrutant avec dégoût la viande rosâtre.

— Franchement, je n'en sais rien. Le problème, c'est que le point qui figure sur le diagramme du *skyphos* devait certainement couvrir une zone relativement large. Si quelqu'un avait inventé la boussole et en avait offert une à Marcellus pour qu'il puisse s'orienter avec précision, ça aurait été bien plus facile. Mais là, c'est comme si on tournait en rond dans le noir.

— Tu imagines vraiment qu'il a laissé une sorte de repère pour retrouver l'emplacement exact en cas de besoin ? dit Angela. Pour moi, toutes ces falaises et ces pentes se ressemblent.

— Quel type de repère ?

— Je ne sais pas – une flèche gravée à même la roche, un truc dans le genre.

— Il l'a peut-être fait, observa Bronson, mais la marque a dû s'éroder au cours des siècles.

— C'est très encourageant. Merci.

— Buvons quelque chose, suggéra Bronson, et puis on se remet au boulot.

Trois heures plus tard, ils cherchaient toujours. Ils avaient fouillé et examiné tout le plateau de long en large. Bronson était monté au sommet de la pente la plus élevée et y avait jeté un coup d'œil – mais il n'avait rien trouvé – tandis qu'Angela était grimpée sur les rangées de rochers accidentés qui dessinaient une sorte de périmètre rugueux autour du plateau.

Bronson était fin prêt à abandonner et à retourner sur le sentier lorsque Angela l'appela soudain.

— Qu'est-ce que c'est ?

Bronson marcha jusqu'à elle, près de l'escarpement qui délimitait la crête supérieure du plateau et un petit pas à gauche de l'endroit qu'ils n'avaient cessé de fouiller. À environ 1,50 mètre au-dessus du sol, il pouvait voir ce qui ressemblait à une petite lettre, un « V », gravé à même la roche, de 5 centimètres de haut, mais il était si usé et érodé que ce n'est qu'en touchant la pierre du bout des doigts qu'ils furent certains qu'il s'agissait bien d'un « V ». Il ne se trompaient pas.

— Tu le sens ? demanda Angela.

— Oui, je crois bien, répondit Bronson, mais il s'agit d'un « V » ou ce qui reste de la lettre « M » ou « W », voire une flèche vers le bas. C'est tellement érodé que ça pourrait être presque n'importe quoi.

Angela fit courir ses doigts sur la roche des deux côtés de la marque.

— Je ne trouve aucune autre lettre, observa-t-elle.

— Il n'y en a peut être pas, suggéra Bronson, et, selon moi, il s'agit bien d'un « V ». Marcellus ne voulait certainement pas qu'on trouve sa cachette par hasard, donc, s'il devait laisser un repère, autant qu'il soit le plus discret possible. Tout comme il n'a certainement pas souhaité laisser ses initiales sur la pierre. Un « V » pour « *VANIDICI* » était amplement suffisant d'après moi.

— Bon, qu'est-ce qu'on fait maintenant ? demanda Angela.

Bronson pointa du doigt la base du rocher face à eux : on y distinguait tout un conglomérat de grosses pierres qui n'avaient, de toute évidence, pas bougé depuis des années, voire des siècles.

— On essaie de regarder ce qu'il y a là-dessous, fit-il. Reste là. Je vais chercher la Jeep.

Il trottina jusqu'à la Toyota, démarra le moteur et dirigea le véhicule le plus près possible de la paroi rocheuse. Il ouvrit le coffre et en sortit la barre à mines, puis il inséra l'extrémité derrière l'un des plus petits rochers et fit levier. Le rocher se détacha et roula en produisant un craquement agréable.

— Tu veux de l'aide ? demanda Angela.

— Non, grogna Bronson, parce qu'il y a de foutus rochers super humides. Et c'est tout ce que je peux faire pour les bouger. Mais ce serait une bonne idée de prendre des photos chaque fois que j'en détache deux ou trois, à titre documentaire.

Angela marcha jusqu'à la Toyota pour y récupérer une bouteille d'eau ainsi que l'appareil photo numérique et Bronson détacha un autre gros rocher du sommet de la pile. Lorsque ce dernier roula, il fixa d'un air incrédule la roche située juste derrière.

— Angela, appela-t-il, sa voix trahissant une tension nerveuse.

— Quoi ?

— Laisse tomber l'eau, fit-il, mais apporte l'appareil photo tout de suite. On l'a trouvé.

Gravées à même la roche, directement derrière le gros rocher qu'il venait tout juste de déplacer, trois lettres capitales étaient inscrites, protégées des intempéries par les pierres qui les avaient recouvertes durant plusieurs siècles, et on pouvait très clairement lire : « H • V • L ».

— « *HIC VANIDICI LATITANT.* » « Ici gisent les menteurs », murmura doucement Bronson.

Pendant les dix minutes qui suivirent, il déplaça tous les gros rochers à l'exception de trois larges rocs à la base qui étaient simplement trop volumineux pour que l'on parvienne à les déplacer sans l'aide de la Toyota pour les tirer. Et il allait certainement avoir besoin d'une chaîne ou d'un câble en acier. Derrière ces rocs se trouvait une grosse pierre plate et presque circulaire, avec des marques de burin encore visibles, calée contre la façade de roche. À ses bords, on avait utilisé une sorte de mortier, comme pour colmater les espaces.

— C'est tout juste incroyable, suffoqua Angela. On dirait bien que Jeremy s'est trompé. Personne ne mettrait autant de rochers pour cacher quelques livres. Ça ressemble davantage à une tombe.

— Ils ont même essayé de sceller l'entrée, observa Bronson.

— C'était probablement une précaution pour écarter les charognards, juste au cas où Néron aurait eu besoin de récupérer les corps qu'il avait fait enterrer. Il n'aurait certainement pas apprécié que des renards ou d'autres animaux les aient dévorés.

— Pourquoi auraient-ils eu besoin de récupérer un cadavre ?

— Oh, pour plusieurs raisons, déclara Angela. La plus évidente était une sorte de vol autorisé.

— Tu pouvais dérober un cadavre ? demanda Bronson, tout en s'activant avec un marteau et un burin pour dégager le mortier en bordure de la pierre.

— C'était beaucoup plus subtil que ça. Dans le passé, de nombreux crimes, dont la trahison et la sorcellerie, pouvaient faire encourir des peines bien plus lourdes que la simple mort. Si un individu était déclaré coupable, tous ses biens étaient saisis par le roi. Il y a quelques cas répertoriés où l'on a déterré des cadavres. On les a ensuite habillés et fait asseoir dans une salle de tribunal pour qu'ils soient accusés de crimes comme ceux-là, tout simplement parce que le monarque régnant désirait récupérer leurs terres. Et, pour des raisons évidentes, l'accusé ne pouvait pas parler pour sa propre défense, donc le verdict était bien souvent couru d'avance.

— Bizarre.

— On peut le dire, en effet. Tu t'en sors ?

— J'ai retiré le mortier, l'informa Bronson, je devrais maintenant pouvoir la déplacer.

Il fit glisser la pointe de la barre à mines derrière le sommet de la pierre et fit levier vers le haut. Un léger craquement se fit entendre et la partie supérieure de la roche plate bougea de quelques centimètres en se décollant de l'escarpement rocheux.

— J'ai brisé le sceau, observa Bronson, mais je vais devoir utiliser la Toyota pour la déplacer complètement. C'est beaucoup trop lourd pour que je le fasse tout seul.

Il marcha jusqu'à la Toyota et revint quelques minutes plus tard avec une solide corde de remorquage. Il utilisa la barre à mines pour décoller la roche de l'escarpement de façon à pouvoir glisser la corde derrière, referma le mousqueton et alla ensuite attacher l'autre bout de la corde à l'anneau de remorquage de la Jeep.

— Ne reste pas dans les parages, ordonna-t-il à Angela, au cas où la corde casserait. En fait, tu ferais mieux de monter dans la voiture avec moi.

Il fit démarrer la Toyota et avança doucement pour permettre à la corde de se tendre, puis il augmenta progressivement la tension. Pendant quelques secondes, rien ne se passa mais le moteur diesel de la Toyota rugit et, soudain, le véhicule fit un bond en avant.

— Ça a dû faire l'affaire, observa Bronson.

Il coupa le moteur et quitta le véhicule.

Mais, en regardant à l'arrière de la Jeep, il se rendit compte que rien ne s'était passé. La corde s'était cassée au niveau de l'anneau de remorquage et, lorsqu'ils s'approchèrent de la roche, ils réalisèrent que la pierre ronde avait à peine bougé.

— Merde. J'aurais dû emporter un câble en acier. Je ne vois pas comment déplacer ce truc-là.

— On aurait peut-être dû louer une Toyota équipée d'un treuil, observa Angela, en fixant la pierre. Attends une seconde, Marcellus n'avait ni câble en acier ni turbo diesel, n'est-ce pas ? Mais il devait tout de même être capable de pénétrer dans la tombe.

— Oui, probablement. Et alors ?

— Alors c'est pour cette raison que la pierre est ronde. Tu as tenté de la tirer d'un seul bloc vers l'avant à bras le corps. On devrait pouvoir la faire rouler sur le côté.

— Tu as du génie, tu le sais, ça ? (Bronson s'accroupit sur le côté de la pierre et commença à retirer la terre et les débris. Puis il se releva.) Bingo ! s'exclama-t-il. Il y a une sorte de saignée creusée à même la roche, là, pour permettre à la pierre de rouler sur le côté.

Bronson grimpa au-dessus des rochers à l'autre extrémité de la pierre, plaça la barre à mine, à sa base et souleva. Avec une surprenante facilité, la pierre roula légèrement sur un ou deux centimètres dans la saignée.

— Continue, fit Angela.

Bronson fit encore levier et la pierre roula sur environ un mètre. Ils purent tous deux voir ce qui se trouvait derrière. On distinguait à présent l'entrée d'une petite caverne, dont l'ouverture était trop lisse et régulière pour être naturelle. Bien qu'ils aient réussi à déplacer la pierre circulaire, trois gros rochers obstruaient encore partiellement l'entrée.

— Tu ne peux pas déplacer ces gros rochers, fit Angela.

— Pas facilement ou peut-être pas du tout, admit Bronson, mais je pense que je peux ramper dans la cavité.

— Supposons que tout s'effondre dès que tu auras mis le pied à l'intérieur.

— Angela, cela fait deux mille ans que ce rocher n'a pas bougé, il devrait bien pouvoir tenir le coup encore dix minutes.

— Ouais, ben fais quand même attention.

— Je fais toujours attention. Passe-moi la lampe torche et l'appareil photo, s'il te plaît.

Bronson fit glisser l'appareil dans sa poche et alluma la lampe torche à l'entrée de la cavité.

— Tu peux voir quelque chose ? demanda Angela.

— Pas grand-chose. Il faut que je pénètre à l'intérieur.

Bronson s'allongea sur le ventre, plaça la torche devant lui et rampa à l'intérieur de la caverne.

II

La petite caverne faisait environ 3 mètres de long, 2 mètres de large avec un toit incurvé d'environ 1,20 mètre de haut et ne faisait plus que la moitié sur les côtés. Bronson s'accroupit et regarda autour de lui, le faisceau de la lampe torche éclairant les murs de pierre grossièrement taillés et le sol poussiéreux.

Angela avait bien évidemment raison : les « menteurs » n'étaient ni des livres ni des documents. Des deux côtés de la cavité se trouvaient étendues deux squelettes, tous deux très anciens et incroyablement fragiles. De minuscules lambeaux de tissu grossier étaient encore accrochés aux os par endroits. Le crâne de l'un des squelettes était posé à environ 30 centimètres de la vertèbre du cou.

— Qu'est-ce qu'il y a là-dedans ? demanda encore Angela.

— Attends une minute, fit Bronson, presque incapable de prononcer le moindre mot.

Il était comme bouleversé par le poids de l'histoire et le temps figé. Il tendit le bras et effleura les marques de burin sur les murs de pierre. Ils étaient aussi nets, tranchants et affûtés que s'ils avaient été faits hier. Même s'il savait que le maçon s'était éteint il y a plus de deux mille ans.

Il renifla l'air ambiant. Cela faisait légèrement penser à l'odeur d'une église ou d'une cathédrale : la caverne avait une odeur sèche de moisi, surchargée par une légère odeur de champignon. De champignon très, très vieux.

Puis il baissa les yeux en direction des deux pathétiques tas d'ossements et sentit les poils se dresser sur sa nuque.

— Il y a deux squelettes là-dedans, lui apprit-il, en observant attentivement le crâne détaché. Ce n'est plus que de la poussière et des os, mais c'est vraiment vieux. Mais je ne pense pas qu'ils soient morts de vieillesse.

— Tu veux dire qu'ils ont été assassinés ? Comment peux-tu en être sûr ?

— Attends un peu que je prenne quelques photos. Je n'ose pas les toucher. J'ai trop peur qu'ils tombent en miettes.

Bronson plaça la torche sur un rocher de manière à ce que son faisceau soit bien dans l'axe de la caverne et il commença à prendre des photos de l'intérieur de la chambre mortuaire. Il prit d'abord un plan panoramique de toute la structure, puis photographia le sol, le toit, les murs et l'entrée, avant de passer à la dépouille des corps. Il prit d'abord plusieurs photos de chaque corps, en entier, puis de nombreux plans rapprochés, en se concentrant sur le crâne et les os du cou, tout spécialement la vertèbre sectionnée du premier squelette. Sur le second cadavre, il prit plusieurs photos des poignets et des chevilles, d'où dépassaient encore des clous rouillés.

Bronson frissonna, mais ce n'était pas à cause du froid. Il jeta presque craintivement un coup d'œil autour de lui, dans cette tombe plus vieille que le temps lui-même, puis fixa de nouveau les ossements, qui reposaient ici depuis deux mille ans. Les ossements de deux hommes. L'un décapité, l'autre crucifié.

III

Le pilote fit pencher l'hélicoptère sur le côté afin que le nez de l'appareil soit face au vent, puis il opéra un léger piqué et se posa sur le sol. Il se tourna légèrement sur son siège et hocha la tête en regardant Mandino.

— Allez-y, ordonna Mandino, en agitant le bras vers la gauche, dans la direction où ils avaient repéré le 4 x 4 d'en haut, à environ 60 mètres plus loin dans le champ.

L'un des hommes fit glisser la porte latérale et bondit sur le sol. Il tendit la main, s'empara d'une kalachnikov et ôta le cran de sûreté. Il attendit que son collègue se montre, puis les deux hommes commencèrent à courir vite vers leur cible, leurs armes prêtes à faire feu.

Mandino et Rogan observèrent leur course bien à l'abri dans l'hélicoptère. Ils espéraient que Bronson et la femme les avaient conduits droit sur la tombe. Mandino était impressionné par leur ténacité. En d'autres circonstances, il aurait été prêt à leur laisser la vie sauve.

Les deux hommes se séparèrent à environ une trentaine de mètres du véhicule, de façon à s'approcher de deux côtés différents et constituer ainsi deux cibles en cas d'échange de coups de feu. Mandino les observa attentivement, mais le résultat n'était absolument pas à la hauteur de ses espérances. Les deux hommes baissèrent presque instantanément leur fusil d'assaut, scrutèrent l'intérieur de la Jeep et revinrent au pas de course vers l'hélicoptère.

Mandino attendit qu'ils se soient attachés et qu'ils aient enfilé leur casque avant de les bombarder de questions.

— Que s'est-il passé ?

— Ce n'est pas la bonne Jeep, répliqua l'un d'eux, en haletant légèrement. Nous recherchons une Toyota Land Cruiser, c'est bien ça ?

— Oui, répondit Mandino.

— Eh bien, il s'agit là d'une Nissan Patrol à faible écartement d'essieu. Elle ressemble à la Toyota, mais c'est une autre voiture. Celle-ci a un porte-fusil à l'arrière et le capot est froid. Elle doit certainement appartenir à un chasseur ou à un fermier du coin qui est venu jusqu'ici ce matin et qui doit encore se trouver quelque part dans les collines.

— Merde, marmonna Mandino, avant de se tourner vers le pilote. Décollez. Ils doivent bien se trouver quelque part.

Une fois avoir enregistré la scène dans la carte mémoire de son appareil photo, Bronson étudia de nouveau la caverne. Il n'arrivait pas à comprendre comment deux cadavres en décomposition – même si l'un avait été décapité et l'autre crucifié – pouvaient avoir eu autant d'importance aux yeux d'un empereur romain. Les cadavres n'étaient pas chose rare dans la Rome antique, donc soit ces deux victimes avaient *vraiment* quelque chose de spécial, soit quelque chose d'autre était caché dans la caverne.

Bronson glissa l'appareil dans sa poche et éclaira la chambre mortuaire à l'aide de sa lampe torche, en inspectant chaque parcelle de mur. Ce n'est qu'après avoir examiné l'intérieur une seconde fois qu'il vit, tout au fond de la caverne, ce qui ressemblait à une roche taillée. Le haut et les côtés à angle droit. Peut-être trouverait-il une inscription ou quelque chose qui expliquerait ce qu'il venait de découvrir.

Il rampa sur le sol mais, lorsqu'il atteignit la pierre, il ne put voir aucune inscription. On aurait dit que quelqu'un avait aplani la surface supérieure pour préparer une inscription mais qu'il n'avait jamais terminé le travail.

Ce n'est qu'alors qu'il se préparait à reculer qu'il remarqua une ligne de nature plus sombre tout autour de la partie inférieure de la pierre. Il rampa de nouveau pour l'étudier plus attentivement. Il réalisa alors que ce qu'il avait pris pour une roche taillée était en réalité une pierre aplanie posée sur une autre pierre plus large, un peu comme le ferait un couvercle. L'espace entre les deux avait été scellé avec ce qui ressemblait à de la cire épaisse.

Le cœur de Bronson se mit à battre plus fort. Les deux pierres formaient de toute évidence une sorte de coffre, et ce qu'il renfermait était caché à l'abri des éléments depuis deux mille ans. Tout cela faisait sens. Il n'y avait pas que les corps qui avaient de l'importance, mais aussi ce qui avait été enterré avec eux.

Il prit deux photos des deux pierres, puis essaya de soulever la dalle supérieure. Elle était bien scellée. Il allait devoir faire levier pour déplacer le couvercle de pierre.

Bronson rampa jusqu'à l'entrée de la caverne et appela Angela.

— J'ai trouvé autre chose, indiqua-t-il, mais je vais avoir besoin de la barre à mines pour y accéder.

— Attends une minute.

Pendant quelques secondes, ce fut le silence, puis Bronson entendit le tintement de l'acier sur la roche et l'extrémité de l'outil finit par apparaître dans l'entrée étroite de la chambre mortuaire.

— Merci.

Il rampa de nouveau à l'autre extrémité de la caverne et glissa la pointe de la barre dans la cire. Mais cette cire ou il ne savait quoi était bien plus solide qu'elle n'y paraissait. Il essaya de nouveau, mais cette fois en glissant solidement l'outil entre les deux dalles, puis tenta de soulever la pierre supérieure.

Elle ne bougea pas d'un iota. Il allait devoir briser le sceau de cire tout autour de la pierre avant de pouvoir la déplacer. Il en déduisit que le joint était hermétique, ce qui signifiait que ce qui était caché à l'intérieur du « coffre » de pierre était probablement très bien conservé. Bronson enfonça de nouveau la pince dans la cire, d'un côté puis de l'autre, et parvint à la dégager.

Il y eut soudain un appel d'air à l'intérieur de l'objet, le bruit d'une expiration semblable à un faible soupir, et Bronson se pencha en arrière en guise de défense. Puis il se ressaisit. Ce n'était que l'air emprisonné qui s'échappait, rien de plus.

Il répéta l'opération tout autour de la pierre.

— Il y en a un autre, s'écria le pilote, et de nouveau Mandino scruta à travers le pare-brise dans la direction que lui indiquait l'homme.

Près d'une façade de roche, à environ un kilomètre, on pouvait distinguer un véhicule qui ressemblait comme deux gouttes d'eau à un 4 x 4. C'était le troisième qu'ils voyaient, et il commençait à se demander s'il n'avait pas surestimé Bronson. Il avait peut-être loué la Toyota en préparation de la fouille, mais n'avait pas encore localisé l'emplacement de la tombe.

— Allons y jeter un coup d'œil, ordonna Mandino, et le pilote opéra un virage en direction du véhicule, au loin, puis amorça sa descente.

Bronson avait dégagé presque tout le joint autour de la pierre et, une nouvelle fois, il inséra la barre sous la bordure et appuya. Cette fois, la pierre bougea très légèrement. Il accrut légèrement la pression. Avec un soudain craquement, le joint de cire finit par céder, le couvercle de pierre fut déplacé sur le côté et tomba lourdement sur le sol de la caverne.

Bronson plongea la main dans le creux peu profond. Il en sortit deux tablettes en bois d'à peu près la taille et la forme d'un livre de notre époque ainsi qu'un très petit parchemin. Ce dernier ressemblait fort à celui qu'ils avaient découvert dans le *skyphos*, mais il n'avait jamais vu de telles tablettes auparavant. Chacune d'entre elles comprenait deux pièces plates en bois réunies sur le plus grand côté par une bande or, ce qui pouvait ressembler à un fil faisant usage de charnière rudimentaire. De petits trous avaient étaient percés à travers les trois autres bords, pour laisser passer des bouts de fil, comme pour empêcher l'ouverture des deux tablettes. Les trois reliques semblaient en excellent état.

Il sortit son appareil numérique, vérifia qu'il lui restait assez de mémoire sur sa carte et prit encore plusieurs photos.

À l'extérieur, devant l'entrée de la caverne, Angela était adossée contre un rocher, le visage face au soleil.

Elle entendit soudain et très clairement un vrombissement, et fit quelques pas autour du rocher pour regarder. Bien qu'encore assez loin, un hélicoptère fonçait droit sur eux. Elle s'accroupit à l'entrée de la caverne et s'écria :

— Chris ! Il y a un hélico qui arrive droit sur nous.

— J'ai vu quelqu'un bouger près de ces rochers, observa le pilote, près de la Jeep. On dirait une femme.

— Excellent, marmonna Mandino. Maintenant, on les tient. (Il se tourna sur son siège et regarda Rogan en hochant la tête.) Tiens-toi prêt, ordonna-t-il.

Bronson s'empara des deux objets semblables qui faisaient penser à des livres ainsi que du parchemin, et rebroussa chemin le plus vite possible. Arrivé au niveau de l'entrée, il les passa à Angela, puis s'extirpa du mieux qu'il put. En émergeant à la lumière du jour, il put apercevoir l'hélicoptère qui s'apprêtait à amorcer sa descente, à environ 50 mètres.

— File à la voiture, s'écria-t-il.

Ils coururent jusqu'à la Toyota et grimpèrent à l'intérieur. Angela tendit le bras en direction de la banquette arrière, saisit une serviette qu'elle avait apportée et y enveloppa les reliques, puis elle glissa le tout dans la boîte à gants devant elle. Bronson démarra, passa la première et lança le gros véhicule à travers le plateau, loin de la caverne.

— Pour l'amour de Dieu, posez cette machine, s'exclama Mandino tout en observant la Toyota qui quittait la paroi du rocher en un rugissement.

Il ne fut pas inquiet de voir Bronson prendre la fuite – il savait que la route pavée était à plus d'un kilomètre et demi et que l'hélicoptère allait pouvoir rattraper le véhicule avant même qu'il n'atteigne cette même route. Le plus important était de savoir ce que l'Anglais avait découvert.

— C'est impossible, leur apprit le pilote. Le sol est si irrégulier. Je ne peux pas prendre le risque de le poser. Il y a des rochers partout. La meilleure chose à faire, c'est que je me rapproche du sol et que vous sautiez.

— Assez d'explications, espèce d'idiot. Fais-le.

Le pilote abaissa le pas collectif pour que le patin droit touche le sol, puis il maintint l'appareil à niveau au-dessus du sol.

Mandino arracha son casque et sauta, suivi de Rogan et des deux *picciotti*. Les quatre hommes coururent jusqu'à l'entrée de la caverne.

— « *HIC VANIDICI LATITANT* », observa Mandino, en fixant les trois lettres sculptées à l'entrée de la cavité, en haut.

S'ils avaient effrayé Bronson avant qu'il ne parvienne à fouiller la caverne, alors l'affaire était réglée. En revanche, si l'Anglais avait récupéré quoi que ce soit sur le site, ils allaient devoir l'arrêter. Et ils allaient devoir le faire avant qu'il n'atteigne le bas de la colline.

— Toi, ordonna-t-il en pointant du doigt le plus petit des deux hommes de main, rentre là-dedans et va voir ce que tu peux y trouver.

L'homme retira docilement sa veste et son holster. Rogan lui tendit une torche et il se faufila à l'intérieur de la caverne.

Moins de trente secondes plus tard, il ressortit la tête.

— Il n'y a que deux squelettes là-dedans, dit-il. Et ils sont très vieux, à mon avis.

— Laisse tomber, ordonna Mandino. Je sais très bien qui ils sont. Ce que tu dois chercher, ce sont des livres ou des parchemins, tout ce qui peut y ressembler.

L'homme disparut de nouveau dans la caverne, mais réapparut quelques minutes plus tard.

— Je n'ai rien trouvé de ce genre, fit-il, mais au fond de la caverne, il y a une sorte de coffre en pierre, un simple rocher évidé, et une autre pierre plate qui sert de couvercle. Elle est vide et il y a quelques marques dans la poussière à l'intérieur. Je pense qu'il y avait *quelque chose* dedans, mais que quelqu'un l'a récupérée.

Mandino jura.

— On retourne à l'hélico et fissa, ordonna-t-il. Il faut à tout prix arrêter Bronson, par tous les moyens.

Chapitre 24

Angela était fermement harnachée, mais elle était tout de même parvenue à se retourner pour regarder derrière elle.

— Tu les vois ? s'écria Bronson, dont la voix était couverte par le rugissement du moteur et le craquement de la suspension, tandis que la Toyota bondissait au-dessus du sentier cahoteux et plein d'ornières.

— Pas encore, s'exclama-t-elle. À quelle distance la route principale se trouve-t-elle ?

— Elle est encore bien loin. Cet hélico va bientôt nous rattraper.

L'hélicoptère décolla au moment où les quatre hommes attachaient leur ceinture, et il vira immédiatement en direction de l'ouest, filant vers la bordure du plateau et le sentier qu'avait emprunté Bronson, Mandino le savait, pour rejoindre la route principale.

Il se retourna sur son siège.

— Il *faut* à tout prix les arrêter avant qu'ils n'atteignent la route, dit-il, en pointant du doigt l'homme assis à côté de Rogan. Tu es le meilleur tireur. Lorsqu'on sera devant eux, sers-toi de ta kalachnikov et essaie de mettre la Jeep hors d'action. Vise les pneus et le moteur, si tu peux. Si elle ne s'arrête pas, alors vise-les directement, mais je préférerais les garder en vie, si possible.

L'homme s'empara de son fusil d'assaut AK47, retira le magasin incurvé et engagea la balle dans la culasse. Il vérifia que les cartouches étaient correctement chargées, enfila le chargeur d'un coup sec et arma le fusil.

— Je suis prêt, dit-il.

L'autre homme tendit le bras, fit glisser la porte coulissante de l'hélicoptère et la cala en position ouverte.

Sur le siège avant, Mandino se pencha légèrement, scrutant le terrain sous ses yeux à la recherche du 4 x 4 en fuite. Puis il pointa du doigt un nuage de poussière qui s'élevait de la piste irrégulière et à peine visible serpentant au pied de la colline, devant eux.

— Il est là, s'écria-t-il.

Le pilote acquiesça, inclina le nez de l'appareil vers le bas et accéléra en direction d'un point, plus bas sur le flanc de la colline.

Bronson conduisait avec rudesse, comme il ne l'avait jamais fait encore au cours de sa vie. Il savait pertinemment qui se trouvait dans ce satané hélicoptère. Et il savait aussi très bien ce qui leur arriverait s'ils ne parvenaient pas à s'échapper.

Angela serra le bras de Bronson et pointa du doigt un point sur la gauche : l'hélicoptère suivait leur trace, longeant la voiture à environ 50 mètres et à basse altitude, les rattrapant sans effort.

— Le voilà ! cria-t-elle.

Bronson quitta la route des yeux pendant une nanoseconde. L'appareil était suffisamment près pour qu'il aperçoive un homme tenant un fusil d'assaut.

— Merde, ils ont une kalachnikov, s'écria-t-il. Accroche-toi.

— Ça va aussi mal que ça ? s'exclama Angela.

— Pire encore.

L'hélicoptère plongea en piqué et disparut soudain derrière un bouquet d'arbres.

— Ils atterrissent ? demanda Angela désespérément.

— Non, je ne crois pas. À mon avis, le pilote va tenter de bloquer le sentier qui mène à la route, pour que l'homme à la kalachnikov puisse tirer dans le moteur.

— Qu'est-ce qu'on va faire ?

Bronson écrasa violemment la pédale de frein, puis tourna brusquement le volant vers la gauche.

— On dégage du sentier, fit-il.

Il s'éloigna de la piste cahoteuse, en cherchant le meilleur chemin possible entre les arbres et les buissons, tout en conduisant la Jeep vers le bas de la colline, en direction de la route principale.

Bronson avait vu juste. Le pilote de l'hélicoptère avait descendu l'appareil presque au ras du sol, en travers de la piste, le côté de l'appareil faisant face à la colline, et l'homme à la kalachnikov en attente de sa cible.

Mais, au bout de deux minutes, la Toyota n'apparaissait toujours pas.

— Il a dû quitter la piste, observa Mandino. Redécollez et trouvez-le. Et cette fois, ne le perdez pas de vue en amorçant la descente.

Quelques secondes plus tard, le pilote localisa de nouveau la Jeep. La Toyota poursuivit un chemin irrégulier et imprévisible vers le bas de la colline, embardée sur embardée. Bronson slalomait entre les arbres et autres obstacles sur le flanc de la colline.

— Descendez par là, ordonna Mandino, en indiquant le bas de la colline, là où les arbres devenaient de plus en plus volumineux et entre lesquels la piste serpentait.

Bronson allait devoir passer par cet endroit s'il voulait rejoindre la route.

— Vous voulez que je me pose ? demanda le pilote.

— Non. Non, descendez à basse altitude et stabilisez l'appareil. Mon *piccioto* a besoin d'une plate-forme stable pour mettre toutes les chances de son côté et toucher sa cible.

Tandis que la Toyota poursuivait sa descente vers le bas de la colline à toute allure, dans leur direction, l'hélicoptère plongea en piqué. Le véhicule ne se trouvait plus qu'à moins de 100 mètres quand l'homme à la kalachnikov commença à ouvrir le feu.

— Que le spectacle commence, marmonna Bronson quand il vit les éclairs du canon.

Il donnait des grands coups de volant, pour empêcher le tireur d'ajuster son tir. Puis il retira sa main du volant le temps de passer à Angela le Beretta qu'il avait récupéré sur le garde du corps de Mandino. L'arme était plus petite que le browning, et il se dit qu'elle allait être plus facile à manier pour Angela.

— Prends-le dans ta main droite, s'écria-t-il, pour couvrir le bruit du moteur, mais ne mets pas ton doigt sur la gâchette. (Il regarda brièvement sur les côtés.) Maintenant prends la retenue au bout du pistolet, là où c'est crénelé, tire-la vers toi et relâche-la.

On entendit un cliquetis métallique caractéristique lorsque Angela tira sur la coulisse et la relâcha, introduisant une cartouche dans la chambre du pistolet.

— Maintenant, regarde à l'arrière du pistolet, poursuivit Bronson, en dirigeant la Toyota de façon toujours aussi aléatoire sur le sol rugueux. Est-ce que le pistolet est armé ?

— Il y a un petit bout de métal pointé vers l'arrière, dit-elle, en observant l'arme.

— C'est ça. Maintenant, tiens-le dans ta main droite et bouge ton pouce vers le haut jusqu'à ce que tu trouves un petit levier sur le côté.

— Ça y est.

— C'est le cran de sûreté, l'informa Bronson. Quand tu veux tirer au pistolet, il faut le rabaisser. Et pointe toujours l'arme du côté de la fenêtre, s'il te plaît, ajouta-t-il, lorsque Angela déplaça légèrement le Beretta dans sa direction.

— Seigneur, je n'ai jamais tiré au pistolet de ma vie.

— C'est facile. Contente-toi d'appuyer sur la gâchette jusqu'à ce que tu aies vidé le chargeur.

Lorsqu'ils se trouvèrent à environ 50 mètres de l'hélicoptère, Bronson baissa la fenêtre du côté d'Angela.

— Tu peux commencer à tirer, s'écria-t-il.

Angela visa l'hélicoptère et tressaillit en pressant la détente.

Si elle parvenait à toucher l'hélicoptère, ce serait un vrai miracle, se dit Bronson. Tirer avec une arme relativement peu précise d'un véhicule à pleine vitesse à travers un champ aussi cahoteux que s'il venait d'être labouré n'avait plus grand-chose à voir avec un tir de précision. Mais les hélicoptères étaient relativement fragiles, et il y avait des chances pour que le pilote redécolle de peur que l'hélico ne soit touché et pour se mettre hors de danger. En de pareilles circonstances, c'était tout ce qu'ils pouvaient espérer.

Tandis qu'Angela tirait son premier coup de feu, une balle traversa le pare-brise et passa directement entre eux avant de transpercer le coffre.

Le verre brisé les rendit tous deux nerveux. Bronson fit une nouvelle embardée sur la gauche, puis sur la droite, risquant de renverser la Toyota.

Angela hurla et lâcha le pistolet. L'arme tomba dans l'espace entre son siège et la portière. Elle se pencha en avant pour tenter de le récupérer mais elle ne pouvait l'atteindre.

— Je suis désolée, Chris, s'exclama-t-elle. Il va falloir que j'ouvre la porte pour le récupérer.

— Non, n'essaie pas. C'est trop tard. Accroche-toi.

Il ne leur restait plus aucune option. Bronson accéléra la cadence et fonça droit vers l'hélicoptère.

Mandino hurlait sur l'homme à la kalachnikov qui, malgré la faible distance entre lui et sa cible, ne parvenait toujours pas à l'atteindre.

Le gangster tira deux nouveaux coups de feu sur le véhicule qui approchait en trombe. Et l'AK47 se tut après avoir vidé ses dernières cartouches. Il dégagea le chargeur vide, en saisit un autre et le mit en place d'un coup sec mais, pendant ces quelques secondes, la Toyota avait déjà parcouru une dizaine de mètres supplémentaires, et semblait accélérer. Il arma l'AK47, la mit en automatique pour mettre toutes les chances de son côté. À une telle distance – probablement moins de 20 mètres –, il ne pouvait pas manquer sa cible.

Le pilote regarda la Jeep approcher avec un sentiment grandissant de peur. Il perdit son calme lorsque la Toyota fut à moins de 15 mètres. Il tira le pas collectif, mit les pleins gaz et l'hélicoptère s'éleva d'un bond dans les airs. À ce moment précis, à l'arrière de l'appareil, le gangster appuya sur la détente et envoya une volée de balles de 7.62 millimètres en continu directement sur la Jeep. Il l'avait bien en joue, mais le bond opéré par l'hélicoptère le prit par surprise et les balles finirent écrasées sur le sol sans avoir touché leur cible.

— Qu'est-ce que vous foutez ? cria Mandino en direction du pilote.

— Je vous sauve la vie, voilà ce que je fais. Si cette Jeep nous avait heurtés, on serait tous morts.

— C'était juste une manœuvre d'intimidation. Il aurait tourné au dernier moment.

— Je préfère ne pas tenter le diable. J'ai déjà vu à quoi ressemble un crash d'hélicoptère, siffla le pilote, lorsqu'il dirigeait l'appareil en direction de la route principale, suivant de nouveau le nuage de fumée provoqué par la Toyota.

Tandis que la Toyota rugissait sous l'hélicoptère, Bronson accéléra de plus belle et retourna sur la piste cahoteuse.

— Doux Jésus ! murmura Angela. J'ai vraiment cru qu'on allait se le prendre.

— C'était à deux doigts, en effet, concéda Bronson. S'il n'avait pas redécollé, j'allais faire une embardée face à lui.

— Pourquoi pas à l'arrière ? demanda Angela. Il y a plus de place derrière lui.

— Oui, mais c'est une mauvaise idée. Il y a le rotor à l'arrière. Si jamais tu le touches, tu peux être sûre de te retrouver coupée comme une tranche de salami. Au fait, ajouta-t-il en plaisantant, j'ose espérer que tu as pris une assurance tous risques quand tu as loué cette voiture. Car il me semble qu'elle a quelques trous maintenant.

Angela lui adressa un bref sourire, puis elle scruta le ciel derrière eux.

— L'hélico fonce de nouveau sur nous.

— Je le vois, indiqua Bronson, en jetant un coup d'œil au rétroviseur extérieur. Mais maintenant, on n'est plus qu'à 200 mètres de la route.

— Et tu penses qu'on sera en sécurité ? demanda Angela, apparemment peu convaincue.

— Je n'en sais rien, mais je l'espère. La dernière chose dont ces types ont besoin, c'est de publicité, et tirer sur une voiture au beau milieu d'une route publique à partir d'un hélicoptère est la meilleure façon d'attirer l'attention des médias. J'espère qu'ils vont se contenter de nous suivre et essayer de nous mettre la main dessus dès qu'on s'arrêtera quelque part. Nous n'avons pas le choix.

Arrivés en fin de piste, Bronson regarda des deux côtés, puis engagea la Toyota sur la route et écrasa le champignon à fond. Le turbo diesel s'enclencha dans un rugissement et la grosse Jeep fila à tombeau ouvert en direction de Piglio.

Mandino était enroué à force de hurler des ordres.

— Grâce à votre totale incompétence, cria-t-il au pilote, ils ont maintenant réussi à rejoindre la route.

— Je peux les abattre, déclara le tireur. Ils vont conduire en ligne droite, ils seront une cible facile.

— C'est censé être une opération top-secrète, fit sèchement Mandino. On ne va pas commencer à tirer à l'arme automatique sur un véhicule au beau milieu d'une voie publique. (Il asséna une petite tape sur le bras du pilote.) Combien nous reste-t-il de carburant ?

L'homme étudia le tableau de bord.

— Suffisamment pour continuer à voler pendant quatre-vingt-dix minutes.

— Parfait. On va ralentir la cadence et les suivre. Tôt ou tard, ils vont bien finir par s'arrêter quelque part, et c'est alors qu'on les cueillera.

— Je n'arrive plus à voir l'hélicoptère, dit Angela, en tendant le cou à la fenêtre de la Toyota. Ils ont peut-être abandonné.

Bronson secoua la tête.

— Aucune chance, fit-il. Il est quelque part dans notre dos.

— Tu penses qu'on peut le semer ?

— Même pas en Ferrari, répondit-il, mais j'espère qu'on n'aura pas à le faire. Si je peux rejoindre Piglio, ça devrait suffire.

La circulation était fluide sur les routes de campagne, mais il y avait tout de même assez de voitures, pensait Bronson, pour empêcher leurs poursuivants de poser l'hélicoptère sur la route et tenter de les arrêter. Il releva la tête et pointa du doigt un panneau indicateur.

— Piglio, fit-il, nous y sommes.

L'hélicoptère volait à une altitude d'environ 160 mètres. Lorsqu'ils aperçurent la Toyota entrer dans la ville, sous leurs yeux, Mandino ordonna au pilote de descendre plus bas.

— Où sommes-nous ? demanda Mandino.

— Dans un endroit appelé Piglio, indiqua Rogan. Il était en train de tracer leur emplacement sur une carte topographique, au cas où ils auraient besoin de demander de l'aide au sol.

C'était une petite ville mais ils ne pouvaient pas se permettre de perdre leur proie dans les rues latérales. La Toyota avait été obligée de ralentir, en raison de la circulation plus dense, et l'hélicoptère faisait presque du surplace, pendant que les hommes surveillaient attentivement la route.

— Ne les perdez pas de vue, ordonna Mandino.

— On y est presque, déclara Bronson, en tournant dans l'une des rues adjacentes et en suivant les panneaux qui menaient à un supermarché. Quelques secondes plus tard, il engagea la Jeep dans le parking, trouva une place libre, immobilisa le véhicule et en descendit.

— N'oublie pas les reliques, fit-il, tandis qu'Angela le suivait.

Elle glissa délicatement la serviette et son précieux contenu dans un sac.

— Tu as l'appareil photo ? demanda-t-elle.

— Oui. Allez, viens.

Bronson la guida jusqu'à l'entrée du supermarché, où plusieurs clients observaient l'hélicoptère, en surplace, à plus d'une centaine de mètres de distance.

— Atterrissez aussi près que possible, ordonna Mandino au pilote.

— Je ne peux pas me poser sur le parking – il n'y a pas assez de place – mais il y une parcelle de terrain libre, là-bas.

— Faites vite. Une fois qu'on sera sortis, redécollez. Rogan, reste dans l'appareil et garde ton portable allumé.

Le pilote opéra un virage sur la droite et descendit en direction de la parcelle d'herbe jouxtant le parking du supermarché.

— La Nissan est ici, n'est-ce pas ? demanda Angela.

— Oui, mais on ne peut pas y monter et foutre le camp. Ça ne mènerait à rien. On va se contenter d'attendre.

Bronson tira Angela sur la gauche du couloir d'entrée et observa attentivement l'hélicoptère.

— À mon avis, ils vont atterrir pour lancer des hommes à nos trousses, observa-t-il, et ils ne peuvent pas poser l'hélico sur le parking. Il y a beaucoup trop de monde. J'avais raison, le voilà.

Il observa l'hélicoptère virer sur la gauche et commencer à descendre.

— Et on marche, on ne court pas, ajouta-t-il, en serrant le bras d'Angela.

Sans même relever la tête vers l'hélico, ils se rendirent à l'endroit où Bronson avait garé la Nissan. Il ouvrit les portières, monta dans la voiture et démarra, puis il quitta la place de parking et dirigea la vieille voiture sans la moindre hâte, loin du bâtiment.

Trente secondes plus tard, Mandino et ses deux hommes accoururent sur le parking, fonçant droit vers la Toyota, l'hélicoptère toujours en position au-dessus de leurs têtes.

Mais Bronson était déjà loin, en route pour la Via Prenestina et Rome.

Une heure plus tard, après une fouille minutieuse du parking du supermarché, Gregori Mandino fut contraint de voir la réalité en face : Bronson et Lewis leur avaient tout bonnement échappé. La Toyota avait été abandonnée dans le parking et attirait déjà l'attention en raison des nombreux impacts de balles sur le pare-brise et la carrosserie. Ils scrutèrent l'arrière du véhicule et virent les outils et l'équipement qui étaient toujours là. L'un des hommes de main avait planté son canif dans les deux pneus avant pour s'assurer que leur proie ne sortirait pas du parking.

Les trois hommes avaient regardé partout à l'intérieur du supermarché, puis avaient étendu leurs recherches aux rues avoisinantes et dans les boutiques – et même dans quelques cafés, restaurants et hôtels – mais sans résultat.

— Ils avaient peut-être un complice qui les attendait, suggéra Rogan. Bon, qu'est-ce qu'on fait, maintenant ?

— Ce n'est pas encore terminé, grogna Mandino. Ils sont toujours quelque part en Italie, sur mon territoire. Je vais les trouver et les tuer tous les deux, je peux vous le garantir.

Chapitre 25

I

— Il faut à tout prix dénicher un expert pour qu'il y jette un coup d'œil, observa Angela.

Ils étaient de nouveau retournés sur la côte ouest italienne et avaient réservé une chambre à deux lits dans un minuscule hôtel, à deux pas de Livourne. Après quelques verres au bar et un dîner plutôt tardif, ils étaient retournés à leur chambre. Bronson avait ensuite branché son ordinateur portable et transféré les photographies à partir de la carte mémoire de son appareil.

Ils avaient enregistré les photos prises dans la tombe sur quatre CD. Il en donna un à Angela, en glissa deux autres dans des enveloppes pour les poster à l'adresse d'Angela en Angleterre et en conserva un pour lui.

Ils purent ensuite déballer les trois reliques que Bronson avait récupérées dans la chambre mortuaire. Angela étala les serviettes sur la petite table de leur chambre, enfila une paire de gants fins en latex et transféra délicatement les trois objets sur la table.

— Qu'est-ce que c'est exactement ?

— Ces deux-là sont deux diptyques. C'est une sorte de bloc-notes rudimentaire. Leurs surfaces intérieures sont recouvertes de cire pour que quelqu'un puisse noter quelque chose, puis l'effacer en grattant la surface de cire à l'aide d'un objet. Mais ces diptyques sont assez spéciaux, je dois dire, poursuivit-elle. Tu vois ça ? demanda-t-elle en pointant du doigt un petit morceau de cire accroché à un fil enroulé dans une série de trous percés sur les bords des tablettes de bois. (Le fil s'était rompu à différents endroits sur chacune des deux reliques, mais Angela n'avait pas tenté de le retirer pas plus qu'elle n'avait essayé d'ouvrir les diptyques. Bronson acquiesça.) Le fil est appelé *linum* et les perforations, des *foramina*. Pour éviter que les tablettes ne soient ouvertes, le fil devait être sécurisé par un sceau, comme celui-ci. C'était souvent utilisé avec les documents légaux comme précaution contre les faussaires.

— Donc, si je comprends bien, on vient de retrouver des documents légaux du Ier siècle.

— Oh, ces documents sont plus importants que ça. Bien plus. Ce sceau, j'en suis presque sûre, est le timbre impérial de l'empereur Néron. Tu te rends compte ? Trouver un texte inconnu de cette période de l'histoire dans cet état ? C'est extrêmement rare. Le sceau de cire autour de la pierre dans la caverne semble l'avoir parfaitement préservé. C'est un peu comme le tombeau de Toutankhamon. C'est aussi inhabituel.

— Toutankhamon, peut-être, mais sans l'or et les bijoux, observa Bronson en étudiant plus attentivement les diptyques. Je les trouve un peu défraîchis, moi.

— C'est juste la peinture ou le vernis à l'extérieur. Le bois lui-même semble être en parfait état. C'est une découverte *vraiment* importante, Chris.

— Tu n'as pas l'intention des les ouvrir ? demanda Bronson.

Angela fit non de la tête.

— Je te l'ai déjà dit... ce n'est pas mon domaine d'expertise. On doit à tout prix les confier à un expert, et chaque stade de l'ouverture doit être observé et enregistré avec précaution.

— Et qu'est-ce qu'on fait du rouleau ? Tu pourrais y jeter un coup d'œil. Tu connais suffisamment le latin pour le faire, je présume.

— Oui, fit Angela d'un ton hésitant. Je peux tenter d'en traduire un peu, en effet.

Les mains tremblantes, elle prit le rouleau et lentement, avec une infime précaution, elle déroula les cinq ou dix premiers centimètres. Elle fixa ensuite le texte en latin, dont l'encre semblait aussi noire que le jour où il avait été écrit, et lut les mots pour elle-même, en remuant délicatement les lèvres.

— Alors ? demanda Bronson.

Angela secoua la tête.

— Je ne peux pas être sûre, dit-elle distraitement. Ça ne peut pas être vrai... C'est tout juste impossible.

— Qu'est-ce qui ne peut pas être vrai ? Qu'est-ce qu'il y a ?

— Non. Ma traduction doit être fausse. Écoute, il faut que l'on trouve quelqu'un qui puisse étudier ces reliques professionnellement et les traduire correctement. Et je connais cette personne.

II

— L'opération a été un peu laborieuse, n'est-ce pas, Mandino ? demanda Vertutti, la voix pleine de mépris. (Les deux hommes avaient pris rendez-vous au même endroit – dans le même café – mais, cette fois, c'était Vertutti qui semblait avoir les cartes en main.) Si je comprends bien, poursuivit-il, vous aviez les reliques à votre portée et l'Anglais à votre merci, mais vous avez tout de même réussi à le laisser s'échapper avec les documents. Cette débâcle m'inspire peu de confiance en votre aptitude à mener les choses à bien.

— Inutile de vous inquiéter, votre Éminence, répondit Mandino, avec une assurance quelque peu forcée dans la voix. Nous avons plusieurs pistes et vous ne devriez pas sous-estimer les difficultés que ce Bronson va devoir affronter. Je sais, d'après mes sources dans les forces de police, qu'il n'a pas de passeport valide, donc il ne peut quitter l'Italie ni par avion ni par la mer. Les détails du véhicule qu'il conduit sont passés entre les mains de toutes les forces de police européennes, et auprès du personnel à chaque poste de frontière. Le piège se referme sur lui, et il n'y a rien qu'il puisse y faire.

— Supposons qu'il décide de ne pas quitter l'Italie ?

— Alors retrouver sa trace sera encore plus facile. Nous avons des yeux partout.

— J'espère que vous avez raison, dit Vertutti. Vous devez vous assurer qu'il ne nous échappe pas.

Il se leva pour partir, mais Mandino lui fit signe de se rasseoir.

— Il reste toujours le problème des corps, fit-il. De toute évidence, vous connaissez leur identité. Que voulez-vous que l'on fasse d'eux ?

— Les corps, Mandino ? Quels corps ? Demandez à n'importe quel catholique où sont enterrés ces deux hommes et il vous dira que la tombe du premier se trouve ici à Rome et que les ossements du second ont été envoyés en Grande-Bretagne au VIIe siècle.

— Envoyés par le pape Vitalien, cardinal, l'auteur du manuscrit. Il *savait* pertinemment que ces ossements n'étaient pas ceux que l'on pensait. Vitalien ne se serait jamais séparé d'authentiques reliques.

— Ce n'est que pure supposition.

— Peut-être, mais nous savons tous deux que la tombe à Rome ne renferme pas le vrai corps comme le prétend le Vatican. Ce que nous avons déjà découvert le prouve, et maintenant vous savez que ce n'est pas la vérité.

— C'est la vérité en ce qui concerne le Vatican, et c'est tout ce qui compte. Notre position est celle-ci : les corps que vous avez découverts correspondent exactement à ce qu'affirmait l'inscription au-dessus de la tombe – ce sont les ossements de menteurs – et ne sont d'aucun intérêt pour notre mère l'Église. Et maintenant que les documents sont sortis de la caverne, il n'existe aucune preuve de ce que vous suggérez. Envoyez des hommes sur le plateau et détruisez complètement les ossements.

III

— Donc, maintenant, il faut qu'on fasse tout ce chemin jusqu'à Barcelone ? demanda Bronson. Tu peux au moins me dire pourquoi, non ?

Ils avaient pris place dans la berline Nissan, quittant Livourne en direction de la frontière française. Cela risquait d'être un long voyage, surtout du fait que Bronson était bien décidé à emprunter les départementales chaque fois que ce serait possible afin d'éviter les barrages routiers. Il y avait plus de vingt routes traversant la frontière entre la France et l'Italie, et Bronson savait que la police italienne ne pouvait pas placer des hommes à tous les postes. Il savait également qu'elle se concentrerait sur les *autostradas* et les routes principales.

En vérité, il ne craignait pas trop de se faire arrêter, car personne ne savait qu'il conduisait une Nissan. La police allait certainement rechercher une Renault Espace, et cette voiture était cachée sur une place de parking de San Cesareo.

— Il y a environ dix ans, répondit Angela, juste après que j'ai commencé à travailler au British Museum, je suis partie en affectation provisoire pendant douze mois à Barcelone, au Museu Egipti, et j'y ai travaillé aux côtés d'un homme nommé Josep Puente. Il s'agissait du papyrologue local.

— Qu'est-ce que ça veut dire ?

— La papyrologie est un terme générique pour décrire l'étude des textes anciens écrits sur tout un tas de substances telles que les parchemins, le vélin – c'est la peau des moutons ou des chèvres –, le cuir, les éclats de bois, les tablettes de cire et les fragments de terre cuite, plus connus sous le nom d'*ostraca*. Je suppose que la discipline est devenue connue sous le nom de papyrologie tout simplement parce que le matériau le plus courant qui ait résisté au temps *est* le papyrus. Josep Puente est un expert reconnu concernant les textes anciens.

— Et je présume qu'il peut lire le latin ?

Angela acquiesça.

— À l'instar de Jeremy Goldman, si tu es spécialisé dans ce domaine, tu finis immanquablement par acquérir une grande connaissance de la plupart des langues mortes ou anciennes. Josep peut lire le latin, le grec, l'araméen et l'hébreu.

Angela se tut brusquement et Bronson se tourna pour la regarder.

— Qu'y a-t-il ? demanda-t-il.

— Il y a une autre raison pour laquelle je souhaite y aller, fit-elle.

— Oui ?

— Je ne t'ai pas dit ce que j'ai lu sur le rouleau tout simplement parce que je n'arrive pas à le croire. Mais si Josep Puente nous fournit la même traduction, le musée sera alors l'endroit idéal pour annoncer la découverte au monde entier. Il a assez d'expertise et il jouit d'une crédibilité suffisante pour que les gens le croient, et ça risque d'être important, parce que tu n'as pas idée de l'opposition que l'on rencontrera si nous l'annonçons publiquement. Des hommes armés de mitraillettes seront le cadet de nos soucis.

Bronson la dévisagea à nouveau.

— Dis-moi ce que tu as traduit, demanda-t-il.

Mais Angela secoua la tête.

— Je ne peux pas. Je peux me tromper. En fait, j'espère vraiment que j'ai faux. Tu vas devoir attendre jusqu'à Barcelone.

IV

Antonio Carlotti n'était pas de très bonne humeur. Son boss, Gregori Mandino, ne pensait qu'à sa quête ridicule du couple d'Anglais et des reliques qu'ils avaient découvertes dans les collines aux abords de Piglio, mais le plus gros de cette tâche était tombée directement sur le dos de Carlotti.

Il était l'homme qui avait dû orchestrer la surveillance internet et les recherches parallèles. Il était celui à qui Mandino avait demandé de répertorier tous les détails biographiques concernant Christopher Bronson et Angela Lewis, et qui avait dû imaginer ce qu'ils feraient. Mandino n'avait d'intérêt que pour les résultats et s'organisait en conséquence avec Rogan qu'il tenait en laisse.

Dire que la quête de Mandino était « déterminée » serait un euphémisme. Toutes les autres responsabilités qu'ils pouvaient avoir glissaient sur lui et, en tant que *capo* de la famille de Rome, il avait beaucoup d'autres responsabilités. La quête était devenue pour lui une affaire personnelle et, s'il y avait une seule chose que Carlotti avait apprise en devenant membre de la *Cosa nostra*, c'est qu'il ne faut *jamais* que les choses deviennent des affaires personnelles.

Le garde du corps qui avait été blessé dans la propriété près de Ponticelli était un bon exemple. L'Anglais, Bronson, avait appelé une ambulance et avait ensuite quitté la maison. L'homme avait été conduit dans un hôpital chirurgical de Rome. Mais, pour Carlotti, un garde du corps qui se laissait tirer dessus n'était d'aucune utilité. Il connaissait cet homme. Il pouvait même dire qu'il l'appréciait, mais il avait échoué, et cela suffisait amplement. Les deux hommes qu'il avait envoyés à l'hôpital avaient distrait le garde et avaient ensuite assassiné le blessé, un peu n'importe comment, soit, mais rapidement, avant qu'il ne soit interrogé par les *carabinieri*. C'est ce que Carlotti voulait dire par « ne pas en faire une affaire personnelle ».

Il se demandait même ce qu'il allait devoir dire à Mandino la prochaine fois qu'il le verrait, quand la sonnerie de son portable se fit entendre.

— Ici Carlotti.

— Vous ignorez qui je suis, fit la voix, mais nous avons une connaissance en commun.

— Oui.

L'Italien se montrait plutôt prudent.

— Ça concerne le manuscrit.

— Oui, fit de nouveau Carlotti, en terrain plus connu.

— En quoi puis-je vous aider ? Mon collègue est déjà en route pour Barcelone.

— Je sais. Il m'a donné votre numéro de téléphone avant de partir. Nous avons besoin de nous rencontrer. C'est très important... pour tous les deux.

— Très bien. Où et quand ?

— Le café de la Piazza Cavour, dans trente minutes ?

— J'y serai, répondit Carlotti en mettant fin à l'appel.

— Alors, en quoi puis-je vous aider, Éminence ? demanda Antonio Carlotti, quand Vertutti s'assit lourdement sur la chaise face à lui.

— C'est plutôt à moi de vous dire comment je peux vous aider, fit Vertutti. (Il se pencha en avant et colla sa main sous le menton.) Croyez-vous en Dieu, Carlotti ?

Ce dernier ne s'attendait pas à une telle question, c'était le moins que l'on puisse dire.

— Bien sûr. Pourquoi me le demandez-vous ?

Vertutti poursuivit, ignorant la question.

— Et vous croyez que le Saint Père est le représentant de Dieu sur terre ? Et que Jésus-Christ est mort pour nos péchés ?

— En fait, cela fait trois questions, cardinal. Mais la réponse est oui quelle que soit la question – oui, je le pense.

— Bien, fit Vertutti, parce que c'est le cœur du problème auquel j'ai à faire face. Gregori Mandino m'aurait répondu « non ». Il n'est pas seulement impie : c'est un athée accompli et un opposant enragé du Vatican, de l'Église catholique et de toutes les valeurs qu'elle défend.

Carlotti secoua la tête.

— Je connais Mandino depuis de nombreuses années, Éminence. Ses croyances personnelles ne l'empêcheront pas d'accomplir sa tâche.

— J'aimerais être aussi confiant que vous. Que savez-vous de la quête qu'il a entreprise ?

— En détail, très peu de choses, répondit avec prudence Carlotti. Je me suis contenté de lui fournir une aide technique.

— Mais vous êtes pourtant son second ?

— Oui. Et c'est pour cela que vous avez mon numéro.

Vertutti hocha la tête.

— Laissez-moi vous expliquer dans quoi nous sommes impliqués. C'est une quête, débuta-t-il, qui a commencé au VIIe siècle sous le règne du pape Vitalien. Une quête qui pourrait affecter le futur de la sainte mère l'Église elle-même.

— Mais cet *Exomologesis, c'est quoi exactement* ? demanda Carlotti, après avoir écouté l'explication donnée par Vertutti au sujet du manuscrit Vitalien.

— C'est une contrefaçon, lui expliqua Vertutti, en narrant l'histoire totalement fausse mais extrêmement convaincante qu'il avait imaginée la nuit précédente. Il s'agit d'un document qui prétend prouver que Jésus-Christ n'est pas mort sur la croix. Maintenant, ajouta-t-il avec un sourire, la foi des véritables chrétiens est suffisamment forte pour écarter une hypothèse aussi fallacieuse, mais la simple existence de ce rouleau suffit à semer le doute sur notre religion. Avec tous ces gens qui ne cessent de tourner le dos à l'Église, nous ne pouvons tout simplement pas permettre que de tels doutes soient exprimés.

Carlotti parut perplexe.

— Mais je croyais que Gregori avait récupéré l'*Exomologesis*. À ce que j'ai compris, il avait été dissimulé dans la maison aux abords de Ponticelli.

— Mandino l'a en effet récupéré à la propriété, mais nous avons découvert un autre texte au bas du parchemin. Ce texte nous informe qu'une nouvelle copie du document a été préparée, ainsi que deux diptyques susceptibles de valider le rouleau. Maintenant, nous savons qu'à l'instar du rouleau, ces diptyques sont sûrement des faux, mais nous ne pouvons tout simplement pas nous permettre que de tels documents soient rendus publics. Ces trois nouvelles reliques ont été dérobées par l'Anglais et son ex-femme.

Carlotti sembla toujours aussi perplexe.

— Je suis au courant pour Bronson, et je comprends parfaitement ce que vous êtes en train de me dire mais, espéronsle, Gregori parviendra à récupérer ces objets une fois arrivé à Barcelone.

En suivant les ordres de Mandino, Carlotti avait fait plusieurs vérifications exhaustives sur les antécédents de Bronson et cette femme nommée Lewis. Elle avait travaillé avec un certain Josep Puente. C'était d'ailleurs le seul contact, parmi les universitaires basés en Europe, dont les deux fuyards disposaient. Et c'est pour cela que Carlotti avait ordonné que deux de ses hommes opèrent une surveillance du Museu Egipti à Barcelone, en leur fournissant des descriptions détaillées pour leur permettre de reconnaître Bronson et Lewis. C'était également pour cette raison que Mandino était déjà sur le chemin de l'Espagne.

— Ça, observa Vertutti en se penchant légèrement pour accentuer sa déclaration, c'est justement ce qui m'inquiète.

Malheureusement, Mandino et moi-même n'avons pas discuté du problème en tête à tête, et il m'a dit que, une fois les reliques récupérées, il avait l'intention de les rendre publiques. Connaissant son opinion au sujet de la religion – ou plutôt devrais-je dire ses convictions antireligieuses –, cela ne me surprend guère, mais il semble ignorer qu'une telle action risque de causer des dégâts irréparables pour la sainte Église.

— En quoi puis-je vous être utile ? demanda Carlotti.

Vertutti se pencha un peu plus en avant, baissa la voix, et lui fit une suggestion à laquelle il n'avait pas cessé de songer durant les trois derniers jours.

Dix minutes plus tard, Vertutti serra la main de Carlotti et se rendit à pied au Vatican. Tout en marchant, il remarqua qu'il était légèrement en sueur. Et ce n'était pas uniquement dû à la douce chaleur de la nuit romaine.

Pendant quelques minutes après le départ de Vertutti, Antonio Carlotti resta assis, perdu dans ses pensées. La conversation, se dit-il, avait été quelque peu étonnante. Il avait remarqué les légères marques de transpiration sur le front de Vertutti, lorsque cet éminent homme d'Église avait fomenté ses mensonges. Mais Carlotti avait lui aussi menti en affirmant n'apporter qu'une aide technique à Mandino : il en savait presque autant que son *capo* au sujet de l'*Exomologesis*. Cependant il en avait déduit qu'il était préférable de jouer les idiots, afin que Vertutti lui dévoile ses plans. Et une telle décision l'avait mis hors de tout soupçon.

À présent, il ne lui restait plus qu'à décider s'il allait se contenter de répéter ce qu'il venait d'entendre à Mandino – ce qui était la chose la plus évidente et logique – et le laisser se charger du cas Vertutti lors de son retour à Rome, ou s'il fallait qu'il fasse quelque chose d'autre. Quelque chose qui, étrangement, permettrait d'accomplir exactement ce que Vertutti désirait, mais qui pourrait en même temps lui être profitable. C'était un grand pas à franchir et, avant de passer à l'action, il devait être certain de pouvoir mettre le plan en place.

Il finit par saisir son téléphone portable et appela longuement l'un de ses meilleurs hommes de confiance. Un appel qui comportait des instructions bien précises... et pour le moins inhabituelles.

Chapitre 26

I

Deux hommes sortirent du terminal B à l'aéroport de Barcelone. Ils ne portaient que des bagages à main et se mêlèrent à la file d'attente destinée aux taxis. Les noms sur leurs passeports italiens étaient Verrochio et Perini, et ils se ressemblaient presque comme deux gouttes d'eau : grands et bien bâtis, vêtus d'un costume sombre, ils portaient des lunettes de soleil aux verres noirs, impénétrables qui camouflaient leurs yeux. Lorsqu'ils atteignirent le bout de la file d'attente, ils montèrent à bord d'un taxi, une Mercedes noir et jaune. Le chauffeur s'inséra dans le flot de circulation et Perini lui donna une adresse en bordure ouest de la ville dans un espagnol courant, malgré un accent prononcé.

Quand ils furent arrivés à destination, Perini se pencha en avant.

— Attendez ici, je vous prie, fit-il. Je serai de retour dans une dizaine de minutes. Ensuite, nous aurons besoin de nous rendre à Barcelone même.

Verrochio resta dans la voiture, Perini sortit, fit quelques pas le long de la rue et pénétra dans le vestibule d'un immeuble. Il consulta un petit bout de papier sur lequel étaient notés quelques numéros, puis il pressa l'un des boutons de l'interphone. Des lumières s'allumèrent et il fixa sans sourciller l'objectif de la caméra de surveillance. Quelques secondes plus tard, on entendit le bip de la serrure électrique ; il poussa la porte et entra.

Perini prit l'ascenseur jusqu'au septième étage, marcha le long d'un étroit corridor et frappa à une porte. Il entendit du mouvement et put deviner que quelqu'un l'observait à travers le judas. La porte s'ouvrit et il se retrouva nez à nez avec un homme au teint basané, solidement bâti, vêtu d'un jeans et d'un Tee-shirt.

— Je viens de la part de Tony, déclara Perini en italien.

L'homme lui fit signe de rentrer et referma la porte derrière lui. Puis il le guida dans l'une des chambres et ouvrit une armoire encastrée. Il en sortit deux mallettes de cuir noires qu'il posa sur le lit.

— Je peux vous proposer des Walthers ou des Glocks, l'informa-t-il en ouvrant chacune des deux mallettes.

Perini se pencha légèrement pour étudier les armes. Dans la première mallette se trouvaient deux pistolets Walther PPK semi-automatiques de neuf millimètres et, dans l'autre, on pouvait distinguer deux Glocks 17 du même calibre. Chaque mallette contenait également un magasin de rechange pour chaque pistolet, des boîtes contenant cinquante balles ainsi que deux holsters.

Perini examina attentivement les quatre pistolets, puis les replaça dans les mallettes.

— Je vais prendre les Glocks, finit-il par dire.

— Aucun problème. Il vous les faut pour une journée, à ce que l'on m'a dit ?

— Une journée, peut-être deux, fit Perini.

— Vous aurez assez de munitions ?

— C'est plus qu'assez.

— Excellent. Appelez-moi à ce numéro quand vous désirerez me les rendre.

L'homme lui tendit un bout de papier.

Perini le glissa dans son portefeuille. Puis il referma la mallette contenant les Glocks, serra la main de l'homme et quitta l'appartement.

— Conduisez-nous à la Plaça Mossèn Jacint Verdaguer, ordonna-t-il au chauffeur de taxi, tout en s'installant sur la banquette arrière.

Le chauffeur hocha la tête. En seulement quelques minutes, le véhicule était en route pour le centre de la ville, en empruntant l'Avinguda Diagonal, la route principale coupant Barcelone en deux.

En arrivant sur la *plaça*, Perini paya le chauffeur, lui donna un petit pourboire, et les deux hommes sortirent de la voiture et attendirent sur le trottoir en observant le véhicule disparaître dans le flot ininterrompu de circulation.

Verrochio sortit une carte de Barcelone.

— Nous devons aller là, fit Verrochio, en indiquant un point sur la carte. Ils attendirent au passage clouté, que les feux se mettent au vert, puis ils traversèrent la Diagonal et se dirigèrent vers le sud en direction du Passeig de Sant Joan, avant de tourner à droite dans la Carrer de Valencia.

— C'est par ici, dit Perini, lorsqu'ils furent au niveau du croisement avec la Carrer de Pau Claris. Pas très loin de l'angle, on distinguait un café avec des chaises et des tables en terrasse. Ils s'y arrêtèrent et prirent place sur des chaises, jouissant d'une vue dégagée sur l'entrée du Museu Egipti, situé de l'autre côté de la rue.

Lorsque le serveur fit son apparition, Verrochio commanda en catalan deux *cafés amb llet* ainsi qu'un assortiment de pâtisseries et il s'installa confortablement sur sa chaise. L'attente risquait d'être longue.

Une fois que leurs cafés et leurs pâtisseries furent servis, Perini se tourna vers son compagnon et hocha la tête.

— Tu y vas en premier.

Verrochio traversa le café en direction des toilettes, en tenant la mallette à la main. Il fut de retour au bout de cinq minutes. Environ dix minutes plus tard, Perini fit exactement de même. Si quelqu'un les avait observés attentivement, il aurait probablement remarqué que la mallette semblait plus légère une fois que Perini s'était rassis à la table. Elle était presque vide à présent, ne contenant qu'une quarantaine de balles de neuf millimètres. Les deux pistolets Glock et des chargeurs de rechange étaient disposés dans les holsters que les deux hommes portaient maintenant sous leurs vestes légères.

— Nous perdons peut-être complètement notre temps, tu sais, fit Verrochio, dont les yeux étaient invisibles derrière ses lunettes design. Ils ne viendront peut-être jamais.

— D'un autre côté, ils pourraient arriver dans les dix prochaines minutes, alors sois attentif, répliqua Perini.

Mais au bout d'une heure, il ne s'était toujours rien passé.

— Je vais lire pendant une petite heure pendant que tu montes la garde, puis on changera, OK ? demanda Perini. Et commande un autre café quand le serveur repassera par là.

— Ça me va, répondit Verrochio, en déplaçant légèrement sa chaise pour s'assurer qu'il avait une vue dégagée sur l'entrée du musée.

II

Arriver jusqu'au musée ne fut pas chose facile. C'était la première fois que Bronson se rendait à Barcelone et à peine avaient-ils quitté les routes principales qu'ils n'avaient pas tardé à se perdre dans un dédale de voies à sens unique.

— Nous y sommes, finit par déclarer Angela, en quittant la carte des yeux pour vérifier les panneaux indicateurs, pendant que Bronson tournait avec la Nissan à l'angle d'une rue. C'est la Carrer de Valencia.

— C'est pas trop tôt, marmonna Bronson. Maintenant, si on pouvait trouver une place où garer cette foutue bagnole...

Ils trouvèrent une place dans l'un des parkings à plusieurs niveaux jouxtant le musée et traversèrent la rue en direction du bâtiment gris-blanc. Aux yeux de Bronson, cela ne ressemblait guère à un musée. Il s'était fait une image mentale d'un édifice doté d'escaliers en pierre et de colonnes de marbre. Au lieu de cela, le bâtiment était à peine plus large qu'une vaste maison de ville. Au-dessus de la double porte centrale se dressaient trois étages, des fenêtres avec balcons et des grilles en métal.

— C'est pas très grand, tu ne trouves pas ? fit remarquer Bronson.

— Ce n'est pas censé l'être. C'est un petit musée spécialisé. Rien à voir avec le monumental Imperial War Museum.

Une fois à l'intérieur, ils payèrent l'entrée. Celle-ci coûtait six euros. Angela marcha jusqu'à la réception et offrit son plus beau sourire à la femme d'âge moyen assise derrière le comptoir.

— Vous parlez anglais ? lui demanda-t-elle.

— Bien sûr, répondit la réceptionniste. En quoi puis-je vous aider ?

— Nous aimerions voir le professeur Puente. Mon nom est Angela Lewis et je suis l'une de ses anciennes collègues de travail. Se trouve-t-il au musée ?

— Oui, je pense. Attendez une seconde. (Elle composa un numéro et eut une petite conversation rapide en espagnol.) Il se souvient parfaitement de vous, lui dit-elle dans un sourire, avant de raccrocher le combiné. Il travaille au premier étage dans la salle des *Dioses de Egipto*, vous pouvez le rejoindre.

— Merci infiniment, déclara Angela, avant d'ouvrir la voie jusqu'à la cage d'escalier.

À peine furent-ils arrivés au premier étage qu'un homme de petite taille, trapu et aux cheveux noirs trottina vers eux, les bras grands ouverts dans un chaleureux signe de bienvenu.

— Angela ! s'écria-t-il, avant de l'étreindre. Vous êtes revenue me voir, ma petite fleur anglaise !

— Bonjour, Josep, répondit Angela, tout sourires.

Puente se recula de quelques pas et tendit la main en direction de Bronson, dans un mouvement rapide, semblable à celui d'un oiseau. Pardonnez-moi, fit-il, avec un léger accent, mais Angela me manque toujours beaucoup. Je me présente : Josep Puente.

— Chris Bronson, enchanté.

— Ah. (Puente recula de nouveau.) Mais vous étiez...

— Vous avez raison, déclara Angela, en soupirant et en se tournant vers Bronson. Nous *étions* mariés, puis nous avons divorcé et, pour parler franchement, j'ignore ce que nous sommes maintenant. Mais nous avons besoin de votre aide.

— Et c'est pour cette raison que vous transportez ce sac noir, Chris ? demanda Puente.

— Comment le savez-vous ? demanda Bronson, quelque peu surpris.

— Ce n'est pas très difficile à deviner. La plupart des gens ne transportent pas des sacs de voyage lorsqu'ils visitent un musée. J'ai également remarqué que vous le teniez fermement et que vous faisiez bien attention à ne pas le cogner. Il doit, selon toute vraisemblance, contenir quelque chose de fragile, et probablement de grande valeur. Et je suis certain qu'il vous faut un avis. Que m'avez-vous donc apporté ?

Le visage d'Angela s'assombrit légèrement.

— Je ne suis pas sûre. Nous devons d'abord vous faire part du déroulement de l'histoire avant de vous montrer ce que contient le sac. Pourrions-nous aller dans votre bureau ou quelque part de privé ?

— Vous savez, mon bureau est toujours aussi petit, ma chère. J'ai une meilleure idée. Suivez-moi au sous-sol. Il y a plein de place libre dans la bibliothèque.

Angela se souvint que le sous-sol du Museu Egipti hébergeait une bibliothèque privée créée par le fondateur du musée, un certain Jordi Clos. Elle le dit à Chris, tandis qu'ils traversaient les salles en libre accès ouvertes au public, où les piliers à section carrée et les rampes en acier inox contrastaient avec la beauté classique et sans âge des pièces rares qu'elles abritaient.

Puente les conduisit en bas des marches, passa devant le panneau *« Privat »* et entra dans la bibliothèque.

— Maintenant, fit-il, une fois qu'ils furent assis, dites-moi de quoi il s'agit.

— Chris s'est retrouvé impliqué dès le début, il est donc préférable qu'il vous explique lui-même ce qui s'est passé.

Bronson acquiesça et commença par le début, racontant à l'Espagnol comment Jackie Hampton avait trouvé la mort, dans des circonstances mystérieuses, dans leur propriété aux abords de Ponticelli ; il lui raconta son voyage en Italie avec Mark et ce qui leur était arrivé, ainsi que les événements survenus en Angleterre.

— Le cœur de cette saga, fit-il, semble être les deux pierres sculptées. Jusqu'à ce que les maçons des Hampton ne découvrent l'inscription en latin…

— *« HIC VANIDICI LATITANT »*, l'interrompit Angela.

— « Ici gisent les menteurs », traduisit immédiatement Puente.

— Exactement, poursuivit Bronson. Jusqu'à ce que les maçons retirent le plâtre du mur au-dessus de la cheminée, personne ne s'était intéressé à la maison et à ce qu'elle pouvait contenir. Mais dès que Jackie a commencé ses recherches sur Internet pour obtenir une traduction de cette phrase, eh bien… vous connaissez la suite.

Il n'aimait pas toujours resonger à la manière dont Jackie et Mark étaient morts.

Il expliqua comment Angela avait découvert la signification de la seconde inscription en occitan, et comment ils avaient récupéré le *skyphos* et le rouleau sous les lattes du plancher.

— Et vous m'avez apporté cela pour que j'y jette un coup d'œil ? demanda Puente avec impatience.

Bronson hocha la tête et raconta comment le rouleau avait été récupéré par les deux Italiens, et que le chef du duo avait prétendu qu'il datait du Ier siècle après Jésus-Christ et qu'il renfermait un secret que l'Église ne voulait en aucun cas voir dévoilé.

— Donc si vous n'avez pas le rouleau, qu'avez-vous donc ? demanda Puente.

— Nous n'en sommes pas encore là, déclara Bronson.

Il raconta à Puente comment Angela avait examiné le *skyphos* et s'était rendu compte qu'il s'agissait d'une reproduction, et comment elle en avait déduit que la figure sur le côté était plus qu'une décoration abstraite. Puis elle avait décrit leur découverte de la tombe antique en haut des collines, près de Piglio, et ce qu'elle contenait.

— Deux corps ? l'interrompit Puente.

— Oui, répondit Bronson. Nous avons des photographies que j'ai prises à l'intérieur de la tombe, je peux vous les montrer. Selon moi, l'un des corps avait été décapité et l'autre, crucifié. Au-dessus de l'entrée de la caverne, les lettres « H V L » avaient été gravées. Et, selon nous, ces lettres étaient les initiales de *« HIC VANIDICI LATITANT »*.

Puente était perdu dans ses pensées.

— Comment êtes-vous si sûr de la cause de leur mort ? finit-il par demander.

— Sur le plus grand des deux squelettes, une des vertèbres du cou était coupée en deux. En tant qu'officier de police, je sais que les vertèbres sont très solides et, selon moi, la décapitation est une hypothèse plus que probable. C'est le seul scénario qui fasse sens.

— Et le second corps ?

— C'était facile. Les deux os des talons étaient toujours cloués ensemble par ce qui restait d'un large clou. Et il y avait des traces de métal rouillé sur les deux poignets.

Puente parut choqué.

— Vous en êtes sûr ?

— Je dispose de photos qui le prouvent, lui rappela Bronson, et nous pourrions facilement localiser la tombe de nouveau... à condition que les Italiens ne l'aient pas fait sauter.

— Et vous avez toujours les objets que vous avez récupérés dans la caverne ? demanda Puente, avec un tremblement dans la voix.

— Il y a deux diptyques et un rouleau de parchemin, fit Angela, tandis que Bronson ouvrait le sac en cuir et commençait à défaire les serviettes qui contenaient les reliques. Les diptyques sont scellés, mais j'ai étudié le rouleau. C'est pour cette raison que nous vous l'avons apporté. Je n'arrive pas à croire ce que j'ai lu.

Bronson plaça la serviette sur le bureau et la déroula tandis que Puente enfilait une paire de gants fins en coton. Lorsque les reliques furent découvertes, il en eut presque le souffle coupé.

— Seigneur, murmura-t-il, elles sont en excellent état. Je n'ai jamais vu ça.

Il plaça une grande feuille de papier à cartouche sur la table et alluma deux lampes de bureau de chaque côté. Il saisit l'un des diptyques et le déposa révérencieusement sur le papier, puis il se pencha en avant et l'examina à l'aide d'une loupe.

— J'ai pensé que ça pouvait être le sceau impérial de Néron, suggéra Angela, et Puente acquiesça.

— Vous avez tout à fait raison, leur apprit-il. C'est un sceau impérial. Et cela rend cette relique extrêmement rare. Elle est d'une très grande valeur. (Il regarda Angela.) Vous ignorez quel est son contenu ?

— Oui. Je n'ai examiné que le rouleau.

— Très bien. Un peu du *linum* s'est désintégré, je peux ainsi retirer les sections de fil sans endommager le sceau.

— Nous ne vous cacherons pas que *c'est* assez urgent, professeur, l'interrompit Bronson.

— Vous n'êtes pas sans savoir que l'examen de telles reliques prend normalement des mois, voire des années, fit remarquer Puente, mais je peux certainement y jeter un bref coup d'œil.

Il déverrouilla un coffre climatisé derrière la table et en retira trois boîtes contenant des rouleaux de parchemin et des diptyques, et deux autres boîtes ne contenant que des fragments de papyrus. Puis il plaça le rouleau et le second diptyque sur le papier à cartouche, sélectionna quatre diptyques ainsi que deux ou trois rouleaux qui étaient dans les boîtes et les déposa également sur le papier.

— La paléographie comparative est une science très complexe et méticuleuse, fit-il, mais une rapide comparaison avec ces reliques datées et existantes pourrait nous indiquer une période probable.

Cinq minutes plus tard, il releva la tête.

— Ce manuscrit est très ancien. Il date probablement du Ier siècle après Jésus-Christ, et les diptyques semblent dater de la même époque. J'en saurai plus quand je les aurai ouverts et je pourrai également vous dire quel est leur contenu.

Il marcha jusqu'à un placard et revint près de la table, un appareil photo à la main. Il prit plusieurs photographies du premier diptyque, puis enleva délicatement le fil de protection et déposa les bouts près de l'objet. Puis, très doucement et avec un soin d'orfèvre, il ouvrit le diptyque. Avant de faire quoi que ce soit, il s'empressa de le photographier.

Bronson se pencha en avant pour étudier la relique, mais le résultat était plutôt décevant. Les deux surfaces recouvertes de cire ressemblaient à des plaques de peinture d'un marron terreux, recouvertes de gribouillis.

Cependant, le visage de Puente s'illumina lorsqu'il examina le document plus attentivement.

— Qu'est-ce que c'est ? demanda Angela.

L'Espagnol la fixa avec intensité, puis leur offrit un petit résumé.

— Comme je l'ai déjà dit, il faut parfois des années avant que nous soyons certains de leur âge et de leur authenticité, mais cela semble être une authentique relique du Ier siècle. Ça ressemble à un *codex accepti et expensi*. C'était, poursuivit-il en se tournant vers Bronson, ce que les Romains appelaient leur « registre de paiements et de dépenses ». Un genre de livre de quittances, ajouta-t-il.

— C'est tout ? demanda Bronson, avec une touche de déception dans la voix.

Puente secoua la tête, les yeux brillants d'excitation. Un livre de quittances était normalement voué à une lecture ennuyeuse et inintéressante, fit-il, mais celui-là est plutôt différent. Cela semble être une liste de paiements – des paiements plutôt conséquents, à vrai dire – faits par l'empereur Néron en personne à deux hommes sur une période de plusieurs années. Les bénéficiaires ne sont pas nommés, mais ils ont signé de leurs initiales près de chaque somme. Les initiales utilisées sont « SBJ » et « SQVET ». Ça vous dit quelque chose ?

Bronson fit non de la tête mais Angela acquiesça, le visage blême.

— C'est ce que je voulais vous demander. Je pense que « SBJ » est peut-être « Simon ben Jonah » et « SQVET » était *« Saul quisnam venit ex Tarsus »* ou « Saul qui est venu de Tarsus ».

— Qui est plus connu aujourd'hui, fit remarquer Puente, sous le nom de saint Paul.

— Attendez un instant, l'interrompit Bronson, cet Italien nous a dit que le rouleau que nous avons trouvé dans le *sky-*

phos était écrit par quelqu'un qui signait par « SQVET ». Êtes-vous en train de me dire qu'il s'agissait de *saint Paul* ?

— Je... Je le pense, en effet, répondit Angela, le visage toujours aussi pâle.

— Et alors, qui est « Simon ben Jonah » ?

— Et bien, fit-elle presque à contrecœur, ça pourrait être saint Pierre. Elle se tourna vers Puente. Est-ce que c'est authentique ?

— C'est difficile à dire, répondit Puente. (Bronson remarqua que ses mains tremblaient.) Ces trois reliques pourraient être des contrefaçons. De très anciennes contrefaçons et très bien imitées, du Ier siècle. Mais des faux, tout de même. Mais si elles sont authentiques, elles pourraient avoir un rapport direct avec les corps dans la tombe.

— De quelle manière ? demanda Bronson.

— Vous avez découvert deux corps, fit Puente. L'un décapité et l'autre crucifié. L'histoire du christianisme et de son origine est incomplète et se révèle souvent contradictoire, et nous ne savons que très peu de choses au sujet du destin de certains des premiers saints. Néanmoins, saint Pierre est censé avoir été martyrisé à Rome par Néron en 63 après Jésus-Christ. La date est incertaine, mais d'après ce que l'on sait, il a été crucifié – à l'envers, apparemment – car il pensait ne pas avoir suffisamment de valeur pour adopter la même position que Jésus sur la croix.

— Mais, même moi, je sais que les os de saint Pierre ont été découverts à Rome, l'interrompit de nouveau Bronson.

Puente sourit brièvement.

— Ce que les gens croient *savoir* est souvent bien éloigné de la vérité. Mais vous avez raison. La dépouille de saint Pierre a bien été découverte à Rome... au moins à deux reprises, à dire vrai. En 1950, le Vatican a annoncé que des ossements avaient été découverts au fond d'une crypte située sous le maître-autel de la basilique Saint-Pierre, et ils ont été identifiés comme étant ceux du saint. Mais les pathologistes ont plus tard identifié les restes comme faisant partie des squelettes de deux hommes différents, dont l'un était beaucoup plus jeune que l'autre. Ils ont également identifié les os d'une femme et ceux d'un cochon, d'un poulet et d'un cheval. Vous pourriez imaginer qu'après un tel fiasco le Vatican se montrerait plus prudent dans ses affirmations. Mais quelques années plus tard, un autre groupe d'ossements fut découvert plus ou moins dans la même zone. Le Vatican prétendit une fois encore et haut et fort qu'il s'agissait des restes de cet apôtre. Une autre de ces tombes a été découverte à Jérusalem. Le fait est que *personne* ne peut prétendre en savoir beaucoup au sujet de saint Pierre, principalement parce qu'il n'apparaît que dans les pages du Nouveau Testament et qu'aucun livre contemporain n'y fait référence. Malgré cela, il est généralement considéré par l'Église catholique romaine comme le premier pape. Il était le fils d'un homme nommé Jean ou Jonah, d'où le nom biblique qu'il porte : Simon ben Jonah, ou Simon bar Jonah, mais il était également connu sous les noms de Pierre, Simon, Simon Pierre, Siméon, Cephas, Kepha, et quelquefois comme le « pêcheur » ou le « pêcheur des hommes ». (Puente regarda intensément Angela puis Chris.) En réalité, personne ne sait si saint Pierre a réellement existé. Et s'il a existé, nul ne sait où son corps a été enterré ou si sa dépouille a résisté au temps. (Il écarta les bras.) Jusqu'à ce jour, du moins.

Chapitre 27

I

Dans le café au bas de la rue, Verrochio donna un petit coup de coude à son compagnon et pointa du doigt Gregori Mandino alors qu'il sortait d'une voiture au nord de la Carrer de Valencia.

— Et en plus, il arrive à l'heure, observa Perini.

Il se leva, laissa tomber un billet de 10 euros sur la table pour payer leurs dernières consommations et quitta le café.

— Alors ? demanda Mandino lorsque Perini s'immobilisa devant lui.

— Ils sont tous les deux dans le musée, répondit Perini. Ils sont arrivés il y a environ trois quarts d'heure. Bronson tenait un sac de cuir noir à la main.

Les quatre hommes traversèrent la rue et entrèrent dans le musée.

— Donc ce qu'Angela et vous-même êtes en train de me dire, c'est que nous avons découvert le tombeau de saint Pierre, et que l'un des squelettes – celui qui avait été crucifié – était le sien ? C'est bien ça ?

Puente secoua la tête sans pouvoir répondre en écoutant la question de Bronson.

— Je suis catholique, dit-il, et j'ai toujours fait miens les enseignements de l'Église. Je sais qu'il y a eu une confusion à propos des ossements qu'ils ont découverts à Rome, mais j'ai toujours pensé que la dépouille de l'apôtre, si elle est encore de ce monde, serait découverte *quelque part* dans la cité. (Il baissa la tête en direction du diptyque, puis regarda Bronson.) Et maintenant, je n'en suis plus si sûr.

— C'est donc ça, le secret ? le mensonge ? demanda Bronson. C'est ça que voulait dire l'Italien ? Que les ossements de saint Pierre n'étaient *pas* enterrés quelque part à Rome ?

— Non, déclara avec fermeté Puente. Ni l'existence ni l'emplacement des ossements ne pourraient changer quoi que ce soit pour l'Église. Il devait parler de quelque chose d'autre.

— Et qu'en est-il du second corps ? demanda Bronson. Vous n'allez pas me dire qu'il s'agit de celui de saint Paul, quand même ?

— Si, c'est fort possible. Une nouvelle fois, personne ne sait quand il est mort exactement, mais il est presque sûr qu'il a été exécuté sur les ordres de Néron en 64 ou 67 après Jésus-Christ.

— Paul était un citoyen romain, ajouta Angela, donc il n'aurait pas pu être crucifié. La décapitation était de loin le seul choix possible, et ça correspond aux corps que nous avons découverts.

— Mais pourquoi diable Néron aurait-il payé ces deux hommes ? Et pourquoi les aurait-il fait tuer ?

— Ça, fit Puente, c'est le nœud du problème. Peut-être que le second diptyque ou le rouleau nous fourniront une réponse.

Délicatement, il ferma le diptyque et le plaça, ainsi que les fragments de *linum*, dans une boîte en carton sur la table. Il tendit le bras, saisit la seconde tablette, procéda de la même façon, en prenant des photographies à chaque stade.

— Voilà qui est différent, déclara-t-il, lorsque la relique fut ouverte sur la table face à lui. Cela semble être un ordre confidentiel, donné par Néron en personne. Des instructions spéciales données à Saul de Tarsus – il était également connu comme « le Juif de Cilicie ». C'est signé « SQVET », Paul a vraisemblablement accepté la mission. (Puente s'assit sur la chaise et se frotta le visage avec les mains.) C'est tout bonnement incroyable, murmura-t-il.

— Jetez donc un œil au rouleau, Josep, suggéra calmement Angela. C'est ça qui m'effraie le plus.

Puente plaça le diptyque sur le côté, s'empara du petit rouleau et le déroula avec précaution. Il se munit de la loupe et commença à traduire les caractères.

Quand il eut terminé, il releva les yeux vers Angela, le visage aussi pâle que le sien.

— Que pensez-vous que ça signifie ? demanda-t-il.

— Je n'ai seulement lu que les premières lignes, mais ça fait référence au « tombeau du christianisme », ou reposent les ossements du « converti » et du « pêcheur ».

Puente acquiesça.

— Ce rouleau, indiqua-t-il, a vraisemblablement été rédigé par un Romain nommé Marcus Asinius Marcellus.

— Nous en avons déduit qu'il œuvrait sous les ordres de Néron. Comme l'un de ses agents spéciaux pour une opération secrète, l'informa Bronson.

— Exactement, répliqua Puente. D'après ce que je viens de lire, on dirait que l'Empereur a fait pression sur lui pour...

— Cela fait sens, l'interrompit Bronson. Nous pensons que Néron l'a sauvé d'une exécution inéluctable lorsqu'il s'est retrouvé mêlé à l'histoire d'un faux testament.

— Et bien, d'après le rouleau, déclara Puente, d'une voix légèrement tremblante, l'auteur déclare explicitement que le christianisme était une imposture, rien de moins qu'un culte initié par Néron pour servir ses propres intérêts, et fondé sur des mensonges, et que ces deux hommes – les hommes que nous connaissons sous le nom de saint Pierre et saint Paul – étaient à la solde des Romains.

II

— Vérifie tout le bâtiment, ordonna Mandino à Rogan. Commence par la terrasse et descend étage par étage. Je resterai au rez-de-chaussée au cas où ils seraient dans les parages. Lorsque tu verras Bronson et Lewis, laisse Perini et Verrochio se charger d'eux et viens me chercher.

— Compris.

Rogan monta à la terrasse déserte et entama la descente, en fouillant minutieusement chacun des étages.

— Aucune trace d'eux, *capo*, fit-il, une fois arrivé au rez-de-chaussée. Vous croyez qu'ils ont pu nous échapper ?

— Non, ils ne sont pas passés par l'entrée principale, répondit Perini. On les a surveillés avec attention. Ils ne sont pas ressortis.

— Il y a un sous-sol avec une bibliothèque privée, les avertit Mandino, en consultant une brochure présentant le musée. Ils doivent s'y trouver. Allons-y.

C'était presque l'heure de fermeture quand Mandino ouvrit la voie vers l'entrée du sous-sol. Lorsqu'ils approchèrent, un garde s'avança vers eux, une main levée pour leur faire signe de s'arrêter.

— Occupez-vous de lui, Perini, murmura Mandino, pendant que l'homme s'approchait d'eux, mais en douceur, puis verrouillez les portes. Nous devons éviter tout obstacle.

Perini dégaina son pistolet et le planta dans le ventre du garde.

— Verrochio, dit Mandino, en se retournant, occupe-toi du réceptionniste. Rogan, neutralise la boutique.

Le Glock de Perini dans les côtes, le garde avança en silence jusqu'aux portes principales, qu'il referma en prenant soin de les verrouiller. Verrochio escorta le réceptionniste jusqu'à la boutique du musée, son pistolet garantissant une coopération silencieuse. Deux visiteurs tardifs et un vendeur, tremblants de peur au fond de la boutique, levaient les mains en l'air, tandis que Rogan les tenait en respect tous les trois. Perini sortit plusieurs liens en plastique et les tendit à Verrochio, qui d'une main experte s'occupa des cinq captifs. Il les fit s'asseoir sur le sol, leur attacha les mains derrière le dos et leur lia les chevilles.

— Il n'y a presque rien dans la caisse, dit l'assistant, d'une voix tremblotante.

— L'argent ne nous intéresse pas, leur dit Perini. Restez calmes, ça veut dire pas d'appel au secours, et on ne fera de mal à personne. Si l'un d'entre vous se met à crier, je tire. Et je me fiche de savoir qui sera touché. Message enregistré ?

Les cinq prisonniers acquiescèrent avec vigueur.

Josep Puente avait toujours tiré une grande fierté de sa foi. Il était né catholique et éduqué dans la plus pure tradition. Il allait à la messe tous les dimanches. Mais ce qu'il avait lu cet après-midi dans les deux diptyques et le rouleau l'avait profondément bouleversé. Et il ne savait que faire. Il savait que les trois objets – qu'il s'agisse de faux élaborés et convaincants ou d'authentiques reliques – étaient probablement les documents anciens les plus importants qu'il lui avait été donné de voir.

Personne ne prêta guère attention au bruit de pas dans le couloir. Puis un homme apparut soudain sur le seuil de la porte, suivi de trois autres hommes à ses côtés, tenant chacun un pistolet.

— Tiens, tiens, nous nous rencontrons à nouveau, Lewis, déclara Mandino, dont la voix rompit le silence de la salle. Et peut-on savoir où se trouve Bronson ?

Durant plusieurs secondes, personne ne dit mot. Angela et Puente étaient assis de chaque côté de la table de la bibliothèque, le rouleau et le diptyque sous les yeux.

Bronson, en revanche, était hors de vue, il marchait à pas feutrés entre les étagères de la bibliothèque. Dès l'instant où il entendit Mandino parler, il dégaina le pistolet Browning et rampa silencieusement vers le centre de la pièce.

Il jeta un coup d'œil rapide à travers une étagère vide pour se faire une idée de l'endroit où se trouvaient les intrus, puis il traversa la salle de quatre pas rapides. Deux des gangsters l'aperçurent, mais avant qu'ils puissent réagir, il arma son browning – dont on perçut le tintement métallique perçant le silence de mort – et agrippa Mandino par le col à l'aide de sa main gauche, et plaça le canon du pistolet fermement contre sa tête. Bronson tira l'homme vers l'arrière, loin de ses compagnons d'armes, en tendant toujours aussi fermement son pistolet.

— Il est grand temps, fit Bronson, que l'on sache ce qui se trame. On peut savoir ce que vous fichez ici, Mandino ? (L'homme parut surpris.) Oui, je sais exactement qui vous êtes, reprit Bronson. Dites à vos hommes de baisser leurs armes, sinon la famille de Rome de la *Cosa nostra* va devoir se chercher un nouveau *capofamiglia*.

— C'est le garde du corps, je présume ? (La voix de Mandino était étonnamment calme.) Baissez vos armes, ordonna-t-il à ses hommes, puis il tourna légèrement la tête vers Bronson. Je vais vous dire ce que je sais mais, je vous préviens, ça risque de prendre un certain temps.

— Je ne suis pas particulièrement pressé, observa Bronson. Angela, peux-tu emmener deux chaises par là ? Mets-les l'une derrière l'autre, dos à dos.

Bronson poussa Mandino vers la chaise de devant et prit place sur celle de derrière, en appuyant le canon de Hi-Power sur le dos de la chaise, puis il colla le canon du pistolet sur la nuque de son captif. Rogan et les deux autres hommes prirent place entre Mandino et la table autour de laquelle Angela et Puente avaient pris place.

— Tout a commencé, dit Mandino, au Ier siècle à Rome, mais l'implication du Vatican n'intervient qu'au VIIe siècle. Je n'ai rien à voir avec l'Église, mais mon organisation, la *Cosa nostra*, a été engagée pour résoudre ce problème pour son compte. La Mafia et le Vatican représentent les deux organisations les plus anciennes d'Italie et, depuis des années, nous n'avons cessé de travailler main dans la main.

— Cela ne me surprend pas, murmura Bronson.

— Au Ier siècle après Jésus-Christ, les Romains ont combattu les Juifs pendant des décennies, et les incessantes campagnes militaires affaiblissaient l'Empire. Plutôt que de lancer une riposte militaire massive, l'empereur Néron a décidé de fonder une nouvelle religion, fondée sur l'un des innombrables messies qui erraient à l'époque au Moyen-Orient. Il porta son choix sur un citoyen romain baptisé Saul de Tarsus qu'il paya pour en faire un agent double à sa solde. Ensemble, ils décidèrent qu'un prophète de moindre importance du nom de Jésus, qui s'autoproclamait messie et qui était mort oublié quelque part en Europe quelques années auparavant après avoir attiré quelques adeptes en Judée, ferait l'affaire de façon idéale. Néron et Saul concoctèrent un plan qui permettrait à Saul de détourner la religion balbutiante à ses propres fins. Saul allait d'abord se faire une réputation en tant que persécuteur des chrétiens, car les disciples de Jésus commençaient à être connus, puis il aurait une « révélation » spirituelle qui le ferait passer du statut de persécuteur à celui d'apôtre. Cela allait permettre à Saul d'acquérir insidieusement une position de pouvoir et de leadership, grâce à laquelle il pourrait ensuite guider les croyants – des juifs pour la plupart, bien évidemment – pour les amener à coopérer pacifiquement avec les forces d'occupation romaines. Il allait leur dire de « tendre l'autre joue », « de rendre à César ce qui appartient à César », et ainsi de suite. Pour atteindre cet objectif rapidement, Saul allait vanter les mérites de Jésus bien au-delà de la réalité. Il décida que la meilleure façon d'arriver à ce résultat serait d'en faire le fils de Dieu. Il inventa toute une série d'histoires à son sujet, à commencer par la naissance virginale pour finir par le ressusciter d'entre les morts, en proclamant que tout était vérité absolue. Afin de l'aider à porter la bonne parole, il recruta un homme du nom de Simon ben Jonah – un homme faible et crédule – qui avait personnellement connu Jésus, mais qui n'avait vu en lui qu'un prophète de plus. Simon – qui allait être plus tard connu sous le nom de saint Pierre – se plia aux ordres de Néron mais, vers la fin de sa vie, il commença à croire à ses propres histoires. Un troisième homme – Joseph, fils de Matthias, plus connu sous le nom de Flavius Josephus – allait plus tard les rejoindre. Mais, d'après ce que nous savons, il avait *vraiment* la foi. Les trois hommes prêchèrent la version des événements donnée par Saul, en cherchant à recruter des Juifs qui, en raison de l'enseignement qu'ils avaient reçu en leur qualité de « disciples » de Jésus, devinrent des sujets pacifiques qui ne désiraient plus combattre les Romains.

— Êtes-vous sérieusement en train de nous dire que Néron a fondé le christianisme uniquement pour que les Juifs se tiennent tranquilles ? demanda Angela.

— C'est précisément ce que je suis en train de vous dire. Au VIIe siècle après Jésus-Christ, le pape Vitalien a découvert le projet d'un discours que Néron ne fit jamais au Sénat romain. Le document expliquait en détail comment le christianisme avait débuté et qu'il s'agissait d'une idée suggérée par Néron en personne. Le pape Vitalien fut consterné à la lecture du document et débuta ce qui allait devenir pour lui la quête de toute une vie à la recherche de tout document susceptible de confirmer cette effrayante affirmation ou, l'espérait-il, de la désavouer.

— Et il a trouvé quelque chose, suggéra Bronson.

— Exactement. Dans un paquet contenant des textes anciens non catalogués, il découvrit un rouleau qui s'avéra être une copie de ce que les initiés au sein du Vatican appelaient l'*Exomologesis*. Le nom que Vitalien donna à ce document fut l'*Exomologesis de assectator mendax*, que l'on peut traduire par « la confession de péché par le faux disciple ». Ce document reconnaissait que les déclarations de Néron étaient la vérité et était écrit de la main de Saul.

— Seigneur ! Qu'a donc fait Vitalien ? demanda Angela.

— Précisément ce que l'Église n'a cessé de faire depuis : il a caché la preuve. Il a préparé un document – aujourd'hui plus connu sous le nom de manuscrit Vitalien – qui expliquait ce qu'il avait découvert, et qui incluait une copie de l'*Exomologesis*. Le manuscrit contenait également une autre information provenant du projet de discours de Néron : il affirmait que les corps de Saul et de Simon ben Jonah avaient été enterrés dans un lieu secret après avoir été tous deux exécutés, un lieu auquel Vitalien donna le nom de « tombeau du christianisme ». Il laissa des instructions pour que le manuscrit soit lu par chaque nouveau pape, ainsi que par quelques hauts dignitaires du Vatican. Mais l'*Exomologesis* que Vitalien avait trouvé était de toute évidence une copie, spécifiquement préparée pour Néron, et il y avait une courte note à cet effet. Le pape fouilla dans toutes les archives du Vatican et toutes les sources possibles de documents auxquelles il avait accès, mais il ne trouva aucune trace du rouleau original. C'est ainsi qu'a commencé la quête pour retrouver cette relique, et cette quête n'a cessé depuis. Vitalien ordonna également de détruire l'*Exomologesis* dès qu'il serait découvert, pour le bien éternel de la sainte Église. Et depuis le VIIe siècle, chaque nouveau pape est initié au secret de l'*Exomologesis*, au cours des quatre premières semaines de sa papauté. Une fois seulement, un pape fit une déclaration à son sujet. C'était au début du XVIe siècle : Léo X, un Médicis, ayant régné comme pape entre 1513 et 1521, fit cette déclaration pour le moins énigmatique : « Cela nous a bien servi, ce mythe du Christ. » Cette phrase est l'objet de conjectures depuis les cinq derniers siècles. Le manuscrit Vitalien est gardé au secret dans le pénitencier apostolique – les archives les plus sûres de tout le Vatican – dans un coffre, à l'intérieur d'une chambre forte se trouvant elle-même dans une autre chambre forte. Le responsable officiel du document est le préfet du dicastère de la Congrégation pour la doctrine de la foi. Il a la garde de la relique, et normalement seuls quelques cardinaux de la congrégation triés sur le volet ont connaissance de son existence.

— Qu'est-il arrivé au rouleau original ? demanda Bronson.

— Des membres officiels et haut placés du Vatican pensent que l'*Exomologesis* ainsi que la pierre que Marcellus a gravée ont disparu au cours du chaos ayant suivi l'expulsion de Néron de Rome, et sont passés entre des mains inconnues avant de finir dans celles des cathares qui les ont achetés. Le rouleau et la pierre sont devenus par la suite les principaux objets, et les plus importants, du dénommé « trésor » cathare qui est sorti de Montségur comme par enchantement en 1244 pendant la croisade albigeoise. Depuis et avant qu'un couple d'Anglais ne commence à restaurer une vieille maison achetée en Italie, le rouleau comme la pierre ont tout simplement disparu.

Bronson prit une profonde inspiration. C'est donc pour cette raison que la femme qu'il aimait et son meilleur ami étaient morts tous les deux. L'histoire avait un indéniable parfum de vérité et fournissait des réponses convaincantes à toutes leurs questions. Mais il y avait un fait que Mandino avait éludé.

— Comment saviez-vous pour les tombes en haut des collines ?

— Il y avait un post-scriptum sur l'original de l'*Exomologesis*, le rouleau qui avait été dissimulé dans le *skyphos*. Celui-ci affirmait que deux diptyques – des reliques prouvant ce qu'affirmait l'*Exomologesis* – et un autre rouleau avaient été enterrés à côté des deux corps. Il affirmait également que l'on pouvait connaître l'emplacement de la tombe en observant la « pierre que Marcellus a créée ». C'est pour cette raison que les cathares conservèrent la pierre avec autant de zèle, même s'ils ignoraient comment déchiffrer le diagramme qu'il comprenait. Tout ce qu'il me restait ensuite à faire, c'était suivre votre trace, Bronson.

— Mais comment saviez-vous tout cela ? demanda Angela, si vous n'êtes pas un membre du Vatican ?

— On va dire que j'ai été briefé sur l'histoire de cette quête par le dernier préfet du dicastère de la Congrégation pour la doctrine de la foi, répondit Mandino.

— Mais pourquoi un cardinal membre de la curie romaine révélerait toutes ces informations à quelqu'un qui ne fait pas partie du cercle du Vatican ? Et surtout à un membre de la Mafia ?

— Tout simplement parce qu'ils avaient besoin de mon aide pour trouver l'*Exomologesis*, et j'ai refusé de la leur donner avant de connaître parfaitement la situation.

Le silence se fit de nouveau dans la bibliothèque, le temps pour Angela, Bronson et Puente de digérer ce qu'ils venaient d'entendre.

— Soyons bien clairs, finit par dire Bronson. Ce dans quoi nous nous sommes retrouvés impliqués va bien au-delà d'une simple affaire de reliques perdues. Ces trois objets sur la table ont le pouvoir de renverser les fondations mêmes de l'Église catholique romaine. S'ils sont authentiques, des chrétiens partout autour du monde pourraient très bien se lever un matin et apprendre que le Vatican a cyniquement trahi leur foi pendant près de quinze cents ans. Même si l'on pouvait prouver que ce sont des faux, il y aurait toujours des doutes et des théories du complot à leur sujet, comme ceux autour du saint suaire de Turin. La question est donc : que devrions-nous en faire ?

— Mes instructions sont parfaitement claires, répondit Mandino. Je suis athée, mais je peux déjà présager du désastre inestimable que cela risquerait de créer au sein de l'Église catholique – comme pour toute autre religion chrétienne – si le contenu de ces documents venait à être connu du grand public. Ne serait-ce que pour le bien de millions de croyants à travers le monde, ces reliques sont tout simplement trop dangereuses pour être conservées. Elles *doivent* à tout prix être détruites.

Bronson dévisagea chacune des personnes dans la bibliothèque. Aussi étonnant que cela puisse paraître, Puente hochait la tête et Angela elle-même semblait indécise.

Soudain et d'un seul bond, Perini traversa la pièce et saisit Angela par le bras, en la faisant tourner sur elle-même pour que son corps se retrouve entre lui et Bronson. Dans un geste d'une grande aisance, il dégaina son Glock et colla le canon sur son cou, comme un play-back de ce que Bronson avait fait avec Mandino.

Puente fit un pas en avant et leva les bras au ciel en signe d'apaisement.

— S'il vous plaît, tout le monde, s'il vous plaît, dit-il. Épargnons-nous un bain de sang. Quel que soit l'âge du rouleau de parchemin et du diptyque, et quoi qu'ils puissent contenir, cela ne vaut pas le prix d'une seule vie humaine. (Il s'approcha de la table, s'empara du rouleau et des diptyques et les porta au-dessus de sa tête.) Nous savons tous ce que ces documents prétendent être et le pouvoir destructeur de l'information qu'ils contiennent, poursuivit-il. Je sais que les circonstances sont loin d'être normales, mais pouvons-nous, s'il vous plaît, faire un vote ? Que devrions-nous faire d'eux ? Angela ?

Perini lui planta sans ménagement le pistolet dans le cou, et elle répondit d'une voix hésitante.

— Nous devrions les conserver. Même si ce sont des originaux ou des faux commandés par Néron, ce sont des reliques de la plus grande importance.

Puente acquiesça.

— Chris ?

Bronson eut une pensée pour Jackie, étendue morte sur les dalles en pierre du hall. Une pensée aussi pour Mark assassiné dans son appartement. Et pour Jeremy Goldman mourant à la suite de terribles blessures dans les rues de Londres. Tous étaient morts pour préserver ces reliques.

— Nous devrions les conserver, fit-il, comme une évidence.

Puente baissa le regard sur Mandino.

— Nous connaissons déjà votre point de vue, déclara-t-il puis, se tournant vers Rogan : et vous, qu'en pensez-vous ?

— On les détruit, fit Rogan. Verrochio ?

L'homme qui se tenait à côté de lui hocha la tête.

— Brûle-les.

— Ça en fait trois contre deux qui ont voté pour qu'on les détruise, observa Puente. Vous, monsieur. (Il se tourna vers Perini qui se servait toujours d'Angela comme d'un bouclier humain.) Quelle est votre décision ?

— Détruisez-les.

— J'ai bien peur, déclara de nouveau Puente, d'être de l'avis de la majorité. Nous devons penser au plus grand bien pour le plus grand nombre. (Il dévisagea chacune des personnes présentes.) La seule idée de devoir détruire des objets si anciens et si importants me met la mort dans l'âme mais, en de pareilles circonstances, je ne vois pas d'autre solution. M. Mandino, si ces trois reliques devaient disparaître, cesserez-vous de vous y intéresser ?

— Oui. J'ai pour ordre de m'assurer qu'on les détruise.

— Et si on les détruit, qu'adviendra-t-il de ceux et celles parmi nous qui ont vu les reliques et qui en connaissent le contenu ?

— Il ne leur arrivera rien, je vous donne ma parole. Sans les objets, il n'y a plus aucune preuve de leur contenu, admit Mandino.

Puente acquiesça. Bronson remarqua qu'il semblait avoir un total contrôle de la situation.

Puente fit un pas derrière son bureau et retira la carte mémoire de l'appareil photo numérique dont il s'était servi.

— Toutes les photos sur cette carte sont des photos de ces objets, fit-il. Il prit une large paire de ciseaux et la coupa en quatre. Maintenant, je vais détruire les reliques elles-mêmes. Je vais le faire sur-le-champ, en vous prenant pour témoins, que vous le vouliez ou non. (Puente indiqua l'autre extrémité de la bibliothèque, en direction du mur près de la porte d'entrée, et toutes les personnes réunies dans la salle suivirent son geste du regard.) Cette boîte rouge contrôle les détecteurs de fumée et l'alarme incendie, les avertit-il. Avant que je ne brûle ces reliques, quelqu'un doit neutraliser le système, sinon le système d'extinction d'incendie risque de se mettre en marche.

— Je m'en charge, déclara Rogan. Il se dirigea vers la boîte et releva deux interrupteurs d'une pichenette.

— Le papyrus brûle extrêmement bien, reprit Puente, avec une pointe de chagrin dans la voix, ça ne durera pas longtemps.

Il posa une plaque d'acier carrée sur son bureau, puis s'empara du rouleau. Il sortit un briquet et approcha la flamme à l'une des extrémités. Il ne fallut que quelques secondes pour que le papyrus archisec se consume et, en quelques secondes supplémentaires, il ne resta plus qu'un petit tas de cendres. Puente ouvrit le premier des deux diptyques et approcha la flamme du briquet, près de la cire portant l'inscription. La cire se mit à couler sur l'acier. Il ne parvint pas à mettre le feu au bois, il prit alors un petit marteau et en quelques coups le réduisit à l'état de poussière et d'éclats. Puis il répéta le processus avec le second diptyque.

— C'est fini, fit-il, dans un semblant de sourire. Le monde de la religion organisée est sauf pour l'éternité.

Pendant une ou deux secondes, personne ne bougea, comme si l'énormité de ce que Puente venait de faire les avait transformés en pierre. Puis, soudain, Perini poussa Angela sur le côté, tendit son pistolet et tira sur Rogan en plein cœur. Alors il déplaça l'arme et tira une seconde balle directement dans la poitrine de Mandino.

Chapitre 28

I

— Non ! s'écria Angela, tandis que Bronson plongeait instinctivement sur le côté.

Mandino tituba en arrière et s'effondra sur le sol avec un ultime soubresaut. Quand Bronson releva la tête, Perini et Verrochio tenaient leur pistolet pointé sur lui. Il n'avait pas le choix et il laissa tomber le browning.

Perini fit un pas en avant pour ramasser l'arme puis, tout comme Verrochio, il rengaina son Glock.

— Nous étions chargés de procéder au nettoyage, leur apprit Perini. Juste au cas où vous ne le sauriez pas, Rogan – il pointa du doigt le corps sur le sol – était responsable du meurtre de vos amis, et le *capo* – il indiqua l'autre cadavre – a donné les ordres.

— Mais le rouleau et les diptyques ont été détruits. Pourquoi les tuer ?

— Nous avions des ordres de Rome de boucler la boucle. Vous pouvez vous estimer heureux d'être encore en vie. Malgré ce qu'il vous a dit, Mandino avait l'intention de vous tuer tous les trois, et probablement aussi les quelques personnes dans la boutique.

— Qu'allez-vous faire de nous ? demanda Angela. Nous avons lu ce qui était écrit sur le rouleau et les diptyques.

— Peu importe ce que vous avez lu ou ce que vous savez, fit Perini avec dédain. Sans les reliques, personne ne vous croira, et l'unique preuve est là. (Il pointa du doigt le bureau et le triste tas d'éclats de bois et de cendres, c'était tout ce qui restait du rouleau et des diptyques.) Vous ne nous reverrez plus jamais, dit-il, puis lui et Verrochio se retournèrent et s'en allèrent.

Personne ne dit le moindre mot durant plusieurs secondes, puis Josep Puente s'avança et prit Angela dans ses bras.

— C'était sûrement la meilleure chose à faire, dit-il. Je suis tellement désolé, mais si je n'avais pas détruit les reliques, nous serions tous morts à l'heure actuelle. Venez, allons là-haut que je puisse prévenir la *guardia civil*.

Pendant que Puente prenait le téléphone à la réception, Bronson se rendit jusqu'à la boutique du musée et libéra l'équipe ainsi que les deux visiteurs, en leur expliquant qu'ils allaient devoir attendre dans le bâtiment jusqu'à ce que la *guardia civil* les ait interrogés.

Quatre heures plus tard, et bien après les coups de minuit, Angela et Bronson furent libres de s'en aller. Le témoignage de Puente comme celui du personnel du musée les avaient mis hors de cause en ce qui concerne la tuerie. Ils n'étaient désormais interrogés qu'en tant que témoins. Bronson aurait encore à répondre à quelques questions pour se conformer aux exigences de la police britannique à propos de la mort de Mark Hampton, mais l'officier de la *guardia civil* avait pu lui dire que cela regardait la police métropolitaine et qu'il n'était plus considéré comme suspect dans cette affaire.

— Tu penses qu'ils vont arrêter ces deux hommes ? lui demanda Angela, tandis qu'ils retournaient au parking.

— Aucune chance, répondit Bronson. Ils ont certainement dû prévoir un plan de fuite. Ces deux meurtres étaient, de toute évidence, prémédités.

— Ces deux hommes font partie de la Mafia, et nous avons de la chance d'être encore en vie. Tu as entendu ce que Mandino et cet assassin ont dit.

— Pas nécessairement. L'une des rares bonnes choses au sujet de la Mafia, c'est que cette organisation respecte ses règles et, en général, ils ne tuent pas des passants innocents. Si tu te retrouves sur leur chemin, alors c'est une autre affaire. Je pense que ces deux hommes avaient des ordres bien précis. Ils devaient faire en sorte que ces reliques soient découvertes puis détruites, et que Mandino, et probablement son numéro deux, soient éliminés. En réalité, je pense que nous avons été témoins, ce soir, d'un *coup d'État* au sein de la *Cosa nostra* de Rome. Si ce Mandino était le *capo*, le pouvoir a changé de mains et c'est un autre *mafioso* qui est désormais à la tête.

— Tu crois ce que l'homme a dit au sujet de Mark et de Jackie ? sur qui les a tués ?

— Je n'ai aucune raison d'en douter, répondit Bronson, et j'aurais été très heureux de presser moi-même la détente pour régler le sort de Rogan et de Mandino. On a vécu un véritable enfer ces derniers jours, ajouta-t-il, la voix maintenant plus basse et emplie d'amertume, et tout ça pour rien. Trois personnes que nous connaissions sont mortes, les reliques que nous étions parvenus à récupérer ont été détruites et le secret qu'elles renfermaient est perdu à jamais. L'Église catholique va juste continuer à prêcher ses mensonges de chaire en chaire à travers le monde tous les dimanches, comme si c'était parole d'Évangile.

— Je n'ai pas l'intention de te contredire. Mais la chose la plus importante, c'est que nous soyons toujours en vie. Je me demande si nous nous serions sortis vivants de ce sous-sol si Josep n'avait pas agi comme il l'a fait.

— Je sais, fit Bronson, mais ça a du mal à passer. (Il se tut puis, d'une main hésitante, il la prit par la main tandis qu'ils marchaient dans la rue.) Je n'arrive toujours pas à croire que Mark et Jackie sont partis.

Sa voix s'était adoucie tandis qu'il songeait une fois encore à ses amis.

— Oui, répondit Angela. Et Jeremy Goldman, également... J'ai adoré travailler avec lui. Ils ne sont plus de ce monde et je pense qu'un chapitre de notre propre vie s'en est allé avec eux.

II

Au Museu Egipti, Puente prenait soin à remettre de l'ordre dans la bibliothèque du sous-sol. Il faudrait avoir recours à un nettoyage de professionnel pour les taches de sang sur le sol, voire de puissants dissolvants, mais c'était le moindre de ses soucis. Il n'avait d'intérêt que pour les reliques sur son bureau.

L'un après l'autre, il remit délicatement les rouleaux à leur place dans le coffre spécial. Le dernier rouleau ne parvenait pas à entrer dans l'espace réduit du coffre, tout comme il l'avait prévu : il était un peu trop volumineux. Il lui faudrait trouver quelque chose d'approprié au plus vite. Il se mit immédiatement à fouiller son bureau et finit par trouver une petite boîte en carton, remplie de coton. Il y déposa le rouleau avec la plus grande précaution. Puis il prit un marqueur et inscrivit « Lewis » sur la boîte.

En refermant le coffre, il s'étonna encore de ce qu'aucune des personnes présentes au sous-sol n'avait songé à vérifier que le rouleau et les diptyques qu'il avait détruits étaient bien ceux qu'Angela lui avait remis. Ils étaient tous restés figés à la vue des armes, leur attention avait été détournée grâce à son subterfuge délibéré avec le système anti-incendie, et personne n'avait vraiment prêté attention à ce qu'il tenait entre ses mains.

Il regretta d'avoir été contraint de mettre au feu l'un des biens les plus précieux du musée, mais il fallait reconnaître que ce texte du début du IIe siècle n'avait pas la moindre importance comparé à ce qu'il nommait déjà le « rouleau de Lewis ». Il regretta aussi d'avoir détruit deux des rares diptyques que le musée possédait mais, pour être honnête, ils n'avaient rien d'exceptionnel, les inscriptions sur la cire étaient presque complètement illisibles.

« Pas mal pour un vieil homme », se dit Puente.

III

Bronson et Angela quittaient Barcelone à bord de la Nissan lorsque le portable d'Angela émit un léger double bip, indiquant qu'elle venait de recevoir un message. Elle plongea la main dans son sac, en tira le téléphone et étudia l'écran de l'appareil.

— Qui t'envoie un texto à une heure pareille dans la nuit ? demanda Bronson.

— Je ne reconnais pas le numéro... oh, c'est Josep. Il doit probablement nous souhaiter un bon voyage.

Elle ouvrit le message et fixa l'écran. Le texte était court, et n'avait pas beaucoup de sens à ses yeux.

— Qu'est-ce que ça raconte ?

— Il y a juste deux mots. En latin. « *Rei habeo.* »

— Ce qui signifie ?

— Une traduction sommaire donnerait « je les ai », je suppose. Qu'est-ce qu'il veut bien vouloir dire par là ?

Ce fut comme un déclic pour Angela. Elle se sourit à elle-même. Puis elle rit de bon cœur.

— J'ignore comment il s'y est pris, dit-elle, mais Josep a du remplacer les reliques que nous avons trouvées par un autre rouleau et deux ou trois diptyques qu'il devait garder dans la collection du musée.

— Tu veux dire que les reliques qu'il a détruites ne sont pas les vraies ?

— Exactement.

— Brillant, dit Bronson. Brillant comme le cristal. Je pense que le pape et le Vatican – et en fait le monde chrétien tout entier – risquent de recevoir un grand choc quand le professeur va publier sa recherche.

Angela rit de nouveau.

— Finalement, nous avons réussi. Nous avons élucidé les énigmes et découvert les reliques, et ces salopards à la solde du Vatican ne les ont pas détruites.

— Oui, on peut dire que c'est un bon résultat. (Il observa le profil d'Angela, voilé par l'ombre et l'obscurité dans la voiture.) Et si c'était à refaire ? demanda-t-il.

Elle se tourna vers lui et le regarda droit dans les yeux.

— Je ne me vois pas faire carrière comme chasseuse de reliques. Si c'est ça que tu voulais dire.

— Pas exactement. Je pensais à nous et au temps que nous avons passé ensemble. Ça ne s'est pas trop mal passé, n'est-ce pas ?

Angela resta silencieuse pendant quelques secondes.

— Pas de promesses, pas d'engagement. Nous verrons bien ce qui arrivera.

Ils souriaient encore tous les deux quand Bronson s'engagea sur l'*autovia* vers le nord, en direction des Pyrénées, les sommets enneigés et la crête dentelée que la pleine lune illuminait.

Notes de l'auteur

Ce livre est bien évidemment un roman et, autant que je sache, aucun document ressemblant soit au manuscrit Vitalien, soit à l'*Exomologesis* n'existe, ou n'a jamais vraiment existé, même s'il reste encore de nombreux et sombres secrets renfermés dans les 75 000 manuscrits de la bibliothèque du Vatican et les quelque 150 000 objets selon les estimations, conservées dans les archives secrètes.

Toutefois, l'idée maîtresse de ce livre se fonde sur des faits réels car, au delà de la fiction que je propose, il existe des preuves historiques sur le fait que saint Paul *était* bel et bien un espion à la solde de Rome, employé par l'empereur Néron, exactement comme je l'ai décrit dans ce livre. Pour plus d'informations à ce sujet, les lecteurs sont invités à consulter l'ouvrage de Joseph Atwill intitulé *Caesar's Messiah*.

L'hypothèse est la suivante : Paul et un certain Titus Flavius Josephus – un historien juif du Ier siècle – furent engagés par Rome pour favoriser l'essor d'une religion pacifique et messianique en Judée, afin de faire tomber la révolte des Juifs et leur résistance à la loi romaine. Si cela est vrai, cela exprime un aspect intéressant de la créativité des empereurs romains.

Saint Paul

Contrairement à saint Pierre, nous sommes au moins certains que l'homme connu sous le nom de saint Paul a réellement existé. Nous en savons beaucoup à son sujet et certains de ses écrits ont résisté au temps jusqu'à nos jours.

Son nom de naissance était Saul, il naquit en l'an 9 après Jésus-Christ environ et était le fils d'un commerçant juif fortuné à Tarsus, en Cilicie. Il était membre de la tribu de Benjamin des pharisiens, l'une des sectes juives les plus anciennes, et parlait l'araméen et le grec. Dans son jeune âge, il s'opposa violemment au Christ et fut particulièrement virulent à identifier tous ceux qu'il considérait comme des hérétiques pour les livrer afin qu'ils soient châtiés. La tradition veut que sur le chemin de Damas, alors qu'il poursuivait sa persécution des Juifs, il fut aveuglé par une lumière venant du ciel et vécut sa célèbre conversion, à l'issue de laquelle il demeura aveugle pendant un certain temps. Quant il recouvrit la vue, il devint un ardent chrétien. Cet incident apocryphe avait peut-être pour cause l'*ophtalmia neonatorum*, une maladie douloureuse des yeux qui l'a laissé presque aveugle à la fin de sa vie.

Peu importe la réalité de sa « conversion » ou ses mobiles pour passer du statut de persécuteur de chrétiens à celui de fervent adepte du Christ, sa contribution à la religion chrétienne est à l'origine de sentiments partagés. Certains avancent que ses opinions étaient très différentes de celles de Jésus et que l'on se réfère quelquefois à ses enseignements par l'expression « christianisme paulin ».

Le philosophe Friedrich Nietzsche le considérait comme l'Antéchrist, et l'Américain Thomas Jefferson a écrit que « Paul fut le premier à corrompre les enseignements de Jésus » au point de chercher à effacer ses écrits de la Bible.

Saint Pierre

Comme l'érudit espagnol Josep Puente nous l'enseigne dans le roman, on ne trouve trace de saint Pierre que dans les pages du Nouveau Testament et il n'existe aucune preuve historique indépendante pour valider cette existence. Les deux épîtres attribuées à Pierre furent apparemment écrites en grec élaboré et révèlent des caractéristiques disparates, à tel point que de nombreux commentateurs en arrivent à douter qu'elles aient pu être écrites par la seule et même personne, et quelques scientifiques confirmés vont jusqu'à penser qu'elles ne pouvaient pas avoir été écrites par un simple pêcheur ne parlant que l'araméen. Malgré tout cela, Pierre est considéré par l'Église catholique romaine comme le premier pape.

Les ossements des apôtres

Les deux hommes sont apparemment morts à l'époque romaine, à Rome, même si aucun fait historique ne vient confirmer leur mort. On pense que Pierre est décédé le 29 juin ou le 13 octobre 64 après Jésus-Christ, et qu'il a selon toute vraisemblance été crucifié la tête en bas, tandis que Paul fut prétendument décapité en 64 ou 67 après Jésus-Christ – en tant que citoyen romain, il ne pouvait pas être exécuté par la crucifixion.

Pour ce qui est du dernier lieu qui renferme les ossements des deux saints, le Vatican s'est montré plus que confus. Deux lots distincts d'ossements, tous deux découverts sous la basilique Saint-Pierre de Rome, ont été identifiés de façon probante comme étant ceux de saint Pierre. Les déclarations officielles furent données en 1950 par le pape Pie XII et en 1968 par Jean-Paul VI.

Le premier lot d'ossements a été examiné par un anthropologue en 1956 et il contenait cinq tibias – la plupart des squelettes humains n'en ont que deux, et l'un des ossements examinés provenait d'une femme – sans parler des os de cochon, de mouton, de chèvre et de poulet qui faisaient aussi partie du lot.

Les ossements de 1968, tout comme le premier lot, comprenaient des os de divers animaux domestiques, sans oublier les os ni les fragments de ce qui restait du crâne de saint Pierre. Les fragments de crâne du saint étaient plutôt embarrassants, car ce qui était censé être les restes du crâne de l'apôtre reposaient dans la basilique de Saint-Jean de Latran à Rome depuis environ le IXe siècle.

Finalement, pour compliquer le tout et encore plus tard, en 1953, on déterra à Jérusalem ce qui semblait être le squelette de saint Pierre sur le site d'un monastère Franciscain baptisé « Dominus Flevit » sur le mont des Oliviers. Les ossements reposaient dans un ossuaire portant l'inscription en araméen « Simon Bar Jona » (Simon, fils de Jona).

Sans oublier qu'il n'existe aucune preuve de l'existence de saint Pierre, une telle confusion au sujet de sa dépouille n'a rien de surprenant et une telle « profusion » de reliques n'est pas rare au sein de l'Église catholique – même si nul n'ignore qu'il n'y avait que douze apôtres, on a réussi à en trouver pas moins de vingt-six ne serait-ce qu'en Allemagne.

Selon le vénérable Bede dans son *Histoire ecclésiastique*, les ossements de saint Paul furent donnés au pape Vitalien par Oswy, roi de Grande-Bretagne, en 665 après Jésus-Christ. Connaissant la réticence du Vatican à rendre les reliques, quelles qu'elles soient, cela semble être un destin quelque peu improbable pour le squelette. Ce qu'il est advenu des ossements après cela demeure inconnu.

Les cathares

Le catharisme était une religion dualiste et gnostique qui descendait fort probablement des bogomils de Byzance et, bien avant, du manichéisme. Les cathares croyaient qu'un dieu bienveillant avait créé l'âme humaine et le royaume de l'esprit et de la lumière qui s'étendait au-delà de la terre. Mais une divinité maléfique avait traqué l'âme et l'avait contrainte à souffrir dans la chair corrompue du corps humain : seule la mort pouvait apporter le salut, lorsque l'âme pouvait finalement s'échapper pour atteindre le royaume de l'esprit. Et comme ils croyaient que l'âme pouvait également se loger dans le corps d'un animal, ils étaient de stricts végétaliens.

Ils se considéraient comme des chrétiens, mais rejetaient l'Ancien Testament car ils pensaient que le Dieu qui y était décrit n'était autre qu'une divinité maléfique qui avait créé le monde pour asservir les âmes de l'humanité. Ils pensaient que ce Dieu était en réalité le diable, et que l'Église catholique était par définition au service de Satan.

Le catharisme était diamétralement opposé à l'Église catholique médiévale à tous égards, et cette opposition ne pouvait être plus grande. Contrairement à l'Église catholique, les cathares n'attendaient de leur congrégation que la foi et rien d'autre. En réalité, ils apportaient des contributions matérielles à la société au sein de laquelle ils vivaient. Quand un cathare faisait le vœu de *consolamentum* en devenant ainsi l'un des *perfecti*, il ou elle offrait tous ses biens à la communauté. Ils n'avaient aucune église, sous l'angle de l'édifice et aucune propriété, et le mouvement repoussait tous les pièges liés à la richesse et au pouvoir. Bien que ce fût inhabituel pour l'époque, les cathares traitaient les femmes en égales et s'assuraient que les enfants vivant dans la communauté étaient bien éduqués. La piété évidente et la bonté essentielle des *perfecti cathares* réussirent à attirer le peuple du Languedoc et l'hérésie gagna en puissance. Cet état de chose, de façon très prévisible, était inacceptable pour l'Église catholique, qui pouvait voir son propre pouvoir s'affaiblir dans la région et la réponse ne tarda pas à venir : ce fut l'inévitable croisade albigeoise.

La croisade albigeoise et la chute de Montségur

Les événements que j'ai décrits comme ayant eu lieu durant la croisade albigeoise, tels que le massacre de Béziers, la mutilation des prisonniers de Bram et la fin du siège de Montségur, sont exacts d'un point de vue historique.

Les défenseurs de la citadelle exigèrent, et cela est prouvé, une trêve de deux semaines pour réfléchir aux conditions de la reddition telles qu'elles furent proposées par les croisés, avant de les rejeter le 15 mars 1244. L'une des raisons possibles expliquant cette étrange revendication est que les défenseurs cathares désiraient célébrer un rituel important la veille, le 14 mars, probablement le festival manisola, selon l'expression connue.

La veille, le 13 mars, correspondait à l'équinoxe de printemps, autre date importante pour la religion, et certains récits suggèrent que ce fut le jour où périrent 20 – peut-être 26 – non-cathares après avoir choisi de recevoir le *perfecti consolamentum*, ce qui devait les condamner à la mort certaine quelque quarante-huit heures plus tard.

Pour des raisons évidentes, il n'a pas été possible de confirmer comme fait réel l'histoire de la fuite des quatre derniers cathares de la forteresse maudite en emportant avec eux le « trésor cathare » mais il en existerait des preuves – provenant de toute évidence des rapports produits par l'Inquisition lors des derniers interrogatoires.

Le « mythe du Christ »

Pour conclure, tous ceux ou toutes celles qui ont sérieusement recherché des informations sur la naissance du christianisme ont bien dû se demander pourquoi des sources contemporaines – à l'exception des livres qui constituent aujourd'hui le Nouveau Testament, qui n'avait rien de contemporain, pour avoir été écrit de l'an 75 environ à l'an 135 – n'avaient en aucun cas fait mention de Jésus-Christ.

Dans sa totalité, la Bible est une compilation de 66 livres – 39 dans l'Ancien Testament et 27 dans le Nouveau – qui furent écrits par près de 40 individus différents sur une période d'environ mille six cents ans.

Nul n'ignore que la première liste des 27 livres composant l'actuel Nouveau Testament fit son apparition dans une lettre écrite en 367 par l'Évêque d'Alexandrie, Athanasius. À Carthage en 397, un concile décréta que seuls les écrits canoniques – les 27 livres autorisés – pourraient être lus dans l'église en tant qu'écritures divines : ils devaient littéralement être acceptés comme la « vérité d'Évangile ». Ce décret signa là l'émergence du Nouveau Testament.

Tous ces autres documents – et il y en eut des centaines, dont le Livre des Jubilés, le Livre d'Enoch, l'Évangile de Marie, le Protovangélion de Jésus, l'Apocalypse de Pierre et l'Évangile de Nicodème –, les textes qui étaient en désaccord avec le corpus, furent connus, selon l'expression du moment, comme les « livres interdits ». Il convient de rappeler que la sélection fut faite sur la base du contenu, et non pas sur l'authenticité ou la pertinence, le choix final était par conséquent des plus sélectifs indépendamment des critères.

Et même les livres qui *étaient* admis montrent des différences entre eux, jusqu'aux évangiles que l'on nommait les « synoptiques » de Marc, Luc, Matthieu, et qui semblent provenir d'une même source commune, très vraisemblablement le « document Q » qui est désormais perdu.

Ainsi, et en dépit de ce que l'on peut prêcher du haut de la chaire dans les églises à travers le monde tous les dimanches, la seule preuve de l'existence de cet homme sur qui repose la religion monothéiste la plus répandue dans l'histoire de l'humanité ne se trouve que dans les pages d'un seul chapitre de la Bible, qui n'avait rien de contemporain et qui fut moult fois révisé. Ce que tout cela tend à mettre en lumière est que le débat à échelle mondiale rassemblant théologiens, philosophes, croyants et non-croyants risque de durer pendant des siècles.

CET OUVRAGE
A ÉTÉ ACHEVÉ D'IMPRIMER
SUR ROTO-PAGE
PAR L'IMPRIMERIE FLOCH
À MAYENNE EN SEPTEMBRE 2008

N° d'impr. 72131.
D. L. : septembre 2008.
(Imprimé en France)